JULIETTE BENZONI

Juliette Benzoni est née à Paris. Fervente lectrice d'Alexandre Dumas, elle nourrit dès l'enfance une passion pour l'Histoire. Elle commence en 1964 sa carrière de romancière avec la série des *Catherine*, traduite en plus de 30 langues, qui la lance sur la voie d'un succès jamais démenti à ce jour. Elle a écrit plus de 80 romans, réunis notamment dans les séries intitulées *La Florentine*, *Les Treize Vents*, *Le Boiteux de Varsovie* et *Secret d'État*. Outre la série des *Catherine* et *La Florentine*, *Le Gerfaut* et *Marianne* ont fait l'objet d'une adaptation télévisuelle. Du Moyen Âge aux années 1930, les reconstitutions historiques de Juliette Benzoni s'appuient sur une documentation minutieuse. Vue à travers les yeux de ses héroïnes, l'Histoire, ressuscitée par leurs palpitantes aventures, bat au rythme de la passion. Figurant au palmarès des écrivains les plus lus des Français, elle a su conquérir 50 millions de lecteurs dans plus de 30 pays.
Juliette Benzoni est décédée le 7 février 2016 à l'âge de 95 ans.

Découvrez un site consacré à l'auteur (et approuvé) :
www.bibliojbenzoni.unblog.fr

LA GUERRE DES DUCHESSES

**

PRINCESSE DES VANDALES

DU MÊME AUTEUR
CHEZ POCKET

LES BORGIA
(issus de *Suite Italienne*)
DANS LE LIT DES ROIS ET DES REINES
CRIMES ET CRIMINELS
UN AUSSI LONG CHEMIN

Séries :

LES ENQUÊTES D'ALDO MOROSINI

LE BOITEUX DE VARSOVIE
(4 aventures réunies
en 2 volumes)
LES ÉMERAUDES DU PROPHÈTE
LA PERLE DE L'EMPEREUR
LES JOYAUX DE LA SORCIÈRE
LES LARMES DE MARIE-ANTOINETTE
LE COLLIER SACRÉ DE MONTEZUMA
L'ANNEAU D'ATLANTIDE
LA CHIMÈRE D'OR DES BORGIA
LA COLLECTION KLEDERMANN
LE TALISMAN DU TÉMÉRAIRE 1

LES DAMES DU MÉDITERRANÉE-EXPRESS
(en 1 volume)

LE ROMAN DES CHÂTEAUX DE FRANCE
(en 1 volume)

SECRET D'ÉTAT

LA CHAMBRE DE LA REINE
LE ROI DES HALLES
LE PRISONNIER MASQUÉ

MARIE

MARIE DES INTRIGUES
MARIE DES PASSIONS

LE SANG DES KŒNIGSMARK

AURORE
FILS DE L'AURORE

LE TEMPS DES POISONS

ON A TUÉ LA REINE
LA CHAMBRE DU ROI

LE BAL DES POIGNARDS

LA DAGUE AU LYS ROUGE
LE COUTEAU DE RAVAILLAC

LA FLORENTINE

FIORA ET LA VENGEANCE
FIORA ET L'AMOUR

LA GUERRE DES DUCHESSES

LA FILLE DU CONDAMNÉ
PRINCESSE DES VANDALES

LE GERFAUT DES BRUMES

LES CANONS DE YORKTOWN
UNE ÎLE SOUS LE VENT
(4 tomes réunis en 2 volumes)

CATHERINE

IL SUFFIT D'UN AMOUR
BELLE CATHERINE
LES ROUTES INCERTAINES
PIÈGE POUR CATHERINE
LA DAME DE MONTSALVY

MARIANNE

UNE ÉTOILE POUR NAPOLÉON
ET L'INCONNU DE TOSCANE
JASON DES QUATRE MERS
TOI, MARIANNE…
LES LAURIERS DE FLAMMES

JULIETTE BENZONI

La guerre des duchesses

**

PRINCESSE DES VANDALES

PLON

MIXTE
Papier issu de
sources responsables
FSC® C003309

Pocket, une marque d'Univers Poche,
est un éditeur qui s'engage pour la
préservation de son environnement et
qui utilise du papier fabriqué à partir
de bois provenant de forêts gérées de
manière responsable.

ISBN : 978-2-266-24907-2

PREMIÈRE PARTIE

« CIRCÉ »

1

Les griffes du lion !

Un mois après sa dramatique arrivée à Châtillon, Isabelle retournait à Paris sans que la colère l'eût abandonnée plus d'une ou deux fois en dehors des heures consacrées au sommeil. Encore la retrouvait-elle parfois en rêve !

Il lui avait fallu d'abord pallier les carences en nourriture. Non contents de se bâfrer avec celle du château, Condé et ses soudards avaient quelque peu pillé celle de la ville. En faisant remarquer hypocritement qu'ils ne prenaient pas tout par « respect pour la mémoire du défunt duc Gaspard qui avait combattu aux côtés de Monsieur le Prince ». Fort heureusement la duchesse Isabelle ne manquait pas d'argent. Elle avait envoyé Bastille avec des serviteurs « faire leur marché » à Montargis qui, ayant la chance – douteuse ! – d'appartenir à l'ineffable Monsieur, duc d'Orléans dont les fructueux retournements de veste ne se comptaient plus et qui soutenait Condé depuis le début de la Fronde, conservait greniers et celliers abondamment garnis.

Ayant ainsi paré au plus pressé, elle s'était attelée à la remise en état de certaines maisons malmenées dans sa ville et surtout aux réparations de son château.

Cela fait et laissant les choses suivre leur cours normal, elle regagnait à présent la capitale où Condé était en train d'établir son quartier général, profitant de ce que le jeune Louis XIV, la Régente Anne d'Autriche sa mère et les rares fidèles qui composaient la Cour s'étaient installés au château de Saint-Germain pour la belle saison.

Peu désireuse de revoir Montargis dont elle ignorait si la Longueville y résidait encore, Isabelle choisit de rejoindre à Étampes, la route d'Orléans à Paris en passant par Pithiviers et surtout par Bellegarde, la bien nommée. C'était en effet une place forte puissamment armée, placée, depuis que Condé avait repris le chemin de la révolte, sous l'autorité de François de Montmorency-Bouteville, le cher petit frère d'Isabelle. Le cher petit frère qui n'avait pas bougé une oreille pendant que Condé, son chef vénéré, dévastait le château et les terres d'une sœur qu'il prétendait aimer !

— Est-ce vraiment nécessaire ? hasarda Bastille quand elle lui fit part de l'itinéraire choisi.

— C'est plus que nécessaire ! Il n'est jamais bon de laisser pourrir derrière soi les sujets qui fâchent.

— À moins d'en susciter d'autres ? Quand deux pierres à fusil se rencontrent, cela génère des étincelles…

— … Mais il ne s'ensuit pas toujours un incendie ! Et j'ai décidé de voir mon frère !…

— Et si lui ne le veut pas ?

— Je ne crois pas qu'il s'y risquerait. Il me connaît trop bien !

Effectivement, quand on approcha des tours de Bellegarde hérissées de défenses, il suffit que Bastille annonce Mme la duchesse de Châtillon pour que les herses se lèvent et que le pont-levis s'abatte… De plus, François lui-même accueillit sa sœur en lui offrant la main à la sortie du carrosse. Avec un sourire radieux !

— Quelle joie inattendue ! Je commençais à désespérer de vous voir un jour ! Pourquoi n'être pas venue plus tôt ?

Ses yeux sombres pétillaient au-dessus du nez pointu et de la longue bouche fine, moqueuse, qui faisait ressembler le jeune homme à un renard. Sans la bosse qui lui arrondissait le dos, il eût été d'assez belle taille mais on l'oubliait facilement tant il montrait de grâce et de vivacité dans ses mouvements. Bretteur hors ligne, cavalier accompli, il aimait les femmes qui le lui rendaient à profusion, conquises par son charme. En outre, remarquable chef de guerre, élevé à l'école de Condé – son modèle pour ne pas dire son dieu ! –, il était adoré de ses soldats dont il prenait un soin attentif, ce qui n'était pas si fréquent ! Et, naturellement, l'audace ne lui manquait pas ainsi que sa sœur en faisait à cet instant l'expérience :

— Eh bien ! fit-elle, suffoquée, l'aplomb ne vous fait jamais défaut à ce qu'il paraît ? Si vous aviez tellement envie de me voir, puis-je savoir ce qui vous en empêchait ? Ne fût-ce que pour vous assurer que Châtillon, ses habitants et sa châtelaine n'étaient pas en train de mourir de faim et de soif après le passage de votre héros favori ! À ce propos d'ailleurs vous auriez pu émettre une objection au lieu de le laisser nous traiter en ville conquise.

— Mais c'est parce que j'étais ici et non chez vous, ma belle ! Et que je l'ignorais !

— À d'autres, François, mais pas à moi ! Ne me dites pas que vous ignorez ce qu'il m'a infligé !

Instantanément il redevint sérieux :

— Il faut comprendre, Isabelle ! À Bléneau, il a remporté la journée mais elle avait été lourde. Il était épuisé… blessé, poursuivi même, et la demeure d'une amie…

— … On ne peut se permettre d'y faire tout et n'importe quoi ! La laisser ravagée et d'une saleté répugnante, piller ses vivres et ses réserves, piétiner ses champs ? Je ne suis pas à la veille de lui pardonner…

— Vous y viendrez tout de même un jour ! Mais… ne croyez-vous pas que nous serions plus à l'aise à l'intérieur pour en discuter ? Sans compter que vous allez partager mon dîner !… Serviteur, madame de Ricous ! dit-il à Agathe qui attendait patiemment que sa maîtresse lui laisse le passage pour descendre.

Il les mena à table avec autant de naturel que si l'on eût été dans une agréable résidence champêtre et non dans une place de guerre hérissée de canons ! La chère, il est vrai, fut frugale mais acceptable et François en fit les honneurs avec une telle gaieté et une telle gentillesse qu'Isabelle sentit sa rancune fondre sensiblement. De toute façon elle n'avait jamais réussi à lui en vouloir beaucoup, quoi qu'il fasse. D'autant que, assez vite, il se montra soucieux :

— Pourquoi avoir choisi de passer par Bellegarde plutôt que par Montargis ? Pour me rencontrer ?

— Cela ne vous semble pas une raison suffisante ? Je veux vous faire entendre… ce que je pense de votre conduite ! En outre, je n'ai aucune envie de revoir notre chère cousine Longueville…

— Elle ne s'y trouve plus ! Nemours et La Rochefoucauld non plus par conséquent, mais je ne saurais vous apprendre où « ils ont porté leurs pas » pour employer le langage de cette bonne Mlle de Scudéry ! À ce propos il m'arrive parfois de songer, avec quelque nostalgie, à nos soirées chez Mme de Rambouillet. Des moments de grâce comme nous n'en vivrons plus, je le crains !

— La faute à qui ? Ne m'obligez pas à rabâcher ! J'ai cela en horreur. Vous n'avez pas été mis sur terre pour servir le prince de Condé. Au lieu de lui emboîter le pas vous seriez mieux inspiré de le ramener à ses devoirs envers le Roi !

— Je vous ai dit ce qu'il en est ! fit-il, jetant sa serviette avec agacement. Le Roi, oui, mais pas Mazarin !

— C'est vous qui rabâchez ! Et vous savez pertinemment que l'on ne peut faire la guerre à ce jocrisse sans tomber dans les bras de l'Espagnol ! Regardez plutôt le duc de Beaufort !...

— Le « Roi des Halles » ! Il vous a séduite vous aussi ?

— Moi non parce que j'aime ailleurs mais il ne se trompe pas de cible et pour rien au monde n'accepterait d'être payé par Madrid ! Souvenez-vous qu'il a refusé de se joindre à notre cousin Montmorency dans cette guerre qui lui a valu l'échafaud. Et pas parce qu'il craignait Richelieu qui était d'une autre trempe qu'un Mazarin, que cependant il exècre !

— Je sais pourquoi, soupira François, soudain assombri. Il s'en est expliqué un jour avec Monsieur le Prince, sous le sceau de la confidence, mais il se trouve que je l'ai entendu sans le vouloir.

— Si vous essayiez de ne pas mentir... au moins à moi qui vous connais à la perfection ? coupa sa sœur avec un sourire.

— Soit, j'ai écouté ! Non sans émotion ! C'est l'homme qu'il hait et pour la plus humaine des raisons : du jour où il s'est incliné pour la première fois devant la Reine, il en est tombé amoureux. À la mort de Louis XIII, elle l'a porté au pinacle, lui confiant sans discernement ses fils et le royaume.

— Peut-être l'aimait-elle ? Il est suffisamment beau et vaillant pour cela !

— Il n'en a rien dit mais Condé pense qu'il a été son amant et que… Finissons-en ! Cela tient en quelques mots : Mazarin est arrivé, Beaufort a conspiré contre lui et s'est retrouvé à Vincennes pour cinq ans. Qu'il n'a pas purgés puisqu'il a réussi l'exploit de s'évader du donjon ! Qu'il ait collectionné les maîtresses ne signifie rien. Il aime toujours et jamais il ne mettra son épée au service de l'Espagne.

— C'était une infante, pourtant ?

— Certes… et il a conspiré avec elle contre Richelieu parce qu'il la savait malheureuse et a même songé à l'enlever…

— Quoi ? L'enlever ? La Reine ? Il fallait être fou.

— Il l'était ! Depuis la folie est partie, l'amour est resté. À présent l'infante a disparu, reste la mère du Roi qui se veut toute française comme lui !

— Belle histoire ! soupira Isabelle après un instant de réflexion. Que ne vous inspire-t-elle !

— Moi, depuis l'enfance, je me suis donné un héros dont la gloire m'a ébloui une fois pour toutes ! Je le suivrais jusqu'en enfer… jusqu'à l'échafaud s'il le fallait !

Isabelle se signa rapidement :

— Songez un peu à notre mère ! À vingt ans, elle a vu mourir son époux qu'elle aimait ! Ne lui enlevez pas un fils qu'elle n'a jamais pu lui mettre dans les bras ! Ni à moi un petit frère que j'aime toujours tendrement !… Songez-y ce soir en vous endormant !

— Vous ne voulez pas rester encore un peu ? demanda-t-il après l'avoir embrassée.

— Non. Je voudrais être à Étampes pour la nuit.

— Vous risquez d'avoir du mal à passer. Le maréchal de Turenne a réussi à y enfermer les troupes de Condé que commande Chavagnac, et jusqu'à Paris il doit s'en trouver encore d'autres ! À tout hasard, je vais vous donner un sauf-conduit mais si vous parvenez à rejoindre Monsieur le Prince, ne vous montrez pas trop dure envers lui !

— Comment donc ! ricana Isabelle. Je vais le remercier et le féliciter, voyons !

— Sacrée tête de mule, écoutez-moi au moins ! Je ne devrais pas vous le dire mais je sais qu'il est entré dans Paris avec une sorte de doute ! Oh, l'accueil de la ville a été triomphal ! Pourtant... je le sens fatigué de ces combats sans cesse recommencés ! Et si la Cour y mettait un peu du sien...

— Que veut-il de plus, à la fin ? Mazarin erre quelque part hors de nos frontières avec ses nièces et ses gens ! Il n'a plus de logis, plus de meubles, plus de livres ni d'œuvres d'art ! Il est exilé en un mot !

— C'est ce que l'on voudrait nous faire croire ! En réalité il aurait juste franchi la frontière de l'est... escorté d'une petite armée ! Il échangerait même des messages cryptés avec la Reine...

— C'est en faisant des suppositions en l'air que l'on commet les plus grosses bêtises ! Si vous pensez cela, cherchez Mazarin au lieu de rester tranquillement dans votre taupinière et administrez-lui la raclée qui le renverra d'où il venait... à moins que vous ne choisissiez d'en débarrasser la planète définitivement !

— Vous voilà bien sanguinaire ! Mais vous n'avez pas tort ! Et peut-être vais-je suivre votre conseil !

— En prenant tout de même soin de votre personne, petit frère ! Il se trouve que je vous aime beaucoup !

C'était le moins que l'on puisse dire et en reprenant place dans son carrosse Isabelle ne pouvait empêcher son cœur de se serrer, même si elle n'avait rien appris de nouveau. Elle savait d'expérience quel charme puissant Louis de Condé exerçait sur ceux qui se prenaient à l'aimer. Qu'il soit laid, violent, brutal jusqu'à la cruauté parfois n'y changeait rien ! C'était peut-être à cause de cette rayonnante auréole de gloire capable d'éblouir une femme aussi bien qu'un homme ! Encore elle-même avait-elle pris l'habitude de se méfier parce qu'elle était capable de juger l'homme sous le héros mais François, alors même qu'il était encore un enfant, s'était trouvé émerveillé jusqu'à la cécité et, devenu adulte, jusqu'à la trahison ! Le Roi même ne signifiait rien à côté de celui dont il avait fait son idole ! Il le suivrait jusqu'en enfer, jusqu'à l'épée du bourreau si leurs sangs devaient se mêler sur le drap noir d'un échafaud ! Et ce serait infiniment dommage car le dernier des Montmorency portait en lui, avec la folle bravoure héritée de son père, une âme élevée et fière, une intelligence aiguë jointe à un solide sens de l'humour et à un cœur généreux même si son esprit caustique pouvait lui valoir autant d'ennemis que d'amis. Et Isabelle se promit de veiller sur lui et de faire l'impossible pour que ce jeune frère – elle n'était son aînée que de quelques mois ! – puisse s'épanouir au soleil de la gloire autant que son modèle. Sinon plus ! Tout le contraire de la Longueville dont l'amour trouble confisquait la gloire de son frère pour mieux affirmer sa domination sur les hommes, jusqu'à la destruction même du royaume, sous le fumeux prétexte qu'ils étaient « comme des dieux ! ». Il fallait pour cela tenter par tous les moyens de le ramener à la raison ! En admettant que ce soit encore réalisable…

En arrivant à Étampes après avoir été arrêtée plusieurs fois le long d'une route marquée par les ravages d'une guerre qu'elle jugeait stupide, elle trouva les choses en l'état décrit par François : les troupes du maréchal de Turenne bloquaient les Condéens de Chavagnac à l'intérieur des murailles dominées par le massif donjon où des reines avaient connu la prison [1] et, de ce fait, contrôlaient la route vers Paris.

Ce qui ne veut pas dire que l'on ne cessait de se tirer dessus. On était entre gens de bonne compagnie et la duchesse de Châtillon, élevée par la princesse de Condé et amie de Monsieur le Prince, n'eut aucune peine à se faire ouvrir la ville assiégée afin de pouvoir passer la nuit dans la seule bonne auberge convenable de l'endroit. Turenne en personne l'avait escortée sous les remparts où l'attendait M. de Chavagnac non sans qu'elle eût promis au rugueux mais inflammable maréchal de venir souper avec lui. Il n'y avait pas si longtemps qu'il était éperdument amoureux de Mme de Longueville et prêt à commettre pour elle toutes les folies… sauf trahir le Roi. La seule vue d'un Espagnol le rendait aussi furieux qu'un taureau grincheux en face d'un chiffon rouge agité sous son nez ! Cela dit, c'était un parfait gentilhomme sachant apprécier la beauté. Il se montra du dernier galant avec son invitée qu'il reconduisit jusqu'à la poterne où l'attendait un Chavagnac tout aussi charmé. Et quand, après une nuit réparatrice, vint le moment de reprendre son chemin,

1. Ingeburge de Danemark, seconde épouse de Philippe Auguste, et Jeanne de Bourgogne, femme de Philippe VI.

Isabelle eut la surprise de recevoir, non seulement un laissez-passer de chacun de ces messieurs mais, en outre, une escorte que d'ailleurs elle refusa :

— Je vous rends mille grâces, messieurs, mais vos passeports me suffiront ! Je craindrais trop qu'après m'avoir fait entrer dans Paris ces messieurs, se retrouvant face à face, ne profitent de l'occasion pour se taper dessus !

— Vous les jugez bien mal, madame la duchesse, protesta Turenne. Ils sont tous gentilshommes et leur parole d'honneur…

— Monsieur le maréchal, répondit-elle déployant son plus beau sourire. Il en va de la parole comme d'autres choses ici-bas : si l'on veut pouvoir la donner à quelqu'un, il faut d'abord la reprendre, non ?

— Libre à vous de n'être pas d'accord, protesta Chavagnac, mais mes hommes ont des ordres précis !

— Les miens aussi ! renchérit Turenne. Vous êtes trop belle, madame, pour courir les grands chemins sans protection !

— J'ai Bastille ! Il vaut dix hommes à lui tout seul !

— C'est moins que vingt !…

Il fallut bien en passer par là et c'est ainsi qu'Isabelle entra dans Paris.

L'aventure, peu ordinaire, tenta la lyre du poète Loret :

La duchesse de Châtillon
Dont sans amoureux aiguillon
Le plus sévère et le plus sage
Ne saurait lorgner le visage
Est revenue en cette ville
Accompagnée en bel arroi

Des gens du Prince et du Roy
Mais, outre ces braves gens d'armes
Dix mille amours, dix mille appas
La suivaient aussi pas à pas ;
Et ce fut avec cette escorte
Moitié charmante et moitié forte
Ainsi que plusieurs m'ont appris
Que la belle entra dans Paris.

Mi-amusée, mi-ravie d'une entrée aussi sensationnelle, la voyageuse passa à l'hôtel de Valençay déposer Agathe, les bagages, et faire un brin de toilette avant de se précipiter chez Mme de Brienne, pressée autant par l'affection que par la hâte d'avoir des nouvelles de la ville. Elle y fut reçue avec une joie non dissimulée.

— Quand j'ai su les dommages de Châtillon, je voulais vous aller voir, dit l'excellente femme, et puis j'ai pensé qu'il y avait mieux à faire que d'augmenter vos charges avec un supplément de bouches à nourrir ! Cela a-t-il été très dur ?

— Encore assez mais je crois avoir réparé le plus gros. Le reste viendra peu à peu à la faveur des beaux jours et j'ai un compte sévère à régler avec Monsieur le Prince. Ensuite j'irai quelques jours à Mello voir comment va mon fils. Il me manque mais je suis heureuse d'avoir résisté à l'envie de l'emmener. Qu'en aurais-je fait, mon Dieu, dans ce désastre ?

— C'était à ce point ?

— Pire encore ! Quand je songe que Monsieur le Prince s'était déclaré désireux de prendre quelque repos chez une amie ! Comment se serait-il comporté si j'avais été une ennemie ? Il aurait ruiné Châtillon jusqu'aux fondations ! Au fait : est-il vrai qu'il est à Paris ?

— Oh oui, il y est et il ne peut sortir de chez lui sans susciter attroupements, cortèges et ovations !

— Et la Cour est… ?

— À Saint-Germain, mais n'allez pas conclure que les Parisiens lui soient hostiles ! On crie en général : « Vive le Roi. Vive Condé ! Pas de Mazarin ! » C'est commode, ne trouvez-vous pas ?

— Et le coadjuteur dans tout cela ? Je veux dire le cardinal de Retz ?

— Oh, lui ? Il s'agite comme un pou dans la paille et aimerait que son beau chapeau tout neuf l'amène en douceur au trône épiscopal de Notre-Dame. Votre retour va l'enchanter !

— Lui ? s'esclaffa Isabelle. Alors qu'il collectionne les maîtresses ? Il est vrai, ajouta-t-elle, qu'il est tout à fait capable de se transformer en saint homme très convaincant s'il le juge utile !

— J'espère vivre assez vieille pour assister à ce « miracle », fit Mme de Brienne. Mais parlons de vous ! Quels sont vos projets immédiats ? Vous allez venir auprès de moi, j'espère ?

— J'en meurs d'envie mais pas maintenant. J'entends croiser le fer avec Condé aussitôt que possible. Il est là au moins ?

— Pour ce que j'en sais il ne quitte guère son hôtel !

— Parfait ! Et comme il faut battre le fer quand il est chaud, j'y vais de ce pas.

Tout en parlant, elle alla se poser devant un miroir pour s'assurer qu'elle était à son avantage. Ce qui amusa Mme de Brienne :

— N'ayez crainte ! Vous êtes superbe ! Et cette lueur guerrière que je vois dans vos yeux vous sied à merveille ! L'ennemi ne devrait pas vous opposer une longue résistance ! Même s'il a fait de son palais une véritable place forte !

— C'est ce que nous verrons ! Et j'ai toujours le laissez-passer de M. de Chavagnac !

Elle n'en eut pas besoin. Jusqu'au dernier serviteur, tout le monde la connaissait à l'hôtel près du Luxembourg. Le portail s'ouvrit largement devant sa voiture et quand Bastille, du haut de son siège, eut annoncé que Mme de Châtillon désirait vivement s'entretenir – sur l'heure ! – avec Monsieur le Prince, elle ne vit que portes ouvertes et dos courbés. Certains de leurs propriétaires affichaient même un sourire si béat que, eût-elle gardé le moindre doute, il se fût envolé aussitôt. Le dernier visage qu'elle aperçut dans le cabinet-librairie du Prince fut celui de Lenet, cet inamovible conseiller très écouté dont elle savait qu'il n'était pas de ses amis, même s'il s'était donné quelque peine pour qu'elle crût le contraire. Elle n'oublierait jamais son comportement, après le décès de la princesse Charlotte, pour la priver des magnifiques perles reçues en héritage ! Et d'ailleurs fit comme si elle ne le voyait pas !

Son regard braqué droit dans celui de Condé, elle déclara avec insolence :

— J'ai à vous parler, mon cousin ! Et seule à seul !

D'abord enflammés sous le coup de la colère, les yeux fauves s'apaisèrent jusqu'à une lueur amusée mais le visage demeura sévère :

— Laissez-nous, Lenet, puisque Mme la duchesse l'exige !

Le ton employé ne laissait pas place à la discussion. Le Bourguignon s'inclina et sortit non sans avoir adressé à la visiteuse un salut qu'elle ne lui rendit que d'un signe de tête. Ensuite le silence régna jusqu'à ce que Condé le brise :

— On dirait que vous vous croyez tout permis, madame la duchesse ? Vous ne manquez pas d'audace…

— Cela vous sied de parler d'audace après que vous vous soyiez comporté chez moi comme un soudard pris de boisson à la tête d'une bande de reîtres !

— J'étais blessé, mes hommes épuisés ! Il nous fallait nous refaire…

— À mes dépens ? Quand, à la suite d'une bataille on en est arrivé à l'état que vous évoquez, on ne commence pas par briser les meubles et détruire tout ce qui vous tombe sous la main ! Mais je ne suis pas venue me répandre en lamentations ; je suis venue pour me faire payer…

D'un geste vif, elle ouvrit le rouleau de papier qu'elle cachait dans son manchon et qui se déroula jusqu'au sol :

— Voici votre facture, mon cousin ! Vous me devez très exactement dix mille écus d'or et trente-trois deniers !

La somme si froidement annoncée le fit bondir, réveillant le fond d'avarice qui sommeillait chez le fils de son père :

— Dix mille écus ? Pour quelques vieilleries, quelques salissures…

— Voulez-vous que nous comptions ensemble ? Encore avons-nous calculé au plus juste ! Dix mille écus et trente-trois deniers…

— D'où les sortez-vous ceux-là ? ricana-t-il.

— Ce sont ceux de Judas ! Puisque vous avez choisi ce vilain rôle !

Du coup, il explosa :

— Si quelqu'un mérite cette insulte, c'est plutôt vous que moi… ou bien vous n'avez pas lu ma lettre !

— Oh, que si ! Parlons-en puisque vous y tenez ! Je ne vous ai jamais menti et si Nemours est honnête il vous dira que je l'ai chassé lorsque j'ai appris qu'il vous rejoignait dans votre folie espagnole ! Ce qu'il est allé fêter dans les bras de votre sublimissime sœur Longueville !…

— Et vous mentez encore ! Vous lui en vouliez si peu que le sachant blessé vous vous êtes précipitée à son chevet, à Montargis !…

— Erreur ! Je me suis contentée d'accompagner sa malheureuse épouse. Nous étions ensemble quand nous avons appris la nouvelle et elle était si désespérée que, devant me rendre à Châtillon, je lui ai offert de la conduire. J'ajoute que je n'ai même pas cherché à entrevoir le cher garçon ! Il n'est pas mort au moins ?

— Pas que je sache ! Il se remet à merveille et pourra sous peu vous servir…

Le mot était maladroit et la bouche d'Isabelle se plissa de dégoût :

— Je ne m'accommode pas des restes ! Que Longueville le garde puisque aussi bien ils sont dans le même camp ! Cela dit, je vous laisse « vérifier » mes comptes en espérant que vous les honorerez sans trop tarder !

Comme elle rejoignait rapidement la porte, il voulut la retenir :

— Isabelle ! Ne partez pas ! Je vous offre mes excuses…

— Je regrette mais je soupe chez Mme de Brienne et ne veux pas me faire attendre. Quand vous serez prêt à réparer les graves torts que vous m'avez infligés, venez à l'hôtel de Valençay que je compte d'ailleurs racheter à mon beau-frère. Il n'y vient plus jamais et ma sœur de moins en moins souvent…

— C'est pour cela que vous voulez de l'argent ?

— Non ! Et de toute façon mes affaires ne vous regardent pas ! Je vous salue… Monseigneur !

Pour être sûre qu'il ne se donnerait pas le ridicule de la poursuivre, elle quitta l'hôtel en courant et sauta dans sa voiture :

— À la maison !

Rentrée rue du Jour, elle se déshabilla, fit quelques ablutions, demanda qu'on lui serve un repas léger et alla se coucher à la surprise d'Agathe qu'elle n'avait pas habituée à une vie aussi rangée :

— Ce n'est pas un peu tôt ? ne put-elle retenir. Madame la duchesse n'est pas coutumière d'aller au lit…

— Avec les poules ? Non, mais après une route et tant d'agitation il se peut que l'envie s'en fasse sentir ! Et je veux être fraîche et dispose demain !

Elle n'ajouta pas qu'elle avait parié avec elle-même que Condé ne tiendrait pas plus de vingt-quatre heures avant de lui rendre sa visite. Aussi, le jour revenu et après une bonne nuit, soigna-t-elle tout particulièrement sa personne, à la suite de quoi elle resta tranquillement à la maison mais surtout au jardin dont la passion de Valençay pour les plantations de toutes espèces avait fait un coin de paradis où en ce mois de juin les roses fleurissaient en abondance. Elle s'y trouvait encore lisant la dernière œuvre de la prolifique Scudéry – le *Grand Cyrus* – quand Agathe, un sourire aux lèvres, vint lui annoncer le prince de Condé. Le pari était gagné…

Dans une robe de satin bleu pastel, simplement ornée de bouillonnés de mousseline mais dont le décolleté hypocrite se parait seulement de trois roses au creux des seins, d'autres maintenues derrière les oreilles par des barrettes de perles, sans autres bijoux, elle était ravissante et le savait : son miroir et le regard approbateur d'Agathe lui en avaient donné la certitude. Qui serait assez fou pour aller au combat sans armes ?

Le soleil couchant exaltait le parfum des fleurs et nimbait la jeune femme d'une lumière infiniment douce…

Ébloui, Condé tomba à genoux :

— Il fallait que je vous voie ! fit-il d'une voix sourde. Votre visite chez moi hier répondait à trop de questions et je suis venu me rendre à merci !

— Comment l'entendez-vous ? murmura-t-elle, plus émue qu'elle ne voulait le paraître.

— Comme il vous plaira. Je ne sais qu'une chose : j'ai besoin de vous ! Je suis las de tout, des autres comme de moi-même… et en premier de cette guerre absurde qui à peine éteinte se réveille et flambe plus haut qu'avant !

— Ne restez pas là ! Quelqu'un pourrait vous voir. Venez plutôt vous asseoir auprès de moi…

Il ne devait attendre que cette invitation car à peine l'eut-il rejointe sur le banc de pierre qu'il voulut la prendre dans ses bras mais elle leur échappa en glissant habilement à l'autre bout. C'était l'un de ces sièges en arc de cercle si commodes pour la conversation.

— Pas si près ! corrigea-t-elle avec un sourire. Et répondez-moi : le roi d'Espagne fait-il partie de cette grande lassitude ?

— Oui car il est un mauvais allié en dépit de ce qu'en dit ma sœur : il promet des armes, des hommes et de l'argent mais il ne débourse que peu d'or et ne concède que quelques compagnies trop hétéroclites pour faire de bons soldats.

— Comment se fait-il qu'il se montre si ladre ? Le flot d'or venu des Amériques serait-il tari ?

— Je le crois moins abondant qu'au temps des conquistadors, Cortés, etc. Cela tient sans doute au mauvais vouloir des vice-rois qui doivent rogner sur la part royale afin d'augmenter la leur. Je n'ai pas encore fait allégeance à Philippe IV…

Isabelle n'eut pas assez de force pour maîtriser sa joie :

— Si vous n'êtes pas lié à lui, François ne l'est pas non plus alors ? Il n'ambitionne rien d'autre que de vous suivre où vous irez !

— Je sais, et soyez assurée que je lui rends pleinement son amitié. Il est bourré de talents et devrait faire une belle carrière ! Parfois je me prends à penser qu'il m'aime trop !… Non pas comme vous le redoutez ! se hâta-t-il de préciser devant la muette inquiétude qu'exprimait le regard de la jeune femme. Il adore le sexe dit « faible » et a toujours quelque amour sur le feu ! Cessez donc de vous tourmenter ! Je suis aussi venu vous dire que je réglerai au denier près ce que je vous dois…

Le rire léger d'Isabelle fusa :

— Je vous tiens quitte des deniers puisque Judas n'est plus Judas.

Et ce fut elle qui, cette fois, ouvrit les bras…

L'instant suivant, elle se retrouva dans l'herbe entre deux massifs de fleurs en train de se faire éplucher plutôt que déshabiller par des mains aussi brutales que maladroites, tant elles avaient hâte de découvrir son corps. Le tout sous un déluge de baisers, de griffures – Monseigneur ne se coupait pas souvent les ongles ! – et même de morsures. Et pourtant, le cri que lui arracha cette bourrasque exprima un plaisir d'une violence telle qu'elle ne se souvenait pas d'en avoir déjà ressenti de semblable…

Quand enfin l'orage se calma et qu'il se laissa retomber dans l'herbe, elle se retrouva quasiment nue sur les débris de sa jolie robe en charpie. Elle ne pouvait tout de même pas rentrer ainsi dans la maison. Enflant sa voix autant qu'elle le put, elle appela Agathe. Qui ne devait pas être très loin car elle apparut presque aussitôt… tenant en main une ample robe de chambre dont elle enveloppa sa maîtresse avant de ramasser les morceaux de tissu épars de la robe. Pendant ce temps Condé se rajustait :

— Demeurez au jardin ou allez m'attendre dans le cabinet bleu, lui dit Isabelle. Nous souperons ensemble !

— Ma foi, je reste encore un peu : il fait si doux… murmura-t-il en retenant la main de la jeune femme pour y poser un baiser.

— Je ne serai pas longue ! Je meurs de faim !

— Moi aussi mais je vais vous attendre ici !

Une demi-heure plus tard, ils se retrouvaient devant un souper froid qu'ils attaquèrent avec un égal appétit, parlant de tout, de rien et riant à chaque instant. Isabelle, ses beaux cheveux noués lâchement sur ses épaules, portait à présent une robe de ce rouge corail clair qui lui seyait si bien, rayonnait d'un éclat qui semblait fasciner son invité. Cependant, ledit invité buvait comme une éponge et, à une certaine lueur trouble qu'elle décela dans ses yeux, Isabelle sentit qu'il n'allait pas tarder à renouveler son exploit. Or, si heureuse qu'elle fût de l'avoir enfin amené où elle le voulait, elle gardait la tête suffisamment froide pour ne pas lui permettre de se... goinfrer d'elle dès la première fois. Aussi, en se levant, esquissa-t-elle un bâillement vite caché sous sa main et, en même temps, sonnait :

— Pardonnez-moi, Monseigneur, mais je me sens très lasse tout à coup...

— Déjà ? Mais je voulais... enfin j'espérais...

— Non, refusa-t-elle gentiment. J'ai besoin de retrouver des idées claires après ces moments merveilleux que je vous dois...

— Et que je brûle de réitérer ! Je vous aime, Isabelle ! Vous le savez, n'est-ce pas ?... Aussi, par pitié, ne vous jouez pas de cette passion que vous avez allumée...

— M'en jouer ? Loin de moi une aussi laide pensée. Je veux au contraire en savourer chaque minute mais il faut que nous parlions... et vous en êtes conscient... Alors, pour ce soir, laissez-moi sur mon joli nuage... et revenez demain soir, nous souperons... dans ma chambre ?

Elle lui tendait sa main pour qu'il la baisât cependant que l'entrée d'un valet empêchait les lèvres du Prince de remonter plus haut... Il avait un peu la mine d'un chien à qui l'on vient de retirer son os mais gardait assez de sang-froid pour sentir que, pour cette nuit, il n'obtiendrait rien de plus.

— À demain donc, duchesse ! Je vais passer une nuit affreuse !

— Affreuse ? Alors que j'espère la mienne si pleine de rêves ? En ce cas, mieux vaudrait peut-être...

— Non, non, non, non !… Je me suis mal exprimé ! À demain, madame !

Profond salut contre révérence, l'élégant rituel s'effectua avec grâce et enfin Condé se retira. Isabelle remonta chez elle où Agathe achevait de disposer la chemise de nuit sur le lit puis elle la rejoignit devant la table à coiffer pour dénouer ses cheveux et les brosser longuement. Un léger sourire aux lèvres et tout à son rêve intérieur, Isabelle la laissait faire sans rien dire. Sans vraiment se regarder elle détachait les girandoles de rubis et de diamants qui encadraient si plaisamment son cou quand elle entendit :

— Encore deux soirées comme celle-ci et madame la duchesse ne pourra plus porter que des robes à fraise, ou à collet haut ! Est-ce bien raisonnable ?

Elle tressaillit et voulut regarder sa camériste qui, du coup, lui tira les cheveux :

— Pourquoi dites-vous cela ?

Agathe se mit à rire et, désignant le miroir de Venise :

— Madame la duchesse devrait s'examiner de plus près !

— Doux Jésus !…

Ses lèvres légèrement tuméfiées n'étaient pas choquantes et semblaient au contraire plus pulpeuses mais ce qui l'était d'évidence c'était un splendide assortiment d'hématomes, de griffures, jusqu'à une trace de morsure à la rondeur d'une épaule. Horrifiée, elle laissa glisser le peignoir de batiste et découvrit les mêmes traces sur ses seins et son ventre…

D'abord accablée, elle sentit monter une bouffée de colère d'autant plus amère qu'elle ne pouvait oublier l'intense jouissance, à la limite de la douleur, qu'elle avait ressentie et qu'elle aspirait même déjà à retrouver… Elle tourna vers sa femme de chambre un regard presque implorant :

— Comment faire pour masquer… tout cela ?

— En dehors d'endosser une armure pour faire l'amour, le seul remède est… de vous refuser !

— Mais je l'aime !… Et j'en ai envie ! Et il revient demain soir !

Elle semblait si penaude qu'Agathe éclata de rire. Ce qui la fâcha :

— Il n'y a rien de drôle là-dedans !

— Que madame la duchesse me pardonne ! Nous allons essayer de remédier à ce désastre !

Après avoir nettoyé à l'eau de rose toutes les menues blessures, elle appliqua un baume à l'arnica sur les contusions qui effaça au moins les sensations de brûlure… En enfilant sa chemise de nuit Isabelle se sentait déjà plus fraîche.

— À présent, il y a deux choses dont il faut s'occuper, reprit Agathe, c'est protéger ce que les robes laissent voir et prier Monseigneur de se faire couper les ongles à ras.

— Je vais le lui écrire tout de suite et vous ferez porter le billet à l'hôtel de Condé au lever du jour ! Et puis non ! se reprit-elle après un instant de réflexion. Le seul moyen efficace… c'est… l'abstinence !

— Madame la duchesse ne vient-elle pas de dire que… qu'elle craint de ne pas en avoir le courage ?

— Certes, je l'ai dit ! Et je m'y tiendrai. Surtout si je veux le garder longtemps !…

Et le lendemain, quand Monseigneur se présenta, tout sourires et la moustache conquérante, il eut la surprise de sa vie. La table était dressée non dans l'intimité d'une chambre féminine mais dans l'un des deux salons donnant sur le jardin brillamment illuminé. Le couvert fleuri était disposé avec raffinement ; quant à celle qui l'y accueillit d'une profonde révérence, elle portait une somptueuse robe de brocart d'un rouge éteint sur laquelle courait une chaîne de grosses perles en poires que Condé connaissait bien… De précieuses dentelles de Malines se retroussaient aux coudes et formaient une guimpe voilant le large décolleté des épaules au ras du cou souligné par un collier de belles perles rondes. Coiffée avec soin, Isabelle était à la fois somptueuse et ravissante. Et son salut fut un poème de grâce…

Le Prince n'en contempla pas moins l'ensemble avec une colère grandissante :

— Qu'est-ce que cette mascarade ? demanda-t-il sèchement, oubliant même de rendre le salut.

— Monseigneur n'avait-il pas promis de venir partager mon souper ? émit Isabelle avec un sourire radieux. Et comme c'est la première fois qu'il m'accorde l'honneur de venir souper chez moi, il m'est apparu qu'il convenait de célébrer ce grand événement ! Si Monseigneur veut me faire l'honneur de prendre place…

— Monseigneur n'est pas d'accord ! rugit-il sans se soucier des deux valets qui allaient procéder au service. Vous aviez promis que nous souperions dans votre chambre et je comptais vous y trouver dans un appareil moins fastueux…

L'heure des explications étant venue, Isabelle fit sortir ses valets d'un geste :

— Certes, mais, outre que c'eût été peu courtois, une tenue négligée relevait de l'impossible… et par votre faute !

— Comment cela, ma faute ?

— Oh, cela ne fait aucun doute ! Voulez-vous me montrer vos mains ?

Machinalement il obéit en les retournant plusieurs fois :

— Qu'est-ce qu'elles ont, mes mains ?

— Elles sont sales, comme d'habitude, mais ce n'est guère d'importance puisque l'on va vous porter des bassins, et elles sont aussi dangereuses pour une peau féminine. Que vos thuriféraires clament partout votre gloire et vous comparent à un lion est parfaitement naturel, ce qui l'est moins c'est que vous en ayez aussi les griffes… et que vous ayez si joliment arrangé votre servante qu'elle ne pourra arborer le grand décolleté avant une quinzaine de jours !

— Hé, qu'avez-vous à vous soucier des regards des autres ? Vous êtes à moi ! Montrez-les au contraire et soyez-en fière puisqu'elles sont la signature de votre amant ! La lionne se plaint-elle des griffes du lion ?

— Comme personne ne le lui a jamais demandé, je suis comme le reste des humains : je n'en sais rien et n'aurais d'ailleurs pas la témérité d'aller le lui demander s'il m'arrivait d'aventure d'en rencontrer une ! Et comme à l'exception d'une seule elles ne courent pas les rues…

— Une seule ?

— Mme de Longueville, votre très aimée sœur. Elle serait furieuse et se vengerait en clamant *urbi et orbi* que je suis votre esclave ! Merci beaucoup !

— Ma sœur est en Guyenne et ne reviendra pas de sitôt. Vous avez largement le temps de guérir ! Venez dans mes bras… et retournons au jardin !

— Oh, que nenni ! sourit-elle en prenant place à table. Cette robe est l'une de mes préférées et je ne vous laisserai pas la transformer en haillons ! Sans compter les nouveaux dommages que vous ne manqueriez pas de m'infliger !

— Isabelle ! émit-il d'un ton plaintif.

— Pour ce soir, tout au moins, c'est non ! Nous verrons quand vous aurez été manucuré ! D'ailleurs nous avons à causer sérieusement.

— De quoi ? maugréa-t-il mais en allant s'asseoir en face de son hôtesse, s'avouant ainsi implicitement vaincu.

— Dans un pays qui ne cesse de tourner à l'envers il me semble que les sujets ne manquent pas et je voudrais savoir où vous en êtes avec la Cour et aussi le Parlement.

— Je suis mal avec les deux. À mon retour de Bléneau le peuple m'a porté en triomphe mais cela n'a pas été le cas chez les robins ! Non seulement ils m'ont reçu froidement mais en outre ils se sont permis quelques questions insidieuses à propos de mes relations avec les Espagnols.

— Vous n'imaginiez pas que cela ne ferait pas de bruit ! Que leur avez-vous répondu ?

— Je les ai envoyés paître ! On a donné à ces gens trop d'importance et à présent ils en abusent…

— Il fallait s'y attendre… Quand on a goûté au pouvoir, même acquis par la violence… surtout peut-être par la violence ! fit-elle, soudain songeuse.

Réfléchissant, elle garda le silence et il le respecta, se contentant de la regarder. Dieu qu'elle était belle ! Dans cette robe somptueuse encore qu'un peu sévère à son avis, elle ressemblait à une idole…

— Laissons ce sujet de côté pour un moment, l'engagea-t-elle enfin, et venons-en à la Cour… ou plutôt à la Reine et au Roi ! Comment s'est passée votre visite ? (Puis, le voyant s'assombrir, elle murmura :) Si dramatique que cela ?

— Plus encore ! C'est tout juste si l'on m'a permis d'entamer la liste de mes griefs après les politesses de la porte et…

— Une minute, s'il vous plaît ! J'ai dû comprendre de travers ou vous avez vraiment parlé de « vos griefs » et des « politesses de la porte » ?

— Vous avez fort bien compris !

— Alors c'est que vous perdez l'esprit au point d'oublier à qui vous vous adressiez ! Les politesses de la porte, selon votre expression, ne sont pas de mise au pied d'un trône ! C'est au Roi que vous aviez affaire, pas à un quelconque particulier.

— Laissez-moi rire ! Un gamin même pas couronné…

— Le Roi tout de même ! Vous savez qu'en France il ne meurt jamais et que le sacre n'a d'autre but que le renouvellement de l'allégeance à Dieu ! Mais laissons cela ! Que vous a-t-il répondu ?

— Rien ! Il m'a tourné le dos. C'est la Reine qui s'en est chargée. Si on peut appeler cela répondre…

— Mais encore ?

— Elle a piqué une verte colère en accusant mon « insatiable ambition » qui me poussait à vouloir ceindre la couronne et à détruire ce qui pouvait se mettre en travers de ma route. Et comme je lui coupais la parole pour lui assener que seule m'importait la perte de Mazarin, le ton est monté d'une octave : « Mazarin, Mazarin ! Vous n'avez que ce nom à la bouche ! Qu'il soit exilé, banni tel un pestiféré, avec sa famille, dépouillé de sa demeure comme de ses biens ne vous suffit pas ? C'est sa tête que vous voulez, je suppose ? » Et comme j'allais répliquer, le Roi ne m'en a pas laissé le loisir : « Le Cardinal est "mon" ministre ! C'est à moi seul de décider de son sort. Et non seulement je ne vous donnerai pas sa tête mais je le rappellerai sans hésitation si vous et les vôtres me poussez à bout ! »... Là-dessus je suis parti. Et voilà où nous en sommes !

— Brillant ! ironisa Isabelle. Quel magnifique ambassadeur vous feriez, Monseigneur ! Si l'on a vraiment envie de faire la guerre à son voisin, on ne saurait choisir meilleur que vous pour décider d'accommodements possibles ! Une épée d'une main et de l'autre un brandon pour mettre le feu aux canons ! De quoi chasser au bout de la terre la plus entêtée des colombes de la paix ! En vérité, il y a des moments où je me demande si vous n'êtes pas...

Elle allait dire « fou » mais s'arrêta à temps sachant à quel point le mot lui faisait horreur ! Non sans raison ! Une de ses aïeules avait montré une attirance pour la débauche que seul un esprit dérangé pouvait nourrir. En outre la mère de sa femme, épousée sous la contrainte, était franchement folle et Condé craignait pour sa descendance. Isabelle ravala donc le mot malvenu qu'elle se hâta de remplacer par « un peu trop enclin à voir les choses sous votre éclairage personnel ».

— Comment l'entendez-vous ?

Sans se laisser impressionner par la raideur du ton, Isabelle continua :

— Cela coule de source. Il est le Roi... pas vous et cela fait une sacrée différence !

— Je ne trouve pas ! Nous sommes des Bourbons, l'un comme l'autre !

— Mais vous ne descendez pas d'Henri IV et c'est une nuance à laquelle le plus obtus des gens de ce pays se montre sensible ! Somme toute, si je vous ai compris, vous n'êtes plus en bons termes avec les robins et en plus mauvais encore si c'est possible avec la Cour. Seulement, mon cher Prince, je vous le répète, je me demande si vous n'invertissez pas les rôles.

— Avec ces robins ?

— Non. Ceux-là je vous les abandonne. Ils ne récoltent que ce qu'ils méritent. Mais vous avez quelque tendance à tout mélanger quand il s'agit de la Cour. En résumé, que demandez-vous pour vous comporter en prince français digne de ce nom ?

— L'épée de Connétable qui me donnera la préséance sur n'importe quel prince pour commander les armées…

— Peste ! Comme vous y allez !

— Elle me revient de droit ! Je suis le cousin du Roi et le plus grand soldat de ce temps !

— Au moins vous ne doutez pas de vous ! Et vous avez raison d'ailleurs mais il y a cette espèce d'alliance que vous avez conclue avec l'Espagne et l'épée aux fleurs de lys n'a pas été forgée pour se fourvoyer dans les rangs espagnols ! Je la crois capable d'aller se planter d'elle-même dans un rocher à l'instar, jadis, d'Excalibur, pour se refuser d'en bouger en attendant le héros qui en sera digne.

— Je vous parle de choses sérieuses et vous me renvoyez aux légendes !

— Elles contiennent parfois tant de vérités ! Et c'est tout ce que vous demandiez ?

— Nous en sommes loin ! Vous oubliez que mes frères et moi avons été emprisonnés injustement !

J'entends que nous soyons dédommagés après avoir reçu les excuses de la Régente ! J'entends aussi que les amis qui ont combattu avec moi reçoivent…

— Une récompense peut-être ? Et de combien ?

— Cent mille livres à Nemours, *idem* à La Rochefoucauld…

— À La Rochefoucauld ? Les charmes de madame votre sœur, cette incomparable déesse, ne lui semblent pas suffisante récompense ?

— On lui a brûlé son château. Et ce n'est pas la seule doléance…

En effet, la liste était si longue qu'Isabelle manqua s'endormir car il la débitait en prenant soin de ne plus lui permettre d'intervenir. Elle le laissa donc aller jusqu'au bout, se contentant de soupirer quand il eut fini :

— Faites-vous Espagnol tout de suite, Monseigneur ! Vous y gagnerez au moins du temps !

— Vous trouvez que je demande trop ?

— Vous ne demandez pas, vous exigez. Et quoi ? Le beurre, l'argent du beurre et la laitière par-dessus le marché. Ce qui m'étonne c'est que vous n'ayez pas réclamé aussi la tête de Mazarin. Sans doute parce qu'il n'est pas là !

— Vous vous abusez ! Il a ramené en France une petite armée de mercenaires qu'il a confiés à je ne sais trop qui pendant son absence car la Régente…

— Il n'y a plus de Régente !

— Oh, vous m'agacez ! La Reine mère qui ne peut plus se passer de son amant l'a fait revenir discrètement et le cache je ne sais où. Voilà pourquoi ma liste est si longue : j'espère faire sortir le loup du bois et m'en emparer. Devenu mon otage, j'obtiendrai ce que je veux et il ne me restera plus qu'à le lâcher dans Paris. Et ce sera sa fin : la foule le massacrera et pendra sa dépouille au premier arbre venu… Après, tout rentrera dans l'ordre.

Ce fut le mot de la fin pour ce soir-là. Très soucieuse, Isabelle se déclara fatiguée. Elle souhaitait réfléchir. Le Prince dut ravaler sa déception et n'obtint d'elle qu'un baiser. Encore veilla-t-elle à ce qu'il ne s'éternisât pas. Il partit donc mais en promettant de revenir le lendemain « voir si elle se sentait mieux ». Tout sauf hypocrite, il n'était pas difficile de deviner ce qu'il sous-entendait ! La toilette n'étant pas son occupation préférée, il voudrait sûrement profiter du sacrifice qu'il avait consenti… les ongles repoussent si vite !

Lui parti, Isabelle descendit respirer un peu l'air du jardin. Elle avait pensé d'abord y faire servir le souper mais avait craint que la demi-obscurité et les odeurs complices n'eussent paru à son invité autant d'appels à une sensualité qui n'avait nul besoin d'encouragement… et, guimpe ou pas, Isabelle eût perdu dans l'aventure une de ses plus belles robes…

Elle fit quelques pas et alla s'asseoir sur son banc préféré quand Agathe survint en relevant ses jupes à deux mains pour ne pas se prendre les pieds dedans et, ne voyant pas sa maîtresse, l'appela en sourdine :

— Je suis là ! Qu'y a-t-il encore ? Monsieur le Prince a oublié quelque chose ?

— Non. Cette fois c'est M. le duc de Nemours. J'ai eu beau lui répéter que madame la duchesse se reposait, il m'a bousculée et s'est élancé dans l'escalier. J'ai hésité un instant à appeler un ou deux valets et j'ai préféré venir jusqu'ici !

— Vous avez bien fait ! Il ne manquait plus que lui, en vérité !

Elle se hâta de rentrer et alla se poster en bas des marches de chêne, croisa les bras et attendit que se calme, dans les hauteurs, le claquement des portes que l'on ouvrait et refermait. Enfin elle l'entendit redescendre lourdement et, quand elle le vit en haut de la dernière volée, demanda :

— On peut savoir ce que vous venez chercher ?

Il exhala un soupir de soulagement qui eût suffi à gonfler la voile d'un bateau. La vue, sans doute, de la robe de cour à la fois somptueuse et un rien sévère. L'œil de la jeune femme, lui, était nettement orageux.

— Vous, bien sûr ! répondit-il. Je venais vous saluer quand j'ai vu sortir Condé, et…

Il s'arrêta, inquiet soudain en face de ce visage hermétique :

— Et quoi ? s'impatienta Isabelle.

De plus en plus mal à l'aise, il hésita, marmonna quelque chose d'indistinct et finalement lâcha :

— Ne pouvons-nous nous entretenir ailleurs que dans cet escalier ?

— Je vous ferai remarquer que ce n'est pas moi qui l'ai choisi. Pour une raison que j'ignore, vous avez jugé urgent d'effectuer chez moi une visite domiciliaire, mais si le cabinet de musique vous agrée…

— Je préférerais… votre chambre pour ce que j'ai à dire !

— Pas moi ! Alors c'est le cabinet de musique ou… la porte !

— Va pour la musique !

Ladite pièce n'avait rien de la salle de concert. Elle tenait surtout son nom des tapisseries qui l'habillaient où dieux et déesses évoluaient gracieusement aux sons d'instruments variés. On y trouvait certainement une guitare et un théorbe sur une table, mais c'était à peu près tout. En entrant, Isabelle alla s'asseoir près de la guitare et la prit sur ses genoux en posant négligemment une main sur les cordes.

— Voilà ! Prenez un siège et dites ce qui vous amène. Vous avez vu mon cousin Condé ? Et ensuite ?

— Un doute affreux s'est emparé de moi... N'est-il toujours que votre parent... ou aussi votre amant ?

Elle prit un air rêveur et caressa les cordes du bout des doigts :

— Quittez ce doute ! Je crois qu'on peut le dire ainsi : il est à la fois mon cousin et mon amant. Satisfait ? Et pendant que j'y pense, comment va cette chère Longueville ?

À la surprise d'Isabelle, il parut soudain très malheureux et se laissa tomber à genoux :

— Pitié, Isabelle ! Ne m'accablez pas ! Je venais vers vous pour implorer votre pardon ! Je ne sais, en vérité, ce qui m'est arrivé car je n'ai pas d'amour pour elle. J'ai été victime... d'une sorte de... d'un vertige des sens, c'est le mot ! Vous étiez loin de moi ; elle s'offrait. J'ai cru, avec elle, échapper à ma mélancolie et... et voilà ! Ou plutôt me voilà à vos pieds vous suppliant de m'accorder votre pardon !

Abandonnant sa mine sévère, elle lui offrit son plus charmant sourire :

— J'aurais mauvaise grâce à vous le refuser puisque hier soir je me suis donnée à votre grand chef !

Il se figea sur place comme si le feu du ciel l'avait changé en statue de sel à l'instar de la femme de Loth, et devint rouge vif :

— Vous?… Vous, sa maîtresse? Un léger bruit m'en était venu mais je n'y avais pas attaché trop d'importance! On en raconte tellement… et je ne manque pas d'ennemis!

— En tout cas il n'aura pas perdu de temps en route, votre ennemi! L'événement a eu lieu ici même et hier soir! Et à moins que le Prince n'en ait fait une proclamation?…

Mais il ne l'écoutait plus. Il s'était mis à marcher de long en large dans une agitation qui allait crescendo. Puis, brusquement, s'immobilisa :

— Je ne vous crois pas! Vous dites cela pour vous venger mais…

— Me venger? J'aurais pu le faire depuis longtemps! À Montargis tandis que vous gémissiez sur votre lit de douleurs, La Rochefoucauld m'a offert ses bons offices dans la même intention! Comme si j'étais femme à me contenter des rogatons d'une autre!

Avec un air implorant, il s'approcha d'elle dans l'intention évidente de la prendre dans ses bras :

— Cessez ce jeu, mon cœur! Il n'est digne ni de vous ni de moi!

Elle recula pour éviter son contact et d'un geste vif ôta la guimpe de dentelles voilant la naissance de sa gorge et de ses épaules :

— Ceci suffira-t-il à vous convaincre? Les griffes du lion ont laissé leurs traces sur moi!

Il poussa un cri et s'enfuit en pleurant…

2

Les canons de la Bastille

En dépit d'un bain chaud qui lui fit grand bien en détendant ses nerfs, Isabelle dormit « en pointillé » cette nuit-là, tourmentée par l'étrange tournure prise en à peine vingt-quatre heures par sa vie sentimentale passée du vide absolu à un trop-plein qui n'allait pas sans l'embarrasser. La conquête de celui qu'elle avait aimé dès le premier regard échangé l'emplissait d'une joie profonde – même si elle présentait quelques épines ! D'autre part, elle reconnaissait volontiers qu'elle avait souffert de la défection de Nemours tombé dans les filets de sa pire ennemie… Nemours était un homme délicieux et un merveilleux amant… ce qui n'était pas le cas de Condé, trop pressé et brutal. La déception avait été forte de se voir délaissée ainsi. Et pour qui !

Aussi, peu tentée par la position extrême de l'âne de Buridan qui, affamé et assoiffé mais placé à égale distance d'un picotin et d'un seau d'eau, se laissa mourir faute de décider lequel était le plus urgent, Isabelle, à l'issue de cette nuit… choisit tout simplement de garder les deux… Elle aurait au moins réussi une œuvre méritoire, si elle pouvait arracher Nemours au fangeux chemin de la trahison – ce qui peut-être convaincrait aussi François. Mais d'abord pousser Condé à reprendre les négociations avec la Cour... même si elle n'y croyait pas vraiment.

La suite des jours à venir allait mettre sa diplomatie à rude épreuve. Condé qui entendait la surveiller comme du lait sur le feu eut une idée de génie – selon lui ! – inspirée par le retour à ses côtés de son ami Nemours qu'il croyait définitivement rangé dans le sillage de Mme de Longueville en vertu de ce principe élémentaire qu'il était malséant de quitter une déesse dès l'instant où elle avait daigné vous attacher à sa personne... Il convenait donc de le surveiller sans en avoir l'air.

Aussi dès le matin suivant se faisait-il annoncer chez celle qu'il considérait déjà comme sa propriété. Isabelle qui – rappelons-le ! – avait fort mal dormi – et on pouvait en lire les traces sur son visage – lui fit répondre qu'étant souffrante elle avait pris médecine et le priait de l'excuser. Cependant il insista : il ne la dérangerait pas mais il était de la dernière importance de pouvoir échanger quelques mots avec elle !

Que pouvait-il y avoir de si urgent pour lui tomber ainsi dessus dès potron-minet ? Le sachant capable de passer outre à toute interdiction, elle appliqua sur son visage une crème au blanc de céruse qui le pâlit, ombra légèrement ses paupières inférieures, ramassa ses cheveux dans un bonnet de dentelle, enfila une camisole et retourna se coucher tandis qu'Agathe disposait à son chevet une tisanière et un flacon d'eau de senteur, puis s'enfonça dans ses draps et envoya chercher son visiteur.

Ne croyant absolument pas à la maladie soudaine d'une femme qu'il avait vue resplendissante – sévère mais resplendissante ! – quelques heures plus tôt, Condé ne cacha pas sa surprise :

— Quoi ? Vous êtes réellement souffrante ? (Puis avec un sourire entendu :) Nemours aurait-il osé vous maltraiter ?

— Me maltraiter ? Où vous croyez-vous donc ? Il n'y a que vous, Monseigneur, pour en avoir seulement l'idée ! Et à quel titre s'il vous plaît ?

— Ne vous fâchez pas, de grâce ! Je vous demande pardon. D'autant que je ne viens que demander votre aide !

— Mon aide ? En quoi ? Je ne parle pas l'espagnol.

— Oh, vous êtes insupportable. La malade que vous êtes de toute évidence devrait se ménager davantage.

Cette fois elle ne put s'empêcher de rire, se redressa, donna deux ou trois coups de poing à ses oreillers et resta assise en s'y adossant :

— Voilà ! Je suis tout ouïe !

Il exposa alors l'ensemble de ses soucis après la réception plutôt fraîche reçue à Saint-Germain :

— Outre que je ne me sente plus très en sûreté à l'hôtel de Condé, je vous avoue que je ne sais plus à quel saint me vouer et j'ai besoin de conseils.

— De conseils ? Vous n'en manquez pourtant pas…

— Justement ils sont trop nombreux et souvent d'avis si différents que je ne peux me résoudre à écouter celui-ci de préférence à celui-là [1].

— Vous voulez venir habiter ici ? Je peux vous dire tout de suite que ce n'est pas une bonne idée…

1. Une certaine difficulté à prendre une décision mais ensuite à ne plus vouloir en démordre, même si elle était mauvaise, a été un véritable handicap pour Condé. Sauf évidemment quand il commandait les armées où il faisait preuve d'un véritable génie.

— Non. Je veux seulement y rassembler mes amis sous votre égide et ce que je vous propose c'est le rôle d'arbitre. Vous ne perdez jamais la tête… du moins à ma connaissance, ajouta-t-il avec l'ombre d'un sourire. La façon dont vous avez enlevé ma mère sous le nez de M. Du Vouldy en est la meilleure preuve ! Et puis… j'ose espérer que vous m'aimez un peu ? Alors, aidez-moi !

— Je ne dis pas non, mais si vous n'êtes pas à l'aise chez vous, que ne retournez-vous à Saint-Maur comme vous l'avez déjà fait ?

— Il faudrait pour cela que vous veniez vous y établir… et ce serait certes empiéter sur une liberté à laquelle vous semblez tenir, répondit-il, affichant une mine tellement confite qu'Isabelle, oubliant ses maux supposés, se remit à rire.

— Quel bel hypocrite vous faites, Monseigneur ! Vous ne le proposez pas parce que vous savez parfaitement que je refuserais. Cela posé, continua-t-elle le payant de la même monnaie, je ne vous cache pas que je n'avais pas l'intention de rester à Paris. Les beaux jours sont venus et j'ai grande envie de revoir Mello… et mon fils !

— Vous l'avez laissé seul là-bas ?

— Non. Ma mère veille sur lui. Peut-être même l'a-t-elle emmené à Précy. Elle n'aime pas être longtemps éloignée de son chez-elle ! Mais revenons à votre problème. Si vous voulez tenir conseil ici, je n'y vois pas d'inconvénient et, si vous le demandez, je vous donnerai mon avis…

— … Et peut-être me permettrez-vous de… m'attarder auprès de vous ?

— Nous verrons ! Une question, cependant ! Je ne veux à aucun prix recevoir chez moi Mme de Longueville et je suppose qu'elle joue un rôle important dans votre « conseil » ?

— Rassurez-vous ! Elle en est absente. Elle se trouve actuellement en Guyenne avec mon jeune frère Conti et ils ont fait de Bordeaux le centre privilégié des négociations avec l'Espagne... Selon la façon dont tourneront mes pourparlers avec la Cour, elle saura quelle conduite tenir.

— J'ose espérer qu'elle ne prendra pas sur elle de signer quoi que ce soit en votre nom ?

— Non ! Bien sûr que non ! Elle n'oserait !

— Elle ? Ne pas oser ? Ou elle a énormément changé ou vous la connaissez mal ! Nous pourrons nous estimer heureux si elle ne nous arrive pas un beau jour flanquée d'une armée espagnole avec tambours et trompettes par-dessus le marché. Vous aurez alors le choix entre tomber dans ses bras ou l'exécuter à coups de mousquet !... Et je ne vous envie pas !

— Vous exagérez ! Elle ne veut que mon bonheur !

— À condition qu'il serve sa gloire ! Or, ne vous y trompez pas, Monseigneur, la gloire m'importe peu à moi. En revanche, je tiens particulièrement à ce que le vainqueur de Rocroi et de tant d'autres batailles reste prince français et à ce que, étant donné l'attachement qu'il vous montre, le dernier des illustres Montmorency n'aille pas le payer de sa tête ! Parce que si ce malheur devait arriver, vous auriez en moi une implacable ennemie !

— Je croyais que vous m'aimiez ? Du moins l'avez-vous dit !

— Je souhaite pouvoir le dire encore ! Cela dépend exclusivement de vous, Monseigneur !

— Alors je vous donne toutes assurances ! Pouvons-nous nous réunir une première fois ce soir ?

— Oui mais pas à une heure indue : cela ferait par trop de conspirations…

— C'est un peu cela, non ?

— Oui mais il est inutile de le crier sur les toits. Venez dans l'après-midi… et séparément comme nous étions accoutumés lorsque nous allions à l'hôtel de Rambouillet passer un moment, entendre les dernières trouvailles de nos poètes, écouter de la musique. Je veillerai à ce qu'il y en ait : ni trop faible ni trop bruyante, juste ce qu'il faut pour apporter un fond… sonore !

— Votre idée me semble bonne mais sera-t-elle crédible sans femmes ?

— Je ne vous empêche pas d'inviter Mademoiselle qui brûle de se dévouer pour vous… surtout quand la santé de votre épouse donne des inquiétudes ! Elle se verrait parfaitement princesse de Condé !

— Je pensais que vous la détestiez ? D'ailleurs à vous entendre…

— Moi ? Non ! C'est elle qui me déteste… ou plutôt qui ne sait pas exactement quel sentiment je lui inspire : elle aime à me rencontrer pour bavarder, égratigner les autres et faire assaut d'esprit, mais quand elle parle de moi, c'est en général pour me dénigrer !

— C'est le plus vraisemblable ! Vous êtes ravissante et elle est bâtie comme les suisses de la garde royale !

— Quoi qu'il en soit, invitez-la. Elle en sera ravie et représentera son père ! Monsieur est toujours des vôtres je suppose ? Ne plus être lieutenant général du royaume depuis la majorité du Roi doit le désoler bien qu'il se garde de le montrer ! Et s'il vous faut d'autres dames, Mme de Brienne, qui est restée amie de la Reine, et mon amie Saint-Sauveur devraient faire illusion. Ce sont toutes deux des femmes d'esprit qui ne sont aucunement douées pour l'espionnage ! Je les fais appeler ce soir si vous le voulez ?

— Ce soir ? Non... Ayez pitié de moi, Isabelle, et laissez-moi revenir seul ! J'ai tant de choses à vous dire !

— Qui ne peuvent s'exprimer que la nuit ?

— Oh non ! Je pourrais vous parler d'amour durant...

— Montrez-moi vos ongles. (Puis, dénouant le ruban de sa chemise, elle découvrit une épaule où se voyaient les ecchymoses et la trace de ses dents :) Si demain j'ai une marque de plus, une seule, je ne vous revois de ma vie ! J'ai vingt-cinq ans et j'adore aller au bal. Si, à cause de vous, je ne dois plus porter que des collets hauts ou des fraises comme au siècle dernier, je préfère vous dire adieu tout de suite !

Il eut tout à coup l'air si malheureux qu'elle ne réussit pas à lui en vouloir plus longtemps :

— Venez souper ce soir, seul ! Je vais envoyer au grenier voir s'il ne nous resterait pas quelque bonne vieille cotte de mailles !

— Quelle horreur ! Ne m'obligez pas à me munir des cisailles du jardinier !

En fait de cisailles, il revint ce soir-là précédé d'un énorme bouquet de roses qu'il avait fait chercher au château de Saint-Maur. Isabelle le respira avec délices avant de le faire disposer dans les vases après en avoir prélevé deux qu'elle glissa dans le modeste décolleté de sa robe blanche. Le souper fut délicieux mais rapide car la hâte de Condé était quasi palpable. Enfin, après avoir remercié les domestiques, Isabelle prit son invité par la main pour le mener jusqu'à sa chambre où il la fit asseoir devant le grand miroir de sa table à coiffer et, après un interminable baiser, il entreprit de la déshabiller :

— Voyons ces blessures de guerre ! murmura-t-il contre son cou.

Isabelle ferma les yeux et l'on n'entendit plus rien… sinon un gémissement qui n'avait rien à voir avec la douleur.

Le lendemain dans l'après-midi, la duchesse de Châtillon vit arriver dans l'ordre : Condé d'abord, puis La Rochefoucauld et son secrétaire Gourville, le président Viole, le cardinal de Retz souriant et volubile à son habitude, Lenet et… le duc de Nemours qui était le seul à ne pas arborer une mine ravie. Il est vrai qu'il précédait de quelques pas le duc de Beaufort, son beau-frère cependant mais auquel l'opposait une antipathie – réciproque ! – nourrie d'obscures raisons de préséance. En outre, Beaufort ne cachait pas que sa propre appartenance à la Fronde des princes, due à la haine pour Mazarin et à son amitié pour Condé, excluait jusqu'à l'idée de combattre aux côtés des Espagnols et plus encore de les aider à s'implanter en territoire français. Il s'était toujours refusé à signer quoi que ce soit avec eux. Ce qui entretenait la hargne de Nemours.

— Ce bâtard se croit tout permis parce que Henri IV est son aïeul, mais ma mère à moi était princesse de sang royal…

— Pourquoi, diantre, avez-vous épousé sa sœur dans ce cas ? lui fit remarquer un jour Retz qui était des proches de la famille de Vendôme. D'ailleurs je lui donne volontiers raison en ce qui concerne l'Espagne et je ne suis pas le seul ! Quant aux femmes, il a au moins autant de succès que vous auprès d'elles. Il a seulement un compte à régler avec Mazarin, un point c'est tout ! Et sa mère que vous traitez si dédaigneusement, c'est tout de même une Vaudémont-Lorraine ! Et je l'aime bien ! avait conclu le nouveau cardinal avec simplicité.

Isabelle aussi aimait bien François de Beaufort parce qu'il était bon compagnon, aimait rire autant qu'elle et l'avait tirée d'affaire sur le Pont-Neuf un jour d'émeute. Aussi l'accueillit-elle avec un sourire radieux… qui, bien sûr, indisposa Nemours. Voyant qu'après lui avoir baisé la main ils riaient ensemble de quelque plaisanterie, il allait s'en mêler quand Condé l'attrapa au passage :

— Nous sommes ici pour débattre d'affaires d'importance ! Alors tâchez de vous en souvenir !

— Mais il se comporte en ce lieu comme…

— L'un des nôtres. Ce qu'il est !

— Allons donc ! Il ne veut pas entendre parler de notre alliance avec le Roi catholique !

— Mais il tient Paris, qui l'a promu « Roi des Halles » au creux de ses mains ! Or Paris n'aime pas les Espagnols plus que lui ! Et maintenant siégeons ! Il est temps d'ouvrir la séance, ajouta-t-il.

— … À moins que l'on n'attende Monsieur ?

— Il s'est fait excuser, grogna Condé. Un petit malaise de plus !

On s'installa dans le cabinet de conversation où une table à écrire était disposée dans un coin près du cercle de fauteuils qui attendait les visiteurs. L'un d'eux resta vide :

— Nous attendons encore quelqu'un ? demanda le cardinal.

— Mon frère, bien entendu ! soupira Isabelle. Je crois que même au jour de sa mort il trouvera le moyen d'être en retard.

Il apparut à cet instant, tout souriant, vint embrasser sa sœur, salua les autres gracieusement en marmottant une excuse que personne ne comprit avant de se précipiter dans le siège resté libre. Isabelle prit alors la parole et après avoir remercié ses nobles visiteurs de leur présence pria que l'on ait l'obligeance de lui répéter ce qui s'était passé au château de Saint-Germain-en-Laye lorsque Gourville y était allé en ambassade.

— J'aimerais lire le texte que le secrétaire de La Rochefoucauld avait été chargé de remettre, si, évidemment, on avait pris soin d'en faire un double.

Ce qui n'était pas le cas :

— Gourville, dit Condé, savait parfaitement ce que nous réclamons les uns et les autres pour mettre bas les armes !

— Oui, mais moi je ne le sais pas !

Sur ce, tout le monde se mit à parler en même temps, générant une parfaite cacophonie à laquelle le Prince, sur un regard d'Isabelle, mit fin en tapant violemment sur la table :

— Un peu de silence ! On se croirait au Parlement ! Gourville, vous avez en mémoire ce que vous avez dit ?

— Oui, Monseigneur !

— Alors écrivez-le, sacrebleu ! jura la duchesse qui perdait patience. Si je vous ai compris, c'était un message oral ?

— Naturellement ! répondit Condé. Comprenez, ma chère cousine, qu'il ne s'agissait pas d'un quelconque placet de sujet à souverain mais d'une sorte de traité de puissance à puissance ayant pour but d'éliminer définitivement Mazarin et de nommer aux différentes charges importantes des gens à nous. Tous dévoués au Roi, je vous rassure ! précisa-t-il en voyant s'arrondir de stupeur les grands yeux sombres de la jeune femme.

— De puissance à puissance ? répéta-t-elle. Mais, ma parole, vous êtes tous devenus fous ? Que vous soyez, mon cher cousin, le deuxième Louis des princes de Condé ne vous permet pas de vous croire l'égal de Louis XIV, roi de France et de Navarre. Tous ici, moi y compris, nous sommes ses sujets ! Rien d'autre ! Une simple question, ajouta-t-elle quand le tumulte provoqué par ses paroles s'apaisa : Si, à cet instant, Sa Majesté entrait dans cette salle, que feriez-vous ?

— Nous la saluerions comme il se doit ! fit-il en haussant les épaules.

— Et il serait parfaitement en droit de ne pas vous rendre ledit salut ! Et de s'asseoir en vous laissant debout ! Ce qui l'attend, dans quelques mois, c'est le sacre dans la cathédrale de Reims ! Mais la couronne de Saint Louis, votre saint patron à tous deux, ne fait pas de vous son frère pour autant ! Essayez de comprendre qu'il s'agit d'éclaircir une situation stupide qui n'est profitable à personne et qui ruine le royaume pour de longues années peut-être !

Un silence suivit. Aucun de ces hommes – à part Beaufort qui la regardait en souriant – ne trouvait de riposte. Même François, qui ne cachait pas sa surprise devant la mercuriale de sa sœur. Enfin Condé trancha :

— Il faut en finir ! Gourville, veuillez prendre place à cette table et notez l'intégralité de nos déclarations pour nous-mêmes comme pour le gouvernement du royaume.

— Vous en tirerez un mémoire, coupa Isabelle, exposant, en un certain nombre d'articles, les conditions moyennant lesquelles vous mettrez bas les armes. Et vous enverrez l'un de vous le remettre aussi solennellement que vous voudrez au Roi ! De plus, il serait bon, Monseigneur, que vous y joigniez une lettre de votre main exprimant quelques regrets ainsi que votre « attachement » à sa personne !

La rédaction dudit mémoire n'alla pas sans heurts. Condé y avait demandé diverses sommes d'argent pour lui-même et ses compagnons de captivité. Il réclamait aussi cent mille livres pour dédommager la duchesse de Châtillon, et Isabelle prit feu :

— Ce ne sont pas les troupes du Roi qui ont ravagé Châtillon mais les vôtres, Monseigneur. Qui casse les pots les paie, comme on dit dans nos campagnes. Et je n'ai demandé que dix mille livres ! Ôtez cette clause du mémoire ! Je ne veux en rien être mêlée à tout ceci !

— Que vous le vouliez ou non, vous y êtes, ma sœur ! remarqua François. Et si les cent mille livres ne vous intéressent pas, elles m'arrangeraient assez ! Nous pourrions partager : dix mille livres pour vous et le reste pour moi [1] !

Autre sujet de fâcherie, on demandait que le duc de Beaufort soit nommé gouverneur de Paris. Cette fois, ce fut Nemours qui prit feu :

— Ce n'est pas parce qu'il règne sur les poissardes, les ribaudes et les filles folieuses qu'il faut lui offrir toute la ville !

Beaufort éclata de rire :

— Rassurez-vous, cher beau-frère, je n'en ai pas la moindre envie. Je préfère garder mon influence sur le

1. En réalité, la somme en question devait être attribuée au duc de La Rochefoucauld.

petit peuple plutôt que lui imposer la plus infime férule. Je rêve de l'amirauté qui était à mon père et dont je souhaite la survivance. La mer toujours recommencée, monsieur le duc de Nemours ! Vous ne savez pas ce que c'est : elle vaut toutes les femmes du monde… À l'exception de rares merveilles, déclara-t-il avec un sourire et un salut à l'adresse d'Isabelle.

Nemours n'entendait pas en rester là mais Condé lui imposa silence. Quand tout fut fini il y avait vingt et un articles que l'on relut avant de les retranscrire proprement. S'éleva alors la question primordiale : qui serait chargé de remettre l'objet entre les mains royales ?

— Moi, j'accepte ! proposa François de Bouteville. La Reine m'a toujours vu venir avec bienveillance. Peut-être parce que j'ai le don de la faire rire !

— Cela m'étonnerait que ce soit le cas à présent ! grommela Nemours. Elle se languit de son Mazarin et n'a pas besoin d'un pitre…

Condé eut juste le temps d'attraper le jeune homme au vol et de le ceinturer puis gronda :

— Si tu veux te battre en duel, Nemours, cherche-toi un adversaire ailleurs que chez nos amis ! Nous ne nous sommes pas réunis pour nous entre-tuer ! Et cela sous les yeux de Mme la duchesse de Châtillon, notre si chère amie.

Tout en parlant, il avait saisi la main d'Isabelle et la garda dans les siennes. Retz qui les contemplait suggéra :

— La Reine voit avec plaisir Mme la duchesse. Pourquoi ne pas la prier de nous rendre ce service ? Elle a un sourire auquel nul ne peut se vanter de résister. Et l'on dit notre jeune Roi déjà fort sensible au charme féminin !

— Il pourrait y avoir du danger, protesta Nemours, et je m'y oppose !

— À quel titre ? maugréa le Prince dont le sourcil se fronçait.

— À quel titre ? Mais à celui de…

— Du calme ! reprit le cardinal. Ce n'est pas sans réfléchir que j'émets cette proposition. Savez-vous comment, chez les Précieuses, on surnomme notre belle hôtesse depuis son éclatant retour sous double escorte ?

— En dehors de Mlle de Scudéry je ne les fréquente guère, remarqua la jeune femme.

— Elles n'en ont pas moins des yeux pour voir et des oreilles pour entendre. Dans leur cercle vous êtes devenue « Circé » !

— La magicienne qui transformait les hommes en cochons ? fit Isabelle en plissant le nez. Je ne suis pas certaine d'en être flattée !

— Peu importe les sujets, coupa Condé en lui souriant. C'est la puissance qui compte ! Qu'en pensez-vous, Isabelle ? Acceptez-vous d'être notre ambassadrice ?

— Pourquoi non, après tout ! Si la Reine… et le Roi veulent bien me recevoir !

Mme de Brienne s'étonna un peu qu'Isabelle eût besoin d'elle pour obtenir une audience de Leurs Majestés qui toujours l'avaient vue venir avec plaisir, mais comprit mieux quand elle sut de quelle mission sa jeune amie était chargée : plaider la cause des princes n'était pas une mince affaire.

— Cela ne fait guère honneur à leur courage, apprécia-t-elle. Selon moi le plus simple et le plus efficace ne serait-il pas d'aller tous en chœur plier le genou devant le Roi en lui offrant vos épées ? En outre… – mais ensuite seulement ! – entamer des pourparlers si l'on vous en laisse le temps ! Je ne suis pas certaine que l'on apprécie à Saint-Germain cette façon de mettre la charrue avant les bœufs.

— Monsieur le Prince pense être en puissance suffisante pour discuter d'égal à égal.

— Doux Jésus ! On aura tout vu !… Quoi qu'il en soit je vous accompagnerai ! Vous aurez peut-être besoin d'un soutien, pauvre agnelle que l'on veut jeter aux loups !…

La pauvre agnelle n'en avait guère l'apparence quand elle monta en voiture pour se rendre à l'invitation royale quelques jours plus tard en compagnie de son amie. Elle était belle à miracle dans une robe de brocart de cette joyeuse couleur de corail clair qu'elle affectionnait. Des diamants étincelaient sur sa gorge, à ses oreilles, ses bras et ses mains ainsi qu'à l'éventail qu'autorisait l'extrême douceur du temps. Ces parures lui appartenaient en propre et elle avait jugé plus sage de ne rien porter qui lui vint de sa Princesse afin de ne pas donner l'impression d'être totalement inféodée aux Condés. Elle fut même quelque peu contrariée en constatant qu'on lui avait attribué une escorte d'honneur qui vint caracoler autour de son carrosse. D'autant qu'elle était munie d'un sauf-conduit :

— Que vous le vouliez ou non, vous voilà bel et bien promue ambassadrice officielle ! Ce qui aura au moins l'avantage de nous permettre d'entrer en voiture dans la cour du château et de descendre devant le perron !

Mieux encore lorsqu'on arriva à Saint-Germain, les gardes se rangèrent sur son passage en lui présentant les armes ! Cette fois c'était peut-être un peu exagéré mais si la duchesse éprouva une vague crainte, ce n'en fut pas moins le front haut que, annoncée officiellement, elle pénétra dans la grande salle où la Cour était rassemblée, formant une haie au bout de laquelle le Roi et sa mère l'attendaient, trônant assis dans leurs fauteuils.

Se voyant ainsi honorée, Isabelle se conforma au protocole en effectuant une première révérence à l'entrée, une deuxième à mi-chemin et la troisième devant Leurs Majestés : la prestation fut accomplie avec une grâce qui lui valut un murmure admiratif.

L'accueil royal fut non seulement aimable mais chaleureux. « Il ne lui manquait, devait écrire plus tard Retz renseigné par un de ses espions, que le rameau d'olivier à la main. Elle fut reçue et traitée comme Minerve l'aurait pu être… » Anne d'Autriche entièrement de noir vêtue mais parée de perles magnifiques l'embrassa. Le jeune Roi, déjà fort séduisant, baisa sa main en lui tournant un compliment du dernier galant auquel elle répondit avec esprit. On échangea compliments et amabilités jusqu'à ce que sur une nouvelle révérence elle remette à la Reine le fameux mémoire que celle-ci n'ouvrit pas, se contentant de l'offrir à son fils :

— C'est au Roi qu'à présent il convient de s'adresser, ma chère. Le temps est venu pour lui de prendre en charge le royaume… assisté, toutefois, de conseillers avisés…

— Tels que M. le Cardinal, compléta Louis en lui prenant la main. Venez ! Il vous attend dans le cabinet voisin !

Isabelle s'attendait à tout sauf à cela ! Sous le choc, elle pensa un instant s'évanouir, ce qui eût été d'un effet déplorable mais, grâce à Dieu, elle n'avait pas la pâmoison facile et ce fut d'un pas nonchalant qu'elle alla rejoindre l'ennemi, se contentant de demander un peu de fraîcheur à son éventail. Elle se souvint subitement du surnom que lui avaient appliqué les Précieuses : Circé ! N'était-ce pas le moment idéal pour vérifier s'il était ou non mérité ?

Après les politesses de la porte et tandis qu'il lisait le fameux mémoire, elle remercia Dieu d'avoir réussi à obtenir que ne soit pas inscrite la condition *sine qua non* de ces étranges offres de paix : sa disparition définitive ! De toute façon les unes ne pouvaient aller sans l'autre.

Tandis qu'il parcourait le texte sans qu'aucune émotion apparût sur son visage, Isabelle l'examinait. Elle ne l'avait jamais vu de si près ni surtout dans ce que l'on pouvait appeler l'intimité. À cinquante ans, Mazarin gardait une indéniable séduction : visage aux traits réguliers, lèvres sensuelles soulignées d'une fine moustache, beaux cheveux bruns fournis où quelques cheveux blancs rappelaient les années écoulées, de même que les poches – encore légères cependant ! – sous des yeux bruns facilement souriants dénonçaient de lourds soucis. Il n'avait pas – et de loin ! – la stature de Richelieu, son allure imposante ni sa voix grave, souvent tranchante. La sienne, teintée d'un amusant accent italien dont il n'avait jamais pu se défaire, pouvait prêter à ironiser sauf dans certains cas. Il y avait du comédien dans cet homme sur lequel se concentraient les haines de tout un peuple. Très coquet de sa personne il prenait grand soin de ses mains qu'il avait fort belles et ne manquait jamais d'orner d'un ou deux de ces diamants pour lesquels il éprouvait une véritable passion. Et à ce propos, c'était le nom de la Reine qui venait tout de suite à l'esprit. Pouvait-il vraiment inspirer à une femme vieillissante mais encore attirante des sentiments aussi ardents ? Isabelle finit par conclure que c'était possible surtout si, comme elle l'avait entendu dire à l'hôtel de Rambouillet ou ailleurs, il offrait une certaine ressemblance avec le séduisant duc de Buckingham qu'Anne avait beaucoup aimé dans sa jeunesse. Au point d'avoir été à deux doigts de s'abandonner, un soir, dans certain jardin d'Amiens. Par sa faute à lui d'ailleurs : il avait voulu « brûler les étapes » et oublié qu'une infante ne se culbutait pas dans un buisson comme n'importe quelle fille[1]…

Sa lecture achevée, Mazarin tourna vers sa visiteuse un regard souriant :

— Je ne saurais trop vous remercier, madame, d'avoir bien voulu prendre la peine de venir jusqu'ici m'apporter ce document ! Il est fort important et mérite réflexion… Vous comprendrez aisément qu'il m'est impossible d'y répondre dans l'instant alors qu'il présente, je le reconnais, des articles extrêmement intéressants.

— Pardonnez-moi, Monseigneur, coupa Isabelle, mais j'attendais d'autant moins une réponse immédiate de Votre Éminence que je ne pensais pas avoir l'honneur de la rencontrer et qu'il nous importe principalement que Leurs Majestés en prennent connaissance puisqu'en fait c'est à elles que ce mémoire était destiné…

1. Voir *Marie des intrigues*, du même auteur.

Le ton était un peu raide, la mise au point flagrante, mais Mazarin n'en marqua aucun déplaisir :

— Cela va de soi, madame la duchesse. Cela va de soi ! Les volontés de Leurs Majestés ont toujours été les miennes et, en ceci comme en tout ce qui se décide dans le royaume, je ne suis que l'exécutant de volontés augustes. Il nous faut en débattre en conseil étroit, réfléchir à ce qui peut être accordé… en premier…

— Quoi par exemple ?

— Certaines nominations à des postes de gouverneurs. Du moins il me semble, mais si vous le permettez, nous allons à présent rejoindre la R… le Roi que votre venue enchante et qui ne me pardonnerait pas de vous accaparer…

La suite de la visite se passa en effet à bavarder d'une foule de choses dans une atmosphère tellement souriante et détendue qu'elle effaça l'inquiétude conçue par la jeune ambassadrice, et ce fut avec enthousiasme qu'elle accepta de revenir un jour prochain. Cependant avant de partir, elle objecta :

— Ne vaudrait-il pas mieux que Monsieur le Prince vînt en personne ?

— Débattre avec moi ? Il n'acceptera jamais ! répondit le Cardinal avec une soudaine tristesse qui, si elle était jouée, faisait honneur à son talent de comédien. Il ne m'accordera pas cette satisfaction. Je redoute même qu'il n'accepte pas de poursuivre les discussions quand il saura que j'y participe…

Cela était bien possible, pensait Isabelle quand elle eut rejoint carrosse et escorte pour revenir vers Paris, et la fin de la journée lui donna pleinement raison. Condé explosa littéralement :

— Il était là et vous n'êtes pas repartie aussitôt ?

— C'est ce que vous auriez fait à ma place peut-être ?

— Si j'étais venu en personne, on eût pris cette démarche comme une reddition et je serais peut-être déjà à la Bastille !

— Et vous auriez préféré que ce soit moi ? Comme je vous comprends ! railla-t-elle. Outre que je n'avais pas le choix, il se peut que nous retirions un bénéfice bien quelconque de cette entrevue.

— Avec lui ? Pas d'illusion ! Puisqu'on a osé le rappeler en dépit des volontés de toute la France, vous pouvez être sûre qu'il n'y aura pas d'autre audience !

Et pourtant il y en eut une. Quelques jours plus tard, un message de la Reine requérait Isabelle à Saint-Germain afin d'y poursuivre un entretien un peu trop bref pour être vraiment constructif en spécifiant qu'elle serait attendue avec un vif plaisir…

— À vous maintenant de me dire ce que je dois faire ? demanda-t-elle quand le « conseil des chefs » fut réuni.

À l'exception de Nemours, ils furent unanimes : on ne pouvait faire fi d'une invitation royale dont l'essence elle-même constituait la meilleure garantie de sûreté pour la duchesse. Mais Nemours, qu'Isabelle vivant quasi ouvertement avec Condé ne recevait plus comme il l'aurait voulu, s'entêtait :

— Nous en étions pourtant convenus : plus de Mazarin ! Dès l'instant où il a le front de reprendre sa place nous devons appeler aux armes ! Le peuple ne demande que cela !

— Depuis quand vous faites-vous son messager ? lança Beaufort. C'est à peine s'il vous connaît !

— Tandis qu'il est à la dévotion du « Roi des Halles », c'est notoire !

— J'en sais en tout cas plus que vous. Le peuple qui voit venir un hiver de famine en a assez de se battre. Que Mazarin le nourrisse et le chauffe et il applaudira. La plus grande partie tout au moins…

— Et l'autre partie ne pourra qu'approuver quand vous serez gouverneur ? Inutile de demander qui a réclamé ce poste ?

— Je n'ai rien réclamé ! Ce n'est pas le gouvernement d'une ville que je désire mais l'amirauté ! En survivance de mon père qui en était investi. Je n'aime que la mer, monsieur le Savoyard[1]. Pouvez-vous comprendre cela ?

La dispute allait se prolonger quand Condé, agacé, y mit fin d'un coup de poing sur la table :

— En voilà assez ! Vous vous distribuerez les places quand nous serons au pouvoir !

— Pardon si je me répète mais nous sommes toujours d'accord : le pouvoir pour vous mais au nom de Louis XIV. Pas de Philippe d'Espagne ! reprit Beaufort.

— Sans doute… À ne vous rien cacher, je vous confierai que l'Espagne me déçoit ! Rares sont ses promesses tenues !

— Allons donc, Monseigneur ! coupa François. Mme la duchesse de Longueville, Madame la Princesse et le prince de Conti qui tiennent la Guyenne sont unanimes pour vanter les excellents procédés dont ils sont l'objet et ne montrent aucune impatience : il faut du temps pour préparer une expédition d'une telle envergure. En outre…

— Il suffit, mon frère ! trancha Isabelle, mécontente. Vous êtes ici chez moi, c'est-à-dire en un lieu où l'Espagnol n'est pas le bienvenu…

1. Amédée de Savoie, duc de Nemours.

— Il est notre allié !

— Le vôtre peut-être ! Pas le mien ! Pas plus qu'il n'était celui de notre père !

— Vous aviez à peine un an quand il est mort sur l'échafaud du Roi !

— … Mais j'en avais quinze quand Monseigneur écrasa les Espagnols à Rocroi ! Rocroi, messieurs, que vous tous à l'exception de M. de Beaufort semblez avoir oublié ! Y compris celui qui en fut le héros !

Un silence suivit cette sortie. Condé, sourcils froncés, réfléchissait, finalement ce fut lui qui le rompit :

— Pour l'heure présente il importe seulement que nous débattions s'il convient ou non que Mme de Châtillon retourne à Saint-Germain. Je rappelle que l'invitation émane de la Reine !

— La putain du Cardinal ! lança brutalement Lenet en haussant les épaules.

L'instant suivant, il sentait sous son menton la pointe de l'épée de Beaufort.

— Répétez cette infamie et vous rejoindrez vos aïeux ! Qu'avez-vous à vous occuper dans un conseil de princes, alors que vous n'êtes rien…

Il était déchaîné et on eut du mal à le calmer. Ce fut Isabelle qui réussit à l'apaiser après avoir prié le coupable de sortir…

— Je répète que vous êtes ici chez moi ! Tâchez de vous en souvenir !

Depuis l'affaire des bijoux de la princesse Charlotte, elle détestait Lenet et n'était pas fâchée de cette occasion de le lui faire savoir. Condé ne dit rien mais l'orage serait sans doute pour tout à l'heure quand ils seraient seuls. En revanche Beaufort prit sa main qu'il baisa en s'attardant peut-être et avec un sourire qui déplut à Nemours. Il allait sans doute se jeter sur lui quand Condé trancha :

— C'est suffisant pour ce soir ! Et puisque c'est à moi que revient la décision, Mme de Châtillon se rendra demain à Saint-Germain…

— … Mais je prie instamment que l'on m'épargne le fastueux déploiement de ma dernière visite ! Non que je ne sois fière d'être traitée en ambassadrice de notre Prince, mais nous ne sommes pas au théâtre et moins d'éclat me conviendrait.

— Allons, ma chère, grinça Nemours. À qui ferez-vous croire que votre beauté répugne à être aussi splendidement mise en valeur ?

— Seule l'admiration de ceux qui m'aiment m'importe ! riposta-t-elle. Et je sais depuis longtemps qu'il est impossible de plaire à tout le monde…

Elle s'attendait à une explication plutôt vive avec Condé mais il n'en fut rien. Il laissa partir les visiteurs puis demanda sa voiture. Ce qui fit sourire Isabelle :

— C'est bien la première fois que Votre Altesse prend la fuite devant un combat !

— Ce n'est pas le cas… et croyez que je le regrette : les réconciliations avec vous ont tant de charme, ma belle lionne ! Même si je dois toujours rendre les armes… Mais il se trouve que ce soir je vais chez Mademoiselle qui désire m'entretenir en privé… et je pense qu'elle a suffisamment attendu !

— Vous reviendrez ensuite ?

Elle avait posé la question en se détournant pour relever, dans un vase rempli de roses, une fleur trop penchée offrant au regard de Monseigneur sa nuque et ses épaules. Elle entendit son souffle se faire haletant et sourit pour elle-même, sûre de ce qui ne tarderait pas à venir… l'instant suivant il était contre elle et, les lèvres dans son cou, commençait à dégrafer sa robe puis la retourna sans douceur :

— Elle attendra ! fit-il contre sa bouche.

Un moment plus tard, alors que, apaisés, ils étaient étendus sur le lit d'Isabelle, il se redressa sur un coude pour la contempler :

— Une idée m'est venue, Isabelle ! Je vais vous envoyer un jeune peintre que l'on m'a recommandé et dont j'ai eu un aperçu du talent. Il s'appelle… Juste, je crois.

— Vous voulez mon portrait ? L'original ne vous suffit pas ?

— Ce n'est pas pour l'accrocher chez moi où cela vous serait préjudiciable, quelque envie que j'en aie, mais pour l'exposer chez vous. Dans votre chambre par exemple…

— Pourquoi pas dans un salon ?

— Parce que j'aimerais y paraître à vos côtés…

— Tous les deux ? Vous plaisantez ?

— Pas le moins du monde puisque j'y serais sous forme allégorique… par exemple celle d'un lion qui me ressemblerait et sur la tête duquel vous poseriez votre jolie main ? Qu'en pensez-vous ?

— Mais que j'en serais ravie au point que je ne saurais dire…

Et elle glissa ses bras autour de son cou pour l'attirer à elle.

Au matin, Condé adressait un mot d'excuses à Mademoiselle. Le temps passe si vite…

Isabelle retourna deux fois à Saint-Germain où elle était reçue avec un vif plaisir et où Mazarin, sans jamais s'engager, faisait miroiter à ses yeux des « accommodements » tous plus séduisants les uns que les autres… Cela entretenait autour d'elle une agréable atmosphère dans laquelle commençaient à fondre les méfiances des ennemis jurés du Cardinal… jusqu'au lendemain de la dernière visite où Bastille revint d'une discrète « exploration » autorisée par Isabelle sans difficulté. Et ce qu'il avait à révéler n'était pas exempt d'intérêt : la duchesse était en train de se faire mener en bateau par le rusé Cardinal et, tandis qu'il s'employait à endormir l'ennemi, le maréchal de Turenne avait bel et bien entrepris le siège d'Étampes et il s'en fallait de peu à présent qu'il n'y ensevelisse le plus gros de l'armée rebelle.

Aussitôt prévenu, Condé explosa de fureur :

— J'aurais dû m'en douter et ne jamais vous laisser entraîner dans ce traquenard.

— C'est plutôt moi qui aurais dû me sauver en courant dès que j'ai vu paraître ce… ce… ce…

Elle ne trouvait pas de mot assez fort pour traduire l'amère déception qu'elle ressentait. Alors qu'elle pensait sincèrement contribuer à apporter la paix à un royaume en train de se détruire, ce misérable Italien avec ses mines de chattemite et ses sourires enjôleurs gagnait du temps et se moquait d'elle ? Oh c'était infâme ! Infâme !

Elle en aurait pleuré tant elle éprouvait de honte et de dépit !

— Ne vous désolez pas trop ! fit Condé, pour une fois compatissant. Ces visites que l'on vous a demandées – notez-le ! – ne prouvent qu'une chose : l'on a besoin de vous parce que la situation est encore précaire à Saint-Germain et c'est tout de même grâce à votre serviteur que nous avons approché la vérité. À présent il me faut aller à la rescousse d'Étampes…

Il n'eut même pas le temps d'aller à Saint-Maur pour rassembler les troupes qu'il conservait autour de Paris et l'encre n'était pas encore sèche sur la lettre qu'Isabelle adressait à Leurs Majestés pour s'excuser – sans motif ! ce qui était fort insolent ! – de ne pas pouvoir honorer leur invitation, quand Mademoiselle tomba chez elle comme la foudre sans se montrer offusquée d'y trouver le Prince de si bon matin :

— Ah, mon cousin, nous sommes sauvés !… Voilà l'aide dont nous étions si inquiets qui nous arrive !

Et d'expliquer que le duc Charles IV de Lorraine, frère de sa belle-mère [1], venait d'arriver sur Paris et comme il le disait dans un billet qu'il venait de faire tenir à Monsieur, installait son camp près de Villeneuve-Saint-Georges dans une position favorable car il s'y « entendait assez aux choses de la guerre ».

Autant le dire tout de suite, ce curieux prince exerçait métier de ce que l'on appelait « condottiere » au-delà des Alpes. Il entretenait soigneusement une armée qu'il mettait au service d'un confrère en difficulté. Moyennant finances évidemment. Ce n'était peut-être pas très « princier » mais cela rapportait. Et là il répondait à un appel de Condé mais aussi de Monsieur. Et comme accessoirement il cousinait aussi avec Beaufort dont la mère était princesse de Lorraine, tout le parti des princes se sentit conforté par une arrivée considérée comme un bienfait du Ciel. D'autant

1. Monsieur, duc d'Orléans et oncle de Louis XIV, avait épousé successivement Marie de Montpensier, mère de Mademoiselle et immensément riche puis, après sa mort, Marguerite de Lorraine, sœur du duc.

plus qu'elle obligea Turenne à renoncer au siège d'Étampes et à revenir sur la capitale où il planta son camp sur les hauteurs faisant face aux positions lorraines. Puis on attendit que viennent les négociations.

Les Parisiens, toujours curieux, vinrent visiter son camp où s'établit une sorte de foire. L'on se donnait rendez-vous comme au Cours-la-Reine ou sur la place Royale. Le duc offrit une impressionnante revue de ses troupes qui se composaient de six mille cinq cents cavaliers, trois mille fusiliers et huit canons sans compter les « quarante mille goujats, gouges et vivandiers » qu'il traînait à sa suite. On admira beaucoup. En échange Charles IV fit quelques visites à Paris, courtisa Mademoiselle – il était veuf ! – qui en conçut un certain plaisir mais il se déclara grand admirateur de la duchesse de Châtillon dont, au Cours-la-Reine, il détela les chevaux pour tirer son carrosse à leur place puis monta dans celui de Mlle de Chevreuse pour se rendre avec elle chez la princesse de Guéméné – place Royale ! –, se déguisa en religieuse et se promena sur la place jusqu'à une heure du matin après quoi, apercevant Condé, il l'évita en jouant à cache-cache sous les arcades. Bref on donna un peu de bon temps aux Parisiens qui se mirent à l'adorer en voyant en lui le futur vainqueur du « maudit Cardinal ». Au moins celui-là était drôle !

Pendant ce temps Turenne ne se croisait pas les bras. Il s'installa à Grosbois où il se prépara à fondre sur les Lorrains puisque selon les bruits les plus répandus ils étaient là pour secourir Condé. Or, voilà que Charles IV – venu en principe balayer Mazarin et son parti – se mit soudain à appeler à l'aide : il allait être attaqué ! Un peu surpris tout de même Condé lui dépêcha un courrier promettant un secours rapide, partit prendre la tête de la petite armée échappée d'Etampes mais cela demandait un délai et il envoya Beaufort avec une troupe se faire une idée de la situation.

Peu taillé pour la diplomatie mais d'une extrême bravoure – il n'était pas le petit-fils d'Henri IV pour rien –, le jeune duc n'eut pas besoin de longues explications quand, en arrivant chez les Lorrains... il les trouva en train de décamper : on éteignait les derniers feux de cuisine et Charles IV était déjà loin. Beaufort réussit cependant à mettre la main sur un sergent occupé à presser les traînards et n'eut guère de difficulté à le faire parler :

— Faut pas nous en vouloir, lui confia cet homme simple. Le Mazarin a payé plus cher que vous. Alors on rentre chez nous. Que voulez-vous, il faut bien vivre !

Un autre que Beaufort l'eût peut-être fait pendre au premier arbre venu mais il était humain, proche du peuple – on le lui reprochait assez ! – et aurait jugé mesquin de se venger d'un prince indélicat sur l'un de ses gens. Il le laissa poursuivre son chemin et rejoignit Condé qu'il trouva en compagnie de Mademoiselle venue aux nouvelles.

Dès qu'elle les eut reçues elle grimpait dans son carrosse et ordonnait de la conduire au Luxembourg, la résidence paternelle [1], où elle se précipita chez sa belle-mère qu'elle « gourmanda comme un chien » et lui dit pis que pendre de son frère en particulier et des Lorrains en général avant de repartir en claquant les

1. Elle-même habitait les Tuileries.

portes et sans avoir vu son père, lequel – comme par hasard – avait disparu on ne savait trop où. Alors, remontant dans son carrosse, elle continua sa course vengeresse en se rendant droit chez Mme de Châtillon pour lui assener ce qu'elle pensait de ses « entrevues avec ce maudit Cardinal qui n'avaient contribué qu'à brouiller les affaires en laissant à Mazarin tout de loisir de préparer ses mauvais coups » !

Même par une princesse royale, Isabelle n'était pas femme à se laisser marcher sur les pieds dans sa propre demeure. Elle envoya promener Mademoiselle en disant : Un : que l'on n'avait pas attendu ses lumières pour s'apercevoir de ce que Mazarin s'attachait surtout à brouiller les cartes. Deux : que l'on avait bien compris qu'elle-même avait refusé de se rendre à la dernière invitation. Et trois : que Mademoiselle serait mieux avisée de s'occuper des agissements de sa propre famille, du fait que Monsieur son père n'était jamais là quand on avait besoin de lui et enfin, qu'en tout état de cause, on n'avait pas vraiment à se louer de « l'aide » apportée à grand fracas par sa famille lorraine qui venait de se terminer par un départ discret – on pourrait dire « sur la pointe des pieds ! » – en emportant l'or de la trahison.

— Que n'avez-vous surenchéri vous-même puisque c'était au plus offrant ?

— Moi ? Et à quel titre ?

— Au titre de la femme la plus riche de France !

Il aurait été difficile d'affirmer le contraire. De sa mère Montpensier, Mademoiselle tenait les principautés des Dombes et de la Roche-sur-Yon, les duchés de Montpensier et de Châtellerault, le comté d'Eu et quelques divers apanages tout aussi importants sans oublier ses espérances lorsque Monsieur quitterait cette vallée de larmes pour un monde meilleur puisqu'il n'avait pas d'autre enfant qu'elle.

À vingt-six ans, jouissant d'une évidente bonne santé, d'un port majestueux et d'une magnifique chevelure tirant sur le roux mais d'une beauté médiocre, elle avait déjà reçu nombre de demandes en mariage qui n'avaient pas abouti. Vertueuse autant qu'une amazone, elle prétendait que l'amour « était indigne d'une âme bien faite » et qu'en ce qui la concernait elle ne voulait épouser qu'un roi ! Sous-entendu le Roi de France bien que d'une douzaine d'années plus jeune qu'elle. Par le truchement de la Reine, Mazarin s'était attaché à lui faire perdre cette espérance d'où la haine furieuse qu'elle lui vouait depuis. Elle se serait volontiers arrangée de l'Angleterre, mais encore eût-il fallu que celle-ci eût un roi et lui un trône pour s'asseoir. Or, le pauvre Charles II errait toujours de cour en cour à la recherche d'alliés susceptibles de le réinstaller à Londres.

Depuis quelque temps, cependant, Mademoiselle posait sur son cousin Condé « un regard plus doux ! ». Cela tenait aux mauvaises nouvelles que l'on recevait de Montrond, où Claire-Clémence était revenue s'enfermer pour y faire une fausse couche dont les suites donnaient à penser que la place de princesse de Condé pourrait se trouver vacante. Certes, Condé n'était pas roi mais c'était un héros proclamé comme tel dans toute l'Europe occidentale. Ceci pouvait compenser cela…

Pour en revenir à ce funeste jour qui avait vu la honteuse défection des Lorrains, Mademoiselle et la duchesse de Châtillon en étaient encore aux explications quand survinrent La Rochefoucauld et Nemours. Ils venaient supplier Isabelle de reprendre ses négociations avec la Cour… Les deux adversaires se retrouvèrent aussitôt d'accord :

— Ah non ! protesta Isabelle. Je ne suis pas allée au dernier rendez-vous en prétextant un malaise, je ne vais pas maintenant demander – humblement ? Pourquoi pas ? – que l'on me reçoive !

— Elle n'en a que trop fait dans ce sens et vous avez vu le brillant résultat ? Mazarin, tout en lui délivrant des paroles mielleuses, en profitait sournoisement pour avancer ses affaires !

— Certes, concéda La Rochefoucauld. C'est pourquoi l'idée nous est venue que nous pourrions en faire autant ! Monseigneur a besoin de temps pour rassembler des troupes fraîches. Songez qu'il a seulement six mille hommes autour de lui à son camp de Saint-Cloud et que Turenne en a au moins le double…

— Et il les fera venir d'où, ces troupes ?

— Il ne nous l'a pas confié mais je suis sûr qu'il va appeler Mme de Longueville à son secours…

— … Qui viendra avec ses airs de reine écraser tout le monde, lança Isabelle, rancunière. Et pendant ce temps-là moi je devrai m'agenouiller aux pieds de Mazarin la corde au cou et en chemise ?…

— Oh non ! gémit Nemours dont cette évocation réveillait des souvenirs. Pas en chemise tout de même !… Si vous le désirez j'irai avec vous, Isabelle. L'idée de vous laisser seule affronter les fauves m'importe plus que je ne saurais dire !

— Vous gâcheriez tout ! grogna Mademoiselle. Le mieux ne serait-il pas de susciter de nouvelles émeutes dans Paris ?… La capitale a déjà montré de quoi elle était capable…

— Dans ce cas, ce n'est pas Mazarin qu'il faut voir : c'est le cardinal de Retz et le président Viole, riposta Isabelle.

— On pourra s'en occuper, assura La Rochefoucauld. En attendant, chère duchesse, rendez-nous ce service d'aller bavarder un peu avec l'Italien !

Tant et si bien qu'Isabelle finit par se laisser convaincre à la condition que son déplacement se passe dans la discrétion. Elle n'avait pas envie d'être ridicule !

La discrétion ? Voire ! Le 23 juin, alors qu'elle gagnait Saint-Germain avec « l'escorte » fournie par Condé, circulaient dans Paris les vers du poète Loret, annonçant qu'elle faisait un « nouveau voyage en cour » dont on tirait « bon augure » car cela « marquait assurément » :

Quelque grand accommodement
Du Roy, de la Reine et des Princes,
Pour le repos de nos provinces.

Il en fut ce que l'on savait qu'il en serait : un échange de sourires, de révérences et de faux-fuyants dont Isabelle sortit écœurée. Mazarin avait « fait le galant », ce qui avait donné à sa visiteuse une folle envie de lui taper dessus.

Les premiers coups de feu éclatèrent peu après qu'elle fut rentrée chez elle où elle ne trouva plus personne : La Rochefoucauld et Nemours avaient rejoint Condé pour se battre à ses côtés cependant que Mademoiselle se hâtait auprès de son père dans l'espoir – vain ! – qu'il réunirait les meneurs parisiens pour en obtenir une aide efficace.

Devinant qu'elle aurait besoin d'une oreille amie après tout ce bruit fait autour d'elle, Mme de Brienne vint passer la nuit avec Isabelle et la trouva ravagée d'angoisse à l'idée que la journée à venir pourrait voir la fin de son Prince.

— Quoi qu'on m'en ait dit, j'aurais dû rester auprès de lui au lieu d'aller me ridiculiser chez ce Mazarin que je déteste ! Comment la Reine peut-elle lui trouver quelque agrément ?

— Des goûts et des couleurs on ne saurait disputer, ma chère enfant. En ce qui me concerne je ne me serais jamais éprise de Monsieur le Prince qui est loin d'être un tendre. Nemours m'aurait mieux convenu…

— Je l'ai aimé… un temps ! Mais il semble que ce temps soit révolu. D'ailleurs ils mènent le même combat et leur cause me paraît de plus en plus aventurée. Combattre à un contre deux et par la chaleur qui ne cesse de monter ! J'aurais horreur de voir Mazarin triompher. Heureusement qu'ils peuvent s'appuyer sur le peuple de Paris !

— N'y comptez pas trop ! Les petites gens sont lasses d'une guerre qui ne finit pas et ne leur rapporte rien que de la misère…

Ce fut exactement ce qu'elle entendit des lèvres du président Viole qui arriva peu après pour savoir des nouvelles de son expédition :

— Le petit peuple, les bourgeois et le Parlement veulent la paix à tout prix et je ne sais trop comment ils vont réagir devant de nouvelles hostilités.

— Vous voulez dire qu'ils sont d'accord ?

— Sur cette idée-là seulement ! Quant à celui qui pourrait la leur apporter, c'est le point où le bât blesse ! Ils sont travaillés par les espions de Mazarin, ceux des princes et même ceux du Roi d'Espagne, sans oublier le cher cardinal de Retz. Aussi ne savent-ils plus à quel saint se vouer ! Pourquoi ne retournez-vous pas à votre joli château de Mello, madame la duchesse ?

— En ce moment ? Je crois que j'y deviendrais folle…

Pendant à peine une semaine, on resta dans l'expectative cependant que la chaleur allait croissant. Le 1er juillet, Condé attaqué par Turenne jugea intenable sa position à Saint-Cloud et décida de gagner Charenton en traversant Paris.

Or, ce soir-là, Isabelle et Mme de Brienne décidèrent, pour se rafraîchir, d'aller déguster des glaces chez Renart, le pâtissier-glacier à la mode dont le jardin en terrasse dominait la porte de la Conférence [1], au coin de l'actuelle place de la Concorde. Elles y rencontrèrent Mademoiselle, venue en voisine depuis son palais des Tuileries. Sa gourmandise en faisait d'ailleurs une habitude. Par ces temps de canicule on était à l'aise sous les ombrages du jardin et les glaces étaient délicieuses. Elle invita les deux arrivantes à lui tenir compagnie.

Elles bavardaient depuis un moment quand l'avant-garde de l'armée de Condé déboucha du Grand Cours dans l'intention évidente d'entrer dans Paris par la porte de la Conférence… dont l'accès lui fut refusé. Tout de suite la paix ambiante vola en éclats. Suivant que l'on était pour ou contre, on commença à échanger des injures, voire des horions, tandis que les gardes de la porte s'apprêtaient à tirer. On entendit Condé hurler :

1. Côté du quai, la porte Saint-Honoré étant de l'autre côté.

— Nous ne souhaitons pas investir Paris. Seulement traverser pour nous rendre à Charenton !

— On sait ce que cela signifie ! riposta l'officier commandant la porte. Une fois à l'intérieur vous vous y retrancherez et M. de Turenne nous taillera tous en pièces ! Or, ici, on veut la paix ! Alors allez-vous-en !

— Que l'on aille au moins chercher Monsieur ! Il est lieutenant général du royaume, il saura...

Isabelle n'entendit pas la suite. Mademoiselle venait de lui crier dans les oreilles :

— Je vais le quérir ! Et je vous jure que je vais le ramener ! Allez faire ce que vous pouvez à la porte Saint-Honoré...

Mais Isabelle n'obtint pas meilleur résultat. Cette porte aussi demeura obstinément close et elle put voir, les yeux remplis de larmes, la petite armée défiler le long du rempart pour tenter de gagner Charenton en faisant le grand tour de Paris par le nord quand le chemin de la Seine eût été si facile ! Elle réussit cependant à dénicher le président Viole qui jouait un peu sur les deux tableaux et accepta de s'entremettre : on allait proposer à Condé d'entrer dans Paris. Mais seul !

— Jamais il n'acceptera ! se révolta-t-elle. Cela sent trop le guet-apens...

Et, en effet, il refusa mais confia à Viole un billet pour son amie :

« Il me serait infiniment doux, mon cœur, de chercher dans vos bras un moment d'oubli de ce cauchemar mais vous êtes de trop bonne race pour ne pas me comprendre... »

Cependant Mademoiselle n'alla pas voir Monsieur son père. En passant chez elle, elle trouva Mme de Fiesque, une de ses amies, qui la rassura en affirmant que la paix venait de se conclure et serait annoncée dès le lendemain. Soulagée d'un grand poids, elle se fit servir à souper et s'en fut se coucher… sans imaginer un seul instant que la journée du lendemain la rendrait célèbre devant l'Histoire.

Ce lendemain, le 2 juillet, au petit jour, à peine les soldats de Condé avaient-ils pu s'installer sur leurs positions qu'ils étaient pris à revers par les troupes royales. La bataille du faubourg Saint-Antoine commençait et bientôt fit rage avec une violence navrante entre Français. On se serait crus revenus aux guerres de Religion ! Quinze mille hommes s'y affrontèrent dans l'espace réduit du faubourg. Trois mille allaient y perdre la vie principalement parmi les Condéens qui se trouvèrent acculés à la porte Saint-Antoine. Si elle ne s'ouvrait pas, c'en était fait d'eux…

Ce que voyant, Mademoiselle, grimpée sur le rempart, redescendit à toute allure, enfourcha le premier cheval venu et se précipita au Luxembourg pour obtenir de Monsieur son père les clefs des portes qu'il conservait par-devers lui.

Naturellement, Son Altesse n'était « pas bien du tout ! ». Le malaise ne l'affectait pas au point de garder le lit – la chaleur était telle que « l'on y marinait dans son jus » – mais il s'était transporté sous les ombrages de ses magnifiques jardins où, étendu sur des coussins, il se faisait éventer en buvant des boissons fraîches. Cette vue hérissa son héritière :

— Que vous prélassez-vous, mon père, tandis que l'on s'entre-tue à quelques pas de vous ?

— Et que voulez-vous que j'y puisse, ma fille ? Ces gens-là sont fous ! Se battre par une pareille température !… C'est du délire !

— Peut-être mais vous devriez être avec eux ! N'êtes-vous pas l'allié de notre cousin Condé ?

— Certes, certes… pas au point de me précipiter à sa suite toutes les fois qu'il lui prend de faire l'imbécile !

— Mais c'est sa vie qu'il joue et on compte déjà des cadavres par centaines ! Si vous vous sentez trop… souffrant pour leur porter secours, donnez-moi l'ordre d'ouvrir la porte Saint-Antoine contre laquelle Turenne est en train de les écraser !

— Vous dramatisez toujours tout ! Je n'ai pas cela sous la main !

— En voici un que j'ai pris dans votre cabinet ! Il n'y manque que votre signature !

Il eut une mine boudeuse qui lui allait trop bien :

— Et si nous les laissions s'étriper ? Nous aurions enfin la paix ! Et je vous verrais volontiers…

— Rien du tout ! Signez… si vous ne voulez pas que je me jette au milieu d'eux du haut des remparts !

— Vous quoi ?

— Vous avez parfaitement entendu ! Signez, vous dis-je ! Sinon vous vous apprêtez à vous déshonorer et je ne vous suivrai pas sur ce chemin-là !

Monsieur signa puis s'étendit de nouveau sur ses coussins en pensant que les enfants étaient parfois une lourde charge. Mademoiselle était déjà à cheval et fonçait vers le lieu du combat où elle remit l'ordre à M. de La Louvière qui commandait la Bastille et la porte qu'elle défendait, après quoi elle s'engouffra dans l'escalier menant sur le couronnement de la forteresse.

Là, elle ordonna la mise en batterie des canons pointés sur le gros de l'armée de Turenne tandis que la porte Saint-Antoine semblait éclater sous la poussée de ceux qui y étaient acculés. Il était grand temps qu'elle leur livre le passage ! Encore un peu et Condé et les siens étaient pulvérisés. Une seconde après les canons tonnèrent, visant leurs poursuivants qui se replièrent en bon ordre. La bataille de la porte Saint-Antoine était terminée et Mademoiselle prenait place dans l'Histoire de France : on l'appellerait désormais la Grande Mademoiselle !

En fait, le seul vainqueur c'était elle, ce qui n'empêcha pas les gens qu'elle venait de délivrer de s'attribuer la victoire mais comme, de son côté, Turenne en faisait autant, mieux valait ne pas chercher plus loin. Quoi qu'il en soit, dans les rangs des rescapés, les dégâts étaient considérables : plusieurs amis du Prince, dont M. de Clinchamp, étaient tués, d'autres gravement blessés comme Nemours et surtout La Rochefoucauld atteint au visage par une balle qui lui était entrée dans un œil et ressortie par l'autre…

Mme de Châtillon arriva sur les lieux en compagnie de Mme de Nemours venue lui demander son aide comme à Montargis, qui pleurait des larmes amères devant le brancard de son époux. À cet instant Mademoiselle sortait de la Bastille et, encore toute chaude du combat, tomba telle la foudre sur Isabelle qu'elle accusa d'être « la cause de tout ce drame avec les soi-disant pourparlers qu'elle avait menés avec Mazarin ». C'est tout juste si elle ne l'accusa pas de s'être vendue à lui [1].

Isabelle riposta en accusant Monsieur – qui n'avait toujours pas bougé ! – d'avoir une fois de plus trahi ses

1. Mademoiselle, dont les Mémoires au sujet de sa rivale sont plus que sujets à caution, raconte que Condé traita alors sa maîtresse avec mépris, ce qui est difficile à croire étant donné la suite.

amis. On les sépara mais elles se retrouvèrent un peu plus tard chez l'abbé d'Effiat qui habitait tout près et invitait les dames à se réconforter chez lui.

En fait la défense d'Isabelle était aisée puisqu'elle n'avait agi qu'avec l'approbation de Condé et de ses amis. Quant à Mademoiselle, rendue à elle-même après avoir reçu les remerciements de Condé, elle devait écrire aussi : « Ce ne fut pas avec la tendresse qu'il aurait dû me marquer » et, deux lignes plus bas : « Son indifférence m'est si rude à supporter ! » De toute façon, l'épouse du héros revenant à la vie après une douloureuse fausse couche, cet espoir de mariage disparaissait.

De leur côté, Mme de Longueville et son jeune frère écrivirent de Bordeaux : « C'est avec une extrême joie que nous avons appris le combat du faubourg Saint-Antoine et que vous vous portez bien après une affaire aussi gaillarde que celle-là… »

Pour sa part, Isabelle était rentrée chez elle où, dans la nuit, elle reçut son Prince venu chercher le repos du guerrier…

3

Un certain abbé Fouquet

Le repos ? Voire ! À peine eut-il apaisé – par deux fois ! – le désir qu'il avait de sa belle maîtresse, Condé sans s'accorder le bienheureux sommeil dont il avait tant besoin retrouva intacte la fureur dans laquelle il avait vécu cette dramatique journée. Il n'en retenait qu'une seule chose : Paris, ce Paris qui le déifiait il n'y avait pas si longtemps, s'était retourné au point de lui fermer ses portes. Sans Mademoiselle, il le laissait anéanti sur ses murailles barricadées en se contentant d'admirer le spectacle. Cette indifférence, ce lâche abandon, il allait falloir les lui payer ! Particulièrement le Parlement et les échevins, qu'il accusait de trahison !

Il y avait aussi l'Espagne qui n'avait pas rempli son contrat, même si une petite troupe de ses soldats avait participé à la bataille. Le Prince ne comprenait pas que, justement, les couleurs de ses alliés jointes aux siennes avaient été du plus mauvais effet. Singulièrement sur le duc de Beaufort qui ne combattait à ses côtés que par haine de Mazarin.

Sous les yeux d'Isabelle, horrifiée mais impuissante – il la menaça de l'enfermer si elle intervenait en quoi que ce soit ! –, Condé commença par écrire une lettre furieuse à Madrid puis convoqua autour de lui – et chez elle ! – quelques-uns de ses sous-ordres qui lui amenèrent certains de ces personnages troubles que l'on retrouve toujours à la base des soulèvements populaires. La journée du 3 juillet se déroula ainsi en allées et venues et conciliabules auxquels, naturellement, Isabelle ne participa pas. Et, malheureusement, elle était la seule, à présent que les plus précieux des amis étaient hors de combat.

Nemours, auprès de qui elle se rendit à l'hôtel de Vendôme – depuis leur commun voyage à Montargis, Isabelle entretenait des relations amicales avec l'épouse de son amant –, était beaucoup moins atteint qu'on ne l'avait craint en voyant le sang dont il était couvert, mais le repos au lit lui était encore nécessaire. La Rochefoucauld, rentré dans ses foyers, soutenu par son fils et Gourville, son secrétaire, était aux trois quarts aveugle et risquait la cécité totale. Guitaut lui aussi était hors service. Quant à celui qui était cher entre tous à la jeune femme – son frère ! –, nul ne put lui dire où il avait disparu ! Varangeville, l'un de ses amis qu'elle eut la chance de rencontrer, la rassura : Bouteville avait été légèrement blessé mais il était soigné chez une de ses belles amies dont on tut le nom. Qu'Isabelle d'ailleurs ne demandait pas. De toute façon François avait emboîté le pas à son chef bien-aimé sans donner la moindre explication. Mieux valait qu'il reste en dehors d'une aventure qu'Isabelle ne pouvait s'empêcher de redouter. Ce en quoi elle avait entièrement raison.

On ne dormit guère, cette nuit-là, à l'ex-hôtel de Valençay. Une foule silencieuse de gens de toutes sortes défila. Assez souvent des inconnus de mauvaise mine entraient, passaient quelques instants dans le petit cabinet où Condé les recevait, puis repartaient en cachant leurs visages sous un pan de leur manteau. Or, rien que ces manteaux auraient dû les rendre suspects : la nuit de juillet était poisseuse à force de chaleur et Isabelle, avant d'aller s'étendre sur son lit, se trempa dans un bain d'eau froide puis s'aspergea d'une eau de senteur où la rose se mêlait au jasmin… et oublia sa chemise de nuit. Pour finir, elle ne garda allumés qu'un bougeoir de chaque côté du lit.

Quand enfin Condé la rejoignit, elle feignait de dormir et, les yeux mi-clos sous leurs longs cils, elle observait.

Elle entendit sa respiration s'écourter tandis qu'il se dépouillait en hâte de ses vêtements mais, quand il voulut s'affaler sur elle, l'évita d'une souple torsion des reins et se releva. Frustré, il gronda :

— Viens ici !

— Non ! Je veux d'abord savoir ce que vous machinez depuis ce matin avec tous ces gens que vous attirez chez moi !

— Ce ne sont pas des affaires de femmes !

— J'aimerais avoir là-dessus l'avis de votre sœur ! (Puis, sur un ton plus amène :) Je devine ce que vous avez souffert à la porte Saint-Antoine ! Que vous soyez ivre de vengeance je peux l'admettre mais je vous conjure de réfléchir et de ne pas transformer un malheur en catastrophe…

— Que me chaut ? fit-il, buté. Je te veux ! Tout de suite ! Nous parlerons… après !

Elle n'eut pas le loisir d'ajouter un mot. Apparemment il était moins las qu'elle ne l'avait cru. D'une brusque détente il fut sur elle, l'arracha à la colonne du lit où elle s'appuyait, l'envoya sur le lit puis, lui maintenant les bras écartés, lui ouvrit les jambes d'un coup de genou et entra en elle avec une brutalité qui la fit crier mais ne le calma pas. Bien au contraire ! La conscience de la violenter parut redoubler son ardeur. En même temps il marmonnait des mots sans suite et à peine articulés qu'elle s'efforça de ne pas entendre et l'affolèrent car elle sentit qu'il abordait les limites de la folie. Elle voulut appeler au secours, hurla mais il la musela d'un baiser qui ressemblait à une morsure...

Pourtant son supplice prit fin brusquement. Une poigne vigoureuse l'arracha d'elle et l'expédia sur le parquet où il resta immobile.

Soudain redressée, elle vit devant elle Bastille, pâle comme un mort.

— Cette brute vous a blessée, fit-il en désignant le sang qui tachait le lit. Je vais appeler...

— Surtout pas ! le modéra-t-elle après avoir constaté que Condé était évanoui. Rentre chez toi au contraire ! Il n'a pas pu te voir et je saurai quoi lui dire... Envoie-moi Mme de Ricous...

Mais Bastille ne bougeait pas, se contentant de la dévorer des yeux, et elle se rappela alors qu'elle était nue. Elle s'en débarrassa :

— File avant qu'il ne reprenne connaissance !

Il s'esquiva laissant la place à Agathe qui comme d'habitude ne devait pas être loin et qui, immédiatement, dédramatisa l'événement :

— Quel coup ! s'exclama-t-elle, hilare. Il ne l'a pas tué au moins ?

— Au lieu de dire des sottises aide-moi plutôt à le remettre sur le lit et donne-moi ce qu'il faut pour le ranimer...

— Vous auriez peut-être besoin de soins, vous aussi. Ces taches de sang ! D'ailleurs je vous avais entendue crier et j'accourais…

— Ce n'est pas grave ! J'en guérirai… enfin… je l'espère.

Tandis qu'Agathe bassinait la figure de Condé avec un linge mouillé, elle alla s'envelopper d'un saut-de-lit en soie blanche et revint faire boire un peu de vieux marc de raisin à la victime de Bastille qu'Agathe redressa en calant un oreiller derrière son dos.

L'alcool eut tôt fait de le ranimer. Agathe alors s'esquiva après avoir donné le verre à sa maîtresse. Et quand, enfin, Condé ouvrit des yeux encore un peu nébuleux, il vit devant lui Isabelle, drapée dans sa soie blanche qui le regardait adossée à une colonnette du lit, le verre à demi plein à la main.

— Que… que s'est-il passé ? balbutia-t-il en se frottant la figure.

— Pas grand-chose ! renseigna-t-elle avec une ironie méprisante. Vous avez perdu la tête, je pense car vous m'avez traitée comme une de ces filles de bourdeaux où l'on dit que vous ne dédaignez pas de vous rendre. Il se trouve que je me suis défendue.

— Vous contre moi ? ricana-t-il. Je vous tenais à ma merci. Quelqu'un a dû venir…

— Oui. Ma femme de chambre. Elle a eu l'impression que vous m'étrangliez et vous a tiré en arrière, ce qui m'a permis de remonter mes pieds sous votre poitrine pour vous repousser contre la colonne du lit où je vous ai frappé avec ce qui m'est tombé sous la main… cette boule à parfums que vous voyez là…

Il prit l'objet, l'examina puis le lâcha :

— On dirait que je vous dois des excuses ?

— Plutôt, oui ! répondit-elle sévèrement en croisant les bras sur sa poitrine. Moi qui croyais être aimée !

Il se releva et s'approcha d'elle :

— Vous n'avez pas le droit d'en douter, Isabelle ! Je vous aime… malheureusement, vous semblez posséder le pouvoir de me rendre fou ! Pardonnez-moi et pensez que demain la journée sera rude…

— Au fait, si nous en parlions un instant ? Dans quelle aventure avez-vous l'intention de vous lancer ?

— Une aventure, non ! Je ne veux que donner une leçon à ces maudits Parisiens qui ont osé me fermer leurs portes au nez, tuant ainsi certains de mes amis.

— Ce que je peux comprendre parce que je partage votre peine et votre colère mais avez-vous songé que, en vous attaquant à ceux qui vous acclamaient si fort il n'y a pas si longtemps, vous alliez entrer dans le jeu de Mazarin ? Ils n'ont jamais cessé de le vomir et vous voulez abattre vos meilleurs défenseurs ?… Avec l'aide, bien sûr, de ces quelques Espagnols qui ont pénétré dans la ville avec vous. Leur vue ne m'a pas été agréable, vous n'êtes pas sans vous en douter ! Aux Parisiens non plus !

— Mais ils sont là comme… observateurs. Vous me pardonnez ?

— Provisoirement !

— Alors, mon cœur, revenez dans mes bras !

— Pas ce soir ! il me faut des soins et je ne vous accorderai qu'un baiser !

— Seulement ?

— Seulement ! Nous verrons demain soir…

Elle posa brièvement ses lèvres sur celles de Condé et, sans lui laisser le temps de la saisir, courut s'enfermer dans son cabinet de bains…

Pour s'apercevoir avec ennui qu'elle aussi avait envie de lui... mais pour rien au monde elle n'aurait voulu qu'il le sache !

Quand elle s'éveilla quelques heures plus tard, il était déjà parti rejoindre son hôtel de Condé afin de s'entretenir plus aisément avec Monsieur, son voisin, mais en lui laissant un mot assez tendre conseillant de ne pas mettre les pieds hors de chez elle, de veiller à ce que ses portes soient hermétiquement fermées et de n'ouvrir qu'à des gens dont elle était sûre...

— Il est bien temps ! marmotta-t-elle. Après avoir vu défiler hier toutes ces figures patibulaires ! S'il a, comme je le crains concocté une nouvelle émeute, je m'y trouve mêlée qu'il le veuille ou non et, en fait de figures patibulaires, il se pourrait que je voie arriver un peloton de gardes venus procéder à mon arrestation.

Elle examinait l'idée d'aller passer la journée auprès de Mme de Brienne qui habitait au faubourg Saint-Germain quand Bastille vint lui proposer de l'y conduire avec Agathe :

— Vous feriez bien même d'y demeurer quelques jours.

Elle savait que son amie ne demanderait pas mieux. Mais comme elle hésitait encore, il ajouta :

— Je reviendrai veiller sur la maison ! Dépêchez-vous, la journée va être dure !

Elle fut pire !...

On était le 4 juillet et le Parlement avait convoqué à l'Hôtel de Ville une assemblée de notables : parlementaires, membres du clergé, représentants des grands corps de métiers, au total plus de quatre cents personnes. Peu à peu la place de Grève et les environs de la Maison commune s'emplirent d'une foule disparate composée de soldats condéens habillés en ouvriers mais qui n'avaient eu garde d'oublier leurs armes, mêlés à des hommes aux figures rébarbatives et à des femmes du peuple dont certaines de « mauvaise vie ». Tous ces gens poussant des clameurs hostiles contre « les » Mazarin. En outre, ils portaient à leurs chapeaux, bonnets, coiffures ou épinglés sur l'épaule des bouchons de paille. Enfin, au quai de la Seine on avait amarré des bateaux chargés de fagots que, dans la matinée, on déchargea avec l'aide de débardeurs pour les entasser contre les murs de l'Hôtel de Ville.

À une heure de relevée la place débordait. Des « agents secrets » distribuaient de l'argent, surtout aux bateliers et aux plus pauvres pour les pousser à réclamer l'union de la ville et des princes. On avait même tendu les chaînes en travers des artères menant à la Grève.

À l'intérieur du bâtiment où régnait une chaleur de four, l'assemblée était houleuse. On attendait Monsieur et le prince de Condé et, pour inciter à la patience, le procureur du Roi se lança dans un long discours qui ne satisfit personne.

Enfin les princes parurent. Monsieur, la mine renfrognée mais la paille à son chapeau, n'était là que contraint et forcé : Mademoiselle et Condé avaient dû joindre leurs supplications pendant un long moment pour le convaincre. Gaston d'Orléans s'assit dans un fauteuil sous un dais et Condé sur une chaise.

Arriva à cet instant un envoyé du Roi apportant une lettre où Sa Majesté exprimait son mécontentement de l'affaire de la Bastille et de la porte Saint-Antoine qui avait « sauvé les rebelles » mais en évitant soigneusement de s'en prendre à la ville. Bruits divers !

Là-dessus, on décida Monsieur à dire quelques mots. Il s'en tira mal, bafouillant plus ou moins, ce qui rendait son discours à peu près incompréhensible. Son Altesse remerciait. Oui, mais de quoi ? Quant à Condé il s'exprima plus nerveusement, jurant qu'il serait toujours prêt à exposer sa vie et son sang pour la protection de la ville et l'expulsion du Cardinal. La réponse du prévôt des marchands, pratiquement inaudible, ne fut pas ce que l'on pouvait en espérer.

Furieux alors, Condé, en quittant l'Hôtel de Ville, clama :

— Ces gens-là ne veulent rien faire pour nous. Ce sont tous des Mazarin !

On y vit un signal. Avec des hurlements, la foule se rua dans la Maison commune, mit le feu aux portes, fusilla ou égorgea tous ceux qu'elle rencontrait, conseillers ou échevins.

Pendant cinq heures, jusqu'à onze heures du soir environ, les émeutiers furent maîtres, pillèrent, incendièrent, massacrèrent sans que Condé – et encore moins Monsieur ! – veuille intervenir. Jusqu'à ce que, dans l'espoir d'apaiser les esprits… et la soif, Condé expédie cinquante barriques de vin, ce qui eut au moins pour résultat de neutraliser les assaillants. Ayant pris la plus belle cuite de leur vie, ils s'endormirent sur place. Ce fut finalement le duc de Beaufort, le « Roi des Halles », qui réussit à ramener un semblant d'ordre permettant de porter secours à l'Hôtel de Ville en train de flamber…

Une chose était certaine : la journée des Pailles qui aurait pu être le point d'orgue de la Fronde en portant Condé au pouvoir – sous l'égide de Monsieur ! – en sonna le glas. Rendue clairvoyante par le découragement Mademoiselle écrira :

« Cette affaire fut le coup de massue du parti à ma fantaisie (à mon avis). Elle ôta la confiance parmi les gens les mieux intentionnés, intimida les plus hardis, ralentit le zèle de celui qui en avait davantage ; enfin fit tous les plus mauvais effets qui puissent arriver... »

L'on atteignait à l'une de ces situations paradoxales auxquelles excellent les Français. On en avait plus qu'assez de la guerre, et la sanglante journée des Pailles avait mis le comble à l'écœurement général. Tout le monde était d'accord là-dessus. La paix ! Le seul point d'achoppement tenait en un seul mot : comment ? Car si chacun en rêvait, c'était sur le chemin à emprunter que l'on s'opposait, la paix selon la Cour, selon le Parlement et selon les Condéens divergeait notablement parce que chacun voulait le pouvoir. Au fond, on serait retourné au point de départ de la Fronde si le paysage ambiant n'avait beaucoup changé.

Aux ordres du maréchal de Turenne, l'armée royale avait retrouvé de la puissance, ce qui n'était pas le cas de celle de Condé. Ses débris n'étaient plus qu'un ramassis de pillards ravageant les environs de Paris tantôt du côté de Saint-Cloud, tantôt du côté de Corbeil dont les habitants avaient pris les armes contre eux. Les chefs eux-mêmes donnaient l'exemple de l'indiscipline en se querellant entre eux. Paris pansait ses blessures en se refermant autour de ses cours souveraines et s'efforçait de se débarrasser des trublions qui avaient mis le feu à l'Hôtel de Ville. On commençait à se tourner vers le pouvoir légitime qui d'ailleurs avait quitté Saint-Germain. D'abord pour Saint-Denis, ce symbole et cette puissante abbaye où l'on avait recueilli les blessés de la porte Saint-

Antoine – la Reine en aurait soigné certains de ses propres mains –, puis, le calme revenu, pour Compiègne. En fait tout ce monde se réconcilierait volontiers si un obstacle – et de taille ! – ne se dressait : Mazarin ! Toujours lui !… Et dont la Reine refusait farouchement de se séparer.

Au milieu de cette pagaille, Isabelle usait de ses faibles moyens à essayer de prêcher un accommodement devenu nécessaire pour éviter le naufrage du royaume. Quant à Mademoiselle, ne rêvant plus que plaies et bosses, elle vivait suspendue aux bulletins de santé de la princesse de Condé qui devenaient de plus en plus inquiétants. Du coup et à peu près sûre – selon elle ! – de la remplacer dans le lit de Monsieur le Prince, elle avait repris les hostilités avec la duchesse de Châtillon dont elle n'hésitait pas à écrire que « Condé ne la traitait plus qu'avec mépris »… Ce dont sa rivale se souciait comme d'une guigne !

Un véritable drame vint réveiller ces semi-torpeurs…

Le 19 juillet, Nemours, toujours hanté par cette misérable question de préséance – certains chuchotaient aussi que les beaux yeux d'Isabelle n'y étaient pas étrangers ! –, Nemours donc piquait une crise de fureur et provoquait en duel son beau-frère Beaufort. Celui-ci, dont la bravoure n'était plus à démontrer, tenta vainement de le ramener au calme :

— Vous venez d'être blessé devant la Bastille, ce serait de la folie !

— Une égratignure ! Elle ne me gêne en rien et je veux vous tuer ! Aussi ce sera l'épée et le pistolet… et à outrance !

— Vous êtes devenu complètement insensé !

— Vous avez peur ? ricana Nemours.

Mais Beaufort déjà lui tournait le dos avec un haussement d'épaules.

On prit donc rendez-vous pour le lendemain au matin dans les jardins de l'hôtel de Vendôme [1] en amenant chacun quatre « tenants ». Une vraie bataille rangée puisque dix épées allaient s'aligner pour satisfaire les fantasmes de Nemours.

Le secret fut soigneusement gardé : personne n'en sut rien et ce fut affreusement bref, bien que Beaufort eût tenté jusqu'à la dernière seconde de ramener Nemours à la raison. Sans le moindre succès... Les coups de feu crépitèrent... Nemours tira le premier, manqua Beaufort qui, une dernière fois, essaya de le raisonner. Pour toute réponse, Nemours, lâchant son pistolet, lui porta un violent coup de rapière et le blessa à la main en le traitant de couard. Furieux alors, le duc tira à son tour et l'étendit raide mort d'un coup en pleine poitrine.

Le désespoir de Mme de Nemours fut immense et Isabelle pleura d'un cœur sincère celui qui l'avait tant aimée à un moment où elle en avait eu le plus besoin. Prévenue par Bastille – ainsi d'ailleurs que Condé qui était avec elle –, elle s'était précipitée sur le lieu du drame mais trop tard... Chose étrange, ce fut elle que la jeune veuve réclama. Depuis le voyage à Montargis, une amitié s'était nouée entre les deux femmes. Isabelle

1. Je n'ai pu découvrir les noms des autres combattants à l'exception de Pierre de Villars, père du futur maréchal, tenant de Beaufort et qui survécut. Parmi les autres deux furent tués et deux blessés.

L'hôtel en question s'élevait à l'emplacement de la place Vendôme.

alla donc la voir au couvent de la Visitation Sainte-Marie, rue Saint-Antoine, où elle s'était retirée pour quelque temps.

En revanche elle se demanda ce qu'il convenait de penser de la lettre de condoléances qu'elle reçut de Mademoiselle qui, par ailleurs, confiait à qui voulait l'entendre que Condé s'éloignait de Mme de Châtillon de plus en plus, mais cela tenait surtout aux nouvelles que l'on recevait alors de la triste Claire-Clémence qui allait de mal en pis et que l'on s'attendait d'un jour à l'autre à l'annonce de son trépas. Lequel serait suivi, en temps convenable, du remariage de son veuf avec l'héroïne de la porte Saint-Antoine !

Isabelle avait d'autres chats à fouetter. Condé lui avait confié que l'archevêque de Paris, Mgr de Gondi, refusait d'autoriser les funérailles solennelles du pauvre Nemours mort sans repentir et sans avoir reçu le moindre sacrement. Condé ayant échoué dans son entreprise pria Isabelle de bien vouloir s'en charger. Il pensait que les armes d'une aussi jolie femme auraient plus de pouvoir que lui sur un homme dont tous connaissaient le faible pour la gent féminine. Et Isabelle remporta la victoire : Nemours eut ses funérailles !

D'autre part, on apprit peu après que la princesse de Condé venait d'accoucher d'une fille qui ne vécut pas et recouvrait la santé. Les beaux rêves de Mademoiselle s'écroulaient… Le veuf putatif, abandonnant l'idée d'épouser une princesse du sang doublée de la fille la plus riche de France, cessa de lui faire une cour qui, pour être discrète, n'en exaspérait pas moins Isabelle. Encore celle-ci ignorait-elle que lors des visites qu'il rendait aux Tuileries Condé n'hésitait pas à la dénigrer, elle, et à jurer à la naïve princesse qu'Isabelle ne lui inspirait plus qu'une méprisante indifférence[1]. En fait, Condé jouait un double jeu qu'il ne jugea pas utile de poursuivre une fois Claire-Clémence tirée d'affaire. Il en fit une rechute et Mademoiselle eut beau écrire qu'il refusait sa porte à Isabelle chaque fois qu'elle venait le voir, en réalité c'était dans ses bras qu'il réfugiait ses angoisses et ses accès de fureur devant la tournure que prenaient les événements.

Ceux-ci se montraient d'ailleurs d'une affligeante banalité : partout on ne parlait que de paix. Tout le monde la voulait et Isabelle plus qu'une autre tant elle redoutait de voir Condé passer avec armes et bagages au service de l'Espagne et non plus se contenter de lui demander une aide militaire et pécuniaire… et surtout d'entraîner François à sa suite. Mais de quelque côté qu'elle et ceux qui œuvraient avec elle se tournassent, ils butaient contre le même obstacle : Mazarin !

Le Cardinal était trop intelligent pour ne pas en venir à l'admettre, si humiliant que ce fût pour son orgueil : il résolut de s'éloigner de la Cour en se donnant le mérite de se sacrifier à l'intérêt de la France et d'aller combattre les Espagnols à la frontière. Le 19 août à Compiègne, il faisait ses adieux au Roi qui semblait ému et à la Reine qui avait peine à retenir ses larmes, puis prenait la route de Sedan avec une escorte assez nombreuse pour le mettre à l'abri d'une quelconque embuscade…

Encore qu'on l'eût préféré un peu plus loin – au fond de l'Allemagne, des Pays-Bas ou même de la Russie ! –, Paris s'offrit une fête à tout casser : on illu-

1. C'est sans doute dans ce double jeu qu'il faut chercher la raison de ce que Mademoiselle raconte dans ses Mémoires touchant Isabelle et dont on ne trouve confirmation nulle part ailleurs.

mina, on dansa dans les rues – et dans les salons ! –, le vin coula à flots des fontaines et on s'embrassait entre inconnus pour un oui ou pour un non. Monsieur donna un bal au Luxembourg où parurent les plus jolies femmes – dont Isabelle plus ravissante que jamais et bien sûr Mademoiselle qui, elle, l'était moins.

Aussitôt après l'union sacrée parut se faire : le Parlement, les bourgeois, le petit peuple et les princes se mirent d'accord pour envoyer une délégation au Roi et le supplier de revenir à Paris où il ne trouverait plus que de fidèles sujets…

Mais il apparut qu'il y eut des degrés dans la fidélité en question. Ainsi les princes n'oublièrent pas de renouveler leurs anciennes doléances.

En première réponse, le Roi ordonna aux parlementaires de le rejoindre. Dix-sept seulement s'y résolurent. Alors commencèrent une série de négociations ressemblant beaucoup à des marchandages.

En fait, que Mazarin fût là en personne ou à la frontière ne changeait pas grand-chose : il avait conservé intacte son influence ; les ministres en fonction étaient plus ou moins ses créatures et ne faisaient rien sans le consulter par voie d'agents secrets qui se mirent à fleurir comme violettes au printemps… Et si, pour la plupart, ils demeurèrent bien à l'abri sous leurs manteaux couleur de muraille, leurs masques et leurs divers aspects, leur chef sortit bientôt de sa semi-obscurité pour apparaître dans la lumière – discrète à vrai dire ! – des cabinets de conversation : on l'appelait, sous le manteau, l'Éminence grise du Cardinal bien qu'il ne ressemblât en rien au défunt père Joseph du Tremblay qui, auprès de Richelieu, avait inauguré l'appellation, laquelle d'ailleurs lui allait comme un gant.

Rien de tout cela chez l'abbé Fouquet qui ressemblait à tout sauf à un prêtre même s'il portait le titre d'aumônier du Roi. Ce personnage redoutable – car il l'était ! – se montrait sous les aspects d'un jeune et hardi cavalier à la légère moustache blonde, aux traits fins éclairés par de beaux yeux bleu foncé légèrement étirés, à la bouche sensuelle et au sourire dévastateur qui maniait mieux l'épée qu'il ne disait la messe. Âgé de trente ans tout juste, il était baron de Dannemarie, gratifié du bénéfice de l'abbaye de Noailles. Bientôt décoré de l'ordre du Saint Esprit, ce fils d'une grande famille de parlementaires dont le frère aîné, Nicolas, procureur du Roi, serait dans peu de temps surintendant des Finances et ferait quelque bruit dans le monde, ne lui ressemblait que par un physique avantageux... Il n'en avait ni la générosité, ni le goût infaillible, ni la suprême élégance.

Son ambition à lui était sans scrupules. Ayant le génie de l'intrigue et doué d'une activité infatigable, il ressemblait par certains côtés au cardinal de Retz qu'il jalousait autant que l'autre le détestait. Il avait débuté dans la vie comme subalterne dans la clique des espions qu'entretenait Mazarin, mais s'était distingué deux ans plus tôt en se faisant livrer par surprise les places de Clarmont et de Damvillers occupées par les troupes de Condé d'une façon peu orthodoxe : il avait trouvé moyen de soudoyer les deux garnisons en levant – par quel procédé ? – sur la Normandie [1] une contribution de un million cent mille écus sur lesquels le Cardinal avait prélevés cent mille pour compenser la vente de ses meubles et livres par les Frondeurs.

1. Fief du duc de Longueville par-dessus le marché !

Aussi, depuis cet exploit, le confident et préféré de Mazarin était à Paris où il pratiquait avec brio l'espionnage, l'art de susciter des mouvements populaires, voire de sanglantes émeutes contre les princes. Et c'était cet homme-là que Mazarin chargea de négocier avec lesdits princes.

Comptant sur son astuce et ses talents de comédien, l'abbé Basile pensait ne faire qu'une bouchée de Condé – un militaire atrabilaire – et de Monsieur qui ne valait rien en politique étant uniquement sensible au son mélodieux des pièces d'or.

Les autres princes, la redoutable duchesse de Longueville et son frère Conti toujours aussi épris d'elle continuaient à régner sur le Sud-Ouest et à coqueter avec les Espagnols. Quant au duc de Longueville, pratiquement brouillé avec sa femme, il continuait de bouder dans son château de Trie et ne voulait plus entendre parler de quoi que ce fût.

Les conférences devaient se tenir à l'hôtel de Condé et ce fut plein de confiance que notre abbé s'y rendit par un bel après-midi de septembre et se laissa conduire par un gentilhomme dans le vaste cabinet où devait se tenir l'entretien. L'endroit était vide quand il y entra, ce qui lui fit froncer le sourcil parce qu'il était d'une exactitude d'horloge. En outre, au lieu de trois sièges il en comptait quatre autour de la table couverte d'un beau tapis rouge parfilé d'or. Qui donc allait y assister en dehors de Monsieur et du maître de la maison ?

Celui qui apparut n'était ni l'un ni l'autre. C'était un homme fort digne et fort compassé qui s'annonça comme étant M. de Goulas, secrétaire aux commandements de Monsieur qui eut tout juste le temps de se présenter. Les valets ouvraient déjà la double porte : Condé apparut tenant par la main la plus jolie femme que l'abbé eût jamais vue : la duchesse de Châtillon !

Condé expliqua aussitôt que, pris par de nombreuses occupations, il n'avait pas le loisir de discuter pendant des heures mais que sa très chère amie ici présente connaissait le fond de sa pensée et qu'il lui avait remis tous ses pouvoirs. Ce qu'elle déciderait serait bien fait, lui-même venant de temps en temps voir où en étaient les choses. Puis il baisa la main d'Isabelle et disparut laissant les trois « plénipotentiaires » entre eux, la duchesse souriante et les deux autres assez désarçonnés mais, enfin, on était là pour discuter : on discuta. Ou plutôt chacun exposa son point de vue et il fut vite évident que même Mazarin écarté du pouvoir – du moins en apparence ! – la soumission des princes et leur retour à la vie normale étaient toujours au même prix.

— Messieurs, intervint alors Isabelle, après avoir fait apporter quelques rafraîchissements. Vous conviendrez avec moi que cette première réunion n'est qu'une prise de contact. Nous sommes tous encore sous le coup des graves événements qui ont enflammé Paris le 4 juillet dernier et il est peut-être préférable de laisser un peu de temps au temps. Nous avons là, par écrit… les désirs exprimés de part et d'autre. Donnons-nous quelques jours pour les étudier et voir s'il est possible de trouver un premier point d'accommodement ?…

— Je n'en vois guère la nécessité, grommela Basile Fouquet. L'arrogance des princes…

— Je vous en prie ! Si nous partons sur ce sujet nous n'aboutirons qu'à une impasse. Vous nous reprochez, monsieur l'abbé, de n'avoir pas changé dans nos desiderata mais, au contraire de ce que nous espérions, il semblerait que vos propositions à vous n'aient pas été dictées, je ne dirai pas par Sa Majesté le Roi – qui doit être novice dans l'art de l'escrime diplomatique ! – mais par le cardinal Mazarin en personne alors qu'aux dernières nouvelles il s'était retiré noblement non seulement de son poste de ministre mais aussi de la France. Ce que nous étions en droit d'espérer, c'était l'après-Mazarin et non je ne sais quel arrangement avec un gouvernement fantôme toujours dominé par ledit Cardinal parti se mettre au vert ! Nous devons être certains qu'il ne reviendra plus, sinon cette rencontre n'est que du temps perdu !

Elle se leva d'ailleurs sur le dernier mot laissant ainsi entendre que la séance était aussi levée.

Goulas en fit autant, visiblement soulagé. Seul Basile Fouquet demeura assis. Il regardait Isabelle avec une admiration qu'il ne songeait même pas à dissimuler.

— Eh bien, monsieur l'abbé ? Auriez-vous l'intention de prendre racine ?

Il sursauta comme si elle l'avait réveillé.

— Ici ? Certainement pas ! Mais chez vous, madame la duchesse, avec un bonheur inexprimable !

— Je ne vois pas clairement à quoi vous occuper ! Songez plutôt à rectifier vos positions ! Tant qu'elles ne renverront pas Mazarin à Rome elles ne sauraient nous intéresser !

— Me permettez-vous de venir m'en entretenir seule à seul chez vous ? chuchota-t-il tandis que l'on quittait le salon.

— Quelle en serait la raison ?

— Nous ne pouvons tout de même pas en rester là et vous venez de dire, madame la duchesse, qu'il ne s'agissait que d'une prise de contact, intervint Goulas. Or vous semblez tenir pour acquis que d'autres réunions sont inutiles ?

— Absolument pas ! Nous allons même prendre date ! Ce que vous venez d'entendre n'est qu'une réflexion tendant à en susciter d'ultérieures.

— Oui mais… s'entêta Fouquet.

— Ouvrez cette fenêtre et criez le nom de Mazarin : vous verrez le résultat ! D'ailleurs je ne vous apprends rien ! Ne me suis-je pas laissé dire que la journée des Pailles était votre œuvre, monsieur l'abbé ? Sans doute afin de permettre à votre révéré ministre de nous régaler de cette noble, cette grandiose scène de renoncement ?

Un éclair de colère illumina brièvement les yeux du jeune homme :

— Quoi qu'il en soit, gronda-t-il, Monsieur le Prince n'a plus une troupe considérable à opposer aux volontés du Roi !

— Il a celles de Guyenne que l'Espagne…

— Voilà un nom que je refuse d'entendre ! En aucun cas notre ennemie ne doit entrer en ligne de compte !… déclara-t-il, sentencieux.

— Comme vous voudrez ! Tenons-nous-en là pour l'instant…

On décida d'un nouveau rendez-vous pour la semaine suivante.

Informés, Condé et Monsieur donnèrent raison à Isabelle, et l'on envisagea de discuter sur un ton peut-être moins raide. Isabelle eut même la surprise de voir l'abbé Fouquet débarquer chez elle.

Il tomba en pleine séance de pose.

Assise près des fenêtres d'un salon qui déversaient sur elle la lumière d'une belle journée automnale, Isabelle s'évertuait à rester immobile. Ce qui de sa part n'allait pas de soi. Elle portait une robe de velours – assez simple ! – d'un pourpre profond qui faisait chanter l'éclat de ses épaules nues, de sa gorge et de ses bras et servait d'écrin à une chaîne et à des bouquets de magnifiques perles en forme de poire et d'une taille exceptionnelle. D'autres perles – rondes cette fois ! – cerclaient son cou gracieux. Quant à ses mains, si l'une retenait une grappe des mêmes joyaux nacrés, la seconde reposait sur un coussin placé sur une petite table. Mais sur la toile à laquelle travaillait l'artiste – un jeune homme qui n'eut même pas l'air de s'apercevoir d'une présence étrangère ! –, table et coussin étaient remplacés par un lion à la superbe crinière et au regard dominateur qui trouvait le moyen d'avoir les traits du prince de Condé.

— Un moment de patience, monsieur l'abbé, je suis à vous dans l'instant !

— Juste un raccord et je vous rends votre liberté, madame la duchesse, dit le peintre avec un sourire. Vous avez été remarquablement sage aujourd'hui !

— Et vous des plus patients, monsieur Juste ! Puis-je voir ?

— Mais je vous en prie ! fit le peintre en se reculant sur un léger salut.

Elle sauta de son estrade en faisant signe à Basile d'approcher et un moment ils contemplèrent en silence :

— Ce portrait est vraiment splendide, admira celui-ci, sincère. Et quelle allégorie !

— N'est-ce pas ? Monsieur le Prince est aussi satisfait que moi-même. D'ailleurs l'idée vient de lui !

Elle le conduisit dans le jardin où les feuilles dorées d'un orme prenaient des tons d'aurore au-dessous duquel elle s'installa sur un banc de pierre de forme courbe en faisant signe à l'abbé d'y prendre place à l'autre bout :

— Voilà, ici nous serons bien !… Qu'avez-vous de si important à m'entretenir que les innocentes oreilles d'un artiste ne puissent entendre ?

— Peut-être pas si innocentes que cela ! Et nous avons à débattre d'affaires trop graves !

— À ce point ? minauda-t-elle d'un ton léger en caressant la monture d'or de son éventail.

— Pour moi, oui. Je pensais, en me rendant hier à l'hôtel de Condé, trouver en vous une alliée…

— Qu'est-ce qui peut vous laisser supposer que je ne le suis pas ?

— Votre nouvelle position. N'êtes-vous donc plus l'ambassadrice de paix que vous fûtes à Saint-Germain et dont M. le Cardinal a gardé un si aimable souvenir ? Hier vous avez été formelle : point de terrain d'entente avec lui !

Elle releva brusquement ses paupières qu'elle tenait baissées pour planter dans le sien son regard étincelant :

— À qui la faute ? Vous me rendrez cette justice que je n'ai jamais agi autrement qu'en faveur de la paix. Or que cherchait Mazarin en déversant sur moi les flots de ses paroles mielleuses ? À gagner du temps. Un temps qui lui a permis de faire avancer les armées du Roi, de faire cesser le siège d'Étampes, de prendre Montrond et de retenir les coups de M. de Turenne ! En un mot, il s'est moqué de moi – et de Monsieur le Prince par la même occasion ! Et tout cela pour garder sa place de ministre ? Comme s'il n'y avait pas de salut et de prospérité possibles pour le royaume hors de son gouvernement ! Ce ne sont tout de même pas les hommes de talent qui manquent en France ? À commencer par Monsieur le Prince !

— Le génie incarné de la guerre… dont les fureurs sont célèbres ! Qu'en serait-il à la tête du Conseil ? Le Cardinal est l'homme de la paix !

— Qu'il le prouve alors en se retirant puisqu'il en est le seul obstacle ! L'an prochain le Roi sera sacré. Ce sera à lui de choisir ceux qui seront admis en son Conseil…

— Mais le Roi apprécie beaucoup M. le Cardinal !

— Vous confondez le Roi et sa mère ? Non, laissez-moi finir ! J'ai toujours aimé Sa Majesté… et je suis femme. Deux raisons pour comprendre qu'elle puisse être malheureuse de se séparer de l'homme qui a su gagner son cœur, mais qu'est-ce que l'amour d'une femme, fût-elle couronnée, en face de celui de tout un peuple ?

— Si vous le permettez, madame la duchesse, nous laisserons le Cardinal de côté pour un moment. Qu'en serait-il si toutes les autres revendications des princes étaient exaucées ?

Isabelle réfléchit quelques instants avant de répondre :

— Cela me paraît difficile…

— Mais pas impossible, n'est-ce pas ? Surtout si l'on offrait davantage ?

— Quoi, par exemple ?

— L'épée de Connétable pour Monsieur le Prince ?…

— Et… les demandes financières acceptées ? Vous pensez pouvoir y parvenir ?

— Je m'y emploierai de toutes mes forces !

— Mais… pourquoi ?

— Peut-être pour vous regarder sourire… me sourire ? Il n'y a rien que je ne sois prêt à tenter pour acquérir quelque prix à vos beaux yeux !

— Vous… l'abbé ? s'étonna-t-elle, sincèrement surprise.

— Oubliez l'abbé. Je n'ai jamais eu la vocation, et je porte rarement l'habit. Veuillez ne voir en moi qu'un homme, un malheureux que vous avez le pouvoir de rendre fou… ou divinement heureux !

Elle se leva au moment précis où il mettait genou en terre, ce qui permit à Basile de prendre sa main et d'y coller ses lèvres. Elle ne la lui retira pas, réfléchissant à toute vitesse. Que cet homme soit tombé amoureux d'elle pouvait ouvrir des perspectives nouvelles ! Encore fallait-il ne rien précipiter :

— Au lieu d'adversaires nous pourrions être… amis ? Secrètement, évidemment, car Monsieur le Prince est extrêmement jaloux… et je serais vraiment navrée s'il s'en prenait à vous ! soupira-t-elle en retirant doucement sa main avant que la sienne ne s'égare autour de sa taille. Mais je répète : amis ! Rien d'autre !

— C'est déjà beaucoup, j'en conviens mais…

— Mais ?

— M'interdisez-vous l'espérance de voir un jour cette amitié donner naissance à quelque chose… de plus… je veux dire de moins…

Elle éclata d'un rire si gai et si franc qu'il était impossible de s'en offusquer. Il le prit d'ailleurs avec bonne humeur :

— Je suis ridicule n'est-ce pas ?

— En aucune façon ! Ce serait même le contraire car vous démontrez que vous êtes homme d'esprit et j'aime cela ! Venez plutôt vous asseoir près de moi et tâchons d'accorder nos violons ! Vous devez bien comprendre que, ayant été joué à travers moi par le Cardinal, Monsieur le Prince ne veuille plus traiter qu'avec Leurs Majestés. On oublie trop aisément à Compiègne… et vous comme les autres !… qu'il est de sang royal, que c'est un Bourbon et qu'en cas de viduité il pourrait revendiquer la couronne !

— Après Monsieur !

— J'ai dit en cas de viduité !

Ce fut au tour de l'abbé de rire et, montrant de belles dents blanches, le rire lui seyait :

— Seriez-vous très fâchée, madame la duchesse, si je me permets d'affirmer que Monsieur ou rien du tout sur le trône reviendrait au même ? Il ne s'intéresse uniquement qu'à l'or !

— Pas le moins du monde, répondit-elle en écho. Et il serait fort dommage que Louis XIV ne puisse régner car il sera un grand roi !

— À quoi voyez-vous cela ?

— À son regard. Avez-vous déjà essayé de le soutenir ?

— N… on ! Je n'ai jamais essayé.

— Vous devriez… si vous l'osez ! C'est plein d'enseignement ! Et c'est pourquoi je me tue à répéter qu'il faut que ce règne soit ! Avec Condé à la tête de ses armées et un brillant ministre des Finances – pourquoi pas votre frère aîné que l'on dit fort entendu en la matière ? –, la France recouvrera son prestige !

— J'en suis persuadé mais il faudrait que, de votre côté, vous admettiez que le Roi aime beaucoup le Cardinal !

— Il faudrait croire alors qu'il est un remarquable dissimulé. Quel fils peut aimer l'amant de sa mère ? Surtout si elle est reine !

Il y eut un silence que l'abbé employa à admirer son hôtesse. Jamais femme ne l'avait séduit à ce point et, en la quittant, il emportait avec lui le vif désir de lui plaire. Après tout Mazarin n'était plus dans sa première jeunesse contrairement à eux deux… Décidé à tout pour l'obtenir, il accepterait peu à peu l'idée de mettre en lumière les desiderata des princes en oubliant le Cardinal qui était cependant son patron.

Aussi pendant le mois de septembre ce fut un échange continuel entre Compiègne et l'hôtel de Condé. Mais, à mesure, l'intransigeance de Condé, qui poussé par les courriers de sa sœur ne voulait renoncer à aucune de ses prétentions, réduisit de plus en plus le champ de manœuvre. Principalement quand on sut, à Compiègne, que l'abbé Basile était tombé amoureux d'Isabelle. Aussi le remplaça-t-on par un sévère magistrat, M. d'Aligre, totalement imperméable au charme féminin mais qui n'eut guère le temps d'exercer ses talents : le 4 octobre, le ministre Le Tellier chargeait l'abbé Basile de remettre à Mme de Châtillon une sorte d'ultimatum à l'adresse de Condé. Les conditions proposées étaient en tel désaccord avec les volontés du Prince qu'Isabelle les déclara « trop funestes » et refusa de les transmettre, ajoutant que si l'on tenait à ce que Son Altesse en soit informée, on n'avait qu'à s'adresser à MM. de Chavigny ou de Rohan mais non à elle. C'est Chavigny qui en fut chargé et, naturellement, elles furent rejetées avec dédain par Condé. Sans d'ailleurs qu'Isabelle – comme Condé lui-même – en fût affectée car, tandis que l'on se livrait, par écrit, à un dialogue de sourds, il s'était produit quelque chose qui avait renforcé la détermination du Prince : le duc de Lorraine était revenu !

Eh oui ! Charles IV – qui sans doute n'avait pas trouvé preneur au prix qu'il estimait ! – venait de reparaître avec sa belle petite armée astiquée, bichonnée – vrai modèle d'exposition ! – et s'installait au château de Grosbois, défendu d'un côté par la vallée de l'Yerres et de l'autre par une profonde forêt s'étendant jusqu'à Valenton et Villeneuve-Saint-Georges. Déjà habitué, Turenne était retourné bivouaquer philosophiquement sur les hauteurs de Villeneuve, en bonne place pour attendre la suite des événements.

Mais il ne bougea pas le petit doigt.

Cette fois, le duc à éclipses annonçait ses intentions : il venait de se mettre au service de Monsieur le Prince et faire sa cour à Mlle de Montpensier que sa fortune auréolait d'une belle lumière dorée.

Comme à sa dernière apparition, tout Paris se précipita chez Lorraine pour admirer, festoyer. L'héroïne de la fête c'était naturellement Mademoiselle, qui, bien sûr, commença par lui demander la raison de sa précédente fuite. Il lui confia alors, des larmes dans la voix, qu'il « s'était laissé empaumer par le cardinal de Retz » – remarquablement discret ces derniers temps ! – et les propositions de la Cour, « ce dont il s'était fort repenti depuis ».

Aussi pouvait-on le voir au lever de Mademoiselle, à genoux devant son lit et la couvrant de compliments dithyrambiques, jurant d'être à jamais son serviteur dévoué de même qu'il assurait Condé d'une amitié indéfectible. Tous deux le crurent, ainsi d'ailleurs qu'Isabelle que son amant mena un jour dîner[1] à Grosbois pour admirer la belle ordonnance de l'armée. Ce qui ne fit aucun plaisir à Mademoiselle, laquelle accusa sa rivale de vouloir séduire le duc.

Il n'en était rien, évidemment, mais Isabelle, comme Condé, n'en virent pas moins dans Charles IV l'envoyé du Ciel qui allait rendre possibles de nouvelles tractations avec la Cour sans faire appel aux Espagnols. Soulagée à un point extrême, la jeune femme mit fin à ses entretiens avec l'abbé Fouquet – de toute façon n'était-il pas remplacé par M. d'Aligre ? – qui le prit très mal. Il était réellement tombé amoureux d'elle et son orgueil n'admettait pas d'être éconduit. Et, le jour où elle lui fit comprendre qu'ils allaient devoir « espacer » leurs rencontres et même y mettre fin pendant un temps, il leva le masque :

— Parce que vous pensez que je ne vous suis plus utile vous me rejetez ?

— Nullement et je serai toujours heureuse de recevoir l'ami que vous êtes !

— Ami ? Allons donc ! Vous savez pertinemment que je suis fou de vous et veux être votre amant !

— Et vous savez pertinemment que la place est prise…

— Condé court à sa perte. Vous aurez peut-être alors besoin d'un protecteur ?

Le mot déplut à Isabelle parce qu'il offensait son orgueil. Elle rendit coup pour coup :

— Quand on est duchesse de Châtillon-Coligny et née Montmorency on n'accepte d'autre protection que celle d'un roi ou d'un prince de sang royal. Pas d'un Basile Fouquet !

1. À cette époque le dîner était notre déjeuner actuel.

— Vraiment ? Je vous imaginais plus intelligente mais vous aurez lieu de regretter vos dédains et il se peut qu'un jour…

— Jamais ! Au rang où je me trouve on ne peut redouter que la peine capitale…

— Et elle ne vous fait pas peur ?

— Mon père avait vingt-sept ans quand il l'a affrontée en souriant ! Et je me veux sa fille ! Je regrette que le noble jeu d'épées ne soit pas admis pour une femme ! Soyez-en persuadé, l'abbé, le temps approche où cette guerre stupide prendra fin et où la vie retrouvera son cours normal lors du sacre d'un roi qu'il fera bon servir sans arrière-pensée !

— Oh, j'en demeure d'accord et je servirai naturellement le Roi puisque je sers Mazarin dont il prise fort les avis…

— … Et dont le noble exil n'était rien d'autre qu'une comédie de plus !

— Pourquoi pas ? Le jeu en vaut bien la chandelle ! Quant à votre prince adoré il se pourrait qu'il ne trouve plus l'existence aussi agréable que par le passé ! Vous non plus d'ailleurs…

— Qui vivra verra !…

Elle lui avait tourné le dos en haussant les épaules et en sonnant pour qu'on le raccompagne à la porte.

Depuis l'ultimatum du 4 octobre les rapports avaient cessé entre la Cour et Condé. Le Parlement était abattu et le peuple réclamait la paix. Les promenades et petites fêtes au camp de Grosbois laissaient supposer qu'elle était en bonne marche. Surtout quand on apprit, le 13, que, fidèle à ce qui devenait une habitude, le duc de Lorraine venait de décamper nuitamment mais, cette fois, Condé ne s'en émut pas :

— Je vais le suivre, Isabelle, confia-t-il à la jeune femme accourue dès qu'elle sut la nouvelle. Je m'apprêtais d'ailleurs à me rendre chez vous pour vous l'annoncer… et aussi apprendre de vos lèvres si vous êtes disposée à m'accompagner.

Encore sous le choc, elle le regarda sans paraître comprendre :

— Que je vous accompagne ?… Mais où ?

— Là où je vais…

— À Nancy avec l'armée du duc Charles ?

— Non. Chez les Espagnols… en Flandres.

— Vous n'allez pas faire cela ? fit-elle, épouvantée. Vous n'allez pas trahir ? Pas vous ?

— Si je veux continuer à vivre je n'ai pas le choix. En dépit de nos efforts communs, c'est ma vie et celle des miens que je vais défendre. Mais c'est la vôtre qui me tourmente le plus et c'est pourquoi je viens vous chercher…

Il la prit dans ses bras où elle se blottit d'instinct les yeux pleins de larmes.

— Je vous aime, ma douce, murmura-t-il dans ses cheveux, avant d'y plonger les mains pour porter les lèvres de son amie à la hauteur des siennes. Dieu m'est témoin que ce n'est pas d'un cœur léger que je pars mais, si je ne vous emmène pas avec moi, les jours me seront cruels… et les nuits plus encore ! J'ai besoin de vous, de votre enthousiasme, de votre incroyable vitalité, de votre sourire, de la douceur de vos bras… de votre corps enfin qui fait de mes nuits un enchantement.

Le baiser qui suivit la fit défaillir. Elle comprit en cet instant qu'elle adorait cet homme et ne rêvait rien de mieux que de le laisser l'emporter, que le bonheur était à sa portée et que jamais peut-être elle ne le retrouverait, mais aussi qu'elle n'était pas libre de l'écouter. Si elle partait, il n'y aurait plus personne pour le défendre et tenter d'obtenir sa grâce quand il n'en pourrait plus de vivre à l'étranger loin de tout ce qu'il aimait. Et puis :

— Je suis désespérée d'être éloignée de vous et pourtant combien je préférerais pouvoir vous suivre… mais comprenez que je n'en ai pas le droit !

— Vous avez tous les droits !

— Sauf celui de vous faire changer d'avis ! Mais rappelez-vous que j'ai un fils ! Même si – je vous l'accorde ! – il ne voit pas souvent sa mère, je serais indigne si je l'abandonnais – pauvre petit qui n'a pas connu son père ! – à la vindicte de la Cour. On lui confisquerait tout comme on vous confisquera tout à commencer par votre magnifique Chantilly. Y avez-vous songé ?

— Je saurai le reconquérir !

— Et cet hôtel ? Et Saint-Maur ? Et cette vie que vous aimiez tant ? Vous êtes Son Altesse royale le prince Louis de Bourbon-Condé mais vous ne serez plus qu'un traître promis au bourreau ! C'est cela que vous cherchez ? Que je meure de chagrin et votre fils de misère ? Alors qu'il serait si facile de faire amende honorable devant votre Roi ? Dignement et en noble équipage…

La porte en s'ouvrant lui coupa la parole. François de Bouteville apparut :

— Pardonnez-moi, Monseigneur ! Je venais vous dire que nous sommes prêts à partir et que…

Il s'interrompit tandis que sa sœur le regardait avec une douloureuse incrédulité :

— Vous aussi, mon frère ? Faut-il donc que le dernier des Montmorency trahisse son pays, son Roi et son drapeau aux fleurs de lys ?

Il courut à elle, prenant entre les siennes des mains qui se glaçaient :

— Vous le savez depuis toujours, Isabelle, que j'ai fait serment d'allégeance à notre Prince bien-aimé et vous devriez être la première à m'encourager, vous dont ce damné Mazarin se joue impunément. C'est à lui seul que nous allons faire la guerre parce que nous estimons que le Roi sera mieux servi quand Son Éminence aura rejoint Satan son maître !

— Dans ce cas tendez-lui une embuscade et pourfendez-le par une nuit sans lune !

— Je ne suis pas un assassin !

— Vous ne me l'apprenez pas. Mais pouvez-vous m'expliquer ce que vous éprouverez quand, au premier engagement, vous marcherez sous les étendards brodés des tours de Castille et des lions d'Aragon pour piétiner ceux aux fleurs de lys dans la boue sanglante d'un champ de bataille et quand vous enfoncerez votre épée dans le corps d'un inconnu dont le seul tort sera d'être français… vous qui rêviez il n'y a pas si longtemps d'obtenir le bâton de maréchal de France ?

— Taisez-vous ! Vous n'avez pas le droit de me dire cela !

— Ah non ?… Et, imaginons que cet homme inconnu ne le soit pas ?… Un ancien ami… ou pourquoi pas M. de Turenne à qui vous vouiez une telle admiration ! Que ferez-vous à ce moment-là, François de Montmorency-Bouteville ?

— Pour l'amour du Ciel faites-la taire, Monseigneur !

— Je n'essaierai même pas parce que c'est impossible ! Mieux vaut nous séparer ! Un jour viendra où elle comprendra que nous avons raison ! Par exemple quand le Roi nous remerciera d'avoir abattu le mauvais génie de sa mère ! Venez à présent ! Nous nous reverrons, Isabelle ! Jamais je ne renoncerai à vous !

Et il entraîna François sans lui laisser le temps d'embrasser sa sœur. Il savait qu'elle s'accrocherait et que l'adieu n'en serait que plus déchirant. Pourtant il se trompait. Foudroyée par cette double séparation, Isabelle, incapable de faire seulement un pas, se laissa glisser à terre, évanouie…

C'est là que Mme de Brienne, sans nouvelles depuis plusieurs jours, la trouva et la fit transporter chez elle où elle la mit au lit avec l'aide d'Agathe. L'effondrement des nerfs d'Isabelle lui ôtait toutes forces. L'excellente femme s'établit auprès d'elle assistée de Marie de Saint-Sauveur et entreprit de la remettre sur pied. Encore ignoraient-elles que l'abbé Fouquet avait répondu à Mazarin, son maître, de la tranquillité de la capitale en vue du retour du Roi, à condition d'en expulser certaines personnes trop attachées au parti de Monsieur le Prince, à commencer par Mme de Châtillon !

Quelques jours après, le 21 octobre 1652, le jeune roi quittait Saint-Germain où il était revenu depuis peu et, à la tête d'une armée, faisait à Paris une entrée véritablement triomphale. Dans un carrosse derrière lui venait la Reine accompagnée de Monsieur, tout sourires…

En arrivant au Louvre on y trouva le cardinal de Gondi, environné de son clergé, qui les régala d'un long compliment…

Dès le lendemain, le Roi signifiait ses volontés au Parlement en lui interdisant de s'occuper désormais des affaires de l'État. Puis des lettres de cachet furent envoyées aux ducs de Beaufort et de Rohan, ainsi qu'aux présidents Viole, Broussel, Perrault et autres Frondeurs de quelque importance.

Enfin trois dames de haute naissance étaient chassées de la Cour comme ennemies du Roi : Mademoiselle pour avoir osé faire tirer contre lui les canons de la Bastille, Mme la duchesse de Longueville… et Mme la duchesse de Châtillon comme trop dévouée à Condé. Elles étaient reléguées dans leurs terres – Isabelle à Mello ! – avec défense d'en sortir !

Pendant qu'il y était, le bon abbé Basile obtint l'arrestation du cardinal de Retz qui se croyait pourtant en si bons termes avec la Reine. On s'empara de sa personne indignée au Louvre même alors qu'il venait faire sa cour !…

Cette fois la Fronde était bien morte.

Le 26 octobre, Louis XIV rappelait Mazarin qui n'arriva que le 3 février suivant et, comme on pouvait s'y attendre, reçut de Paris… un accueil triomphal !

Mais le 17 novembre le prince de Condé était nommé généralissime de l'armée espagnole…

4

Exilée !

Se retrouver coupable de trahison après avoir tant œuvré pour ramener Condé dans le droit chemin ulcéra Isabelle… Alors qu'elle s'était dépensée sans compter pour sauver son amant de lui-même, atterrir dans le même panier qu'une Longueville qui, depuis des années, ouvrait largement à l'Espagne l'estuaire de la Gironde, lui était intolérable. Son ennemie n'allait-elle pas jusqu'à s'appuyer sur un parti, l'Ormée, nettement révolutionnaire, qui ne rêvait rien de moins qu'établir sur tout le Bordelais une sorte de république dont la « merveilleuse duchesse de Longueville » eût été le symbole et même la déesse ? Isabelle, pour sa part, n'avait pas une goutte de sang sur les mains ce qui n'était pas le cas – et de loin ! – de l'infernale duchesse que liaient à ses deux frères des amours incestueuses lesquelles s'accommodaient fort bien d'autres amants comme ce malheureux La Rochefoucauld, presque aveugle et parti enfermer dans son château de Verteuil ses souffrances et son désespoir. Qu'il allait d'ailleurs traduire en Mémoires et maximes amères et magnifiques [1].

1. La Fronde aura au moins suscité deux chefs-d'œuvre de la littérature française : *Les Maximes et Réflexions* de La Rochefoucauld et les *Mémoires* du cardinal de Retz.

Témoins d'abord impuissants de la détresse d'Isabelle, Mme de Brienne et Marie de Saint-Sauveur s'étaient relayées pour la guérir d'on ne savait quelle folie née moins de la funeste décision de Condé que d'avoir vu son cher petit frère le suivre vers ce qui ne pouvait être que sa perte. Dans ses cauchemars les deux femmes pouvaient l'entendre balbutier, les larmes coulant sur ses joues :

— Le troisième Montmorency à l'échafaud… Le troisième Montmorency à l'échafaud !…

Cela dura trois jours et trois nuits au bout desquelles, enfin, Isabelle retrouva la claire conscience. Pour apprendre que, vu son état de santé, on lui accordait deux jours pour se remettre et prendre le chemin de Mello, faute de quoi elle y serait conduite de force, un ordre d'exil étant exécutoire aussitôt promulgué.

Sur une nature moins combative que la sienne, cette cruauté supplémentaire eût généré un surcroît d'abattement. Isabelle s'en trouva remise instantanément à la grande joie de ses deux amies.

— Qui a signé cela ? demanda-t-elle en considérant l'imposant paraphe – imposant mais illisible. Je ne connais pas cette écriture ! Oh, et puis après tout qu'importe ! Que l'on achève les préparatifs ! Je veux être à Mello ce soir !

— Vous êtes encore bien pâle ! observa Marie de Saint-Sauveur. Laissez-moi vous accompagner !

— Et moi, pendant ce temps-là, je verrai la Reine et j'irai à Mello vous rendre compte ! Il est inconcevable que vous receviez un châtiment si peu mérité ! La Longueville, oui, Mademoiselle largement plus puisqu'elle a osé faire tirer le canon sur les troupes royales, mais vous qui n'avez cessé de prêcher la concorde et l'apaisement, c'est non seulement injuste mais inimaginable !

— Veillez surtout à ne pas y perdre votre crédit ! lui recommanda Isabelle. On aurait pu me frapper plus cruellement !... En m'enlevant Châtillon d'abord...

— Châtillon est à votre fils puisqu'il en est le dernier duc... De toute façon être exilé sur ses terres provinciales n'entraîne pas la confiscation des propriétés. Il en va tout autrement du bannissement hors de France et, naturellement, de la peine de mort. On ne vous reproche qu'une trop grande amitié pour Monsieur le Prince. Lui relève de la haute trahison. S'il était pris en France il pourrait y laisser sa tête...

— C'est pourquoi j'ai tout tenté pour le retenir sur la pente fatale !

— Et parce que vous l'aimez ! L'amour n'est pas un crime et la Reine doit être la première à le comprendre.

— Malheureusement je n'ai même pas pu retenir mon François. Il en a fait son dieu. Et c'est pour lui que j'ai si peur ! Ce n'est pas un prince du sang, lui... et si on le capture...

— Cessez de cultiver les idées noires ! Cela ne vous convient pas, ma chère petite ! Songez plutôt que vous allez pouvoir vivre avec votre fils ! Vous ne l'avez pas vu depuis longtemps et il doit vous manquer !

— Oui et non ! Vous allez me prendre pour une mère indifférente, je vous jure toutefois que ce n'est pas le cas. Je l'aime mais ces temps derniers j'ai vécu dans un tel tourbillon que je n'y pensais même pas. Je sais qu'il est au mieux auprès de ma mère ! Cependant quand j'y pense, je vous avoue que j'ai un peu honte ! Je ne suis personne pour lui... et il risque de ne pas me reconnaître !

— Quel âge a-t-il ?

— Il vient d'avoir trois ans !

— Vous pourriez avoir une surprise ! conclut Mme de Brienne avec un bon sourire.

Et, en effet, quand on atteignit le château où chacun était prévenu de l'arrivée de la duchesse, Bastille qui l'escortait à cheval fit arrêter l'attelage quand on fut en haut de la rampe d'accès [1] mais déjà Isabelle avait ouvert la portière, sautait à terre et courait vers le petit groupe qui venait de s'immobiliser en l'entendant. Deux femmes, Mme de Bouteville et Jeannette, la nourrice, tenant chacune une main de l'enfant, s'apprêtaient à rentrer après une promenade.

Isabelle ne vit que le bambin. Il était chaudement vêtu d'un manteau de la couleur de ses yeux bordé de fourrure blanche et coiffé d'un béguin assorti d'où dépassait une boucle blonde. Se sentant solidement étayé de chaque côté, il agitait ses courtes jambes en gloussant sur le mode aimable quand Isabelle l'enleva de terre pour le couvrir de baisers qui semblèrent le ravir :

— Mama ? émit-il joyeusement en appliquant une tape sur le visage maternel, prêt à recommencer.

Isabelle, les larmes aux yeux, attrapa la menotte au vol pour la baiser.

— Il me reconnaît ! s'écria-t-elle, transportée de bonheur. N'est-ce pas merveilleux ?

Et de l'embrasser de plus belle.

— Si vous continuez, ma fille, vous allez l'user ! remarqua Mme de Bouteville en riant. Et il n'y a là

1. Comme Châtillon, Mello est à flanc de coteau.

rien de merveilleux. Simplement il est intelligent et comme ici on lui parle quotidiennement de vous, en vous décrivant, il a tout de suite compris qui vous étiez !

— Quel bonheur, mon Dieu !

L'intensité de sa joie la surprenait elle-même. Ce petit bout d'homme dont il fallait reconnaître qu'elle ne s'était guère souciée – sans doute parce qu'elle le savait entre de bonnes mains ! –, voilà qu'il prenait tout à coup une place énorme et faisait reculer la douleur de la séparation. Dans les jours qui suivirent, elle s'occupa presque exclusivement de lui, retrouvant ses sensations et ses fous rires d'autrefois quand, fillette, elle jouait avec François. À cette différence près que le jeune frère ne rêvait déjà que plaies et bosses tandis que Louis-Gaspard réclamait plein, plein de câlins, surtout quand arrivait le soir. Après son repas, il venait se nicher dans les bras de sa mère qui lui faisait dire une courte prière puis il s'endormait presque aussitôt après avoir mis dans sa bouche son pouce qui n'y demeurait pas longtemps. Il ne restait plus à sa mère qu'à le déposer dans son lit sur un dernier baiser.

La toilette du matin était elle aussi un important moment de félicité. Au contraire de nombre de ses contemporains – et singulièrement de Condé qui n'avait pas grand-chose à envier, côté fumet, à son père et au défunt roi Henri IV –, la jeune duchesse vouait un véritable culte à l'eau et au savon et se lavait tous les jours avant d'user d'une huile légère et parfumée qui gardait à sa peau cette souplesse et cette douceur qu'on lui enviait…

Grâce à elle, son fils se retrouva régulièrement dans un bac à lessive apporté devant une cheminée et découvrit rapidement le plaisir qu'il pouvait y avoir à barboter. Il riait et tapait dans l'eau avec ardeur sous l'œil surpris de sa grand-mère. Si Mme de Bouteville avait appris la propreté à ses enfants, elle ne s'était pas hasardée jusqu'au bain quotidien.

— Vous êtes certaine de ne pas lui donner des habitudes excessives ? demanda-t-elle un jour à sa fille. Qu'en sera-t-il lorsqu'il atteindra l'âge de passer aux mains des hommes ?

— S'il éprouve le besoin d'être propre, il s'arrangera pour trouver un moyen de se récurer. Même aux armées ! Je sais que François trouve sans faillir un ruisseau, une rivière ou un étang pour se laver. Ce qui me tourmente le plus c'est justement à qui le confier quand viendra l'âge. Il n'a plus de père et son oncle sert sous les couleurs de l'Espagne…

En voyant s'assombrir le visage de sa mère, elle regretta de n'avoir pas su retenir le nom détesté. Comme si elle ne savait pas que celle-ci avait retrouvé l'angoisse d'autrefois quand elle luttait désespérément pour arracher son époux à son sort ! Elle vint à elle et la prit dans ses bras :

— N'y songez pas, mère ! Dites-vous plutôt que si même on parvenait à se saisir de Monsieur le Prince, le Roi n'oserait pas l'envoyer à l'échafaud ! Le peuple l'a trop porté aux nues et pendant trop longtemps pour que l'on ne risque les émeutes, les barricades et les chaînes. Un jugement plus cruel pour François serait intolérable… et puis Mazarin n'est pas immortel. De toute façon nous sommes convenus, Condé et moi, de correspondre et c'est déjà beaucoup car je ne cesserai pas de lui prêcher le retour à son devoir… et qu'il ramène mon frère à une plus juste notion des réalités…

De Mello sur lequel l'hiver ne tarderait pas à se refermer, les nouvelles de Paris n'avaient rien d'affligeant. On n'en finissait pas de fêter le retour du Roi, et Mme de Brienne retournée faire sa cour à la Reine emplissait des feuilles et des feuilles avec la simple énumération des bals, comédies et réjouissances de toutes sortes ne cachant pas qu'elle espérait de « grands adoucissements dans les temps peut-être proches » quand, portée par les espions du Cardinal, la nomination de Condé à la tête des armées espagnoles éclata comme une bombe, déchaînant la colère du Roi. Fin novembre était publiée dans toute la France la condamnation royale « contre les princes de Condé, Conti, la duchesse de Longueville, le duc de La Rochefoucauld et le prince de Talmont, les déclarant rebelles, criminels de lèse-majesté, perturbateurs du repos public et traîtres à leur patrie ». Comme tels « déchus de tous honneurs, dignités, offices, pensions, gouvernements et tous droits quelconques qu'ils pourraient prétendre dans le royaume », et prononçait la confiscation de tous leurs biens…

Cette fois il n'était pas question de Mme de Châtillon qui n'en demeurait pas moins exilée. Tout comme Mademoiselle qui était allée se morfondre à Saint-Fargeau où son père la laissait benoîtement se ronger les ongles en se gardant prudemment d'intercéder pour elle : n'avait-elle pas eu l'audace de l'obliger à lui remettre les maudites clefs de la Bastille, causes de tout mal ? Ce bon père en avait exprimé haut et fort une vertueuse indignation, encouragé dans cette voie par son épouse, Marguerite de Lorraine – sœur du duc à éclipses ! –, qui détestait cordialement sa belle-fille. L'oncle du Roi était mieux en cour que jamais, et l'on put même le voir converser agréablement avec Mazarin.

Pour en revenir à Isabelle, sa mère et Mme de Brienne lui firent comprendre que finalement elle n'était pas si mal lotie, simplement assignée à résidence dans le plus joli de ses châteaux, où elle pouvait recevoir qui elle voulait... et même qui elle ne voulait pas.

C'est ainsi qu'au lendemain de la condamnation royale, alors qu'elle était seule au château – sa mère était retournée passer quelques jours à Précy et Mme de Brienne était à Paris –, Agathe vint lui annoncer que l'abbé Fouquet venait d'arriver et souhaitait être reçu.

— Il est seul ou accompagné ?

— Non. Il est seul ! Arguant le froid, il a demandé que l'on mène son cheval à l'écurie...

— Qu'on en prenne soin mais qu'on le tienne prêt à repartir ! J'espère que cet individu n'a pas la prétention d'être invité à rester cette nuit ?

Elle était plus que mécontente. Cette venue tardive alors que le gel n'était pas loin et que le soleil n'allait pas tarder à disparaître ne lui disait rien qui vaille. Elle donna cependant l'ordre d'introduire le visiteur et alla l'attendre dans la « librairie » qui était l'une des pièces où elle se tenait le plus volontiers. Les livres dont s'habillaient les murs lui conféraient la gravité adéquate pour la circonstance. En outre, durant la mauvaise saison, on y entretenait le feu quotidiennement afin de protéger les reliures de l'humidité. Une table à écrire en occupait le centre et c'est là qu'elle choisit de s'asseoir ; espérant ainsi lui faire comprendre qu'elle lui accordait audience plus qu'elle ne le recevait. Et pour mieux enfoncer le clou, elle prit une feuille de papier et une plume.

Elle venait juste d'écrire : « Ma chère amie… » quand il fit son entrée, élégant à son habitude quoique un peu poussiéreux mais le sourire aux lèvres… qui s'effaça vite devant le regard glacé qui l'accueillait. Isabelle avait simplement relevé les paupières :

— Vous, l'abbé ? Quel vent vous pousse ici à cette heure ?

Il lui adressa un beau salut – auquel elle répondit d'un signe de tête – qui lui donna quelques secondes pour réfléchir. Puis, s'avançant, désigna l'une des deux chaises placées devant :

— Puis-je m'asseoir ?

— C'est selon…

— Comment dois-je l'entendre ?

— Comme je l'ai dit. Cela dépend de ce qui vous amène. Jusqu'à présent vous n'avez guère été l'homme des bonnes nouvelles puisque celles que vous apportiez étaient fausses ! Et surtout, ne venez pas me parler d'amitié. Je sais ce qu'en vaut l'aune !

— Aussi n'en parlerai-je pas ! Je ne suis venu que pour vous mettre en garde… mais si vous vouliez bien me permettre de m'asseoir, je vous en saurais un gré infini ! Je déteste l'idée de m'évanouir devant vous et depuis quelques jours mon dos…

Elle lui désigna de la tête une chaise où il se laissa tomber plutôt qu'il ne s'assit. Et soudain elle se mit à rire :

— Une de vos victimes vous aurait-elle fait bastonner par ses valets ? Si c'est le cas, vous avez pris des risques insensés en venant chez moi. Je brûle d'envie d'en faire autant… Monsieur le maître espion de Mazarin ! Vous voyez que je sais qui vous êtes à présent ? Vous m'avez desservie au point de me rendre responsable des émeutes et d'assurer que Paris n'aurait la paix de sitôt tant que j'y serais ! Et vous osez encore me regarder en face ? Des amis tels que vous…

— Je n'ai jamais souhaité être votre ami ! Votre amant, oui ! Je vous voulais pour moi… et je vous veux toujours !

— Sortez !

— Non. Pas avant de m'être justifié ! Je vous ai laissée m'insulter à loisir. Maintenant vous devez m'entendre !

— Soyez bref ! Je vous accorde cinq minutes !

— Et davantage ! Quoi que vous en pensiez, madame la duchesse, je ne suis pas venu seul.

— De mieux en mieux ! Si vous venez m'arrêter vous aurez du mal et…

— Pour l'amour de Dieu, laissez-moi parler ! fit-il, exaspéré, mais elle se remit à rire :

— Allons bon, voilà Dieu ! C'est vrai que vous êtes d'Église ! Drôle d'Église en vérité ! Entre Mazarin et vous, le Seigneur a d'étranges serviteurs ! Et si vous ajoutez le cardinal de Retz, cela forme un trio à qui on peut hésiter à confier son âme ! (Puis se calmant brusquement :) J'empiète sur vos cinq minutes. Vous avez la parole !

Peut-être afin d'éviter ce regard scintillant de moquerie, il se leva et avec une légère grimace alla se poster près d'une fenêtre donnant sur la ville. Il s'y appuya :

— C'est vrai que je vous aime et c'est vrai encore que je hais Condé plus peut-être en raison de cet amour que vous lui vouez que pour son infernale arrogance.

Et c'est enfin vrai que je vous ai dénoncée ! Pas pour vous permettre de le rejoindre mais pour pouvoir vous enlever et vous conduire dans un manoir que je possède et vous garder pour moi seul. Je voulais dans mon refuge vous traiter en idole, vivre à vos pieds, heureux de vous regarder, d'emplir mes yeux de votre beauté jour après jour, nuit après nuit mais sans chercher à vous forcer ! Je voulais vous donner une telle somme d'amour que vous auriez fini par en être touchée et, une belle nuit, peut-être…

— Comment se fait-il alors que nous soyons ici vous et moi ? Je suis exilée donc hors de Paris… et je suis chez moi ?

Isabelle ne songeait plus à rire. La voix qu'elle entendait était sombre, lourde d'une tristesse où se mêlait de la colère.

— Parce que je suis un imbécile qui a laissé passer sa chance. Comme vous le dites, vous m'avez échappé et je ne m'en console pas.

Un silence suivit qu'Isabelle ne laissa pas durer :

— Dans ce cas m'expliquerez-vous le pourquoi de votre visite ce soir ? Vous excuser ?

— Non. Vous mettre en garde !

— Contre qui ?

— Contre vous-même ! On vous a traitée avec mansuétude en vous bannissant dans ce joli château… Vous le devez à la Reine… et à la sympathie qu'éprouve pour vous le Cardinal…

— Il est bien bon !

— Ne vous moquez pas. C'est un fait. Tous deux pensent que vous souhaitiez « arranger les choses » entre la Cour et Monsieur le Prince… Ce qui était normal étant donné les liens qui vous unissent à la famille de Bourbon-Condé. Et tant que le Prince n'était coupable que de rébellion on pouvait montrer quelque indulgence au vainqueur de Rocroi, Lens… et beaucoup d'autres ! À présent il en va différemment et les condamnations qui viennent de tomber le soulignent : Condé s'est vendu à l'ennemi. C'est donc un traître passible de la peine de mort. Aussi devez-vous cesser tout rapport avec lui !

Isabelle fronça les sourcils : elle détestait qu'on lui donne des ordres et plus encore sur ce ton de maître !

— Qui vous envoie ?

— Disons que je m'envoie moi-même ! Il m'insupporte de vous voir prendre le chemin de la Bastille, dans une voiture fermée entourée de gardes.

— Pour y assister il faudrait que vous soyez sur place au moment de ce regrettable événement. J'espère que vous ne prétendez pas vous installer ici ?

— Ce serait pourtant mon vœu le plus cher car cela me permettrait de veiller sur vous.

— De veiller ou de me surveiller ? Sans compter que les gazettes auraient tôt fait de raconter que je suis votre maîtresse !

— Et alors ? Je rencontre assez de succès auprès des dames pour que nul ne s'en étonne. Pourquoi pas vous ?

Elle se leva d'un bond, ce qui obligea Fouquet à en faire autant et les mit face à face séparés par la largeur du bureau mais, en dépit de son audace, Basile recula d'un pas devant la fulgurance que l'orgueil alluma dans le regard de la jeune femme :

— Parce que, moi, je suis la duchesse de Châtillon née Montmorency et donc pas n'importe quelle dame !

— Et moi je suis quoi ? Un valet ? Un homme de peu ? Outre l'honneur où l'on tient ma famille – ma mère est une Maupéou, mon frère aîné procureur général au Parlement[1]…

— Je ne l'ignore pas mais je suis veuve et mon fils vit près de moi, mon petit duc…

— Ce qui ne vous empêche pas d'être la maîtresse déclarée de Condé, traître à son Roi, traître à sa patrie. Et la correspondance assidue que vous entretenez avec lui ! Vous ne comprenez donc pas que ma présence à vos côtés vous mettrait à l'abri…

— De quels dangers ? Des espions de Mazarin dont vous êtes le chef ? Non merci ! Allez-vous-en, monsieur l'abbé Fouquet ! Moins je vous verrai et mieux je me porterai !

Elle lui indiquait la porte. Il s'inclina et eut un méchant sourire :

— Je saurai vous faire regretter vos mépris, madame la duchesse ! Si j'ai un dernier conseil à vous donner, c'est de cesser vos relations avec Condé, sinon…

— Dehors ! s'écria-t-elle, furieuse. Un laquais va vous raccompagner…

À sa surprise, ce fut Bastille qui parut :

— Madame la duchesse a appelé ?

— Escorte M. l'abbé Fouquet et fais amener son cheval ! Puis reviens me rendre compte !

Naturellement, ledit abbé sortit sans saluer, ce qui ne fit ni chaud ni froid à Isabelle. Haussant les épaules, elle alla s'asseoir près de la cheminée tendant à la chaleur des flammes ses mains et ses pieds soudain glacés… En dépit de sa beauté et de ses manières policées, cet homme lui donnait le frisson : il lui faisait songer à un serpent. Peut-être à cause de ce regard

1. C'est le célèbre Nicolas Fouquet, surintendant des Finances, que le trop beau château de Vaux-le-Vicomte mena à sa perte.

glissant entre ses paupières qu'il n'ouvrait jamais largement ?... Quoi qu'il en soit, elle se sentit soulagée en entendant s'éloigner le galop du cheval.

Bastille revint aussitôt. Si visiblement soucieux qu'il n'attendit même pas qu'on l'interroge :

— Pourquoi recevez-vous ce... ce malfaisant ?

— Je suis consciente qu'il l'est mais on ne recevrait pas grand monde si l'on ne voyait que des gens de bien !

— Cet homme est particulièrement néfaste. C'est le principal responsable des dernières émeutes et il était présent quand la foule a incendié l'Hôtel de Ville. Je l'ai vu distribuer des insignes de paille et c'est le chef des espions de Mazarin.

— Sois tranquille, je n'ai aucune illusion en ce qui le concerne et je serais d'ailleurs fort étonnée s'il revenait. Je l'ai pour ainsi dire chassé...

— Il reviendra ! Je le sens... même si je ne sais pas pourquoi !

— Il prétend m'aimer et, si tu veux tout savoir, il voulait s'installer à Mello... pour me mettre à l'abri en m'affichant comme sa maîtresse !

— Qu'il se montre seulement et je lui casserai les reins ! gronda Bastille en serrant les poings.

— Garde-t'en ! Mazarin le vengerait en t'envoyant au bourreau... et je tiens à toi plus que je ne redoute le personnage. Tu sais où il habite ?

— Officiellement, il loge à l'hôtel de Maupéou, demeure respectable s'il en est puisque c'est l'hôtel familial. Il y vit avec sa mère...

— Femme honorable dont la réputation n'est plus à faire !...

— Mais il aurait un petit logis au Marché Neuf, près de Notre-Dame. Et puis prêtre ou pas, il possède tout de même deux abbayes ! ricana Bastille.

— Je vois ! Si tu veux le faire surveiller par des gens sûrs, n'y manque pas, je te donnerai l'or qu'il te faudra. Moi, on m'interdit toute correspondance avec Monsieur le Prince… et même avec mon frère !

À ce moment précis on gratta à la porte. Agathe entra et annonça que son beau-frère, Jacques de Ricous, venait d'arriver. D'un seul coup le moral d'Isabelle remonta de plusieurs coudées :

— Nous allons recevoir des nouvelles ! Une chance qu'il ne soit pas venu une heure plus tôt !

— Madame pense bien que je l'aurais gardé par-devers moi ! À la cuisine de préférence ! Il a grand besoin de réconfort !…

Jacques de Ricous était en effet le frère de Charles, l'époux d'Agathe, nettement plus âgé qu'elle, et était officier des gardes de Chantilly. Le jeune homme était l'un des courriers de Condé, à visage découvert ou sous déguisement selon les circonstances. Il disposait même d'une soupente à Mello en cas de nécessité…

Garçon sans beaucoup d'apparence – taille moyenne, visage moyen, stature moyenne, cheveux bruns sans nuances mais qu'il habillait parfois d'une perruque associée selon l'humeur à des moustaches, ou d'une barbe ou de tout autre ornement poilu –, curieux comme un chat, il possédait un grave défaut pour un « homme de l'ombre » : il n'était pas d'une folle bravoure, sujet au vertige et douillet comme un chanoine. Mais à l'état naturel c'était un joyeux vivant, aimant le jeu, les filles, le vin.

Tout le monde le connaissait à Mello où il lui arrivait de faire étape quand Chantilly était ainsi qu'en ce moment sous séquestre. Isabelle le trouva à la cuisine en train de se refaire des forces à l'aide d'un pâté de lièvre, d'une miche de pain et d'un pichet de vin clairet.

À l'entrée de la duchesse il sauta sur ses pieds, avala de travers, s'étrangla, reçut de Bastille une claque dans le dos, cracha et enfin s'excusa d'une voix enrouée d'avoir accepté de se restaurer avant d'aller délivrer son message – « c'est que j'avais tellement froid » – et finalement réussit à sortir une lettre de l'intérieur de son pourpoint en s'inclinant.

— Avez-vous d'autres courriers à délivrer ou repartez-vous demain matin ?

— Oui, madame la duchesse, muni d'une lettre, j'espère, que l'on attend avec impatience. Je n'ai d'ordres que pour vous !

— Vous aurez votre lettre ! sourit la jeune femme. En attendant je vous souhaite bon appétit et bonne nuit !

Elle-même remonta s'enfermer dans sa chambre avec le bienheureux message qu'elle embrassa avant de l'ouvrir et davantage encore quand elle en eut pris connaissance :

« Votre présence me manque à un point que je n'aurais su imaginer, avait griffonné fiévreusement Condé. Tout en moi vous appelle et pourtant je n'ai pas le droit de vous faire venir mais, au moins, donnez-moi toutes les nouvelles que vous pourrez recueillir. Peut-être avec le temps sera-t-il possible de nous joindre sans éveiller les curiosités car pour rien au monde mon ange, je voudrais vous mettre en danger… »

La tentation était forte pour Isabelle d'enfiler un ajustement d'homme – elle en gardait un tout préparé au cas où il lui faudrait fuir – et de suivre Ricous lorsqu'il repartirait mais tant que Condé ne l'appellerait pas formellement mieux valait s'en tenir aux décisions prises ensemble… Et puis l'hiver était là, rendant les communications plus difficiles. Et elle ne voulait pas confier de nouveau son fils à sa mère. L'enfant avait pris sa place dans le cœur d'Isabelle et elle le quittait le moins possible. C'était si délicieux de le voir s'éveiller à la vie !

S'il n'y avait eu ces heures de tendresse, elle se fut vite ennuyée dans son château que la neige cerna début décembre. Même le courrier de Paris passait mal. Ainsi de sa correspondance avec Mme de Brienne. La chère femme, clouée au lit par une bronchite, avait beau noircir des pages et des pages à l'intention de son amie pour la distraire, son courrier ne parvenait que spasmodiquement. Il n'en faisait pas moins soupirer Isabelle, qu'elle s'efforçait de tenir au courant des derniers potins de la Cour et surtout de ce qui se passait dans Paris ! La capitale qui s'était prise d'amour pour son jeune Roi ne cessait de fêter son retour. Au Louvre et ailleurs ce n'était que bals, comédies et réjouissances de toutes sortes qui suscitaient de gros regrets chez l'exilée. Quant à Marie de Saint-Sauveur, elle séjournait dans sa famille, en Normandie, où l'on tentait de la remarier. D'ailleurs sa mère était malade et Marie ne quittait guère son chevet.

Cependant le Ciel montra quelque indulgence à la petite duchesse, peut-être un peu trop amie des plaisirs, en lui envoyant deux voisins des plus distrayants qui la sachant isolée décidèrent de la divertir. Tous deux étaient anglais.

L'un, William Croft, « riche et d'humeur tranquille » avait acheté non loin de Mello une assez belle propriété où il se livrait aux plaisirs de la chasse. L'autre, lord Digby, plus remuant, était un original. En effet, homme d'épée avant tout mais privé de roi comme de royaume par le sieur Cromwell, il avait traversé le Channel pour mettre ses talents au service de la France et commandait un petit corps de troupes à Pontoise. Ce qui ne l'empêchait pas – ayant de vastes loisirs ! – de se livrer à des recherches scientifiques prétendument couronnées de succès par la découverte d'une certaine « poudre de sympathie » destinée, comme son nom l'indique, à changer en ami dévoué le plus agressif des mauvais coucheurs.

Un beau jour, ils débarquèrent à Mello et armés d'une bonne humeur qui trouva tout de suite son écho chez Isabelle dont la beauté et l'amabilité les séduisirent tous les deux à la fois, sans éveiller d'ailleurs l'ombre d'une rivalité… mais leur inspira une idée qu'ils gardèrent pour eux dans les débuts… Croft lui enseigna les plaisirs de la chasse cependant que Digby disputait contre elle de féroces tournois de quilles qui firent gagner quelque trente mille livres à la jeune femme.

Les deux compères attendirent sagement d'avoir bien pris pied au château quand ils demandèrent respectueusement à leur hôtesse la permission de lui présenter un seigneur de leurs amis. Et c'est ainsi qu'un matin, nimbé d'un timide soleil hivernal, le roi Charles II d'Angleterre fit son entrée à Mello !

Ce fut pour Isabelle la meilleure des surprises. Le jeune Roi – toujours errant ! – n'était pas un inconnu, loin de là ! Elle l'avait rencontré quelque temps après la mort de son époux alors que lui pleurait son père, Charles Ier, dont Cromwell avait fait tomber la tête sur l'échafaud bâti contre les fenêtres de sa chambre au palais de White Hall. Le prince était passé en France pour venir embrasser sa mère, la Reine Henriette Marie, et sa sœur cadette Henriette auxquelles Mazarin accordait alors une chiche hospitalité dans des pièces laissées peu à peu à l'abandon du palais du Louvre. Ce palais qui cependant avait été celui d'Henri IV, père de la Reine déchue, où les deux réfugiées étaient en droit d'espérer un traitement plus conforme sinon à leur rang, du moins à la hauteur de leur malheur. Mais Louis XIII était au tombeau, comme le cardinal de Richelieu, et celui qui régnait ignorait la générosité…

Sa politique l'engageait même à envisager un accord intéressant avec la toute neuve république britannique. Aussi ne prit-il pas de gants pour faire entendre au prince qu'il n'était pas vraiment *persona grata* en France. Mais avant d'entamer un long périple à travers l'Europe dans l'espoir d'obtenir du secours, Charles avait été reçu avec enthousiasme par les princes et c'est à cette époque qu'il avait rencontré Isabelle dont le charme avait opéré aussitôt sur lui. Il convient de préciser qu'à l'instar du Béarnais, son grand-père, il prenait feu dès qu'une beauté croisait son chemin.

Ce fut au cours d'une chasse donnée par William Croft qu'il revit la duchesse et retomba sous son charme…

Lui-même ne manquait pas de séduction, de taille élevée, très brun, la peau mate, il avait hérité de son aïeul français le fameux nez Bourbon, les magnifiques yeux bleus, la faconde et l'heureux caractère. Il fut loin de déplaire mais Isabelle était trop fine pour céder à ses instances. Ils galopèrent ensemble, se promenèrent ensemble, dansèrent ensemble et eurent de longs entretiens mais rien de plus. Le bruit était en effet revenu à la jeune femme des intentions du royal galant : il songerait à l'épouser ! Elle était de grande maison, belle ô combien, riche, ce qui n'était pas à dédaigner, et permettrait à Charles de s'implanter en France. Mais tout ce bruit revint aux oreilles de la Reine Henriette Marie et elle fut formelle : seule une princesse de sang royal pouvait coiffer la couronne anglaise, même réduite à l'état de fantôme !…

Le prince déplaisait au moins autant à Condé qui expédia Ricous muni d'une lettre assez tendre pour amener des larmes aux yeux d'Isabelle : son bien-aimé entendait la garder pour lui seul ! À la désolation d'Agathe qui, en coiffant Isabelle, soupirait souvent :

— Quelle belle reine vous feriez pourtant !

À quoi celle-ci répondait qu'il ne fallait rien regretter de ce qui ne pouvait se faire et qu'elle n'avait aucune envie de s'en aller régner sur des sauvages capables de trancher la tête de leur souverain…

Son affaire, à elle, c'était de réussir enfin à arracher son prince à sa folie, à le ramener au petit bon sens et à retrouver l'estime et l'amitié du seul roi digne des services d'un prince de Condé. Malheureusement plus le temps passait, plus l'horizon s'assombrissait.

Même si, à la Cour, les fêtes succédaient aux fêtes et si Paris avait réservé à Mazarin un accueil trop enthousiaste pour n'être pas excessif, celui-ci tout en distribuant sourires et larmes d'émotion n'oubliait rien : ni les huées de naguère, ni les menaces de mort, ni le pillage de sa demeure et la dispersion de ses meubles et objets collectionnés avec amour. Il en avait dressé la liste et les hommes de l'abbé Basile étaient chargés de les retrouver et de les rapatrier discrètement… par tous les moyens et en dépensant le moins possible. Mais il y avait aussi les meneurs : magistrats, gens d'épée, nobles ou bourgeois de Paris sur qui les lettres de cachet commencèrent à pleuvoir, tous ceux « suspects d'attachement à Condé » qui n'avaient pas quitté Paris ou y étaient rentrés secrètement. Mazarin était trop astucieux pour crier vengeance en son propre nom : il n'était question que de « l'attachement réel ou supposé » au traître Condé.

Quant à Mme de Châtillon, un billet anonyme lui apprit qu'elle était surveillée.

C'est ainsi que, un soir où elle avait convié Digby et Croft, ce dernier vint seul mais nanti de quelques bouteilles de vin de sa cave en annonçant que Digby ne pouvait se joindre à eux.

— Il est malade ? s'inquiéta Isabelle. Il est vrai que nous avons un temps exécrable depuis une semaine…

— Vous devez vous douter que pluie et vent ne l'ont jamais incommodé. Pas plus que moi. Nous sommes anglais, rappelez-vous ! ajouta-t-il avec un bon sourire. Non, mais comme vous ne l'ignorez pas, il commande une compagnie à Pontoise et il a reçu l'ordre de ne plus s'éloigner de son commandement jusqu'à nouvel ordre. Cela par la voie officielle mais, d'autre part, il a trouvé, dans sa chambre, un billet sans signature l'avertissant d'avoir à oublier le chemin du château de Mello s'il voulait s'éviter de graves ennuis… comme d'être raccompagné en Angleterre où il n'a aucune chance d'être accueilli chaleureusement… Le bruit court que Mazarin serait sur le point de signer un contrat avec Cromwell…

— Et vous ? Vous n'avez rien reçu ?

— Absolument rien, mais moi je ne suis qu'un propriétaire terrien de peu d'importance. Et j'ai pour vous une extrême amitié, madame la duchesse. Quant à Digby il vous fait savoir qu'il est désolé et que, si cet état de choses perdurait, il revendrait sa compagnie pour acheter une propriété dans la contrée… et continuer à jouer aux quilles ! À votre bonne santé ! conclut-il en levant son verre pour trinquer à la mode paysanne.

L'incident n'en donna pas moins à penser à Isabelle. Non seulement ses espoirs d'un accommodement entre Condé et la Cour rétrécissaient comme peau de chagrin mais il allait falloir redoubler de précautions dans les jours à venir et dans la poursuite de sa correspondance avec son amant si elle voulait pouvoir continuer à le servir.

Cependant elle se promit, au prochain passage de Jacques de Ricous, de le mettre verbalement au courant de la situation pour qu'il la rapporte à son maître. Les lettres allaient, sans doute, se révéler de plus en plus dangereuses.

Avec le temps, le messager du Prince avait pris l'habitude de faire étape à Mello. Cela lui permettait de prendre du repos après une longue chevauchée et d'assurer le dialogue entre Condé et la duchesse. Dialogue qui relevait parfois de la dispute. Envers et contre tout, Isabelle s'obstinait à prêcher le retour au droit chemin, la route espagnole – pas fameuse en temps normal ! – lui paraissait de plus en plus truffée d'ornières et d'aspérités… Côté Condé, la position demeurait invariable : il irait peut-être mettre genou en terre devant son jeune cousin quand Mazarin ne serait plus dans le paysage.

— En vérité pas de quoi fouetter un chat, commenta Mme de Brienne qui venait passer souvent quelques jours à Mello où elle se trouvait mieux que dans son hôtel parisien.

On ne s'ennuyait jamais avec Isabelle et, en outre, elle s'était prise d'affection pour le petit Louis-Gaspard, ce qui donnait parfois de l'humeur à Mme de Bouteville. Comme le marmot lui avait été souvent confié, la grand-mère avait tendance à le considérer comme sa propriété. Isabelle prenait alors la défense de son amie : la chère Brienne était – bien réellement ! – la meilleure femme du monde ; pour sa part Isabelle l'aimait beaucoup et, en outre – chose primordiale –, elle demeurait en excellents termes avec la Reine. Ce qui lui permettait de rassurer sa jeune amie de ce côté-là : Sa Majesté, jugeant à leur juste valeur les efforts incessants de la duchesse au profit de la concorde entre les princes, lui gardait sa bienveillance… Celle-ci demeurait sans doute fidèle à ses amours autant qu'à ses amitiés d'enfance – ce qui était assez naturel ! – mais au moins elle n'avait jamais réclamé la tête du précieux Mazarin.

Ricous arriva à la nuit tombée, deux jours après Mme de Brienne, à moitié mort de fatigue. Il avait couru sans désemparer depuis Bruxelles et venait seulement se reposer avant d'entrer dans Paris où il avait une affaire importante à traiter pour Monsieur le Prince. Celui-ci n'avait d'ailleurs pas manqué de lui remettre à l'attention de Mme de Châtillon le rituel billet amoureux… qui cette fois, cependant, employait un ton passionné qui, lui, n'était pas habituel : Condé suppliait Isabelle de le rejoindre parce que son absence lui devenait insupportable. Il avait besoin d'elle, besoin physiquement ! Jamais il ne l'avait aussi ardemment désirée ! Il allait bientôt partir en campagne et, pour la paix de son cœur comme de ses sens, elle devait venir à lui… Ricous la reprendrait au passage et l'escorterait !

La lecture de cette missive enflammée ne pouvait que troubler Isabelle. N'eût-elle écouté que l'appel de sa passion, elle eût fait seller un cheval et, sous la seule escorte de Bastille, aurait galopé le rejoindre les bras tendus mais, tandis qu'elle se tournait et retournait dans son lit à la recherche d'un sommeil qui se refusait, elle entendit pleurer son fils et se précipita dans sa chambre où elle trouva Jeannette penchée sur le lit :

— Que se passe-t-il ? demanda-t-elle. Il est malade ?

— Il ne le semblait pas quand je l'ai couché. On dirait pourtant qu'il est un peu fiévreux.

Isabelle prit l'enfant dans ses bras. Il lui parut rouge. De même son front et ses menottes étaient anormalement brûlants… Elle décida aussitôt d'envoyer un valet chercher le médecin et resta à le bercer jusqu'à l'arrivée du praticien qu'elle connaissait de longue date et qui se montra plutôt rassurant. C'était l'une de ces fièvres de printemps auxquelles les petits enfants étaient souvent sensibles… Il fallait le garder au chaud. Il promit de revenir le lendemain soir…

En rejoignant sa chambre Isabelle pria Agathe de lui amener son beau-frère avant son départ.

— Il part à l'aube. Madame la duchesse n'aura guère dormi !

— C'est sans importance. Il faut que je lui parle !

Avant donc que le jour ne soit levé, Agathe introduisit Ricous chez sa maîtresse. Sans doute celui-ci s'interrogeait-il sur ce qu'elle pouvait lui vouloir car il paraissait contrarié. Un bref salut et il s'enquérait :

— Madame la duchesse désire me voir ? Je n'ai pas beaucoup de temps à lui consacrer.

— Aussi n'en userai-je guère. Quand pensez-vous être de retour ?

— Je ne compte pas m'attarder : ce soir sans aucun doute. Je dois seulement me rendre chez M. Bertaut que madame la duchesse connaît.

— Le maître des eaux et forêts de Bourgogne ? Comment se fait-il qu'il ne soit pas à Dijon ?

— Il est très introduit dans nombre de cercles et nous rend des services. Il m'attend et je ne fais que l'aller et retour. Si madame la duchesse veut me remettre un message, qu'elle se hâte de le préparer. Selon l'heure je relaierai peut-être plus loin…

— C'est parfait ! Faites ce que l'on vous a commandé, Ricous. La lettre sera prête dans une heure. Et, en attendant, dites à M. Bertaut mes pensées les plus amicales et aussi qu'il sera le bienvenu s'il a le courage de venir visiter l'exilée que je suis…

Le sort en avait décidé pour elle. Il ne pouvait être question de se rendre auprès de Condé, ne fût-ce que pour quelques heures, alors que son fils était souffrant. Que son état s'aggrave et elle se le reprocherait sa vie durant… En quittant Ricous, elle passa chez l'enfant et se pencha sur lui :

— Il est encore un peu rouge, chuchota Jeannette, mais je crois qu'il a moins de fièvre. D'ailleurs depuis minuit il ne tousse plus !

Isabelle caressa d'un doigt léger une petite joue tiède et s'inclina pour baiser le front de son fils. Elle éprouvait soudain une violente envie de le prendre dans ses bras, de le bercer. Non seulement elle ne regrettait pas sa décision mais elle sentait qu'elle n'aurait pas pu aller jusqu'au bout : à un point quelconque du chemin, elle aurait fait demi-tour. Qu'était l'étreinte d'un amant auprès de la tendresse confiante d'un petit enfant ?

Et quand il revint dans l'après-midi, ce fut sans arrière-pensée qu'elle remit à Ricous le message à l'adresse de Condé… Puis s'efforça de n'y plus songer.

Le lendemain, elle vit arriver un William Croft dont l'humeur n'était pas aussi joviale que de coutume. Il confia à son amie que, ces temps derniers, leur aimable région semblait attirer les espions comme le miel attire les mouches.

— L'un d'eux a même essayé de s'introduire chez moi, se plaignit-il. Il se prétendait malade et demandait qu'on l'assiste. Mais Hubbard mon maître d'hôtel possède un flair singulier pour détecter ces gens-là ! J'aurais voulu que vous voyiez « la taupe » détaler en criant « au secours » après quelques minutes en tête à tête avec lui. Digby aussi a vu venir des gens bizarres mais surtout un certain Fouquet qui se donne des allures de gentilhomme pour l'avertir que Monseigneur de Condé aurait des vues sur Pontoise et songerait à s'en emparer…

— Pontoise ? Quelle idée saugrenue ! Qu'en ferait-il là où il se trouve ?

Elle regretta aussitôt la fin de sa phrase en entendant l'Anglais demander :

— Où donc ?

— En Flandres, voyons ! Tout le monde sait cela !

— Quoi qu'il en soit, le Prince se soucierait principalement de vous protéger en vous entourant de places à lui ! C'est en tout cas ce que Digby m'a chargé de vous dire afin que vous vous gardiez au mieux. Selon ce Fouquet, le cardinal Mazarin redouterait l'influence d'une aussi jolie dame dont il prétend qu'elle est tout entière au service de Monsieur le Prince !

— Mais je ne m'en suis jamais cachée ! Qu'est-ce que ce galimatias ? Dites à Digby qu'il m'envoie l'abbé Fouquet – car c'en est un, malgré le mal qu'il se donne pour qu'on l'oublie ! Je saurai bien, moi, quoi lui répondre !

— Ce serait peut-être imprudent ! Digby qui tient à votre amitié n'a pas beaucoup de sympathie pour cet homme.

— Et moi pas davantage. Remerciez Digby puisque à vous entendre il reste de mes amis…

— Vous n'en doutiez pas, j'espère ? Et à ce propos j'allais oublier un menu présent qu'il m'a prié de vous remettre…

Il sortit de sa poche une jolie boîte ornée d'émaux cloisonnés dans un lacis d'or.

— C'est ravissant ! s'écria-t-elle.

— J'en tombe d'accord avec vous mais le plus important est à l'intérieur.

— Qu'est-ce donc ? fit-elle en découvrant la fine poudre blanche qui l'emplissait.

— Sa fameuse « poudre de sympathie » dont il nous a rebattu les oreilles, souvenez-vous ! Il assure qu'il suffit d'en faire tomber une pincée sur quelqu'un qui s'oppose à vous pour qu'il devienne aussitôt plus compréhensif. Mais une seule pincée ! Davantage pourrait produire l'effet contraire !

Isabelle approcha la boîte de son nez et respira avec précaution. Cela ne sentait pas grand-chose sinon, peut-être et avec de la bonne volonté, une vague odeur d'encens qu'elle fit respirer à Croft.

— Au fond c'est logique, dit-elle en riant. Encenser quelqu'un, n'est-ce pas le flatter ? Eh bien, je lui ferai porter ce soir une lettre pour le remercier. Si elle possède de telles vertus, cette poudre est inestimable et il faudrait pouvoir en fabriquer des quantités ! Vous rendez-vous compte, mon ami, que grâce à elle il n'y aurait plus de guerres et que l'on n'aurait que des amis ?

L'Anglais fit une affreuse grimace :

— Aimer tout le monde et en être aimé ? Ne serait-ce pas un brin lassant ?

Isabelle éclata de rire :

— Je suis de votre avis ! Rien de plus stimulant qu'une bonne bagarre. En attendant, allons dîner ! Juste le temps de ranger cette merveille qui a au moins l'avantage d'être offerte dans une boîte ravissante !

Comme prévu, Jacques de Ricous ne fit que toucher terre à Mello, le temps d'empocher la lettre d'Isabelle et d'avaler une grosse tranche de pâté accompagnée d'un pichet de vin… En entendant le galop de son cheval, Isabelle ne put retenir un soupir en songeant à ce qui eût été si elle était partie avec lui… Et surtout comment Condé réagirait.

Huit jours plus tard elle avait sa réponse.

Il était tard et presque tout le monde dormait au château, à commencer par la châtelaine, quand Agathe vint la réveiller sans trop de douceur :

— Levez-vous vite, madame la duchesse, c'est Monsieur le Prince !

— Qu'est-ce que vous dites ?

Elle n'eut pas à se répéter. Isabelle était déjà debout mais Condé lui aussi était là apportant avec lui de puissantes odeurs de cuir, de sueur et de cheval au milieu desquelles une légère senteur d'ambre se frayait un difficile passage. Du geste, il indiqua la porte à Agathe :

— Dehors ! Allez préparer le bagage de votre maîtresse ! Je suis venu la chercher !

Le ravissement qu'Isabelle éprouvait à le revoir s'effondra d'un seul coup :

— N'en faites rien, Agathe ! Ni moi ni M. le duc ne sommes prêts à partir !

— M. le duc ? gronda Condé.

— Mon fils, Louis-Gaspard de Châtillon ! Votre Altesse ne pense tout de même pas que je pourrais émigrer sans lui ? Or il est souffrant et…

— Il ne fait pas froid. Il n'y a qu'à l'emballer chaudement ! Et atteler la voiture !

Allons ! Isabelle allait devoir se battre une fois de plus contre lui !

— C'est à mes ordres que vous êtes, Agathe. Veuillez simplement sortir !… Mais quel est ce vacarme ?

— Mon escorte. Vous n'imaginiez pas que je me déplacerais sans elle ?

— Je n'imaginais rien du tout ! Et ils sont combien ?

— Oh… à peu près cinq cents ! Ils ont faim et soif !

— Toujours votre politique de la terre brûlée quand vous visitez vos amis ? Agathe, veillez à ce que l'on s'occupe d'eux avant qu'ils ne saccagent ma maison ! soupira la jeune femme. Et pour l'amour de Dieu laissez-nous ! Nous avons à parler Monseigneur et moi !

Il ne lui était pas nécessaire de consulter un miroir pour savoir combien elle était belle « dans le simple appareil d'une beauté que l'on vient d'arracher au sommeil », auréolée de sa sombre et brillante chevelure croulant sur ses épaules nues et vêtue, si l'on peut dire, de la chemise de nuit de linon et dentelles franchement hypocrite censée voiler son corps. Au contraire elle planta ses yeux dans le regard fulgurant du Prince.

— Vous savez parfaitement que je ne vous suivrai pas ! murmura-t-elle. Et aussi que votre visite me comble d'un bonheur qu'il ne faut pas abîmer. Alors aimons-nous !… Prenez-moi autant que vous le voudrez puis vous repartirez ! Je sais que vous êtes conscient que je vous suis infiniment plus utile ici qu'en partageant votre exil…

Les paroles moururent sous une bouche vorace. Il l'avait enlevée du sol pour l'emporter sur le lit où il se déchaîna. Jamais Isabelle n'avait subi pareille tempête ! Elle ne laissait aucun doute sur la faim qu'il avait d'elle et elle s'y abandonna avec délices même quand il lui faisait mal. Il la prit et la reprit sans sembler parvenir à se rassasier et quand, enfin, les forces l'abandonnèrent et qu'il s'écroula auprès d'elle, il supplia :

— Laisse-moi t'emmener ! Tu m'es indispensable et j'ai le sentiment que toi aussi tu éprouves la même faim…. quasi douloureuse !

— C'est vrai et je voudrais que cette nuit ne finisse jamais !

— Viens avec moi ! Nous la recommencerons chaque soir !

— Vous savez bien que non… et pourquoi je refuse, même si cela me déchire le cœur ! J'ai un devoir envers celui qui m'a faite duchesse de Châtillon… et surtout envers mon fils ! Il nous faut seulement un peu de patience.

— Patience, patience ! C'est un luxe que je ne puis m'offrir ! Nous sommes en guerre et je peux mourir demain ! Alors hâtons-nous de vivre !

— Mais pas n'importe comment ! Vous aussi avez un fils mais votre femme veille sur lui. Mon fils n'a que moi !

— … Et votre mère ! Ainsi vous ne venez pas ?

— Ne soyez pas inutilement cruel. Cela me coûte suffisamment de nous refuser à l'un et à l'autre quelques jours de bonheur mais là-bas je ne vous servirais à rien !

— Et ici ?

— Qui peut savoir comment tourneront les événements ? Je ne désespère pas, et vous le savez, de vous voir redevenir le plus fier des princes français… alors que vous ne ferez jamais un bon Espagnol ! Vous n'avez donc pas envie de revivre à Chantilly ?

— Oh si !

L'évocation de son beau château – si proche d'ailleurs ! – l'avait atteint mais il en chassa l'image en s'ébrouant à la manière d'un chien qui sort de l'eau.

— Je saurai bien le reprendre sans aide ! gronda-t-il. Et je pendrai la vilaine carcasse de Mazarin au grand chêne qui borde l'étang !

— Belle décoration que vous lui promettez là ! Il mérite tout de même mieux ! Songez que Mazarin n'est pas éternel – on le dit même souffrant ! – et que le Roi grandit ! C'est lui dont il importe de ne pas se faire un ennemi. Rocroi et Lens vous ont valu jadis son admiration ! Si vous la changez en haine il vous écrasera, tout Condé que vous êtes, car il est déjà de ceux qui ne savent pas pardonner !

— Oh, vous êtes agaçante ! L'amour produit sur vous un étrange effet : aussitôt après vous vous transformez en frère prêcheur !

— Je ne veux que votre bien… et surtout votre gloire ! Tant que vous ne l'aurez pas retrouvée je ne connaîtrai pas la paix !

Il était prêt à partir et elle l'attira à lui pour lui donner un long baiser. Et son regard tomba sur la boîte aux émaux posée sur la table à coiffer :

— Joli, cela ! D'où le tenez-vous ?

Isabelle le lui enleva des mains juste avant qu'il ne l'ouvrît :

— Un présent de lord Digby, mais il ne faut l'ouvrir qu'au moment de s'en servir. Ce qu'elle contient est très volatile !

— Votre pseudo-alchimiste anglais a fait une nouvelle découverte ?

— Nouvelle, non. C'est sa fameuse « poudre de sympathie » dont il est si fier ! Il paraît qu'elle fait merveille !

— Que n'allez-vous la déverser sur la tête de Mazarin ! Il deviendrait votre obéissant toutou ?

— C'est alors la Reine qui me prendrait en grippe ! Elle y tient à son Cardinal pour rire ! Et je suis toujours dans ses bonnes grâces ! Sauvez-vous à présent et songez à ce que je vous ai dit !

— Je vais surtout penser aux heures que nous venons de vivre…. Et que nous revivrons ! Je vous le jure !

Un profond salut du feutre gris dont les plumes noires balayèrent le sol, et il était parti. Lentement, Isabelle se dirigea vers l'une des fenêtres dominant la cour du château. Celle-ci était pleine de cavaliers en train d'achever de se restaurer dont plusieurs étaient déjà en selle en suscitant le moins de bruit possible. Dans le jour naissant ce spectacle donnait une étrange impression d'irréalité. Personne ne parlait. Quand Condé apparut au bas des marches, Bastille lui amena sa monture sur le dos de laquelle il sauta en voltige.

— Au pas jusqu'à la route ! lança-t-il. Mais ensuite au galop ! Suivez-moi !

Quand le soleil se leva enfin, il éclaira une cour vide qu'Isabelle, toujours derrière sa fenêtre, contemplait avec au cœur un pincement. Combien de temps s'écoulerait avant qu'ils ne se joignent de nouveau ?…

5

Des espions comme s'il en pleuvait

Si ardente qu'eût été la visite de Condé, elle n'en laissa pas moins à Isabelle une impression d'inachevé. Peut-être parce qu'elle sentait confusément qu'elle ne se renouvellerait pas avant longtemps. Si même elle se renouvelait un jour. En dépit de son imposante escorte, son Prince avait commis une folie qui aurait pu lui coûter fort cher, voire lui être fatale, mais c'était parce qu'il espérait la ramener avec lui ! Elle avait refusé, il ne tenterait pas l'aventure une seconde fois…

À la pensée de ce qui aurait pu être ce matin sur lequel se levait un soleil triomphant, elle ferma les yeux pour mieux repousser l'image d'un couple chevauchant côte à côte en échangeant regards et sourires, en pensant à la nuit qui allait venir et à toutes celles qui suivraient, à ces heures d'amour qu'elle paierait peut-être de son honneur et peut-être du mépris de ces hommes qui étaient venus la chercher et qui ne verraient plus en elle que la maîtresse du Prince et non la veuve d'un héros ! Qui pourrait dire si son cher petit frère François – il commandait un corps d'armée à présent ! – ne se sentirait pas humilié de ses liens avec celle qui couchait si ouvertement avec son chef sous les yeux, toujours pleins de morgue, de l'allié espagnol ?

Non ! Elle avait eu raison même si la séparation l'avait déchirée plus que les autres fois ! Il fallait qu'au moins cette douleur serve à quelque chose ! Et ce quelque chose tenait en peu de mots : faire revenir Condé à son devoir, le réconcilier avec son roi légitime. François suivrait de lui-même.

En attendant, si Isabelle avait pu seulement supposer que l'expédition de Condé passerait inaperçue, elle se trompait lourdement. Bastille le lui avait fait entendre dès le lendemain et, pour la première fois depuis qu'il veillait sur sa duchesse, sans prendre de gants :

— Si Monsieur le Prince espérait ne pas être remarqué, il est dans l'erreur la plus complète. Dans le pays on ne parle que de cela. Il est vrai que, même de nuit, une troupe de cinq cents cavaliers peut difficilement faire croire à une simple visite. Pourquoi Monsieur le Prince a-t-il jugé utile d'être escorté par tout ce monde ?

Le visage d'Isabelle se ferma :

— Il venait me chercher et souhaitait assurer ma sécurité.

— Et ?

— Je suis là, non ? Que ces gens se mêlent donc de leurs propres affaires et la terre n'en tournera que mieux !

Bastille garda le silence un instant puis murmura :

— Pardonnez-moi si j'ai l'air de m'occuper de ce qui ne me regarde pas mais je ne souhaite rien tant que votre tranquillité... Déjà vous êtes exilée et il serait plus prudent de n'attirer l'attention sur vous que le moins possible ! J'ai cru apercevoir, près de l'église, le visage de l'abbé Fouquet !

— L'abbé Fouquet ? Tu as cru voir ou tu as vu ? Tu n'es pas homme à te contenter d'un à-peu-près !

— Non. C'était lui. Que répondre s'il osait vouloir se présenter à vous ?

— Que je ne reçois personne ! Si je me disais malade il viendrait accompagné d'un médecin et je ne veux pas le voir. Un point, c'est tout !

Qu'est-ce que, diable, l'abbé Basile pouvait-il manigancer à Mello alors qu'elle l'avait pratiquement chassé ? La réponse coulait de source quand on le connaissait : s'assurer quelques complicités afin d'être renseigné sur les agissements de la duchesse et surtout les gens qui venaient chez elle.

— Si tu as des hommes sûrs, contente-toi de le faire suivre discrètement. Et comme Monsieur le Prince ne s'aventurera plus par ici, ajouta-t-elle sans pouvoir retenir un soupir, il sera vite las de perdre son temps !

Ce fut ce qu'il advint. Château et bourg retrouvèrent leur quiétude… et Isabelle continua à jouer aux quilles avec son ami Croft.

Cette sérénité dura environ un mois au bout duquel un nuage sombre apparut dans le joli ciel du mois de mai. Bastille dont la vigilance ne désarmait pas vint apprendre à Isabelle qu'un certain Duchesne venait de dénoncer un complot fomenté dans le but d'assassiner Mazarin. Il aurait reçu dans ce but de l'or que lui aurait fait remettre Christophe Bertaut, le maître des eaux et forêts de Bourgogne, Condéen confirmé, resté en relation non seulement avec le Prince dont il avait la confiance mais aussi avec la duchesse de Châtillon qu'il connaissait de longue date. Arrêté le 31 mai, conduit à Vincennes, il fut mis au secret en attendant de comparaître devant une commission spéciale siégeant à l'Arsenal mais l'instruction ordonnée contre lui fut infructueuse. Il nia énergiquement avoir voulu faire occire le Cardinal et se refusait d'ailleurs à tout interrogatoire en soutenant que sa qualité de magistrat le rendait justiciable uniquement du Parlement... En dehors de cela, il ne cachait pas qu'étant lié par l'amitié à la maison de Condé, gouvernante de la Bourgogne, il gardait une affection attristée pour Monsieur le Prince.

Lorsque l'on aime quelqu'un depuis l'enfance – ou peu s'en faut ! – il est difficile de changer ses sentiments parce qu'il ne se conduit pas comme il faudrait.

Les choses restèrent en l'état provisoirement mais Bertaut n'en demeura pas moins à Vincennes... C'est alors que Duchesne, le dénonciateur, mit en cause Jacques de Ricous, courrier habituel de Condé et dont la belle-sœur était la femme de chambre de Mme de Châtillon mais, comme ledit Ricous n'avait pas reparu et qu'il était toujours signalé dans les entours du Prince, il était difficile de l'appréhender.

À Mello l'inquiétude grandissait... Dès l'emprisonnement de Bertaut, Isabelle eut l'intuition qu'à travers cet homme avec lequel, autour de Viole, les relations avaient toujours été agréables, c'était elle que l'on visait mais quand, un matin, on lui apporta une lettre trouvée par un garde sur un banc du parc, elle en eut la certitude.

Anonyme, ce message lui faisait savoir que Ricous ne tarderait plus à tomber aux mains de la justice. Elle n'eut pas une hésitation sur l'auteur du message. Fouquet évidemment, dont elle devinait la présence occulte derrière ce drame ! Et, cette fois, elle eut peur. Non pour elle mais pour Agathe qu'elle aimait bien et qui le lui rendait, Agathe qu'il lui fallut mettre au courant mais qui subit le choc avec plus de sang-froid qu'elle ne s'y attendait. Peut-être parce que Isabelle l'avait prévenue en présence de Bastille :

— C'est elle qu'il faut protéger, dit-elle à son serviteur.

— Pour pouvoir vous faire chanter ?

— Sans aucun doute, si ce n'est pire, mais je ne vais pas attendre béatement les mauvais coups que ce maudit abbé me réserve.

— Qu'avez-vous l'intention de faire ?

— Demander à Mme de Brienne de parler à la Reine… et prier Mazarin de me recevoir !

Ce qu'elle fit sur l'heure, après quoi elle invita sa mère à venir chercher Louis-Gaspard au cas où l'entrevue en question se passerait mal… une éventualité toujours possible et dont elle ne voulait pas que son enfant eût à souffrir…

La lettre qu'elle écrivit fut digne et surtout calme, reflétant une sérénité qu'elle ne ressentait pas. Elle venait enfin de comprendre qu'elle avait manqué de prudence en chassant l'abbé Basile de cette façon si humiliante pour lui. Simplement parce qu'elle n'avait écouté que son instinct et que cet instinct l'avait trompée : elle n'imaginait pas que ce bellâtre semblable à beaucoup d'autres détînt en fait une telle puissance clandestine…

Deux jours plus tard, elle recevait en retour la réponse suivante [1] :

« J'ai été si surpris de recevoir votre lettre, ça a été fort agréablement et rien ne saurait empêcher que j'en aie de la joie quand vous me fournirez quelque matière

1. Lettre authentique de Mazarin. Affaires étrangères, France. Comme pour les autres extraits de l'époque, j'ai choisi l'écriture moderne afin d'alléger le texte et j'ai corrigé les fautes d'orthographe – chez Isabelle, elles atteignent une sorte de perfection – mais pas celles de français.

de vous servir. Je souhaiterais seulement que la passion que j'en conserve pût avoir toute son étendue libre et que je puisse l'exercer en embrassant vos intérêts avec chaleur sans m'exposer à en recevoir des reproches. Ce sera donc votre conduite, Madame, qui réglera la mienne à votre égard et, s'il est vrai que vous soyez dans les sentiments que Leurs Majestés peuvent désirer, après que je me serai informé de l'état de l'affaire dont vous me faites l'honneur de m'écrire, je vous y rendrai tous les services qui seront en mon pouvoir, et, en toutes autres choses qui vous regarderont vous éprouverez que je suis avec autant de zèle que de sincérité et de respect, etc. »

À la réflexion, la sagesse incita Isabelle à ne pas demander d'entrevue à Mazarin.

Sachant l'abbé Basile dans les environs elle pouvait craindre de ne pas ressortir libre du château de Saint-Germain. Elle se contenta donc d'une nouvelle lettre où elle exposait tout ce qu'elle avait à dire. Et cette fois, Mazarin ne lui répondit pas. En revanche, c'est à l'abbé Fouquet – il semblait être devenu plus ou moins son confident ! – qu'il écrivit :

« J'aurais cru que Mme de Châtillon souhaitait que j'eusse l'honneur de la voir pour me parler de ses intérêts et me faire connaître que, sans raisons, je l'avais accusée d'avoir des intentions contre le service du Roi et ce qui pouvait me regarder. Car je ne pouvais pas m'imaginer qu'après tout ce que Monsieur le Prince avait dit, écrit et fait contre moi qu'elle voulût entreprendre de me faire croire qu'il avait de bons sentiments à mon égard, et vous devez être assuré que, comme ladite dame a toujours souhaité avec passion l'accommodement et cherché les occasions de le...

[plusieurs mots illisibles] … pût tâcher d'elle-même d'introduire la négociation, ce que je ne puis mieux savoir, ayant quelques lettres de Monsieur le Prince dont il y en eu peu d'adressées à ladite dame, qui contiennent la déclaration d'une guerre immortelle contre Mazarin qui n'a point de parole, et, à son dire, est le plus méchant des hommes… »

De son côté, Isabelle, ne recevant pas de réponse, en ressentit de l'inquiétude. Christophe Bertaut, dont elle espérait obtenir la libération, demeurait prisonnier à Vincennes et restait fermement attaché à ses premières déclarations touchant les simples et naturels liens d'affection qu'il gardait aux Condés. C'était cette assurance que lui avait apportée Ricous à son dernier passage et il n'en attendait pas davantage. C'était aussi la raison pour laquelle Ricous n'était pas revenu. L'affaire d'ailleurs traînait en longueur et Bertaut allait être libéré quand un incident le maintint où il était : Mazarin venait d'apprendre d'un de ses nombreux espions que Condé avait fait arrêter, juger et pendre un individu, convaincu qu'il avait été payé par l'abbé Fouquet pour l'assassiner. Il aurait juré d'exécuter lui-même l'insupportable Basile s'il réussissait à lui mettre la main dessus.

Celui-ci vit rouge.

Il lui fallait à n'importe quel prix s'emparer de celui qui assurait la liaison entre Mme de Châtillon et Condé. Ayant appris que l'on avait vu Ricous à Paris aux alentours de la maison de Bertaut où il avait dû apprendre son arrestation, il envoya un message à Mazarin :

« Ricous est dans cette ville [Paris] et s'en ira à Mello, s'il peut s'échapper. S'il plaît à Votre Éminence de donner à du Mouchet, chevau-léger et qui s'est fort bien conduit et avec votre affection [?], huit des gardes de Votre Éminence, il ira demain à la pointe du jour à Pierrefitte qui est un passage où indubitablement donnera Ricous. Mouchet le connaît et j'ai des espions en dix endroits pour l'attraper. »

Le piège était bien tendu. Ricous y fonça tout droit et fut conduit à Vincennes où, habilement interrogé par M. de Breteuil en présence de l'abbé Fouquet, « il fut amené à croire et à dire que ce devait être Mme de Châtillon qui l'avait fait prendre… ».

Le moyen auquel on l'avait « amené à croire » tient en sept petits mots : le bourreau et ses outils de travail. En l'occurrence une cuve d'eau et un entonnoir.

Le patient était placé sur une sellette, les bras attachés au-dessus de la tête à un anneau scellé dans le mur et les pieds retenus au sol par un autre anneau. On lui bouchait le nez avec une pince puis, à l'aide de l'entonnoir, on l'obligeait à ingurgiter un pot d'eau d'environ deux litres, après quoi le juge demandait à l'homme[1] de livrer ses complices. S'il ne s'exécutait pas, on lui enfournait une deuxième pinte puis une troisième et jusqu'à une sixième. Ça c'était « l'ordinaire ». Après ce menu préambule on s'attaquait à la « question extraordinaire » qui consistait à doubler le nombre des pots d'eau. Ce qui fit écrire à La Bruyère : « Ce malheureux que vous appliquez à la question songe bien moins à dire ce qu'il sait qu'à se délivrer de ce qu'il sent… »

Arrêté bien avant Ricous, Bertaut fut le premier à subir cette horreur. Il s'agissait de lui faire avouer qu'il avait eu des « conférences » avec Mme de Châtillon.

1. Ou à la femme. On ne faisait pas de distinction de sexe.

Ce fut seulement à la suite de la sixième pinte qu'il demanda ce que « l'on voulait qu'il avoue ». Il reconnut avoir correspondu avec Monsieur le Prince et reçu de lui mille écus pour se créer des complices. Après le huitième il avoua un entretien avec Mme de Châtillon et avoir vu de sa part « mylord Digby » au sujet d'un projet d'assassinat du Cardinal et cita Ricous comme intermédiaire principal.

Aussi, quand ce fut au tour de Ricous d'être « interrogé », celui-ci avoua tout ce que l'on voulut sans attendre d'être gonflé comme une outre. Malgré tout, par précaution sans doute, on le gratifia de deux pots supplémentaires au sortir desquels – persuadé par ailleurs d'avoir été livré par la duchesse – il avoua s'être rendu plusieurs fois à Mello pour discuter avec la duchesse des moyens d'assassiner Mazarin quand ils apprirent l'arrestation de Bertaut, d'en avoir touché de l'argent et aussi certaine « poudre de sympathie » qui n'était en réalité que du poison….

Par acquit de conscience on lui fit avaler un troisième pot qui lui fit perdre connaissance et l'on ne s'avança pas plus loin. Fouquet en savait suffisamment pour avoir barre sur Isabelle et courut faire son rapport à Mazarin en mentionnant – heureusement ! – que « la duchesse n'avait agi ainsi qu'après avoir été persuadée du projet de Mazarin d'assassiner Condé là où il se trouvait… ». Il demandait, naturellement, un ordre d'arrestation. Qu'on lui refusa :

— Je ne croirai jamais, dit Mazarin, qu'une personne si bien faite et possédant de si belles qualités pût concevoir des pensées si exécrables !

— Le poison est l'arme des femmes, Monseigneur ! Tout le monde sait cela !

— Je le sais aussi mais pas la duchesse ! Elle a un regard qui ne trompe pas ! Il ne se détourne pas quand vous le cherchez ! C'est le contraire de vous, tenez ! Il ne glisse pas sous la paupière comme le vôtre ! ajouta-t-il aimablement.

— J'espère que Monseigneur n'aura pas à regretter sa mansuétude, grogna l'abbé. Et les prisonniers, qu'en fait-on ?

— Ils ont avoué. On les a exécutés hier soir, devant la Bastille. Ils étaient condamnés à être roués mais étant donné l'état où ils se trouvaient j'avais donné l'ordre à M. de Breteuil de faire en sorte que le bourreau les étrangle discrètement avant de leurs briser les os.

— Monseigneur est la bonté même ! grinça Basile. Et la duchesse ?

— Encore ? Cela tourne à l'idée fixe ! La Reine veut qu'on la laisse tranquille !

Fouquet prit un air engageant :

— Pas même une petite perquisition ? insinua-t-il.

— Pas même ! Elle est exilée, cela suffit ! En revanche, pourquoi ne pas rendre une visite à lord Digby ? Sa « poudre de sympathie » me paraît intéressante !

— Si Monseigneur songe à en déverser sur ses ennemis, Digby va avoir besoin d'aide car il faudra la fabriquer en quantité impressionnante ! Cet homme doit être fou !

— En tout cas le bruit m'est venu qu'il avait quelque talent pour se débarrasser des gêneurs ! Savez-vous pourquoi il est venu en France ?

— Comme tous ses compatriotes réfugiés chez nous : afin de se protéger des coups du sieur Cromwell ?

— Peut-être mais surtout il se serait débarrassé d'une épouse devenue encombrante. D'une manière qui rend honneur à son imagination : il lui aurait servi un chapon farci à la chair de vipère.

— Hein ?

— Que voulez-vous, conclut le Cardinal avec un bon sourire. C'est un homme qui adore faire la cuisine et chacun sait que celle des Anglais est immangeable…

Cependant, à Mello, on ne voyait pas les choses d'un œil aussi badin. L'exécution de Christophe Bertaut et de Jacques de Ricous avait provoqué un réel chagrin. Non qu'Isabelle portât à ces deux hommes un sentiment plus chaud qu'une certaine sympathie mais ce terrible événement la terrifia en lui faisant comprendre que nul n'était plus à l'abri des perfidies de Mazarin et qu'elle avait sous-estimé l'adversaire. Elle craignait aussi pour Agathe et lui proposa de l'envoyer rejoindre son époux en Flandres auprès de Monsieur le Prince.

Mais Agathe réagit plus calmement. Elle ne connaissait pas Bertaut et n'aimait pas tellement son beau-frère.

— Les tourmenteurs n'ont pas dû avoir grand mal à l'amener à avouer. Habile, oui, rusé, mais loin d'avoir la vaillance de son frère. Depuis qu'il assurait la liaison avec Monsieur le Prince, et surtout depuis les édits de condamnation, je redoutais que l'on mît la main sur lui. Mon époux lui-même n'aura guère de chagrin. Il avait souvent conseillé à Monsieur le Prince de ne pas confier à son frère du courrier trop… compromettant pour la sécurité de tous, mais vous savez comment est Monsieur le Prince. Maintenant c'est de vous qu'il faut se soucier. Et en premier lieu de cet abbé Fouquet…

— Croyez-vous que je n'y songe pas ? Ce démon est capable d'obtenir un ordre d'arrestation à mon encontre afin de me tenir à sa merci !... Et peut-être même d'en fabriquer un. Que faire ?

Pour la première fois Isabelle se sentait désorientée. Non qu'elle redoutât que l'on s'en prît à sa vie mais bien plutôt à son honneur. L'abbé Basile ne lui avait pas caché son intention de l'enlever et de l'enfermer dans un de ses repaires afin d'en user à sa guise.

Une chose était certaine : il était urgent qu'elle parte. Mais pour où ? Un instant elle caressa l'idée de rejoindre Condé en Flandres. Si elle n'avait écouté que son cœur, elle roulerait déjà vers Bruxelles mais ce serait accompagner Condé dans la trahison et elle se refusait à frapper de cette flétrissure le nom de son enfant. En outre les mauvaises langues auraient beau jeu de l'incorporer au troupeau de filles que toute armée traînait dans son sillage. Ce serait intolérable ! À plus forte raison si Longueville, son ennemie jurée, était là-bas ! La seule idée de la revoir la révulsait !

Alors retourner à Châtillon, dûment pourvu en défenses, capable de soutenir un siège, était tentant mais, si elle faisait prendre les armes pour se protéger, on en reviendrait à salir le blason de Louis-Gaspard, ce dont sa mère ne voulait à aucun prix. Les instants qu'elle vivait auprès de lui étaient ses seuls moments de bonheur pur et elle ne voulait pas tirer de traite sur l'avenir en son nom. D'ailleurs il était encore à Précy et, si d'aventure un ordre d'arrestation était délivré contre elle, son château natal était le premier endroit où on la rechercherait après Mello.

Une proposition lui arriva qui la toucha. William Croft vint lui offrir son hospitalité :

— Il est de notoriété publique, commença-t-il, que je suis un vieux garçon aussi peu dangereux que possible pour la réputation d'une dame. J'aime la chasse, jouer aux quilles et cultiver mon jardin.

— Vous me faisiez la cour, pourtant ?

— Vous êtes trop belle pour que l'on n'ait pas au moins un petit sentiment pour vous. Vous voir, causer avec vous suffit à mon bonheur… et je suis triste de vous savoir malheureuse ! Essayez de voir en moi un frère !

— Un frère !…

Des larmes emplirent ses yeux. Dieu seul savait ce qu'il allait advenir de François toujours indéfectiblement attaché à Condé et ne connaissant d'autre loi que la sienne.

— Venez chez moi ! insista Croft. Personne ne pensera à venir vous chercher aux Hauvenières…

— Vous oubliez l'abbé Fouquet ! Il ne désarmera pas !

— Moi non plus, fit le paisible Croft. Comme je suis d'un naturel prudent, j'ai, outre un personnel sur lequel je sais pouvoir compter, des chiens… efficaces. Par ailleurs j'ai disposé ici et là des pièges dont il est préférable de connaître l'emplacement avant de s'aventurer sur mes terres !

— S'il lui advenait malheur dans votre domaine, ami, le Cardinal n'aurait de cesse d'obtenir votre tête ! C'est lui qui règne, davantage que le Roi, ne vous y trompez pas ! En dépit du sang versé pour le chasser de France, l'amour de la Reine le rend plus puissant que jamais !…

— C'est pourquoi, ma fille, dit Mme de Bouteville qui venait d'entrer inopinément sans s'être fait annoncer, comme il était normal dans la maison d'Isabelle, vous allez accepter sur l'heure l'invitation de mylord Croft !

— Sir William, si vous le voulez bien, madame ! Je ne suis qu'un simple chevalier ! *My God!...* Comme vous êtes pâle !

Elle était blême, en effet, et seule sa volonté commandait ses gestes. Aussi accepta-t-elle le fauteuil qu'Isabelle lui avançait...

— Mère, s'inquiéta la jeune femme. Que se passe-t-il ?

— Il se passe que Monsieur le Prince et votre frère sont condamnés à mort et qu'en place de Grève le bourreau vient de les exécuter en effigie ! Condé ne fera peut-être qu'en rire mais pas moi, ni qui que ce soit de sensé ! Cela signifie qu'ils sont dès à présent frappés d'infamie et seront abattus sans sommation s'ils s'aventurent sur le territoire français. Alors, ajouta-t-elle en se relevant, acceptez l'offre de votre ami et moi je vais chez la Reine !

— Moi aussi ! s'écria Isabelle.

— Oh, que non ! On vous a suscité trop d'ennemis !

— Écoutez ce que vous ordonne Mme Bouteville et tâchez de conserver une mère à votre fils !

— J'appelle Bastille et je lui dis de vous accompagner !

— Il n'en est pas question ! Je préfère qu'il veille sur vous. Comprenez donc, ma fille, que je ne risque rien ! Je connais Sa Majesté, elle compatit au malheur quand il est dignement supporté !

Elle ne se trompait pas. Quand, à son lever, Mme de Motteville lui annonça la présence de Mme de Montmorency-Bouteville, Anne d'Autriche non seulement ne donna aucun signe de contrariété mais ordonna qu'on la conduise dans son cabinet d'écriture, voisin de l'oratoire où elle aimait se retirer pour prier, n'y admettant que des gens dignes de cet honneur.

Mieux encore, lorsqu'elle vint rejoindre sa visiteuse, elle lui tendit ses deux mains, la releva de sa profonde révérence et la fit asseoir à ses côtés auprès de la cheminée où flambait un bon feu, ce début de printemps 1654 étant plus que frais.

— Votre Majesté est infiniment bonne d'accueillir ainsi la mère d'un rebelle mais je tiens à la rassurer : ce n'est pas de François dont je viens l'entretenir.

— Ah non ? Ne me dites pas que le simulacre d'hier ne vous a pas atteinte ?

— Oh, il n'y a pas manqué mais mon fils a voué dès l'enfance au vainqueur de Rocroi une vénération qui ne se reprendra jamais… hélas ! Il en sera ce que Dieu voudra ! Non, c'est au sujet de ma fille Châtillon que je suis venue afin que Votre Majesté ait la bonté de la délivrer d'une insupportable persécution, celle que fait peser sur elle M. l'abbé Fouquet. Il s'acharne à l'impliquer dans un odieux complot d'empoisonnement visant Son Éminence le cardinal Mazarin…

— Complot à cause duquel on a exécuté deux hommes, il me semble ?

— Avec une remarquable célérité. À peine la torture leur avait-elle arraché le nom de ma fille comme instigatrice de cette conspiration qu'ils étaient condamnés à mort, portés sur la roue où le bourreau les étrangla miséricordieusement afin de leur éviter de trop longues souffrances… ou peut-être, prévoyant la mort proche qui les mènerait au tribunal de Dieu, de se rétracter !

— Qui étaient ces hommes ?

— L'un était le maître des eaux et forêts de Bourgogne, Christophe Bertaut, et l'autre Jacques de Ricous, courrier habituel de Monsieur le Prince !

L'abbé Fouquet, protégé par Son Éminence, avait commandé que l'on s'acharne contre eux jusqu'à ce qu'ils avouent avoir agi sur son insistance !

— Pourquoi l'abbé agit-il ainsi ? Que lui a fait Mme de Châtillon ?

— Elle se refuse à lui !

— Un homme de Dieu qui…

La Reine avala la fin de la phrase pensant soudain que Mazarin n'avait pas davantage reçu les ordres majeurs que l'abbé Basile. Sa visiteuse vola à son secours :

— Seulement de titre ! Sa famille est des plus honorables ! Sa mère, une demoiselle de Maupéou, est une femme de bien sans cesse à la recherche de remèdes pour apaiser les misères physiques des indigents, et son frère aîné procureur du Roi…

— Je connais Nicolas Fouquet. Un homme charmant dont M. le Cardinal parle avec amitié parce qu'il s'est dévoué pour lui aux heures… difficiles de naguère et que cela ne s'oublie pas. C'est pourquoi je m'étonne d'une âme aussi noire habitant le fils de l'une et le frère de l'autre…

La mère d'Isabelle se permit un étroit sourire :

— Votre Majesté devrait pourtant savoir que fraternité et ressemblance sont parfois fort éloignées. Le Roi Louis, son défunt époux, n'a pas eu souvent à se louer des agissements de Monsieur !

— C'est le moins que l'on puisse dire ! Où se trouve notre duchesse ?

— Auprès de son fils, chez moi, à Précy ! ne mentit qu'à peine la comtesse, les terres de William Croft étant proches des siennes. Mais elle souhaite s'éloigner et disparaître…

— Si c'est disparaître… en direction des Flandres, ce ne serait pas une brillante idée. Nul n'ignore son attachement – réciproque, dit-on ! – et sa fidélité au prince de Condé.

— Je la crois victime du même sortilège que son frère !

— Ainsi que la haine qui existe entre elle et Mme de Longueville ! Que Mme de Châtillon demeure où elle est pendant quelque temps. Puis qu'elle retourne à Mello où elle reste exilée. Il serait préférable que la correspondance en question cesse… pour l'instant ! Je la rappellerai en temps voulu !

— Je le lui dirai. Et l'abbé Fouquet ?

— Je m'en entretiendrai avec M. le Cardinal et il recevra mes ordres. La paix fera beaucoup de bien à votre folle Isabelle !

— Votre Majesté est infiniment bonne ! Il en sera fait selon sa volonté.

Il ne restait plus à Mme de Bouteville, soulagée d'un poids énorme, qu'à rentrer chez elle avec ces excellentes nouvelles. Isabelle – qui en fin de compte était restée à Mello – l'en remercia, soulagée elle aussi à l'idée d'être débarrassée de l'insupportable Basile. Mais si elle pensait en avoir terminé avec lui, elle se trompait.

Sévèrement tancé par Mazarin en présence de la Reine, l'abbé se répandit en excuses, y alla même de sa larme expliquant sa conduite par les tourments que lui occasionnait un malheureux amour, ce qui lui valut un peu de compassion de la part d'Anne d'Autriche apitoyée et une réponse nettement plus à son goût lorsqu'il rejoignit Mazarin deux heures plus tard :

— Je vous invite à la patience… disons une petite semaine, mais ensuite faites-vous le plus discret possible. Surveillez la duchesse… car je suis persuadé qu'elle ne renoncera pas à communiquer avec son amant…

— N'employez pas ce mot-là, Monseigneur, gémit Basile. Il me blesse douloureusement !

— Seriez-vous réellement amoureux d'elle ?

— J'en ai bien peur ! Et quand je les imagine ensemble, elle et cet abominable Condé, je me sens devenir fou !

— Il ne nous manquait plus que cela ! Reprenez-vous, mon ami, et n'allez pas gâcher un avenir prometteur en vous abandonnant au désespoir ! Je reprends mon propos !… Je vous disais donc de vous faire quasi invisible – il faut qu'elle se croie débarrassée de vous mais arrangez-vous pour ne pas la perdre de vue… ainsi que son entourage. Vous m'avez dit qu'elle avait auprès d'elle un véritable chien de garde en ce serviteur que lui a légué son époux ?

— Oui, j'avoue qu'il est impressionnant ! Il lui est dévoué jusqu'à la mort et, en outre d'avoir une force exceptionnelle, c'est loin d'être un imbécile…

— C'est peut-être lui qui va remplacer Ricous ?

— Cela m'étonnerait ! Il déteste Condé presque autant que moi. De plus, depuis qu'elle est exilée, il refuse de s'éloigner d'elle ! Je devrais dire d'eux car il est tout autant attaché au petit duc !

— Un admirable serviteur ! Comme on n'en trouve peu, apprécia le Cardinal avec une pointe d'envie. N'essayez pas d'y toucher. Ce serait, à mon avis, le meilleur moyen de nous faire haïr et, surtout, de l'envoyer *illico presto* rejoindre Condé ! Non ! Pour l'heure tenez-vous-en à mes ordres, faites-vous invisible !…

— Pourquoi ne pas tenter une approche auprès de Mme de Longueville ? Elle exècre sa cousine et serait ravie d'en être délivrée !

— Encore faudrait-il savoir si elle est à Bordeaux ou si elle a rallié son frère en Flandres... Ce qui m'étonnerait, les rapports que je reçois signalent toujours sa présence dans ce chaudron de sorcières qu'est devenue la région girondine. Ainsi d'ailleurs que l'épouse légitime de l'illustre vainqueur de Rocroi. Pour en finir, pas d'initiatives et laissons courir les choses ! Je ne vous défends pas d'essayer d'adoucir la duchesse envers vous. Rien ne vaut la tranquillité – même seulement apparente ! – pour pousser les gens à la faute !...

L'abbé Fouquet, peu satisfait de ce qu'il venait d'entendre, n'imaginait pas qu'un esprit malin allait lui livrer Isabelle comme sur un plateau...

Grand ami des réjouissances en tout genre, Monsieur avait décidé de donner, pour Noël, une splendide fête dans son palais du Luxembourg afin d'y célébrer le retour de la capitale à une vie normale ainsi qu'à l'obéissance au Roi. Il n'y avait plus guère à s'occuper des anciens Frondeurs. Le prince de Conti, délaissant le parti de son frère – et même sa passion pour sa sœur ! –, avait épousé une nièce de Mazarin[1] et commandait l'armée royale en Catalogne. Le duc de Longueville était revenu à la Cour mais, encouragé par sa fille, Marie d'Orléans, refusait de recevoir sa femme... qui n'en manifestait d'ailleurs aucune envie bien qu'elle commençât de sentir les effets de l'isolement mais n'eût pour rien au monde demandé

1. Anne Marie Martinozzi.

l'amnistie. Elle n'avait plus d'amants, n'en trouvant plus de dignes d'elle et, du coup, revenait à cet amour hors nature qu'elle portait à son illustrissime frère... et à sa haine pour Isabelle de Châtillon. Se croyant toujours maîtresse du jeu, elle écrivait alors à l'indispensable Lenet : « Il faudrait qu'il rompît avec elle sans éclaircissements ! Je m'en vais me mettre en prières pour soutenir par là ce que vous ferez ! » Par-dessus le marché elle tournait à une étrange dévotion qui lui montrait Dieu comme une puissance suprême avec laquelle on pouvait traiter d'égal à égal par ambassadeur interposé !

Pour en finir avec les anciens Frondeurs, le cardinal de Retz continuait de se morfondre à la Bastille mais n'allait pas tarder à en sortir. Le Parlement à qui le Roi avait interdit de se mêler à l'avenir des affaires du royaume se le tenait pour dit. Quant à Mademoiselle, errant sur ses terres autour de son beau château de Saint-Fargeau, déchue de ses ambitions et s'ennuyant à mourir, elle ne demandait qu'à reprendre sa place à la Cour et guettait, jour après jour, le messager de paix qui la délivrerait de son désert. Mais, comme sœur Anne, elle ne voyait rien venir.

Ce qui n'empêchait pas Monsieur son père de donner une fête à tout casser où paraîtraient le Roi, la Reine et ce bon vieux Cardinal !

Admise à l'amnistie et rappelée à la Cour, Isabelle de Châtillon y effectuait ce soir-là sa rentrée. Plus rayonnante que jamais, parée à ravir de ses fameuses perles, elle récolta tous les suffrages à commencer par ceux de Loret, le poète officiel à qui elle inspira une interminable tirade – pas fameuse mais enthousiaste qui se terminait ainsi :

Enfin cette veuve charmante
Dont ici le retour je chante,
Fut vue avec tant de bonté
De l'une et l'autre Majestés
De Monsieur et de l'Éminence
Que selon humaine apparence,
Ladite dame désormais
Sera mieux en Cour que jamais
[…] *Même la voyant revenue*
Chacun de croire continue
Et je crois même aussi cela
Qu'on n'en demeurera pas là
Et qu'auprès du porte-Couronne
Dont l'âme est si belle et si bonne
Avant qu'un an ait fait son tour
On verra quelque grand retour!

Le jeune Roi de dix-sept ans – mais il en paraissait quatre ou cinq de plus – sembla en effet prendre un évident plaisir en sa compagnie et dansa avec elle à trois reprises. La fête était d'ailleurs des plus réussies, Monsieur sachant fort bien recevoir et dépensant largement, à ces occasions, cet argent qu'il lui arrivait d'obtenir par des moyens peu recommandables.

Bref, ce fut une magnifique soirée dont Isabelle revint enchantée. Elle avait été très entourée, très adulée sans avoir l'air de distinguer l'un ou l'autre de ceux qui s'empressaient autour d'elle. Au contraire, elle recevait leurs hommages avec tant d'esprit, de gaieté et d'amabilité gentille, sans privilégier qui que ce soit, que la plupart des femmes éprouvèrent du plaisir à bavarder avec elle. Cela tenait peut-être à ce qu'elle savait, quand elle le voulait, mettre ses interlocuteurs en valeur et, ainsi, attirer leurs confidences.

Elle avait eu la surprise d'y retrouver l'un de ses anciens admirateurs du temps joyeux où elle était fille d'honneur de la princesse Charlotte de Condé et lui maréchal de camp dans les troupes de l'illustre duc Charles IV de Lorraine. Il se nommait Charles de Mouchy, marquis d'Hocquincourt. Depuis il avait fait son chemin puisqu'il avait reçu en 1651 son bâton de maréchal de France. Il devait avoir entre cinquante et soixante ans mais l'habitude des champs de bataille l'avait gardé mince et de belle allure. En outre, il savait encore danser ainsi qu'il lui en fit la démonstration en partageant avec elle les lentes et gracieuses figures d'une pavane. Il semblait incroyablement heureux de la revoir :

— Vous êtes plus belle que jamais ! soupira-t-il selon la formule consacrée sans trop se soucier d'être entendu.

De toute façon, cela n'aurait surpris personne, surtout pas l'intéressée tant il énonçait là une évidence, mais sa danseuse lui prêta une oreille plus attentive quand il demanda, quelques tons plus bas :

— Vous êtes tout juste celle que je désirai rencontrer. Puis-je venir vous saluer chez vous dès demain… disons… dans l'après-dîner, vers cinq heures ?

— Ce sera avec plaisir, monsieur le maréchal. Il se trouve que je reçois justement quelques…

— Ah non non non non non ! Si vous avez du monde je ne viens pas. Ou alors je viendrai plus tard ! Un peu avant minuit par exemple ?

Jouant l'étonnement à merveille, elle ouvrit de grands yeux innocents :

— Comme vous y allez ! Ce n'est pas l'heure des amis mais…

— Celle des amants, n'est-ce pas ? Celle que, depuis des années, je rêve d'obtenir de vous !... J'ai tant de choses à vous dire !

— Dans ce cas venez dîner... à midi ! Nous serons seuls, riposta-t-elle apparemment imperturbable bien que sa curiosité s'éveillât.

Il prit une mine chagrine :

— Pourquoi refusez-vous de me comprendre, vous toujours si fine ! C'est de mon amour pour vous dont je veux parler, dans l'ombre propice de... des....

— Courtines de mon lit ? Qu'est-ce qui peut vous inciter à croire que la place n'est pas occupée ?

— Simplement ce que tout le monde sait ! Condé est votre amant...

— Plus bas, s'il vous plaît !

— ... et il est au diable vauvert ! Or, c'est l'un de ces moments délicieux que vous lui accordez que je brûle d'obtenir ! Et, pour cela, je suis prêt à tous les sacrifices...

— Pas ici, voyons ! D'ailleurs...

La danse s'achevait et les éloignait l'un de l'autre pour la noble révérence finale. Le branle qui suivit n'était guère propice à la conversation... et moins encore à la conspiration, et le nez d'Isabelle lui disait que cette histoire si bizarrement présentée en avait tout à fait l'allure en dépit du regard langoureux dont Hocquincourt crut bon d'assaisonner ses dernières paroles. De quels sacrifices voulait-il parler ? Au cours de sa carrière il avait collectionné les postes importants : prévôt à l'hôtel du Roi, gouverneur du Boulonnais, maréchal de France. Trois ans plus tôt, il avait été vice-Roi de Catalogne. Revenu à l'armée de Flandres, il était gouverneur de Roye, de Ham et aussi de

Péronne… ce qui le mettait à l'abri des soucis financiers. En outre, de sa femme Éléonore d'Étampes il avait dû recevoir une dot importante. Donc quand il parlait de sacrifices cela pouvait évoquer une foultitude d'éventualités !

Quand il vint l'inviter pour une autre danse – ce qui en soi signifiait quelque chose car on ne l'avait jamais connu si ami des entrechats –, elle plongea son regard dans le sien et déclara :

— Venez dîner avec moi demain. Je serai seule !

— Mais je voudrais…

— C'est à prendre ou à laisser. Et maintenant plus un mot !

Cette fois, il se le tint pour dit mais, si d'abord il montra un visage soucieux, Isabelle put remarquer qu'il s'éclairait petit à petit et, finalement, ce fut avec un large sourire qu'il la salua quand ils se séparèrent pour le reste de la soirée. Il avait vraiment la tête d'un homme qui vient de concevoir de grandes espérances…

D'une exactitude toute militaire, le maréchal se présenta chez Isabelle à l'heure dite, tiré à quatre épingles et répandant des effluves de parfum qui firent froncer le nez de son hôtesse. Il sentait l'ambre à quinze pas et c'était une odeur qu'elle détestait. Elle ne le reçut pas avec moins de grâce, lui fit servir un repas agréable arrosé d'un excellent vin de Bourgogne. On parla de tout et de rien, comme il convenait, les affaires sérieuses normalement renvoyées à la fin des agapes quand les valets s'étaient retirés. Ce que ces derniers firent après que l'on eut servi le dessert accompagné de vin d'Espagne. Isabelle se laissa aller au fond de son fauteuil en picorant des cerises confites :

— Venons-en maintenant à ce qui vous amène. De quoi vouliez-vous me parler en privé ?

— Mais… je croyais vous l'avoir fait comprendre : de cet amour dont je brûle pour vous !

— N'est-ce pas ce qu'on appelle du réchauffé ? Il y a des années vous m'avez déjà fait entendre un discours semblable. Et cela vous a repris tout d'un coup ?

— C'est assez juste. J'avais réussi à tenir mes sentiments en bride et le temps passait. Et puis en allant prendre l'air de la ville au Cours-la-Reine, au lendemain de mon arrivée, je vous ai aperçue en voiture avec d'autres dames ! Vous sembliez vous amuser beaucoup et votre rire est le plus joli qui soit ! Il a mis le feu à mon cœur et depuis je vis dans les tourments ! N'aurez-vous pas pitié de moi ?

— Vous n'inspirez pas vraiment la pitié, dit-elle en riant. Je vous trouve fort bonne mine !

— C'est parce que vous m'avez souri quand je vous ai saluée et ce sourire a fait fleurir l'espoir… Non, laissez-moi parler ! se hâta-t-il d'ajouter, devinant qu'elle allait l'interrompre. Hier soir vous m'avez mis un sceau sur les lèvres sans doute parce que nous étions trop entourés mais à présent il faut que vous sachiez combien je vous aime et vous désire !…

— Ce n'est pas obligatoirement la même chose !

— Peut-être mais pour le bonheur de vous tenir dans mes bras je suis prêt à n'importe quoi…

— Même sachant que j'aime ailleurs ? Ne me dites pas que vous l'ignorez ? La ville et la Cour, tout le monde le sait et je suppose que là d'où vous venez…

— On ne l'ignore pas non plus mais je vous aime au point de me contenter d'une infime place dans cette ombre incomparable qui nous domine tous ! Aimez-moi seulement un peu ! Accordez-moi une modeste part à ce merveilleux festin d'un Prince si noble qu'il ne devrait pas s'en offenser… en admettant qu'il le sache !

— Moi, je le saurais… et c'est encore trop !

— Ne dites pas cela ! Vous ne savez pas jusqu'où je suis capable d'aller pour une seule nuit dans vos bras !

Elle laissa fuser un rire cristallin, prit son verre et but quelques gouttes :

— Eh bien, instruisez-moi et nous verrons ! Quelle merveille voulez-vous m'offrir ?

Il se pencha sur la table pour être plus près d'elle cependant que son visage se durcissait :

— Je gouverne Péronne et Ham ! Je les offre à…

— Taisez-vous !

Elle ne riait plus. Réputées imprenables sinon par la trahison, Péronne et Ham étaient, au nord, les clefs de la frontière de France. Qu'elles tombent entre les mains de Condé, généralissime des forces espagnoles en Flandres, et c'était prendre le risque d'une déferlante sur le royaume !…

— Alors quel est votre avis ? fit-il avec un sourire satisfait.

— N'allez-vous pas courir un risque énorme ? On peut attenter à vos biens ?

— Je ne l'ignore pas, belle dame, mais cela ne me soucie guère ! En possession de ces deux forteresses, Monsieur le Prince ne pourra moins faire que me remettre une… compensation ?

— Une compensation ? Lui voler sa maîtresse ne vous suffit pas ?

— Ne faut-il pas que je vive ? N'ayant plus rien, vous vous lasseriez de moi.

— J'avais cru comprendre que la base de notre entente était une nuit d'amour ?

— Suivie d'autres, je l'espère, et un gueux ne saurait approcher ses haillons d'une étoile… Oh, je ne suis pas très exigeant étant donné la valeur de la cession ! Disons… un million deux cent mille livres ? Qu'en pensez-vous ?

— Rien pour le moment, répondit-elle en se levant, ce qui obligea Hocquincourt à en faire autant. Vous devez comprendre qu'il m'est nécessaire de réfléchir puisque au lieu d'une amourette…

— Une amourette ? Ma passion pour vous ?

— Ou ce que vous voudrez, soupira-t-elle. Nous touchons là à une affaire d'État… et, comme je vous l'ai dit hier, j'attends des visites ! Nous nous reverrons !

Quand il fut parti elle se sentit le cœur au bord de la nausée. De quelle boue étaient donc pétris les hommes de ce temps pour qui l'or primait sur le sens de l'honneur ?…

Celui-là – maréchal de France cependant ! – venait de lui proposer d'échanger son corps et une fortune contre deux des plus solides défenses de sa terre natale et cela presque sans bouger un cil comme si c'eût été la chose au monde la plus naturelle ? C'était à vomir !

Le dégoût fut tel qu'elle se sentit défaillir et sonna pour qu'on lui apporte de l'eau-de-vie puis mit un mouchoir contre sa bouche et se laissa tomber. Elle n'avait pas l'habitude des boissons fortes et cette dernière lui brûla le palais mais lui donna un coup de fouet qui la ranima… et elle avala une deuxième gorgée. En fait, elle était en train de boire à petits coups quand Agathe – qu'elle avait envoyée faire quelques emplettes à la galerie marchande du Palais – introduisit Mme de Brienne qui, la voyant armée d'un verre, se mit à rire :

— Serait-ce que l'on s'adonne à la boisson en solitaire ? Il paraît que c'est très mauvais pour la santé, ma chère Isabelle. Il est vrai qu'en compagnie c'est grandement moins néfaste... et que je me dévouerais volontiers.

Agathe apporta un second verre qu'elle servit en remarquant :

— Madame la duchesse est bien pâle !

— On le serait à moins ! Restez ! intima-t-elle en la voyant se retirer. Mme de Brienne sait depuis longtemps que je n'ai pas de secret pour vous !

— Elle peut en avoir pour moi, refusa Agathe en se dirigeant vers la porte. Vous me raconterez plus tard !

Depuis l'exécution de son beau-frère, Agathe de Ricous avait changé. Non qu'elle éprouvât pour le défunt un amour délirant – ni d'ailleurs pour son époux dont elle vivait séparée les trois quarts du temps – mais elle n'en portait pas moins le pire des deuils : celui qu'impose l'ombre de l'échafaud... Ce qu'elle avait surtout éprouvé c'était de la honte puisque le jeune homme avait accusé Mme de Châtillon d'avoir voulu empoisonner Mazarin.

— Pauvre femme ! murmura la marquise en la suivant des yeux. Elle vous est dévouée et cette épreuve doit être dure à supporter !

— Parce qu'il m'a impliquée, comme ce pauvre Bertaut, dans un prétendu complot ? Elle m'est dévouée, vous avez raison, et je serais ingrate de la rendre un tant soit peu responsable. Je crois que, sous la torture, on doit avouer n'importe quoi parce qu'on ne doit avoir qu'une seule idée : échapper à la souffrance ! Mais revenons-en à la visite que je viens de recevoir et je me demande ce qu'il convient d'en penser. Ce que m'a proposé Hocquincourt sous le couvert d'une déclaration d'amour est tellement incroyable !

— Dites toujours !

Isabelle raconta ce qu'avait été la visite du maréchal mais n'alla pas jusqu'au bout : Mme de Brienne riait déjà. Or, elle en attendait une tout autre réaction :

— Cela vous amuse à ce point ? s'étonna-t-elle, vexée.

— Oh oui ! Et j'espère que nous allons rire ensemble ! Il y a trois ans, mécontent des prétendus passe-droits dont il se disait victime, le maréchal a fait la même proposition à Mademoiselle, par l'entremise du duc de Lorraine alors allié des Frondeurs comme vous le savez. Elle avait accueilli cette offre avec empressement et l'alliance était sur le point de se conclure lorsque le soudain départ du duc Charles et le retour du Roi à Paris ont interrompu les tractations...

— Il a demandé à Mademoiselle de coucher avec lui ? fit Isabelle, incrédule.

— Vous savez bien qu'elle est d'une inattaquable vertu mais qu'elle souhaite toujours épouser Condé lorsque sa légitime épouse aura enfin pris la sage décision de gagner l'autre monde. À la rigueur le duc de Lorraine aussi aurait pu lui convenir. Vous voyez que les bonnes idées de M. d'Hocquincourt ne datent pas d'hier ! Ce qui ne signifie pas que votre charmante personne ne l'a pas incité à reprendre son projet mais remis au goût du jour... et tellement plus séduisant !

— Doux Jésus ! s'exclama la jeune femme, stupéfaite. Cet homme est en réalité un vieux bandit ! Il oublie que ni Péronne ni Ham ne sont sa propriété !

— Exactement, mais derrière ces démarches il y a la haine féroce dont il poursuit Mazarin. Saint-Forget racontait il y a peu à mon neveu qu'à un dîner de la Saint-Hubert chez le duc de Chaulnes, gouverneur de Picardie, votre amoureux s'est permis des injures si grossières qu'elles ne peuvent être rapportées honnêtement.

— Mais je fais quoi, moi, dans cette histoire ? gémit Isabelle, au bord des larmes.

— Vous allez d'abord dire à Hocquincourt qu'il vous écrive une lettre déclarant qu'il n'y a rien au monde qu'il ne fît pour votre service et celui de Monsieur le Prince. Vous la ferez parvenir par votre messager habituel en y ajoutant un mot de votre main faisant état des propositions déshonnêtes du maréchal. Et vous verrez ce qui en sortira !

— Pour rien au monde je ne voudrais aider Condé à envahir la France ! Qu'il revienne, oui ! Qu'il soit pardonné et retrouve sa place et sa gloire, oui… mais pas de cette façon !

— Cela l'éclairera au moins sur la valeur de ceux qui prétendent se mettre à son service…

Isabelle suivit le conseil de sa vieille amie, obtint la lettre demandée en prenant soin de préciser qu'elle ne donnerait elle-même aucun gage en attendant la conclusion de l'affaire et malgré les théâtrales protestations d'amour du maréchal on en resta là… La lettre, elle, prit le chemin de Bruxelles…

La réaction de Condé ne fut pas ce que l'on attendait. Ses alliés se montrant toujours aussi peu généreux, il transmit la lettre au comte de Fuensaldagne commandant en chef des armées espagnoles en Flandres qui eut l'imprudence de la confier à son secrétaire. Or, ledit secrétaire était… un espion de Mazarin. Et quelques jours plus tard la fameuse lettre se retrouvait sur le bureau du Cardinal.

Celui-ci n'en fut pas autrement ému, sachant les Espagnols guère disposés à engager de grosses sommes. Il convoqua Hocquincourt mais, au lieu de l'envoyer droit à la Bastille, il se contenta de lui reprocher « doucement » ses pratiques avec les ennemis puis rappela ses glorieux services passés et y mit tant d'émotion qu'ils se mirent à pleurer tous les deux. Après une scène aussi touchante, le maréchal ne put mieux faire que protester de son dévouement inaltérable.

Pendant ce temps le secrétaire-espion était soumis à la torture pour lui faire avouer ce qu'il en était au juste et avec une telle énergie qu'il en mourut.

Isabelle n'en sut rien et ne fut pas inquiétée le moins du monde. Hocquincourt avait disparu de son horizon et elle s'en trouva soulagée. Cependant Mazarin ne l'oubliait pas et ordonnait à l'abbé Fouquet d'exercer autour d'elle une surveillance aussi étroite que possible.

Plus amoureux que jamais, il se contentait pour l'instant présent de rôder dans les parages en évitant de se faire remarquer. Or, comme elle était repartie à Mello, ce fut plus difficile. À Paris, il était aisé de se dissimuler, ce qui lui permettait d'approcher le gibier de près. Rien de semblable à Mello, perché sur son coteau avec, en outre, la présence continuelle de ce Bastille et de sa force herculéenne dont la vigilance ne se démentait jamais.

Basile Fouquet prit pension dans une auberge des alentours et dissémina une poignée d'hommes aux abords du château sous des apparences diverses. Il put ainsi constater que deux courriers effectuaient alternativement la navette avec Bruxelles. L'un d'eux, un certain Chéron, fut pris puis relâché presque aussitôt avec des excuses. On s'était juste accordé le temps de copier le message qu'il apportait à Mme de Châtillon. Message d'ailleurs chiffré mais qui ne présentait pas de grandes difficultés à mettre au clair. Il annonçait surtout la prochaine visite d'un abbé Viole, frère du président du même nom, tout dévoué à Condé et quelque peu amoureux d'Isabelle.

Ledit abbé – qui ne devait pas être beaucoup plus catholique que Basile et aimait courtiser les dames – habitait Paris, ce qui permettait de le pister plus facilement. Le jour où il se rendit à Mello, Fouquet vint perquisitionner chez lui – le Cardinal lui avait d'ailleurs donné l'ordre de le faire arrêter dès son retour mais ce que Basile découvrit le laissa rêveur et il en écrivit à Mazarin :

« L'abbé Viole a été arrêté comme il a plu à Votre Éminence de le commander et l'on a saisi tous ses papiers. Les lettres que l'on a rencontrées étaient toutes de… Mme de Longueville qui témoignent de deux choses : l'une était une grande envie de servir Monsieur le Prince et l'autre de perdre Mme de Châtillon en faisant en sorte de détruire son crédit auprès de celui-ci… »

L'intrusion inopinée de la Longueville dans les entours de son frère laissa Fouquet perplexe. Avait-elle enfin quitté Bordeaux pour les Flandres et que venait-elle y faire sinon se débarrasser d'Isabelle par tous les moyens et la pousser à la faute en reprenant l'ancien projet d'empoisonner le Cardinal ? Ce qui devrait être facile, les relations n'ayant jamais cessé entre la châtelaine de Mello et ses amis anglais…

Or, envoyer à l'échafaud celle dont il était maintenant profondément épris ne faisait pas l'affaire de l'abbé Fouquet. Ce qu'il voulait c'était la tenir à sa merci pour en faire sa maîtresse.

Pas beaucoup de tendresse dans cette espèce de passion. Surtout un désir inassouvi et d'autant plus difficile à supporter !

Du même coup l'abbé Fouquet – et Mazarin ! – apprirent que des négociations étaient réengagées entre Hocquincourt et Fuensaldagne. Celui-ci avait envoyé en France un moine nommé Arnolphini, agent politique secret maintes fois employé par l'Espagnol pour des tractations délicates.

En l'apprenant le Cardinal se sentit frémir. Si les places de Péronne et de Ham étaient livrées à l'Espagne, le sort de la France se trouvait compromis. Le temps, en effet, avait coulé. On était à présent au seuil de l'hiver et l'armée était justement concentrée en Picardie. Aussi Mazarin, *via* la Reine, donna-t-il l'ordre à Nicolas Fouquet, procureur général faisant déjà office de surintendant des Finances, d'envoyer en urgence quelque six cent mille livres pour les besoins de l'armée. En même temps le ministre expédiait le duc de Navailles faire la morale à Hocquincourt dont il était l'ami pour « lui faire voir l'enfer ».

Or celui-ci, après un intermède galant avec une bohémienne nommée Loance, venait de reprendre le chemin du château de Mello pour y refaire sa cour à Isabelle. Mais maintenant elle s'en méfiait comme du feu, l'évitait de plus en plus sous des prétextes divers et chargeait le plus souvent Agathe de le recevoir.

Cependant, décidé à tout pour la conquérir, Hocquincourt faisait monter les enchères, demandait sans cesse davantage pour ne pas trahir mais s'arrangeait de telle sorte que l'on pût supposer, chez Mazarin, que c'était

Isabelle qui ne cessait d'augmenter le prix de sa reddition alors que, de son côté, la duchesse déployait toute son énergie à retenir Condé sur la pente fatale et l'empêcher à tout prix de s'emparer de Péronne.

Ce qu'elle ignorait, c'était que ses lettres ne parvenaient pas à leur destinataire. Quant aux réponses qu'elle reçut, elles furent au fur et à mesure plus vagues, alternant le chaud et le froid au point qu'elle finit par ne plus rien comprendre, n'imaginant pas un seul instant que ses lettres puissent être interceptées, réécrites par une main habile…

Le résultat se présenta sous les traits sévères de M. de Gaumont à la tête d'une trentaine de cavaliers. Le 8 novembre au matin, il venait arrêter la duchesse de Châtillon et « Mme de Ricousse » par ordre du cardinal Mazarin…

6

Trois pas en enfer…

La voiture aux mantelets tirés roulait déjà depuis un moment quand Isabelle réalisa ce qui venait de lui arriver. Il y avait eu cette intrusion fracassante d'une troupe de cavaliers dont le chef avait pénétré dans sa demeure comme chez lui et, repoussant les serviteurs, était venu droit à elle qui achevait tranquillement son petit déjeuner, pour lui déclarer froidement et sans même la saluer :

— Madame la duchesse de Châtillon-Coligny, je vous arrête de par le Roi ! Veuillez me suivre !

Sans bouger d'une ligne, elle avait achevé sa tasse de lait puis s'était essuyé délicatement les lèvres à une serviette :

— Voulez-vous avoir l'obligeance de me montrer l'ordre qui vous donne le droit d'envahir ma maison ? Et d'abord qui êtes-vous ?

Il s'était exécuté.

— Capitaine de Gaumont ! Des gardes de Son Éminence le cardinal Mazarin !

— Tiens donc ! J'ai cru comprendre que vous agissiez aux ordres du Roi ? Vous devriez pourtant savoir, capitaine de Gaumont, que ce n'est pas la même chose ! Et de quoi m'accuse-t-on ?

— Vous le saurez plus tard. Ce n'est pas de mon ressort. Je dois m'assurer de votre personne et de tous vos papiers, ainsi que de ceux de « Mme de Ricousse » et de ses écrits !

Isabelle leva un sourcil surpris :

— Mme de Ricous ne s'occupe pas de mon secrétariat mais de mes cheveux. C'est un art véritable qui n'a jamais exigé de dons épistolaires. En dehors des lettres de mon époux, elle n'emploie guère de parchemins sinon pour en faire des bigoudis... Mais peut-être devrais-je dire des papillotes pour être plus exacte ? En attendant, faites ce que l'on vous commande mais sans rien casser si possible. Tous mes tiroirs sont ouverts. Où m'emmenez-vous ? À la Bastille ?

— Je n'ai pas le droit de vous en informer ! Veuillez seulement vous hâter, madame la duchesse !

— Vous m'accorderez bien le temps d'embrasser mon fils...

— C'est trop naturel !

Elle aurait aimé donner quelques consignes à Bastille mais il s'était absenté comme cela lui arrivait souvent. Aussi se contenta-t-elle d'ordonner que Louis-Gaspard soit conduit sur l'heure chez sa grand-mère. Distribua d'autres instructions à Grandier son intendant et d'autres encore à Madeleine, la femme de celui-ci. Enfin, suivie d'un laquais portant son bagage, elle descendit dans la cour au milieu de ses serviteurs déjà en larmes. Elle leur sourit :

— Allons, je suis toujours vivante ! rassura-t-elle avec une bonne humeur plutôt feinte. Mais si je ne revenais pas, prenez soin de M. le duc !

Elle avait trop de bravoure naturelle pour s'inquiéter vraiment de son propre sort. Davantage de celui d'Agathe qu'une autre voiture venait d'emporter, sanglotante et affolée au souvenir de l'horrible mort de son beau-frère. Le fait qu'on les ait séparées pouvait s'expliquer par la volonté d'éviter tout contact entre les deux femmes… mais pourquoi ?

Elle se doutait qu'il devait y avoir du Mazarin là-dessous car elle ne voyait pas ce que le Roi ou sa mère pouvaient avoir à lui reprocher en dehors des quelques lettres échangées avec Condé et qui n'avaient rien de pendable : comme elle ne cessait pratiquement pas de le supplier de revenir à son devoir ou, tout au moins, d'y renvoyer François, ses réponses à lui reflétaient son impuissance à vaincre la volonté, et surtout l'affection du jeune homme refusant de quitter son héros, dût-il l'accompagner à l'échafaud !

Restait à savoir ce qu'Agathe conservait par-devers elle. Isabelle ne doutant pas un instant de sa fidélité, avait pleuré avec elle la mort affreuse du jeune Ricous mais s'il arrivait qu'un courrier apportât une lettre de son époux, la duchesse se refusait d'en savoir le contenu, sa fidèle suivante ayant parfaitement droit à l'intimité de son couple. Elle espérait seulement qu'elle n'avait pas commis d'imprudences…

N'ayant pas de réponse à ces questions, Isabelle s'enveloppa plus étroitement dans ses fourrures et se pelotonna dans son coin. Le froid était vif et le ciel gris ce matin, et comme elle se déplaçait dans sa voiture personnelle – mais conduite par l'un des hommes de Gaumont ! – plutôt confortable, elle eût aimé dormir un peu. Ce qu'elle eût fait à coup sûr si on ne l'avait pas séparée d'Agathe, or c'était cela surtout qui la tourmentait. Dieu sait quelle épreuve allait-on infliger à cette pauvre femme !

Enfin on entra dans Paris mais quand on fut rue Saint-Antoine… Agathe fut dirigée droit sur la Bastille tandis que le cocher occasionnel d'Isabelle tournait dans une rue transversale où, après quelques tours de roues, on franchit le portail ouvert d'un hôtel particulier d'assez belle apparence mais qu'Isabelle ne connaissait absolument pas.

M. de Gaumont ouvrit la portière et lui offrit la main pour descendre tandis qu'elle examinait l'endroit :

— Où m'avez-vous emmenée ? Quelle est cette maison ?

— Vous êtes chez moi ! fit une voix trop connue.

L'abbé Fouquet était devant elle et s'inclinait.

Sans prendre la main offerte elle se détourna pour remonter dans son carrosse :

— Menez-moi à la Bastille ! cria-t-elle. Quand on arrête les gens, c'est là qu'on les enferme ou alors à Vincennes, mais pas chez n'importe quel particulier !

— Voyons, duchesse, soyez raisonnable…

— Madame la duchesse ! rectifia-t-elle. Nous n'avons pas gardé les cochons ensemble ! Et j'ai dit que je voulais aller à la Bastille !

— Désolé mais c'est à moi que l'on vous a confiée. Et je dois vous interroger !

— Vous pouviez aussi bien le faire chez moi !

— Vous m'avez interdit votre porte !

— Cela vous étonne ? J'ai même précisé que je ne voulais plus vous voir ! Alors pas question que je reste dans cette « tanière » une minute de plus ! Emmenez-moi à la Bastille ! Là je répondrai à toutes vos questions !

— Encore désolé mais ce sera ici ! Allons, vous autres, ajouta-t-il à l'attention des gardes. Portez Mme la duchesse chez moi ! Ligotez-la au besoin !

— Jamais ! M. de Gaumont, si vous êtes gentilhomme, vous n'exécuterez pas l'ordre de cet individu ! Ce n'est qu'un espion du Cardinal et il n'a aucun titre à me contraindre…

Visiblement, le capitaine hésitait. Ce que voyant, Fouquet s'emporta :

— Obéissez, que diable ! Si elle vous fait peur, je vais vous montrer !

Il voulut s'emparer d'Isabelle mais elle l'évita et courut vers le portail resté ouvert en appelant « à l'aide ! ». Ce qui attira du monde aux fenêtres. Pour courir plus vite, elle avait relevé ses jupes mais son poursuivant allait l'atteindre quand elle heurta un homme vêtu de noir si violemment qu'elle faillit tomber. Il la retint adroitement et sourit en la reconnaissant :

— Madame la duchesse de Châtillon ? Voilà un plaisir inattendu !… Mais que vous arrive-t-il ?

Isabelle l'avait reconnu aussi. C'était l'un des hommes les plus séduisants de Paris, Nicolas Fouquet, le frère aîné de Basile, procureur du Roi et depuis peu surintendant des Finances.

— Ne la laissez pas filer ! clama l'abbé qui avait failli s'étaler en butant contre un pavé. Elle est ma prisonnière !

— Depuis quand faites-vous métier de geôlier, mon frère ? ironisa l'arrivant. En outre, même si cela était, vous pourriez vous exprimer autrement en présence de si noble dame !

— On s'exprime comme on peut ! Ne vous mêlez pas de ça… ou plutôt, puisque vous semblez y tenir, ceci est l'ordre signé du Cardinal qui me remet Mme la duchesse pour que je l'enferme en telle prison qui me conviendra aux fins d'interrogatoire !

— Et vous voulez la loger chez nous ? Quelle drôle d'idée !

— N'est-ce pas ? renchérit Isabelle. Alors que je ne cesse de réclamer la Bastille où l'on a mené Mme de Ricous, ma suivante ! Je n'ai que faire chez ce cuistre ! D'autant qu'il se proclame amoureux de moi et me poursuit de ses assiduités ! J'ai le pire à craindre de lui ! Il est fou !

— J'espère de tout mon cœur que vous vous trompez… encore qu'en vous voyant je redoute que vous n'ayez raison ! D'autre part, on ne saurait dédaigner un ordre du Cardinal… mais il y a peut-être un moyen de contenter tout le monde !

— Vous me la rendez et vous passez votre chemin ! ronchonna Basile.

— Oh, que nenni ! Voulez-vous bien vous confier à moi, madame la duchesse ?

Il avait un si charmant sourire qu'Isabelle ne put faire moins que le lui rendre :

— Voyons votre idée, monsieur le surintendant.

— Je vais bonnement vous conduire à notre mère qui occupe le pavillon principal… C'est une femme de grand mérite et de haute vertu qui a voué sa vie à l'apaisement des maux et malaises des petites gens. En outre, plus pieuse qu'elle ne saurait se trouver. Elle saura vous accueillir… et vous garder de tout désagrément, ajouta-t-il en jetant un coup d'œil sévère à son frère !

Tout en parlant, il offrit sa main à Isabelle avec un salut et, le chapeau bas, la conduisit vers la porte principale où veillait un valet… Dompté, l'abbé suivit en mâchonnant des mots incompréhensibles.

Ainsi que l'avait annoncé son fils aîné, Mme Fouquet, née Marie de Maupéou, de noble famille parlementaire, était une femme déjà âgée d'une extrême dignité jointe à une grande bonté. Elle accueillit très gentiment l'invitée imprévue mais si visiblement troublée, se déclara heureuse de la recevoir et disposée à lui offrir l'hospitalité aussi longtemps qu'il lui serait nécessaire. Au physique, ses cheveux blonds s'argentaient sous un élégant bonnet de toile fine et de dentelles, de taille moyenne mais se tenant si droite que ce maintien lui conférait une certaine allure pleine de dignité. Ses yeux bruns semblaient voir clair. Après s'être attardés un instant avec sévérité sur l'abbé, leur propriétaire déclara à Isabelle qu'elle allait la conduire sur-le-champ à sa chambre où elle recevrait ce dont elle pouvait avoir besoin.

— Et il y a un cabinet d'écriture où l'abbé pourra s'entretenir avec vous… dans la journée… et jamais le soir… Encore moins la nuit… Puisque vous êtes en quelque sorte prisonnière de Son Éminence vous n'aurez pas la liberté de sortir, bien entendu, mais nul ne pourra se permettre de vous maltraiter, que ce soit moralement ou physiquement, et si vous le souhaitez vous pourrez recevoir les secours de la religion. Enfin si vous vous ennuyez, la librairie possède de nombreux livres. En outre, si l'étude des plantes vous intéresse, je vous accueillerai volontiers dans mon antre de sorcière, comme l'appelle mon fils Nicolas ! conclut-elle avec un sourire bienveillant.

D'autant plus soulagée qu'une trop évidente déception s'inscrivait nettement sur la figure de Basile, Isabelle se jura d'être une invitée modèle… et de se tenir le plus près possible de son hôtesse le temps qu'elle resterait chez elle. Puis elle remercia chaleureusement le surintendant, tourna le dos à son frère et s'en fut prendre possession de son nouveau logis.

Il s'agissait d'une belle chambre dont le mobilier, un peu sévère, remontait au siècle précédent pourvue de rideaux, d'un entourage de lit et d'une courtepointe en tapisserie et surtout d'une cheminée en pierre blanche dans laquelle une femme de chambre, agenouillée, s'activait à allumer le feu. Isabelle, transie, se réfugia dans un fauteuil, quand même réconfortée par la visible déconvenue de Basile.

Comme elle le faisait le plus souvent quand se présentait un problème, elle s'accorda un moment de repos et de réflexion. En l'occurrence celui de se réchauffer.

Malgré l'aide que lui avait envoyée le Ciel, sa situation n'était pas brillante. Cet homme auquel on venait de la soustraire, momentanément, n'en habitait pas moins la même demeure où il pourrait l'interroger à loisir ! Mais ce n'était pas cela qui tourmentait Isabelle : c'était le sort d'Agathe. Pourquoi la Bastille ? De quoi pouvait-on la soupçonner ? D'être la confidente d'Isabelle et à ce titre devenir, sous la menace, une source d'informations plus ou moins erronées ? En pensant au destin du jeune Ricous et de ce malheureux Bertaut, Isabelle se sentait frémir. Il fallait au moins éviter à Agathe les tracasseries abominables de la question et, pour cela, un seul moyen : s'expliquer sans tarder avec ce maudit abbé !

Réchauffée et plus déterminée que jamais, elle passa dans le cabinet de toilette attenant à sa chambre, se lava le visage et les mains, se recoiffa en accordant un soupir nostalgique à l'habileté d'Agathe et, jetant un dernier regard au miroir, sonna. Une femme de chambre accourut portant un plateau qu'elle déposa sur une table près du feu.

— Mme Fouquet fait dire à madame la duchesse qu'elle sera servie tous les jours aux heures habituelles des repas… et aussi qu'elle veuille bien faire connaître ses goûts si…

— Remerciez Mme Fouquet et dites-lui que c'est très bien ainsi. Dites-lui que je recevrai M. l'abbé Fouquet ce tantôt, à l'heure qui lui conviendra ! Mais le plus vite sera le mieux !

Une heure plus tard, ils étaient face à face dans le cabinet d'écriture mis par Mme Fouquet à la disposition de son fils et qui convenait parfaitement à Isabelle : aucun meuble n'y évoquait l'intimité d'un entretien galant. Sauf peut-être le tapis. Et encore !

Assis derrière un petit bureau, l'abbé Basile se leva à l'entrée de son « invitée » en lui désignant de la main un fauteuil tendu de cuir de Cordoue où elle prit place sans dire un mot mais en retenant un sourire moqueur : entièrement vêtu de noir, col et manchettes de toile des Flandres, l'élégant abbé avait opéré un bel effort pour se glisser dans les atours de la magistrature. Ce qui ne lui allait pas du tout parce que, en plus, il avait mauvaise mine. Et comme elle ne disait toujours rien, se contentant de le contempler sans manifester la moindre émotion, il eut un soupir agacé et commença :

— Madame la duchesse de Châtillon-Coligny, vous n'ignorez pas, je pense, les faits qui vous sont reprochés ? Ils sont d'autant plus graves que, simplement frappée d'exil sur vos propres terres, la mansuétude dont vous avez bénéficié aurait dû vous inciter à plus de retenue. La bonté de Son Éminence…

— Un instant, s'il vous plaît ! J'avais cru remarquer, non sans surprise, que l'on était venu m'enlever de ma demeure sur l'ordre du Cardinal. Ce qui ressemble assez à un mauvais coup. Jusqu'à présent on arrêtait au nom du Roi ou, il y a peu encore, de la Régente surtout s'agissant d'un membre de la haute noblesse !

— Son Éminence n'agit jamais qu'avec leur approbation préalable !

— Ah oui ? En ce cas apprenez-moi en quoi j'ai offensé des souverains que je vénère.

Le ton paisible était à la limite de l'ironie et valut à Isabelle un regard noir.

Basile prit un papier posé devant lui et lut :

— Les charges ne manquent pas ! Cette correspondance active avec les ennemis extérieurs, atteinte à la sûreté de l'État en incitant l'un de ses grands serviteurs à livrer des places fortes essentielles à la sécurité de nos frontières…

— Moi, je suis coupable de cela ?

— Nierez-vous que vous entretenez des relations amoureuses avec le maréchal d'Hocquincourt, gouverneur de Péronne et de Ham, pour le convaincre de remettre ces deux forteresses à votre amant Condé ?

— C'est curieux ce talent que vous avez, vous autres robins, pour dénaturer les faits et les retourner à votre profit ! Le maréchal se prétendant amoureux de moi m'a proposé d'offrir ces deux villes au prince de Condé si j'acceptais de le recevoir dans mon lit…

L'abbé grinça des dents. L'image devait lui déplaire :

— … Ce qui était des plus flatteurs pour mes charmes. Malheureusement il réclamait aussi un million deux cent mille livres pour ses menues dépenses, ce qui l'était moins ! Entre parenthèses j'ajouterai qu'il avait déjà proposé par l'intermédiaire du duc Charles de Lorraine ce genre de marché à Mademoiselle. Les termes en étaient voisins à cela près qu'il ne s'agissait pas de s'en prendre aux appas d'une aussi noble dame mais de faciliter son mariage avec…

— Veuillez m'excuser mais nous nous éloignons du sujet !

— Je ne trouve pas mais si c'est votre avis…

— Qu'avez-vous répondu au maréchal ?

— Que je préférais qu'il fasse ses commissions lui-même… qu'il écrive à Condé et qu'en souvenir d'une vieille amitié je consentais à acheminer sa lettre…

L'œil de Basile s'alluma :

— Donc vous avouez que vous correspondez avec un ennemi de l'État ?

— C'est accorder beaucoup d'honneur à Mazarin que de le confondre avec l'État. Naturellement je corresponds avec mon cousin ! Vous ne devriez pas vous en plaindre : c'est dans ces lettres, dont il leur arrive de prendre connaissance au passage, que vos espions font les trouvailles qu'ils sont si fiers d'avoir dénichées…

— Ce qui signifie ?

— Que rien n'est compliqué pour vous ! Revenons-en au maréchal ! Il a remis à mes soins une belle épître où il avait délibérément oublier la clause qui me concernait… et que je me suis hâtée d'ajouter aussitôt après son départ, sachant pertinemment quel effet aurait sur le Prince cet admirable morceau de littérature, sans oublier de mentionner que, dans l'esprit du maréchal, l'une n'allait pas sans l'autre ! Et maintenant, j'aimerais savoir combien de temps vous comptez me retenir en ce lieu ?

— Pourquoi, vous n'êtes pas bien ?

— J'y serais mieux encore en la seule compagnie de madame votre mère !

— Navré mais je vous dirai à mon tour que l'une…

— C'est bon ! J'ai compris !

— Songez que vous devriez être à la Bastille ! C'est tout de même plus confortable ici, non ?

— Sans vous ce serait parfait. Avec vous je préférerais cent fois la Bastille !

— Il se pourrait qu'on vous y expédie si vous vous montriez par trop déraisonnable. Vous venez de reconnaître votre correspondance avec un ennemi de l'État mais ce n'est pas le seul chef d'accusation porté contre vous et celui-là est largement plus grave : tentative d'assassinat sur la personne du cardinal Mazarin…

— Encore Mazarin ! Ne doit-on parler que de ce jocrisse ? C'est à se demander s'il existe toujours un roi en France ! Il est vrai que c'est lui qui vous rémunère ! Mais il serait préférable pour lui qu'il se montre plus discret ! Dans une ville qui hurlait à la mort il n'y a pas si longtemps au seul prononcé de son nom. Et comment suis-je censée le vouloir occire ?

— Avec cette babiole !

Il sortit du tiroir une boîte ornée d'émaux cloisonnés à la vue de laquelle Isabelle éclata de rire :

— Avec ça ? Ce serait à pleurer de bonheur si ce n'était si drôle ! La « poudre de sympathie » de ce cher Digby ? Mais mon pauvre abbé, vous pourriez vous en servir une louche sans ressentir d'autre malaise qu'une envie d'éternuer ! D'ailleurs cela ne se consomme pas ! Il suffit d'en jeter une pincée sur quelqu'un qui ne vous aime pas. Vous devriez essayer sur moi ! Je vais peut-être vous adorer sous peu !

— On en a mêlé à la pitance d'un chat et d'un chien et tous deux en sont morts !

Isabelle cessa de rire. Elle prit la boîte, l'ouvrit et constata que la poudre blanche à l'origine était presque grise. On avait dû lui additionner un autre ingrédient… Machinalement, elle mouilla un doigt, préleva du produit pour le goûter mais n'en eut pas le temps. Basile avait saisi sa main et rinçait l'index avec l'eau d'une carafe posée sur une table :

— Ou vous êtes folle ou vous n'avez pas compris ce que je viens de vous dire !

— Oh, j'ai fort bien compris au contraire !

En effet, sous son regard devenu pesant, l'autre détournait les yeux. Dans cette maison, la brave Mme Fouquet avait aménagé une sorte de laboratoire où elle préparait ses remèdes dont les composants n'étaient peut-être pas tous innocents. Et cette fois, Isabelle eut peur : cet homme était capable du pire pour qu'elle lui appartienne et elle se sentit pâlir sous l'impact d'une vague nausée :

— Vous êtes un monstre ! murmura-t-elle.

— Sans doute ! Ne vous en prenez qu'à vous ! Car je suis ce que vous avez fait de moi !

— Je ne vous aime pas ! Je ne vous aimerai jamais !

— Qu'en savez-vous ! Soyez à moi, tentez l'expérience ! Vous changerez d'avis. D'autres femmes et non des moindres…

— Oh ! Je vous en prie, épargnez-moi la liste de vos conquêtes ! J'ai peine à croire qu'elle soit si longue !…

— Suffisamment pour me satisfaire… d'autant que vous en faites d'ores et déjà partie !

— Quoi ? Alors que je ne suis ici que depuis quelques heures ?

— Les nouvelles courent vite à Paris ! À l'hôtel de Rambouillet, Mme de Sévigné aurait annoncé hier soir que vous étiez chez moi et tout le monde aurait trouvé cela fort plaisant ! Est-ce si difficile de me donner cette peccadille que j'implore de vous ? Une nuit, une seule nuit et je vous reconduis à Mello !

Les mains tendues, il s'approchait lentement d'elle, prêt à l'étreindre, mais elle s'était déjà réfugiée derrière le dossier de son siège :

— Si vous avancez d'un pas de plus, je crie !

— Aucune importance ! Ma mère est dans son laboratoire au fond de la maison et les domestiques sont à mes ordres !...

La panique l'envahit. Elle s'élança vers une fenêtre, l'ouvrit mais il était déjà sur elle. Alors elle hurla :

— Au sec...

Il eut juste le temps de lui imposer son baiser. Sa mère venait d'entrer :

— Mon fils, dit la voix calme de Mme Fouquet. Si vous ne vous souciez pas de qui vous êtes, songez à ce que nous sommes ! Des gens d'honneur !

— Pardonnez-moi, mère ! Je suis fou de cette femme !

— Dans ce cas il va falloir vous calmer. Il est déjà suffisamment dommage que vous confondiez notre demeure familiale avec une prison, je ne tolérerai pas que vous la transformiez en un lieu de perdition...

— J'ai surtout voulu qu'elle soit un refuge. Mme la duchesse a de nombreux ennemis même parmi ceux qu'elle a pu considérer comme ses amis jusqu'à présent...

— Qu'insinuez-vous ? demanda Isabelle. De qui parlez-vous ?

— De l'entourage de votre cher Condé ! On ne vous y aime guère.

— Vous oubliez mon frère qui a voulu suivre son chef et ami là où il est. Il voit en lui...

— Oh, je ne doute pas de la loyauté de M. de Bouteville envers son cousin mais lui se contente de se battre. D'autres sont aussi à Bruxelles et dont les armes sont cent fois plus meurtrières parce que plus perfides.

— Qui enfin ? Il faut vous arracher les paroles !

— Que diriez-vous de Mme de Longueville ?

— Anne-Geneviève ? Elle aurait quitté Bordeaux ?

— Eh oui ! Elle y a laissé Madame la Princesse qu'elle ne supporte plus et a rejoint son très cher frère. C'est à elle qu'il obéit maintenant, et quand elle vous a dénoncée il n'a pas réagi. Peut-être après tout n'a-t-il rien su…

— Mais de quoi, sacrebleu ! hurla Isabelle, à bout de nerfs.

— La tentative d'empoisonnement contre le Cardinal ; c'est elle qui l'a mentionnée dans des lettres que nous avons trouvées dans les papiers d'un certain abbé Arnolphini qui est, lui, à l'Espagnol Fuensaldagne. Et ce n'était assorti d'aucun démenti de Monsieur le Prince…

Isabelle ne répondit rien. Elle regardait, pétrifiée d'horreur, cet homme qui, un sourire ironique au coin des lèvres, arrachait méthodiquement une à une les plumes de ses rêves ! Il jouissait visiblement d'un triomphe qui, à elle, lui donnait la nausée. Ce fut pire encore quand il jugea bon d'ajouter :

— Si je n'avais été là pour vous protéger, c'était la Bastille et l'échafaud !

— Vous voilà content ? fit-elle enfin avec lassitude. Je suppose que ma pauvre Agathe que vous avez dû livrer aux tourmenteurs vous a révélé tout ce que vous souhaitiez entendre et certainement davantage car nous n'avons jamais évoqué l'intention d'assassiner votre Mazarin. On n'empoisonne pas quand on est la fille de François de Montmorency !…

Elle cherchait un siège pour s'asseoir, elle trouva le bras de Mme Fouquet sur lequel elle s'appuya.

— Cela suffit, mon fils ! intima celle-ci. Je ne vous autorise pas d'user de ma maison comme de l'antichambre de la mort ! Votre frère non plus n'aimerait pas cela !...

— Mon frère, mon frère ! Je sais, c'est le grand homme de la famille mais vous pourriez m'accorder quelque valeur !...

— Allez exercer ailleurs votre vilain métier ! Quant à moi, je vous interdis de tourmenter davantage une jeune dame qui est, de cette minute, mon hôte !

— Je ne peux pas ! J'ai mes ordres !

— Et moi ceux de Dieu... alors que ce devrait être le contraire, monsieur l'abbé Fouquet ! Allez-vous-en et laissez-nous entre femmes !

Et serrant le bras d'Isabelle, elle l'entraîna dans son laboratoire boire une liqueur réconfortante.

— Je commence à croire, lui confia-t-elle avec bonté, que l'extrême beauté ne doit pas être un cadeau du Ciel ! Cela me paraît un lourd fardeau à supporter !...

Pendant ce temps, le maréchal d'Hocquincourt faisait toujours des siennes. La nouvelle de l'arrestation de celle qu'il appelait « son bel ange » l'avait mis hors de lui. Il renvoya aussitôt son ami, le duc de Navailles, en réclamant quatre cent mille livres et la mise en liberté immédiate de la duchesse... Sa femme, désolée de sa conduite, se proposa pour essayer de le ramener à la raison. Il ne voulut rien entendre, s'accrochant fermement à ses exigences. Si fermement que Mazarin s'en alla chez la Reine lui demander un ordre à l'intention de Mme de Châtillon : écrire une lettre à son amoureux ainsi qu'à Condé pour les avertir du danger qu'elle courait.

Se conformant à l'ordre reçu, Isabelle écrivit à Hocquincourt. Or, remise à Mazarin, ladite lettre ne lui plut qu'à moitié et le temps pressait. Condé venait d'envoyer vers Péronne un corps de trois mille hommes commandés par Bouteville et M. de Persan.

Épouvanté devant l'imminence du danger, le Cardinal pressa l'expédition des quatre cent mille livres en donnant ordre à MM. de Navailles et de Noailles de traiter coûte que coûte avec Hocquincourt… qui fit grimper les enchères : il voulait la survivance du gouvernement de Péronne pour son fils aîné plus sept cent mille livres qui lui seraient dues en regard de ses « appointements, pensions et mortes payes et des avances faites par lui pour fortifier la place ».

Il ne restait plus qu'à libérer la duchesse de Châtillon aussi vite que possible.

Isabelle n'en séjourna pas moins de trois semaines chez les Fouquet mais quand M. de Guitaut vint lui annoncer qu'elle était libre, ce fut au fond de son lit qu'elle le reçut. Sa belle santé n'avait pas résisté aux derniers quinze jours dont l'abbé Basile avait réussi à réaliser une assez bonne copie de l'enfer.

En effet si, grâce à la bonne Mme Fouquet qui l'avait prise sous son aile, la première semaine s'était bien passée, il n'en avait pas été de même des deux dernières. Au moyen d'un faux ordre de la Reine adressé à sa mère, Basile avait réussi à reprendre le contrôle de sa prisonnière. Au moment dit, celle-ci avait conservé la chambre qu'on lui avait attribuée mais la fenêtre avait été garnie de barreaux et deux gardes veillaient constamment à sa porte. N'étaient autorisés à entrer qu'une servante – d'ailleurs à la dévotion du séduisant abbé – chargée de l'entretien et du service de la jeune femme et l'incontournable Basile... Mme Fouquet elle-même ne pouvait la voir. Elle s'en était plainte à son fils aîné et celui-ci s'était précipité chez Mazarin qui lui avait de grandes obligations – c'était Nicolas qui avait réussi à préserver la fortune du Cardinal pendant son exil ! – mais avait refusé d'adoucir le sort de la recluse :

— Qu'elle s'estime heureuse de n'être point à la Bastille ou à Vincennes soumise à la question ! N'oubliez pas que cette femme a tenté de m'empoisonner ! J'en ai eu confirmation de maintes personnes...

— Votre Éminence ne craint pas la vengeance de Condé ?

— Il faudrait pour ce faire qu'il revienne. Or, s'il est pris en France, c'est la décollation pour haute trahison !

— C'est une femme ravissante ! Elle a d'autres amis dévoués !

— Dont vous êtes peut-être ?

Dans ces cinq petits mots se cachait un soupçon que la finesse du surintendant des Finances décela sans peine. Il sourit :

— Un admirateur tout au plus ! Votre Éminence a connaissance que j'aime ailleurs. Cependant il serait préférable de changer Mme la duchesse de Châtillon-Coligny de résidence ! La savoir sous la coupe de mon frère donne à se gausser à ceux qui ne l'aiment pas !

— N'oubliez pas qu'on ne prête qu'aux riches ! conclut Mazarin avec un mouvement d'épaules qui clôturait l'entretien.

Pourtant Fouquet avait autre chose à dire :

— Sa suivante a été arrêtée en même temps qu'elle. Les juges n'en ont-ils rien tiré ?

— Elle n'a même pas mis les pieds à la Bastille ! Je ne sais comment elle a réussi à glisser entre les doigts de ses gardiens et on ne l'a pas retrouvée.

En homme de cœur, Nicolas avait alors entrepris son frère mais celui-ci l'avait envoyé promener avec une sorte de hargne en lui disant de s'occuper de ses propres affaires. Et le calvaire d'Isabelle avait continué.

Chaque nuit, Basile s'installait chez elle, la harcelant de questions, ne lui laissant ni trêve ni repos, la secouant lorsqu'elle s'endormait épuisée et l'obligeait à boire, lui imposant des caresses dont elle avait du mal à se défendre. Par précautions elle ne se déshabillait plus, s'enveloppant au contraire le plus qu'elle le pouvait.

Une nuit, il tenta de la violer mais son instinct vint au secours d'Isabelle. Elle poussa un tel hurlement qu'il porta loin et d'abord résonna dans la maison. Il s'éteignait à peine que Mme Fouquet tapait à coups redoublés sur la porte, menaçant son rejeton de la faire enfoncer par un laquais s'il ne l'ouvrait pas. Il avait obtempéré en maugréant. Elle s'était ensuite précipitée dans la chambre pour trouver la jeune femme à demi nue, pelotonnée sur le lit et secouée de sanglots spasmodiques. Elle s'était alors hâtée de la soigner sans cacher sa colère :

— J'ai du mal à croire que vous soyez mon fils ou simplement une créature de Dieu que l'on a fait abbé ! C'est la damnation qui vous attend et la mienne par la même occasion pour avoir donné le jour à un monstre !

Son intervention avait valu à la victime quarante-huit heures de répit mais d'un mauvais repos hanté par la crainte de voir reparaître à tout instant son bourreau. Puis Mme Fouquet avait dû garder le lit ayant pris froid en s'attardant à l'église. Basile était revenu…

Il avait changé de tactique. Il jouait à présent les amoureux transis. Il apportait des fleurs, des pâtisseries, des parfums rares devant quoi Isabelle, retrouvant un peu de forces, lui avait lancé :

— Si vous pensez me gagner en me traitant comme une courtisane, vous vous leurrez encore ! Souvenez-vous de qui je suis… et pour l'amour de ce Dieu que vous servez si piètrement. Contentez-vous de me laisser en paix !

— Mais je ne demande que cela, Isabelle ! Permettez-moi de vous prendre dans mes bras, de m'étendre contre vous et nous nous endormirions ensemble après un unique baiser. Moi aussi je suis las de cette longue bataille que vous m'imposez ! Je vous promets même de vous ramener chez vous… auprès de votre fils ! Vous n'avez pas envie de le revoir ? Ce n'est pas bon qu'il reste si longtemps éloigné de sa mère ! Il pourrait…

Elle avait eu un gémissement pathétique :

— Mon fils !… Ne touchez pas à mon fils !…

Une crise de larmes avait suivi, si irrépressible que Basile s'était résolu à faire chercher sa mère pour la calmer. Hors d'elle celle-ci s'était écriée :

— Si vous voulez la tuer, ça ne tardera pas… mais allez commettre ailleurs votre vilaine action ! Et moi je vais en appeler à la Reine !

Il s'était permis de ricaner :

— Brillante idée, ma mère ! La Reine la déteste maintenant ! N'oubliez pas qu'elle a voulu assassiner son amant…

Mais le lendemain Guitaut arrivait et, avec lui, la délivrance !

Isabelle quitta la maison de Mme Fouquet au bras de celle-ci, qui la conduisit jusqu'à la voiture. Pâle et les traits tirés, elle marchait à pas comptés en clignant des yeux comme un oiseau nocturne soudain plongé en pleine lumière. Une lumière qui semblait la blesser.

— Vous êtes trop faible ! s'inquiéta son hôtesse involontaire. Vous devriez demeurer encore quelques jours. En ma seule compagnie !

Isabelle n'eut pas le temps de répondre, Guitaut s'en chargeait :

— Madame la duchesse peut aller où elle veut sauf rester dans Paris. Mme de Brienne – qui a pris froid et étant elle-même alitée – a réclamé en vain qu'elle lui soit confiée… Hors de Paris, madame la duchesse sera transportée où il lui plaira. À Mello, je pense.

Isabelle fixait des yeux la voiture inconnue, les valets inconnus et resserra ses fourrures autour d'elle. Il faisait si froid ce matin !

— Où sont mes gens, mon attelage ?

— Retournés à Mello.

Le regard de la jeune femme cherchait Agathe et surtout Bastille ! Bastille, son si précieux rempart ! L'avait-on emprisonné lui aussi ? La vie lui paraissait n'avoir plus de signification :

— Ne puis-je même pas rentrer chez moi, rue du Jour ?

— Paris vous est interdit, madame la duchesse. Plus tard, peut-être, quand il vous sera autorisé de venir demander le pardon de Son Éminence…

Le mot la flagella, lui rendit le courage qui ne lui avait jamais fait défaut :

— Le pardon ? Mais de quoi ?

— D'avoir comploté avec les ennemis de l'État...

— Dieu m'est témoin que je n'ai jamais comploté contre Leurs Majestés qui seules représentent l'État !...

— Le Cardinal en est un membre lui aussi, et en tentant de le faire empoisonner c'est comme si...

— Rien du tout ! À aucun moment il ne m'est venu l'idée d'attenter à la vie de qui que ce soit ! Même à la sienne ! Je ne suis pas Mme de...

Un peu plus et elle mentionnait Longueville. Mais retint le nom qui aurait pu éclairer son frère d'une lumière sinistre. Elle le ravala pour enchaîner, furieuse :

— Jamais – vous entendez ? – jamais je ne m'abaisserai à ce niveau ! Votre Cardinal a lancé sur moi sa meute d'espions qui ont employé les plus vils moyens pour me briser... et vous voudriez que moi, Isabelle de Montmorency-Bouteville, duchesse de Châtillon-Coligny, je consente, par-dessus le marché à le remercier de sa mansuétude ?

À cet instant, un carrosse de voyage sortit tout attelé des écuries. Le maître de la maison, Nicolas Fouquet, en descendit, salua profondément Isabelle :

— C'est moi qui me charge de vous accompagner où vous le désirerez, madame la duchesse. Cette voiture sera plus digne de vous que les équipages policiers.

Un valet ouvrit la portière révélant l'intérieur, ses coussins agréablement rembourrés, ses couvertures et ses chaufferettes. Isabelle n'hésita pas une seconde :

— Merci, monsieur ! Merci de tout mon cœur !

Elle embrassa Mme Fouquet et prit la main qui s'offrait pour l'aider à monter. Le surintendant la suivit :

— Où voulez-vous aller, madame la duchesse ?

Son regard chargé de mépris se dirigea vers l'abbé Basile qui, à quelques pas, l'observait sans bouger :

— À Maubuisson, s'il vous plaît ! À l'abbaye Notre-Dame-la-Royale. Feue Madame la Princesse aimait bien celle qui en est l'abbesse depuis l'an passé ; la révérende mère Catherine d'Orléans-Longueville. Je la connais un peu et auprès d'elle je guérirai, après quoi j'irai rejoindre mon fils !

Une surprise attendait Isabelle. Quand la voiture franchit le portail, la foule assemblée dans la rue éclata en acclamations ! Elle trouva un sourire pour ces inconnus qui n'avaient pas oublié qu'ils exécraient Mazarin il n'y avait pas si longtemps…

L'arrestation d'Isabelle avait fait beaucoup de bruit ; sa libération en fit plus encore. L'incorrigible Loret lui consacra un pavé en vers :

L'admirable Châtillon donc
Rare en beauté s'il en fut onc
S'étant dit-on justifiée
(Chose qu'on m'a certifiée !)
À recouvré sa liberté
Par ordre de Sa Majesté…

Quant au malencontreux Hocquincourt, cause de tout le mal, il avait réclamé un écrit du Cardinal, juré fidélité au Roi puis se retirait tranquillement dans ses terres sans plus se soucier de son « bel ange », mais n'y resta pas. C'était apparemment un homme habité par la bougeotte. Peu de temps après, il passait de nouveau à l'ennemi. Cela ne lui porta pas chance. Deux ans plus tard, en allant reconnaître les lignes françaises devant Dunkerque assiégé, il fut tué de trois coups de mousquet bien français après quoi, à la bataille des Dunes, Turenne écrasait littéralement les Espagnols de Condé.

Fondée par Blanche de Castille, mère de Saint Louis, l'abbaye Notre-Dame-la-Royale érigeait l'harmonie de son église et de ses nobles bâtiments aux portes mêmes de Pontoise. Appartenant à l'ordre cistercien, elle avait toujours été réservée aux femmes de bonnes maisons et ses abbesses étaient toutes de haute naissance. Il y avait une dizaine d'années que Catherine d'Orléans-Longueville avait pris le voile mais ce n'était que depuis l'année précédente qu'elle avait reçu la crosse abbatiale. Un peu à l'écart, dans le parc, un petit château avait été construit par la reine Blanche pour s'y retirer de temps à autre mais c'était surtout son fils qui en usait et plus encore, par la suite, son petit-fils [1], qui aimait venir méditer et prendre, comme il le disait, « conseil de son silence ». C'est là qu'un jour de malheur il avait eu la visite de sa fille, la reine Isabelle d'Angleterre, et d'où était venue la foudre qui avait frappé les trois belles-filles du Roi et écrasé leurs amants sous une effroyable justice. Les rois n'y venaient plus mais princesses ou nobles dames, souhaitant se retremper l'âme, s'y rendaient volontiers car le cadre était charmant, dira Catherine d'Orléans-Longueville, sœur du duc et belle-sœur de « l'incomparable » Anne-Geneviève de Bourbon-Condé. C'était à la rencontre de l'abbesse qu'Isabelle désirait aller pour soigner son âme plus encore que son corps avant

1. Philippe le Bel.

de rejoindre son fils sans lui imposer l'image d'une mère démolie aussi moralement que physiquement.

L'hiver était présent avec ses neiges, ses froidures et ses vents qui se glissaient le long des couloirs gothiques mais les cellules réservées aux retraitantes ne manquaient pas de confort. Mère Catherine, ainsi que le prieur attaché à la communauté savaient écouter un cœur blessé, et Isabelle commença par une confession minutieuse qui lui fit l'effet d'un bain de jouvence d'autant qu'elle autorisa le prêtre à en lever le secret si le besoin s'en faisait sentir. Ce qui fit ouvrir à celui-ci de grands yeux :

— Ce n'est guère d'usage, ma fille ! observa-t-il.

— Je sais mais ce dont on m'accuse est trop grave pour que je ne confie pas au représentant de Dieu la vérité de mon cœur. Je n'ai jamais voulu tenter de tuer ou de faire tuer le cardinal Mazarin !

Une nourriture simple et saine jointe aux produits de l'apothicairerie et à la jeunesse d'Isabelle la remirent d'aplomb. Elle demanda alors à rentrer chez elle.

Ce ne fut pas sans un regret que Mère Catherine la vit partir. L'âme libérée par la confession des scories qui l'empoisonnaient et à mesure que la santé lui revenait, la jeune femme retrouvait son caractère enjoué, son sourire et sa gentillesse… son goût de la revanche aussi mais de ce détail elle ne confia rien, à commencer par la rancune solide qu'elle nourrissait envers son tourmenteur. Celui-là, elle entendait bien lui faire payer un jour ou l'autre ses mauvais traitements ! Elle n'en accepta pas moins d'un cœur sincère l'invitation de l'abbesse quand elle vint la saluer :

— La maison vous sera toujours ouverte si vous en éprouviez de nouveau la nécessité !

— Je ne manquerai pas de m'en souvenir, révérende mère, comme des multiples bontés que vous avez eues pour moi. Soyez sûre que je reviendrai… fût-ce pour le bonheur de vous saluer et de prier un moment avec vous…

Une surprise l'attendait quand elle rejoignit son carrosse. Un homme assis près du cocher descendit en voltige et s'approcha, un bras en écharpe. C'était Bastille et immédiatement son caractère soupe au lait donna de la voix :

— Te voilà enfin ? ? Mais où avais-tu disparu durant tout ce temps où tu m'étais tellement indispensable ? N'avais-tu pas juré à ton maître de me protéger ?

Il mit genou en terre en même temps que s'effaçait de son visage la joie qui l'illuminait un instant plus tôt :

— Pardonnez-moi, madame la duchesse ! Je me le suis assez reproché et croyez que je serais mort plutôt que manquer à ma parole à une heure aussi critique ! Mais j'étais inconscient et à deux doigts de la mort quand le malheur s'est abattu sur vous !

Et il expliqua comment, la veille de l'arrestation d'Isabelle, il s'était trouvé pris, à Paris, dans une échauffourée comme il s'en produisait souvent dans la ville encore mal remise des folies de la Fronde. Atteint à la tête, il avait repris connaissance dans un lit chez un couple de merciers qui l'avaient ramassé devant leur porte.

— J'ai honte de moi parce que j'ai manqué à mon devoir, mais sur le salut de mon âme, je jure que je ne l'ai pas cherché et je vous obéirai si vous décidez de me chasser. Ce qui ne veut pas dire que je m'éloignerai à des lieues. Tant que je vivrai, je…

— Assez de discours pour ce matin ! Nous avons autre chose à nous occuper et en premier lieu rentrer à la maison. Mon fils va-t-il bien ?

Un sourire illumina le visage sévère de Bastille :

— Le mieux du monde !

— Allons vite le rejoindre ! Et toi, monte ici avec moi : nous avons à parler ! Et d'abord, Agathe a-t-elle été relâchée de la Bastille ?

— Elle n'y est jamais allée !

— Qu'est-ce à dire ? Elle a quitté Mello dans la voiture que les gardes avaient amenée, devant moi jusqu'à un carrefour où nous nous sommes trouvées séparées. Elle était dans un état affreux, terrifiée à l'idée d'être mise dans la prison où son beau-frère avait été tué.

— Et pourtant elle n'y est pas entrée. Elle a réussi à s'échapper. On ne sait comment, pendant son transfert, elle a fui par les rues. Et apparemment on ignore ce qu'elle est devenue…

— Où a-t-elle pu aller ainsi, seule, démunie… et complètement affolée ?… Chez Mme de Brienne peut-être ?

— Après avoir échappé à la police du Cardinal ? Je ne pense pas qu'elle l'aurait tenté.

— Dans un couvent ? Ou chez sa mère ?… Comment savoir ?

La question n'appelant pas de réponse, Isabelle, rencognée dans ses coussins, s'abandonnait au bonheur égoïste de retrouver sa maison, son fils et sans doute aussi Mme de Bouteville qui n'avait cessé de s'occuper de son petit-fils durant son absence. Son séjour à l'abbaye lui avait procuré le plus grand bien sans pour autant lui inspirer de s'y retirer du monde comme Anne-Geneviève de Longueville – avant Longueville ! – y avait longtemps réfléchi.

La pensée de son ennemie la sortit de ce fragile bien-être dans lequel elle se laissait bercer. Cette garce l'avait accusée sans la moindre preuve d'avoir voulu assassiner Mazarin. Elle avait même eu le front de l'écrire et les trois semaines de cauchemar vécues à l'hôtel des Fouquet, c'était à cette ennemie acharnée qu'elle les devait, sans compter la disparition d'Agathe de Ricous…

— … Et c'est d'elle dont il faut s'occuper en priorité, dit Isabelle en se redressant, ce qui fit sursauter Bastille.

— De qui madame la duchesse veut-elle parler ?

— D'Agathe, voyons ! Cela coule de source. Dieu sait où elle a pu chercher refuge ! J'espère seulement qu'elle n'a pas commis une folie…

— Quel genre de folie ?

— Est-ce que je sais, moi : se jeter dans la Seine quand elle s'est aperçue qu'elle ne savait plus à qui se vouer ? Elle hurlait dans la voiture qui l'emportait, persuadée de subir le sort de son beau-frère et de Bertaut. Mon Dieu, pourquoi n'être pas venu me prévenir plus tôt ?

— Vous étiez déjà assez malade. Ne vous tourmentez pas, je vais continuer mes recherches. Elle a quelques amis à Paris et il est possible qu'elle ait réussi à rejoindre son époux en Flandres. Je l'en crois très capable !

Le retour à Mello eut une allure triomphale. Tout le pays vint accueillir sa châtelaine qu'il avait cru un moment ne plus voir revenir de Maubuisson. Mme de Bouteville était là, veillant comme à l'accoutumée sur son petit-fils qui grandissait et faisait la joie de tout le monde. Il atteignait ses cinq ans et il allait falloir songer à lui trouver un précepteur aussi compétent qu'agréable à vivre, Isabelle se refusant à envoyer Louis-Gaspard dans un collège d'ici un an ou deux. Elle voulait que son caractère et ses aspirations de vie se dessinent. Pour l'instant, son bonheur était de le voir s'épanouir dans la chaleur de leur tendresse commune tel un champignon sous son arbre.

Il y avait aussi la fidèle Mme de Brienne, heureuse de voir sa jeune amie sortie d'une vilaine affaire dans laquelle on avait craint qu'elle ne se perdît corps et biens tant les pièges tendus sous ses pieds l'avaient été habilement. Elle-même avait inlassablement plaidé la cause d'Isabelle auprès de la Reine, n'hésitant pas à dénoncer le sulfureux abbé Fouquet, pour elle un véritable bouc émissaire, en le chargeant de tous les péchés d'Israël : une façon comme une autre d'attaquer discrètement Mazarin à travers les gens dont il se servait.

Dès l'instant où le cher Cardinal n'était pas attaqué directement, Anne d'Autriche était toujours prête à accueillir une plainte portée par une amie surtout quand il s'agissait de quelqu'un qu'elle aimait bien, et la petite duchesse de Châtillon avait droit depuis longtemps à sa sympathie. Elle lui fit dire qu'elle la verrait revenir à la Cour avec plaisir quand elle serait tout à fait remise de ses épreuves.

Enfin les amis anglais Croft et Digby accoururent dès qu'ils la surent rentrée, chargés de présents tels les Rois mages. La fameuse « poudre de sympathie » s'était révélée inoffensive. Il y avait un autre composant dans les aliments qui en avaient été saupoudrés et comme elle contenait de la vanille on aurait aussi bien pu l'utiliser en cuisine. Et, enfin, on se remit à jouer aux quilles.

Pourtant Isabelle n'était pas heureuse en dépit de deux lettres fort tendres apparues un matin, miraculeusement, sur sa table à coiffer. L'une de Condé, l'autre de François. Pas sur le même ton évidemment car si l'une aspirait au retour d'heures « inoubliables », l'autre « jurait de tailler en pointe les oreilles de M. l'abbé Fouquet » la première fois qu'on le rencontrerait...

Or, ce qui empoisonnait encore la vie d'Isabelle, c'était justement l'insupportable Basile qui ne se résignait pas à mettre un terme à sa folle passion. Il avait conservé la cassette d'Isabelle récupérée lors de l'arrestation ainsi que plusieurs papiers découverts chez Agathe. Lesquels d'ailleurs se résumaient à quelques lettres de son époux, répondant à celles qu'elle lui avait adressées et qui, si elles donnaient maints détails sur la vie en Flandres, ne recelaient entre leurs lignes anodines pas le moindre secret d'État et encore moins de projets de conspiration... en apparence !

Cependant, ce que voulait Basile c'était mettre à nouveau sous sa coupe la femme qu'il désirait tant et, détenteur de la fameuse cassette, il faisait courir des bruits. Par exemple il s'y trouvait des lettres très importantes de Condé et de Hocquincourt, y compris les plans de la conspiration visant à la reddition de Péronne et de Ham aux Espagnols. Mais s'y ajoutaient – selon l'abbé – une liasse de lettres évocatrices à lui adressées par Isabelle, mentionnant certaines nuits torrides passées sous les lambris « ô combien sages » de Mme Fouquet. C'est toute cette collection qu'il se mit à menacer Isabelle de divulguer si elle ne se rendait pas à ses désirs. Quelques-uns des billets galants couraient déjà les ruelles. D'autres décrivaient complaisamment les charmes les « plus cachés » de la duchesse ainsi que ses pâmoisons. Isabelle en pleura de honte :

— Jamais je ne lui ai écrit le moindre mot ! s'indigna-t-elle. Sinon pour refuser – à de nombreuses reprises, j'en conviens ! – de le recevoir et de le prier de ne plus m'importuner ! Si ces torchons sont diffusés à travers Paris, je suis non seulement perdue de réputation mais le nom de mon fils est déshonoré !

— Je vais le tuer ! grinça Bastille. Il est temps de le renvoyer à son maître !

— Surtout pas ! calma Mme de Brienne. Vous en feriez un martyr et le Cardinal vous enverrait au gibet ou sur la roue[1] !

— Mais enfin que contient au juste cette cassette ? demanda Croft, qui, avec Digby, assistait à cette manière de réunion d'urgence.

— Des billets de Monsieur le Prince, mais dans aucun il n'est question de vie intime. De la tendresse oui et c'est ce qui me les rend si précieux. En dehors d'eux, ceux de diverses personnes…

— D'Hocquincourt ?

— Deux… mais sans grand intérêt sinon le sien propre. En fait d'amour il ne parle que d'argent !

— Ce qui peut nous ramener à la conspiration ! commenta Digby. En tout cas une chose est certaine, ce sacripant doit avoir à sa disposition un bon copiste sachant imiter votre écriture, chère duchesse !

— Quoi qu'il en soit, la seule solution, déclara Isabelle après un moment de réflexion, c'est de lui enlever à tout prix cette maudite cassette.

— Je m'en charge ! affirma Bastille.

1. La décapitation était réservée aux nobles.

— Non ! fit Isabelle. C'est à moi qu'il la rendra. Mais tu viendras avec moi !

— Nous ferions bien de vous suivre avec nos valets, décida Croft. Contre un homme aussi dangereux, il faut s'y rendre en force.

— Pour être accusée d'agression et se retrouver à la Bastille ? Sûrement pas, trancha Isabelle. J'irai seule accompagnée de Bastille… et de mon cocher, bien entendu !

— Et moi par-dessus le marché, que cela vous plaise ou non, intervint Mme de Brienne. Je suis une amie de la Reine ; on n'a jamais rien eu à me reprocher et, si audacieux que soit le personnage, il m'étonnerait qu'il ose se livrer à des voies de fait en ma présence.

Isabelle n'hésita qu'un instant avant d'aller embrasser cette si fidèle amie. Et comme les deux Anglais réclamaient d'être eux aussi de la partie, elle les apaisa en leur confiant sa mère et son fils puisque, malheureusement, il ne restait plus à Louis-Gaspard de défenseur naturel.

Le lendemain, vêtue à la dernière mode de petit drap gris soutaché de blanc, des plumes blanches à son chapeau cavalièrement retroussé sur le côté, peu de bijoux – une agrafe de diamants et de rubis au creux de son jabot en dentelles de Malines –, Isabelle prenait place dans son carrosse au côté de Mme de Brienne, avec le seul Bastille à la droite du cocher, et regagnait Paris où, après une halte à l'hôtel de Brienne pour un repas léger, on se dirigea vers la rue de Jouy.

Le portail étant ouvert, la voiture pénétra dans la cour où elle s'arrêta. Du haut du siège du cocher, Bastille demanda au laquais accouru si M. l'abbé Fouquet était là, Mme la duchesse de Châtillon et Mme la comtesse de Brienne désirant lui parler.

— Je vais voir ! répondit l'homme, l'œil brillant d'une lueur égrillarde qui alluma instantanément la colère d'Isabelle.

Aussitôt elle sauta à terre imitée par Bastille :

— Inutile, j'y vais moi-même. Je connais le chemin. Bastille, tu tiendras compagnie à Mme de Brienne.

— Mais...

— Je veux le voir seule d'abord. Viens à mon aide si tu m'entends crier.

L'abbé était dans son cabinet de travail où il écrivait une lettre. À l'entrée tumultueuse de son ex-prisonnière, il se leva vivement :

— Isabelle ? Vous ici...

— Madame la duchesse de Châtillon, rectifia-t-elle sèchement. Vous n'avez jamais eu le moindre droit de m'appeler autrement. Et restez où vous êtes ! intima-t-elle en se retranchant derrière un fauteuil tandis qu'il allait s'élancer vers elle.

— Permettez au moins que je vous accueille ! Je suis si heureux !

— Il n'y a vraiment pas de quoi ! Sachez d'abord que je ne suis pas venue seule : Mme de Brienne qui est fort amie de la Reine m'a accompagnée. Elle veut bien patienter dans ma voiture mais pas trop longtemps. Aussi serai-je brève ! Je suis venue chercher la cassette que vous avez volée dans mon château de Mello et celle de Mme de Ricous, ma femme de chambre, dont je ne sais comment vous l'avez accommodée car elle a disparu !

— Elle s'est sauvée et je n'en sais pas plus que vous ! Quant à votre précieuse cassette, je n'ai nullement l'intention de vous la rendre... sauf si vous me la rachetiez ? ajouta-t-il avec son sourire de faune.

— À quel prix ?

— Allons, ma chère duchesse ! Vous le savez comme vous savez que je vous aime à un point inimaginable. Soyez à moi et vous aurez tout ce que vous voudrez : de l'or, des bijoux…

— Vous êtes fou ma parole ! Je ne veux ni l'un ni les autres ! Simplement ce qui m'appartient.

— Et je veux, moi, que vous m'apparteniez ! Cessons cette comédie, Isabelle, je vous aime à la folie et vous en êtes consciente…

— Une folie qui vous porte à disséminer dans les rues de Paris les prétendues lettres d'amour que j'aurais eu l'inconscience de vous écrire ?…

Le sourire de son adversaire s'accentua :

— De si admirables lettres qui sont autant de cris de passion et qui me font brûler quand je les relis. Le souvenir de nos caresses…

— Pour le coup, je crois que vous êtes malade ! Et moi j'ai assez ri ! Ma cassette, et tout de suite !

Un pistolet venait de surgir entre les mains gantées d'Isabelle, effrayée elle-même de cette envie de tuer sous l'emprise d'une rage froide qu'elle n'avait jamais connue. Basile ne s'en rendit pas compte et lui adressa un sourire enjôleur :

— Dieu que vous êtes belle quand vous êtes en colère ! Mais rangez ce hochet. Vous avez un moyen moins bruyant d'obtenir satisfaction… comme d'ailleurs, je le répète, tout ce que vous pourrez désirer !

— Lequel ? Dépêchez-vous ! Ma patience est usée jusqu'à la corde !

— Posez cet objet… et déshabillez-vous ! Lentement…

— Misérable ! Vous allez me le payer sur l'heure !

Elle tendit le bras, un doigt appuyé sur la gâchette.

— Arrêtez, madame ! Pour l'amour des vôtres, pour vous-même, ne le tuez pas ! Vous le paieriez trop cher !

Machinalement, elle laissa retomber sa main tandis que son regard rencontrait celui de Nicolas Fouquet entré sans que l'on s'en aperçoive. En dépit de sa fureur, Isabelle ne put s'empêcher d'admirer sa parfaite élégance dans ses habits pourtant sévères de procureur général. Il était aussi plus beau que son jeune frère, avait un charmant sourire et un regard droit, au contraire de Basile dont les yeux glissaient, glissaient sous les paupières en permanence à demi closes… ce qui était la raison pour laquelle il ne lui plairait jamais ! Cet homme respirait l'hypocrisie, un défaut qu'elle avait en horreur.

Cependant il ripostait, maussade :

— Vous êtes ici chez moi, mon frère ! Alors ne venez pas vous mêler de ce qui ne vous regarde pas !

— Erreur ! Vous n'êtes pas plus chez vous que moi, tant que notre mère a la bonté de nous loger ! Ne l'oubliez pas ! À présent donnez ordre à votre domestique d'aller quérir ce que l'on vous demande.

— Je préfère m'en charger puisque c'est votre désir !

— Que nenni ! Nous nous en chargeons ensemble ! Je vous sais trop capable d'en subtiliser une partie !

Basile haussa les épaules en ricanant mais Isabelle se méfiait encore : le prétendu abbé pourrait assommer son frère pour effectuer le prélèvement en question. Elle agita son pistolet :

— Avec votre permission je vous suis. On n'est jamais trop tranquille !

Ce ne fut pas sans un certain dégoût qu'Isabelle revit la chambre où son bourreau, par deux fois, avait essayé – sans succès ! – de la violer. Néanmoins la première chose qu'elle aperçut en entrant fut la cassette en bois précieux et bronze doré posée sur une console :

— Je vous conseille de vous assurer que rien ne manque ! proposa Nicolas Fouquet, mais elle ne l'avait pas attendu pour procéder à l'inventaire.

Sûre d'être dûment protégée, elle se permit un éclat de rire en ouvrant une lettre sur laquelle son écriture – ou plutôt une excellente copie de son écriture – s'étalait :

— Je ne vous félicite pas ! dit-elle à Basile. Seule l'écriture donne illusion mais le style est loin du mien… et il n'y a pas une seule faute d'orthographe. Or je sais parfaitement que je ne cesse d'en faire ! À présent, j'exige le coffret de Mme de Ricous !

— Oh, pour celui-là, je ne vous le disputerai pas ! grogna l'abbé Basile, en allant chercher dans une armoire une boîte largement plus ordinaire. Il n'y a rien d'intéressant dedans !

Isabelle faillit s'esclaffer mais se retint au prix d'un gros effort. En effet les lettres « anodines » qu'elle renfermait étaient en fait signées du mari d'Agathe mais aussi cryptées. C'étaient les seules qui fussent intéressantes pour un espion…

Avant de quitter l'hôtel de la rue de Jouy, Isabelle remercia chaleureusement Nicolas Fouquet de son intervention, s'en fut saluer Mme Fouquet mère occupée dans son « laboratoire » à piler des ingrédients mystérieux à l'odeur piquante dans un mortier de pierre, les manches relevées jusqu'aux coudes. Puis rejoignit sa voiture où Bastille avait déposé les coffrets. Ce faisant elle passa devant Basile à qui elle n'adressa ni un mot ni un regard… Il tenta alors une ultime approche :

— Madame la duchesse… commença-t-il.

Montant sur le marchepied, elle se détourna et laissa tomber :

— Je ne veux plus jamais vous voir ni vous entendre ! déclara-t-elle, glaciale. Nos relations s'achèvent ici !

Le soir même, Basile recevait du cardinal Mazarin, visiblement fort mécontent, l'ordre formel de ne plus importuner Mme de Châtillon de quelque façon que ce soit.

Elle regagna Mello emplie d'un merveilleux sentiment de délivrance. Si obstiné qu'il fût, l'abbé Basile n'oserait pas contrevenir aux décisions de son frère aîné et surtout à celles de son employeur grâce auquel il se constituait peu à peu une fortune non négligeable. Pourtant, à deux reprises, durant le mois de septembre suivant, ils devaient se retrouver en présence.

La première fois, ce fut au couvent des filles de la Miséricorde qui venaient de s'installer rue du Vieux-Colombier où Isabelle s'était rendue accompagnée de Mme de Brienne. Elles s'étaient présentées au parloir et conversaient avec la mère supérieure quand Mme Fouquet, très amie de la religieuse, entra suivie de l'abbé Basile, tout confit sous une apparence plus ecclésiastique que de coutume. Comme ils venaient droit sur les trois femmes, Isabelle se leva si brusquement qu'elle renversa sa chaise. Aussitôt, elle plongea dans une révérence pleine de respect :

— Veuillez m'accorder excuses, révérende mère, pria-t-elle assez haut pour que les conversations s'arrêtent, mais je ne saurais supporter la vue de cet homme !

— Ma fille, dit doucement la supérieure, songez que vous êtes chrétienne et que vous devez tout mettre au pied du crucifix !

— Je sais, révérende mère mais, là, la coupe déborde ! J'en suis incapable ! Pardonnez-moi !

Et elle s'enfuit tenant son mouchoir devant son visage. Elle était devenue si pâle que son amie, craignant qu'elle ne s'évanouisse, la suivit précipitamment et, en arrivant dans la cour, prit son bras pour l'aider à monter en voiture.

Une seconde fois, dans ce même mois de septembre, elle le rencontra à la foire Saint-Laurent où elle se promenait en compagnie de Monsieur, Mademoiselle et la Princesse Palatine [1]. Soudain, elle sentit le poids d'un regard insistant, se retourna et le vit à quelques pas d'elle.

— Puis-je demander à Votre Altesse la permission de me masquer ? dit-elle à Monsieur. Il se trouve ici une personne qui me fait horreur !

— Qui donc ? s'étonna le prince en cherchant le face-à-main d'or pendu sur sa poitrine.

— Oh, c'est cet insupportable abbé Fouquet ! s'exclama Mademoiselle. Je crois bien que je vais vous imiter, duchesse !

La Palatine ne pouvait faire moins qu'emboîter le pas, les trois masques s'appliquèrent en même temps. L'abbé baissa la tête et se perdit dans la foule.

1. Il ne s'agit pas de la fameuse Liselotte, belle-sœur de Louis XIV, mais d'Anne de Gonzague de Nevers, sœur de la reine de Pologne mariée à un premier Palatin.

Le soir venu, quand elle se mit devant son écritoire pour noter les événements de la journée, Mademoiselle écrivit :

« À dire le vrai, jamais femme n'a eu tant de raisons de haïr un homme que celle-là en avait… »

Cette fois, Isabelle pouvait avoir la certitude d'être débarrassée de son tourmenteur. Elle en avait eu la confirmation quand, rentrant à Mello en prévision des fêtes de Noël, elle retrouva Agathe que William Croft venait de ramener.

L'histoire, en effet, était d'une simplicité biblique. Ayant réussi à tromper la surveillance de ses gardes, la jeune femme, courant devant elle sans rien voir ni entendre, était tombée droit dans les bras de l'Anglais qui sortait d'un magasin de sellerie où il venait de passer commande. En dépit du discours haché de la malheureuse, il eut vite compris de quoi il retournait, la fourra dans sa voiture et la reconduisit au grand trot chez lui où il la confia à Mrs Longwood, sa *housekeeper*, en lui recommandant de la cacher jusqu'à nouvel ordre tandis que lui-même et Digby partaient à la recherche de la duchesse…

Autrement dit retournaient à Paris où ils ne tardèrent pas à apprendre la confiscation d'Isabelle par l'abbé Fouquet. Ce n'était pas difficile : c'était le potin à la mode que les salons se repassaient avec gourmandise. La libération de la jeune femme après trois semaines de détention et surtout sa mauvaise santé et son désir de faire retraite à Notre-Dame-la-Royale firent taire toutes les mauvaises langues. D'autant que la Reine elle-même donna l'exemple en demandant que l'on prie pour la paix du cœur et le retour à la santé de Mme de

Châtillon à qui l'on pouvait seulement reprocher d'être trop fidèle à ses amis…

Croft lui rapporta ces nouvelles encourageantes.

Dans son cher Mello, Isabelle vécut quelques mois de paix absolue auprès de son fils, de sa mère qui était plus souvent avec elle qu'à Précy, de sa sœur qui se déplaça de Valençay en dépit d'un début de grossesse qui ne semblait pas d'ailleurs la tourmenter outre mesure. Peut-être parce que l'habitude lui venait.

Elle reçut aussi plusieurs lettres de Condé dont la tendresse la réchauffait mais l'atmosphère qui s'en dégageait la mettait au supplice car à présent le duel était engagé entre le Prince et Turenne que le Roi avait nommé maréchal général, ce qui lui donnait le pas sur tous les autres maréchaux… Avec des fortunes diverses le sang des Français de Turenne coulait confondu à celui des Espagnols de Condé, et Isabelle s'en désespérait…

Moins encore que du terrible coup qui la frappa à l'automne 1657 : son petit Louis-Gaspard mourait d'une chute de cheval. Il s'éteignit dans ses bras, ne laissant à sa mère ravagée de douleur que le déchirant privilège de lui fermer les yeux…

DEUXIÈME PARTIE

PRESQUE REINE !

7

La paix… ou à peu de choses près

La mort si brutale de son fils crucifia Isabelle. Pendant des jours, elle resta enfermée dans sa chambre, dans une semi-obscurité, regardant sans les voir les flammes danser dans la cheminée. Elle mangeait à peine, dormait mal, allait chaque jour s'affaiblissant sous le regard désolé de sa mère et de Mme de Brienne qui ne la quittaient pas. Seul le courrier qu'elle recevait de Bruxelles la rattachait à la vie.

Singulièrement certaine lettre mêlée à celles de Condé : Mme de Longueville lui offrait des condoléances mais, surtout, elle lui demandait pardon…

Cela était si peu dans les manières de l'altière duchesse qu'Isabelle dut s'y reprendre à trois fois pour s'assurer qu'elle ne rêvait pas… Mais non ! Elle avait laissé entendre qu'elle souhaitait avant tout faire sa paix avec Dieu. Pensant, avec juste raison, que le chemin de cette paix passait par celle dont elle avait voulu la perte avec tant d'obstination… au point d'avoir tenté de l'envoyer à l'échafaud.

Même si elle crut deviner sous ces lignes de repentance la volonté d'un frère trop aimé, Isabelle en pleura de soulagement. Au moins, elle n'aurait plus à se battre sur ce front-là ! Un instant elle examina même l'idée de suivre une route semblable à celle où s'engageait son ex-ennemie. Ce devait être bon de mettre bas les armes au pied de l'autel.

La Fronde s'achevait et, avec elle, la guerre des duchesses. Il suffisait maintenant de tourner le dos à la vie terrestre pour commencer à gravir le chemin du Ciel !... Ce fut la vie qui la rattrapa, la ramenant au combat pour de sordides questions de succession.

Louis-Gaspard ayant été le dernier duc de Châtillon, Isabelle pensait n'avoir à s'occuper de rien. Or, ce douloureux départ d'un petit garçon de sept ans ouvrait une succession à laquelle elle n'avait jamais pensé. Elle avait longtemps ignoré, parce que personne ne lui en avait parlé, que les frères Coligny avaient deux sœurs plus âgées et apparemment brouillées avec le reste de la famille : Henriette, comtesse de la Suze et – plus importante ! –, Anne, duchesse de Wurtemberg. Or, si elles ne s'étaient pas manifestées tant qu'avait vécu leur neveu, elles firent valoir leurs droits dès qu'il fut porté en terre. Autrement dit : elles réclamèrent la totalité de la succession en vertu du droit coutumier.

Il faut préciser qu'en France les choses ne se passaient pas partout de la même façon. Dans les provinces du Midi, où régnaient les lois de droit romain, Isabelle aurait hérité seule de la totalité des biens. Mais dans les pays de droit coutumier on comptait jusqu'à douze règles successorales différentes. Tantôt la mère était entièrement exclue de la succession de ses enfants, tantôt elle ne l'était que partiellement, tantôt elle ne recueillait que les meubles et les acquêts. C'était cette dernière disposition que les Coutumes de Paris et d'Orléans, qui régissaient le partage de la succession de Louis-Gaspard, avaient adoptée.

Réapparues comme par magie, les deux sœurs s'empressèrent de prendre possession de plusieurs terres situées en Poitou et en Bretagne sans d'ailleurs faire l'honneur d'une visite à celle qu'elles dépouillaient en partie. Toutefois ce n'était pas assez : restait Châtillon-sur-Loing qu'elles voulaient mettre en vente, mais cette fois Isabelle réagit, poussée par le président Viole et défendue par les sieurs Ferrand et Lavocat – le bien nommé ! – qui étaient les hommes d'affaires des princes de Condé. Elle apprit par eux que son contrat de mariage lui en assurait la jouissance et le droit d'habitation tant qu'elle vivrait.

Sans doute parce que l'affaire n'était pas suffisamment embrouillée, un nouveau personnage survint qui voulut saisir et mettre en vente le domaine sans se soucier des protestations de la duchesse : c'était le maréchal d'Albret qui ne comptait pas au nombre des membres de la famille mais qui avait prêté quelque six cent mille livres à Mme de La Suze – qui aimait un peu trop le jeu ! – sur garantie de la part devant lui revenir de Châtillon. Les conseillers d'Isabelle firent aussitôt opposition à la saisie et par conséquent à la vente en vertu du droit d'habitation… et ce fut le début d'une interminable bataille d'avocats et autres conseillers qui allait durer… au moins cinq ans et dont le seul intérêt fut de secouer le morne abattement d'Isabelle et de lui rendre sa combativité… au grand soulagement de ceux qui l'aimaient.

Pendant ce temps l'Histoire poursuivait son chemin ajoutant de cruelles angoisses à la douleur d'Isabelle au sujet de son frère et, naturellement, de Condé…

La Fronde était bien morte, maintenant, et Mazarin, rétabli dans tous ses pouvoirs après le couronnement du jeune Roi, pouvait donner la pleine mesure de son génie diplomatique.

Après avoir habilement isolé l'Espagne en signant des alliances avec l'Angleterre et avec les princes allemands, le Cardinal incitait Turenne à foncer sans se soucier d'autre chose que libérer le nord du pays. En juin 1658, la sanglante bataille des Dunes livrée pour libérer Dunkerque détruisit la plus forte armée espagnole, Hocquincourt fut tué, Bouteville prisonnier, quant à Condé, il était en fuite ayant échappé difficilement à ceux qui voulaient s'emparer de lui.

Quand elle reçut ces terribles nouvelles, Isabelle sentit l'épouvante s'emparer d'elle. Son amant et son frère étaient toujours condamnés à mort par contumace. Condé était vivant, mais François ? Où était-il ?

— Laissez-moi partir à sa recherche, plaida Bastille. Ici je ne vous suis d'aucune utilité et là-bas je saurai le retrouver. S'il est prisonnier du maréchal de Turenne, il ne doit pas être en danger. Ils ont combattu ensemble et M. de Turenne, qui le connaît, ne pourrait livrer au bourreau la tête d'un soldat qu'il apprécie ! Cessez de vous tourmenter !

Il ne restait rien d'autre à Isabelle qu'attendre !... Et prier ! Ce à quoi elle ne manquait jamais. Elle n'était pas sujette aux théâtrales envolées lyriques à l'instar de Longueville mais pour être moins ostentatoire sa foi n'en était peut-être que plus profonde surtout durant ces jours d'angoisse. En outre elle se rapprocha de sa mère.

La mort de son petit-fils avait cruellement affecté Mme de Bouteville qui se fût volontiers réfugiée à Valençay où son aînée donnait naissance à des enfants avec une belle régularité mais c'était Isabelle qui avait besoin d'elle et pour rien au monde elle ne l'eût abandonnée à son chagrin. Déjà la retraite à Maubuisson l'avait surprise mais au lieu de poser des questions à sa fille c'était à elle-même qu'elle les avait posées. Habituée à la voir s'agiter dans un véritable tourbillon, côtoyant souvent le danger, Isabelle ressemblait de plus en plus à son père. Elle en avait la folle bravoure, la gaieté à fleur de peau, l'esprit mordant et une insatiable joie de vivre. Tout cela s'était brisé contre le cercueil d'un petit garçon suivant de si près l'humiliation imposée par le dégradant amour d'un méprisable espion. Et maintenant la peur d'apprendre que la tête du dernier des Montmorency venait de tomber comme celle de son père, comme celle de son cousin ! Et la guerre, encore la guerre, toujours la guerre ! Et la pire : celle qui opposait le frère au frère, affreusement sanglante et d'autant plus stupide !

Les deux femmes ignoraient, en raison de leur isolement, que Mazarin, rétabli par le Roi dans l'intégralité de ses prérogatives, entendait en finir une bonne fois avec toutes les folies, toutes les imbécillités des dernières années afin d'asseoir solidement sur son trône un jeune Roi de vingt ans dont le caractère s'affirmait de jour en jour tandis que la santé de son ministre commençait à décliner. Il était l'heure pour le Cardinal de poser les jalons de son grand dessein secret : mettre un terme à l'éternelle guerre espagnole en enfermant ses souverains dans le plus judicieux des traités de paix : celui que tissent les liens du mariage. Il ne le confiait pourtant à personne si ce n'est à la Reine, envers laquelle il n'avait pas de secrets.

On pourrait objecter qu'Anne d'Autriche était la propre sœur de Philippe IV mais le temps avait passé, changé, les hommes aussi. Tout était pour ainsi dire à recommencer et, dès après la meurtrière bataille des Dunes, un envoyé secret, le comte de Pimentel, arrivait à Paris sans soulever une curiosité excessive. Avec ou sans Condé on commençait à s'habituer à rencontrer un de ses semblables par-ci, par-là. En fait, celui-là venait signer un arrangement provisoire duquel Mazarin conclut que l'adversaire en avait plus qu'assez de la guerre et qu'il accueillerait avec satisfaction une « paix honorable ».

Après pas mal d'allées et venues, de marches et de contremarches plus une montagne de correspondance échangée on finit par décider que le cardinal Mazarin et don Luis de Haro, ministre de Philippe IV, se rencontreraient à la frontière des deux royaumes, dans l'île des Faisans plantée au beau milieu de la Bidassoa, le petit fleuve basque doublant la barrière des Pyrénées. Ce déplacement allait durer trois mois, trois mois singulièrement pénibles pour les articulations rhumatisantes des deux interlocuteurs.

Avec une grande fermeté jointe à une diplomatie extrême, le Cardinal défendit les intérêts de la France sans oublier d'entretenir une énorme correspondance avec le Roi et sa mère. On finit par tomber d'accord pour unir l'infante Maria Teresa à son cousin Louis XIV. Intense contentement de chaque côté des Pyrénées, mais il était encore un peu prématuré de se féliciter et cela pour deux raisons : le Roi ne voulait pas épouser l'infante, d'une part, et d'autre part, les Espagnols entendaient que leur fidèle allié le prince de Condé soit non seulement gracié, pardonné mais recouvre aussi la totalité de ses biens, charges et prérogatives et, là, on pouvait dire que cela coinçait de partout, ceci dépendant évidemment de cela. En tout cas ces deux « détails » semblaient impossibles à contourner.

Mazarin fit une pause dans les négociations en expédiant son Roi, la Cour et ce qui s'ensuivait à Chambéry sous le prétexte d'un éventuel mariage entre le Roi et la sœur du duc de Savoie. Ce qui lui procurait au moins le temps de souffler et de chapitrer son jeune souverain. En effet, si Louis refusait si farouchement d'épouser l'infante, c'était parce qu'il était aux prises avec sa première passion : il aimait follement l'une des nièces du Cardinal, la jolie Marie Mancini, « qui l'aimait tout autant », et il jurait qu'il n'épouserait qu'elle. Point final !

Côté Condé, le Roi se montrait tout aussi difficile à manier. Connaissant son génie militaire, il consentait à lui pardonner et lui rendre ce qu'il voudrait sauf... Chantilly ! Sa Majesté s'était prise d'amour pour le ravissant domaine où, comme son père Louis XIII, il aimait chasser, et qui lui semblait le cadre idéal pour tenir sa cour et vivre ses belles amours avec la brune Marie, sans compter d'élever dans ce lieu enchanteur les nombreux enfants qu'elle lui donnerait [1].

— C'est drôle comme l'Histoire peut parfois recommencer mais à l'envers ! observa Mme de Brienne qui venait souvent séjourner à Mello. Pour nous qui avons connu l'affaire du cardinal de Richelieu obligeant Condé – alors l'adoration des peuples ! – à épouser sa nièce, il est assez plaisant de voir le Roi supplier son ministre de lui donner la sienne en mariage !

1. N'oublions pas qu'à cette époque Versailles n'était encore qu'un rendez-vous de chasse boueux auquel le jeune Roi ne pensait jamais !

— Qui va l'emporter à votre avis ? demanda Isabelle.

— Certainement pas l'amour ! Outre que Sa Majesté a déjà été l'amant d'une autre nièce du Cardinal, Olympe Mancini, devenue comtesse de Soissons, Mazarin dépense trop d'énergie à remettre le royaume en marche pour laisser un gamin de vingt ans piétiner la délicate dentelle de son grand dessein : la France et l'Espagne unies par le mariage !

Elle avait pleinement raison mais Mazarin jugea plus prudent de réintégrer d'abord le « dieu de la guerre ». Il fit entendre raison au Roi en lui exposant qu'étant justement le maître absolu, il lui suffirait de décider de partir chasser à Chantilly pour que Condé, en fidèle sujet qu'il allait jurer d'être, lui ouvre les portes en grand sans qu'il ait même l'obligation de dire merci et que le devoir du Prince serait alors de se mettre à son service.

Cela réglé, Condé quitta enfin Bruxelles où il s'était inféodé à l'Espagne pendant sept ans et se mit en route pour la France en passant par la Champagne. En effet, la Cour alors itinérante avait quitté la Savoie pour rejoindre Saint-Jean-de-Luz et le rendez-vous était prévu à Aix-en-Provence. Mais même si elle était restée à Paris, Condé aurait fait un détour. De son côté Isabelle avait reçu un message lui demandant de finir l'année à Châtillon...

Depuis qu'elle n'était plus certaine d'y être vraiment chez elle, la duchesse aimait moins son austère château, lui préférant de beaucoup le cher Mello qui était bien à elle mais la pensée de revoir – enfin ! – celui qu'elle n'avait jamais cessé d'aimer lui faisait chaud au cœur même si elle se demandait s'il serait ou non accompagné de sa désormais « affectionnée cousine » !

Pendant qu'elle se posait ces questions, Condé, lui, ne se pressait pas. Il goûtait à nouveau le plaisir des acclamations que le peuple ne ménageait pas à celui qui, pour une bonne moitié de la France, ne cesserait jamais d'être autre que « le vainqueur de Rocroi ». Il y a comme cela dans l'Histoire des images qui ont la vie dure !

Parti en décembre ce fut seulement le 8 janvier que l'on atteignit Coulommiers afin d'y reconstituer tant bien que mal le ménage Longueville. Le vieux duc, plutôt grincheux à l'arrivée de sa belle épouse, ne put que s'incliner respectueusement devant celle qui se présentait, non comme une pécheresse repentie mais comme une sorte de mère de l'Église, affichant une grande âme aux aspirations célestes. C'est tout juste si elle ne lui proposa pas de recevoir ensemble, main dans la main, la Sainte Communion !

Enfin, tranquille de ce côté-là, Condé dirigea son cortège vers Châtillon en distribuant quelques recommandations : la duchesse s'apprêtait à les accueillir en personne et il s'agissait de lui faire oublier de quelle manière plus qu'inamicale on avait traité les gens du pays après la bataille de Bléneau.

Le 12 on fut à destination et, tandis que l'escorte se répandait dans la ville, Condé accompagné d'un seul officier montait au château où Isabelle les reçut au seuil par une révérence aussitôt suivie d'un cri de joie en reconnaissant l'officier :

— François !

Déjà elle était dans ses bras, riant et pleurant à la fois, bouleversée de bonheur de le voir là, bien vivant, alors qu'elle le croyait au fond de quelque geôle attendant son jugement et son inévitable condamnation.

— Oh, Monseigneur ! Quelle belle joie vous me donnez ! Comment avez-vous fait ?

— Si j'avais su que tu me volerais l'accueil que j'étais en droit d'attendre, je t'aurais laissé dans la cour ! bougonna Condé. Et maintenant cède-moi la place !

— Pardonnez-moi, Monseigneur, mais j'avais une telle crainte de ne plus le revoir ! Vous avez réussi un vrai miracle !

— Mais non ! Vous n'imaginiez pas, j'espère, qu'ayant négocié mon retour, je laisserais derrière moi mon meilleur capitaine ? D'ailleurs, en l'occurrence, je n'ai pas eu à me fatiguer ! Il était prisonnier de Turenne sous lequel il a combattu, souvenez-vous, et qui sait sa valeur. Il me l'a renvoyé sans attendre que je le lui demande !

— Le maréchal est vraiment un brave homme ! soupira Isabelle. Il faudra que je le remercie…

— Cela peut attendre ! Moi, pas !… Disparais, Bouteville, et va t'occuper des hommes ! Chez ta sœur tu es presque chez toi ! On se reverra au souper ! Quant à vous, ma mie…

Il n'en dit pas plus, l'enleva dans ses bras et se dirigea vers l'escalier en courant, ne s'arrêtant que dans la chambre d'Isabelle où il la déposa sur le lit avant de se redresser, se dépouilla de ses vêtements tandis qu'elle en faisait autant et se précipita sur elle :

— Dieu que tu es belle ! Plus belle encore que dans mon souvenir… Je ne vois pas ce que j'ai dit de si drôle ?

Elle venait, en effet, d'éclater de rire.

— Mon cher amour, expliqua-t-elle. Depuis aussi longtemps qu'il m'en souvienne vous m'avez dit exactement la même chose à chacun de nos revoirs !

— Vous devriez être satisfaite au lieu de rire bêtement ! Cela signifie seulement que le temps n'a pas de prise sur vous…

Mais il n'était plus en état de discourir et l'on n'entendit plus dans la chambre que le crépitement du feu dans la cheminée et les protestations du lit malmené par une charge furieuse… Quant à Isabelle, elle ronronnait…

On ne resta que quarante-huit heures à Châtillon où la duchesse traita ses « invités » avec la grâce souriante dont elle ne se départait jamais… ou si rarement. Les heures les plus obscures de la nuit étaient réservées à Condé mais, de jour, Isabelle veillait à ce que les revenants et leur double escorte – celle composée des anciens rebelles et celle envoyée par le Cardinal pour assurer leur sécurité – emportent un souvenir charmé de leur brève halte chez « Circé ». À commencer par François qui, lui, serait volontiers resté étant peu tenté d'affronter les rites de la repentance.

— J'aimerais tellement mieux séjourner auprès de vous à vivre comme autrefois dans notre Précy, chassant les jours de beau temps en solitaire, un chien sur les talons et passer les soirées les pieds sur les chenets à bavarder avec vous de tout et de rien, à lire ou à jouer aux échecs les jours de pluie…

— Je ne vous fais aucun reproche, petit frère, mais vous avez choisi de suivre le dieu de la guerre et, une guerre, cela se gagne ou cela se perd ! Ne devriez-vous pas vous estimer heureux de n'être obligé que de partir faire votre soumission au lieu…

— … d'être en route pour quelque prison et la perspective d'un échafaud drapé de noir ?

— Pourquoi n'être pas resté sous la houlette de M. de Turenne qui vous appréciait lui aussi ?

— Pourquoi n'êtes-vous pas devenue la maîtresse de Turenne au lieu de demeurer fidèle à notre Prince, riposta-t-il avec brutalité. À cette question il n'est qu'une réponse : parce que vous l'aimez comme je l'aime aussi mais pas de la même manière, voilà tout. Et je ne regrette rien ! Ce serait à refaire que je recommencerais !

— À l'exemple de notre père qui prenait plaisir à se battre en dépit des édits ?

— Si vous voulez !

Ils restèrent un moment à contempler le feu, François perdu dans une songerie amère si l'on en jugeait par l'expression de son visage si mobile. Finalement Isabelle demanda doucement :

— De quoi avez-vous peur, François ?

— D'être inutile ! Comme tout soldat de vocation quand il n'y a plus de guerres. Depuis le traité de Westphalie on n'a plus rien à attendre des princes allemands ! Quant aux Espagnols, alors que je refoule depuis sept ans une furieuse envie de leur tanner le cuir, ils vont devenir nos frères quand notre Roi aura épousé leur infante…

— N'allez pas plus vite que la musique ! Ce n'est pas encore fait !

— Mais cela se fera !

— Pas sûr !

François regarda sa sœur, ébahi :

— D'où le prenez-vous ?

— Dans les potins de Cour, petit frère ! Même si je n'y vis pas, je les connais ! Et ils disent que notre jeune souverain refuse d'épouser celle qu'on lui destine parce qu'il aime une des nièces du Cardinal !

— Une nièce de Mazarin sur le trône de France ? Alors que jadis un scandale a éclaté à l'annonce du mariage d'un Condé avec la nièce d'un autre cardinal qui était pourtant d'une autre dimension ? Allons donc ! Votre ragot de Cour, Isabelle, restera ce qu'il est : un courant d'air qui passe, et le Roi épousera l'infante ! Voilà des mois que Mazarin y travaille et il est tenace, le bougre ! Nous en avons fait l'expérience ! Conclusion : plus d'ennemis ! Et moi, il ne me restera bientôt plus qu'à raccrocher mon épée au manteau de la cheminée de Précy !

— Vous n'allez pas donner dans le pessimisme, François ? Je suis persuadée que notre cher Prince saura comment vous utiliser. Ou je me trompe, ou il ne vous laissera pas jouer les gentilshommes campagnards alors que vous n'avez pas trente ans…

— Dieu vous entende, Isabelle !

Et il alla rejoindre Condé qui l'appelait à tous les échos !

Restée seule, Isabelle s'accorda un moment de réflexion. Il lui venait bien une idée pour l'avenir de son frère : c'était de lui trouver un « grand établissement ». Ce qui lui permettrait d'occuper son temps autrement qu'en chassant la perdrix sur les modestes terres de son Précy natal. Mais où dénicher l'oiseau rare ? Ses goûts en matière de femmes étant plutôt raffinés et, en dépit de la bosse qui déformait son dos, son charme, son esprit, sa folle bravoure lui valaient de nombreux succès…

Mais à l'heure présente il était peut-être prématuré de songer au mariage tant que l'on ne saurait pas comment Leurs Majestés recevraient le repentir des rebelles.

Aussi ne fut-ce pas sans un serrement de cœur qu'elle reçut leurs adieux au matin de leur départ. S'il n'y avait eu que Leurs Majestés, elle se fût moins souciée mais, depuis la bataille menée contre l'abbé Basile, elle se méfiait de Mazarin comme de la peste. Pourtant l'un des officiers d'escorte qui vint dans les derniers prit sur lui de la rassurer :

— Veuillez me pardonner, madame la duchesse, si je me permets de vous donner un conseil. Dormez en paix ! Tout se passera à souhait. Je peux vous l'affirmer.

Elle le regarda avec étonnement parce qu'elle ne l'avait pas encore remarqué. Il en méritait pourtant la peine : de taille élevée, élégant, le cheveu et le teint bruns, l'œil vert et facilement moqueur, des dents magnifiques et un beau sourire qu'il ne ménagea pas :

— Surtout ne vous excusez pas si vous n'avez pas fait attention à moi. On passe aisément inaperçu lorsque Monsieur le Prince est là ! En particulier quand un frère aimé est auprès de lui ! Je suis le marquis de Vardes, capitaine des Cent-Suisses, et j'ai pour mission de veiller à ce que le voyage se déroule au mieux jusqu'à Aix.

Il eut droit, alors, à un sourire radieux. D'abord il l'apaisait et ensuite il y avait longtemps qu'un homme ne lui avait plu à ce point.

— Vous pensez vraiment que Leurs Majestés…

— … ont trop conscience de la valeur de ceux qui leur reviennent pour leur montrer quelque mécontentement que ce soit. On parle beaucoup du mariage du Roi avec l'infante Maria Teresa qui mettra fin à des années de guerre. Tous les Français doivent se retrouver autour de cet événement… Souffrez à présent que je m'éloigne, madame la duchesse…

— Vous vous êtes mis en retard pour me rassurer ! Je vous en remercie infiniment !

— Au retour m'accorderez-vous le privilège de venir vous saluer ?

— Naturellement ! Et vous me raconterez tout ?

— C'est juré !

Il courut rejoindre le cheval qu'un valet tenait par la bride. Isabelle le suivait des yeux avec un plaisir évident qui frappa Agathe venue lui apporter une écharpe supplémentaire car il faisait plutôt frais.

— Il y a longtemps que je n'ai vu madame la duchesse regarder quelqu'un de cette façon, murmura-t-elle. Le beau capitaine aurait-il l'heur de lui plaire ?

— Pourquoi non ? Il est charmant n'est-ce pas ?

— Oh, on ne peut pas dire le contraire !

Elle n'ajouta pas qu'il serait temps que sa maîtresse s'intéressât à un autre homme que Monsieur le Prince ! Il encombrait sa vie depuis des années sans qu'elle en retire du bonheur et il n'y avait aucune raison que cela change parce que Condé, son arrogance et son affreux caractère ne changeraient jamais !

Le 27 janvier à cinq heures du soir on arrivait à Aix-en-Provence. Le Roi logeait à l'hôtel de Châteaurenard contigu à l'hôtel de Régusse que l'on avait percé pour avoir plus de place. La Reine était à l'archevêché et Mazarin à l'hôtel d'Oppède. On avait préparé pour Condé et pour les siens l'hôtel de Séguiran – aujourd'hui d'Albertas –, mais le Cardinal avait décidé qu'ils logeraient chez lui où il offrait outre un appartement la table, un carrosse, six pages et douze valets de pied. On l'y conduisit d'abord pour se rafraîchir, et aussitôt après à l'archevêché où le Roi avait rejoint sa mère.

Afin de préserver plus ou moins l'intraitable orgueil du revenant, trois personnes seulement – le Roi, la Reine mère et Monsieur – devaient être témoins d'un repentir aussi retentissant. Même Mademoiselle, l'héroïne de la Bastille, qui brûlait d'apporter son soutien à celui qu'elle ne désespérait toujours pas d'épouser, ne put se faire admettre et, comme elle y mettait trop d'insistance, la Reine la chassa purement et simplement. Elle dut se contenter d'envoyer un mot à son allié.

En pénétrant dans la salle où il était attendu, Condé se dirigea vers le Roi, fit trois génuflexions puis resta à genoux… et demanda pardon !

Son orgueil au supplice, il était blême et tendu comme une corde d'arc. Son petit discours ne dura guère – le « temps de deux Pater » – encore qu'à la fin sa voix s'étranglât.

Louis XIV vint alors à lui, le releva pour qu'il salue sa mère et Monsieur, après quoi une brève conversation s'engagea entre eux. Enfin Condé se retira. Il eut ensuite un entretien « des plus aimables » avec le Cardinal puis reçut ses lettres d'abolition. Sur ce il alla rendre visite à Monsieur seul. L'oncle du Roi était manifestement malade et, de cet ancien allié, Condé se devait au moins de prendre des nouvelles.

Le lendemain, le Roi entendit la messe à Saint-Sauveur. À la sortie, Condé lui présenta François de Montmorency-Bouteville et deux ou trois autres rebelles de moindre importance. Ils furent reçus aimablement, surtout François dont la réputation était établie. Anne d'Autriche leur dit :

— Je pense que ces messieurs sont bien aises d'être ici. Quant à vous, monsieur (s'adressant à Condé !), je vous assure que je vous ai voulu bien du mal et vous me ferez la justice d'avouer que j'avais raison !

Quelques jours plus tard, Condé et les siens reprenaient le chemin de Paris. Ce fut en cours de route qu'ils apprirent que Monsieur venait de mourir.

Son titre ne resta pas longtemps vacant. De même qu'à la mort d'un roi français le héraut criait : « Le Roi est mort, vive le Roi ! » on pouvait en dire tout autant de Monsieur. Gaston d'Orléans, frère de Louis XIII, défunt, son titre se transmit aussitôt au frère cadet de Louis XIV, Philippe duc d'Anjou, petit jeune homme joli comme une fille chez qui l'on avait sciemment développé le goût de la toilette et des joyaux sans oublier les beaux garçons. Il adorait sa mère, un peu moins son royal frère dont il avait éprouvé à plusieurs reprises les coups de colère et se déclara fort aise que l'on reprenne le chemin du Pays basque où l'on préparait le mariage du Roi, tandis que leur oncle s'en allait vers sa dernière demeure suivi de sa fille pas autrement triste puisque Condé remontait lui aussi vers Paris… et sans passer par Châtillon. Il alla s'établir dans son château de Saint-Maur où il resterait jusqu'au retour du Roi et de la Cour : ayant été pardonné avec une discrétion si apaisante pour son orgueil, il ne voulait pas risquer de susciter chez les Parisiens l'une de ces réactions – bonnes ou mauvaises ! – dont sa présence lui avait donné l'habitude. En outre, il brûlait d'envie de retrouver son beau Chantilly mais n'osait pas s'y rendre avant d'en avoir reçu l'autorisation.

En attendant, il écrivit à la future Reine de France une lettre aux termes de laquelle commençait à se dessiner le personnage de parfait courtisan dans le rôle duquel il se glisserait bientôt sous l'œil tout de même un peu surpris d'Isabelle. Il déclarait en effet à l'infante « qu'il [prenait] part plus que personne à la joie que tous les Français [devaient] avoir de son mariage avec le Roi comme du plus grand bonheur dont le Ciel les avait jamais comblés ». Puis il protestait « de son admiration pour ses qualités incomparables » et de sa « vénération pour celle que la France [devait] avoir pour Reine… ».

Car, cette fois, la cause était entendue et le mariage décidé en dépit des réticences et des pleurs de Louis XIV. Mazarin dont l'événement couronnerait les efforts avait enfin réussi à faire entendre raison à sa nièce comme à son amoureux. Il avait menacé l'un d'abandonner ses fonctions et de repartir pour l'Italie en emmenant sa nièce, et l'autre d'aimer mieux la tuer plutôt que de la laisser détruire son œuvre en se faisant épouser… Le premier gagna Saint-Jean-de-Luz en versant des torrents de larmes… et d'encre tandis que la seconde partait contempler l'Atlantique du haut des remparts de Brouage, en Vendée, où il n'y avait rien d'autre à faire… en versant elle aussi des torrents de larmes !

La conclusion arriva le 9 juin 1660. Sous un soleil éclatant, le Roi, revêtu de drap d'or voilé d'une fine dentelle noire, épousait dans l'église de la ville une petite infante blonde, toute de satin blanc brodé d'or et long manteau de velours fleurdelysé dont le jeune visage rayonnait déjà d'un amour qui, jusqu'à l'heure dernière, ne se démentirait jamais, si lourde que soit la couronne qu'on lui poserait sur la tête.

Sans trop savoir pourquoi Isabelle pria pour elle ce jour-là. Elle ne la connaissait pas sinon par ce que lui en avait appris Mme de Brienne dont le défunt époux avait été, un temps, ambassadeur à Madrid : les princesses espagnoles étaient élevées en vase clos, du genre du gynécée grec ou mieux encore du térem russe. Elles ne sortaient guère que pour visiter des couvents, assister à des processions, à quelques corridas, parfois participer à la chasse si elles étaient bonnes cavalières et à des autodafés quand elles avaient le cœur solidement accroché… et encore ! Comment cette infante que l'on disait douce et timide s'accommoderait-elle des excès en tout genre de la cour de France ? Elle devait par la suite apprendre de la Grande Mademoiselle avec qui elle finit par s'entendre assez bien – et comprendre par elle-même quand elle eut été présentée à Marie-Thérèse – que celle-ci, tombée profondément amoureuse de son époux, subirait sans un mot de reproche le voisinage encombrant de ses maîtresses, avec pour seule consolation les nuits qu'il lui accordait, la chasse – elle était une remarquable cavalière –, le chocolat qui lui gâtait les dents mais dont elle buvait plusieurs tasses par jour et enfin les fortes émotions du jeu qu'elle avait découvertes presque dès son arrivée où elle se donnait avec ardeur. Plus, heureusement, l'amour qu'elle portait à ses enfants !…

Cette inquiétude au sujet d'une jeune fille qu'elle ne connaissait pas amusait Mme de Brienne :

— On dirait que vous vous souciez moins de Monsieur le Prince et de votre frère !

— Je ne crois pas qu'ils aient tellement besoin de moi ! Monsieur le Prince a recouvré son cher Chantilly que le Roi avait confié à M. et Mme de Saint-Simon qu'ils viennent de déloger. Naturellement mon frère ne le quitte pas d'une semelle.

— Sans se soucier de ce qu'il va devenir ?

— Condé, à force de palabres, a récupéré la totalité de ses biens, François aussi !

— À la différence près qu'ils ne sont guère comparables ! Chantilly, des millions d'un côté, et de l'autre Précy qui est toujours à votre mère… sans oublier une absolution dont il doit s'estimer « heureux » puisqu'il n'est plus menacé de mort ! Mais admettez que ce n'est pas beaucoup pour un homme de sa valeur. Il a autant de talent que Condé à ce qu'en disent ceux qui le connaissent ou seulement ceux qui ont combattu sous ses ordres et il va devoir, à trente ans, raccrocher son épée au manteau de la cheminée de Précy, sans solde, sans fortune ?

— Monsieur le Prince s'en occupera, j'en suis certaine !

— Ne le soyez pas trop ! Monsieur le Prince passe pour être près de ses sous, mais surtout il a auprès de lui madame sa sœur qui tourne à la dévotion à l'égal de son frère à la courtisanerie… Et surtout il ne vit plus que pour son Chantilly et son fils, sans se soucier de sa femme ! Et il pense sans doute garder son jeune ami et meilleur élève auprès de lui…

— À commander les gardes du domaine, à regarder pousser les pâquerettes et à jouer aux échecs ? s'indigna Isabelle. Ma bonne amie, vous avez raison de me prévenir. J'étais si heureuse du dénouement favorable de nos misères que je ne me rendais pas compte ! Et je sais ce qu'il faut à François !

— Et quoi donc ?

— Un mariage qui lui rende son rang. C'est un Montmorency, que diable ! Cela ne devrait pas poser tant de difficultés.

— Je ne suis pas convaincue qu'il accepterait. Et puis le Roi peut refuser son consentement.

— À quel titre, mon Dieu ? Ce serait de la méchanceté pure !

— De la rancune plutôt… Vous n'étiez pas comme moi proche de la Reine, de ses colères et de ses humiliations dont son fils prenait une part non négligeable. Il sera un souverain qu'il faudra redouter et je m'étonne encore, si vous voulez le fond de ma pensée, que Monsieur le Prince s'en tire à si bon compte !

— Peut-être mais en ce cas il serait normal que mon frère en profite ! Il lui a sacrifié sa fortune, son avenir, jusqu'à sa réputation et même son honneur qu'il eût volontiers laissé avec sa tête sur le billot ! Il faut que je lui rende ce qu'il a perdu. Il est temps que je m'en occupe !

Et là-dessus elle commanda ses chevaux et fila droit sur Chantilly où elle trouva Condé un chapeau de paille sur la tête, environné d'une nuée de jardiniers et une longue canne à la main dont il se servait pour indiquer tel ou tel point de ses jardins. L'entrée en scène d'Isabelle parut le ravir et il s'avança vivement vers le carrosse pour l'aider à descendre :

— Ma chère Isabelle, s'écria-t-il en levant les bras au ciel. Mais quelle heureuse idée de venir me surprendre ! Nous dînerons ensemble et puis…

— … Et puis rien ! Je suis venue vous parler d'une affaire grave… et qui me tient à cœur !

Il fit une affreuse grimace :

— Oh non ! Pas d'affaire grave ! Pas de soucis quand il fait si beau, que l'air est rempli de senteurs si suaves… et que vous êtes si belle !

— Laissez-moi de côté et respirez autant que vous voudrez. C'est de mon frère dont je veux vous entretenir. Il n'est pas dans les parages, au moins ?

— Non. Il est parti chasser comme cela lui arrive souvent ces temps-ci. On ne le reverra pas avant ce soir !

— Tant mieux ! Sa présence me gênerait pour ce que j'ai à dire.

— Bon ! Allons nous asseoir sous cette tonnelle que vous voyez là. Le temps humide que nous avons aujourd'hui me rappelle d'anciennes blessures !

Elle lui jeta un regard surpris. Il parlait tel un vieillard alors qu'il n'avait pas quarante ans ! Il est vrai qu'à plusieurs reprises sa santé avait donné de lourdes inquiétudes à ses amis… à commencer par elle-même. À moins qu'il ne fût dans l'une de ces périodes où il désirait qu'on le plaigne ! Des sièges de jardin étaient disposés sous ladite tonnelle et l'on s'y installa. Condé eut un soupir de soulagement, comme s'il avait enduré une longue course.

— Alors, ma belle ! Que voulez-vous savoir ?

— Ce que vous avez l'intention de faire de François.

— Comment l'entendez-vous ?

— Exactement comme je le dis ! Et pardon si la vérité vous déplaît ! François n'a pas trente ans et sur ces trente ans il vous en a consacré au moins quinze…

— Ah, c'est mon meilleur élève et j'en suis fier !

— Du train où vous y allez cela ne devrait pas durer ! Vous voilà non seulement pardonné mais encensé, couvert de bienfaits et de nouveau en possession de vos biens et fortune… Lui, il n'est autorisé qu'à chasser le lapin ou la perdrix sur vos terres ! Brillant avenir !

— Vous venez de le dire vous-même, il n'a pas trente ans, grogna-t-il en reniflant. Il a toute la vie pour se faire une carrière, voyons !

— Parce qu'il doit se la construire seul maintenant ? Voilà des années qu'il vous a mis au pinacle ! Il a accepté le pire pour vous suivre : l'exil, la trahison – car vous l'avez entraîné à être traître à sa patrie –, condamné par contumace. Il vous aurait suivi au supplice en chantant, heureux de mourir avec vous ! Ce qui n'aurait pas manqué si Richelieu avait encore été de ce monde ! N'importe, contre celui-là, vous n'auriez pas pesé lourd, tout prince de Condé que vous soyez… en admettant que vous ayez eu l'audace d'entrer en révolte contre lui. Mazarin, lui, est d'un autre bois. J'en sais quelque chose moi qui me suis quasiment battue avec lui…

Le ton montait. Condé tenta de l'apaiser :

— Mais voyons, Isabelle, quelle mouche vous pique ? Vous m'arrivez, sans crier gare, fumante d'indignation… et je n'ai pas encore compris pourquoi.

— Si vous n'étiez pas le fils de votre merveilleuse mère, je dirais que vous êtes idiot… ou que vous faites semblant ! Alors je répète ma question : qu'avez-vous l'intention de faire de François Henri de Montmorency-Bouteville ? Votre jardinier en chef ?

— Nullement… Attendez seulement que revienne la saison des combats !

— Contre qui ? Le Roi à l'heure que nous vivons est en train d'épouser son infante ; l'Angleterre nous est attachée par des liens d'amitié que je crois sincères ; l'Empereur a d'autres chats à fouetter ; les princes allemands nous sont plus ou moins alliés. Voulez-vous m'expliquer contre qui nous allons en découdre ? Le Grand Turc ?

— Il est vrai que la période serait plutôt à l'apaisement…

Puis, voyant un éclair annonciateur d'orage s'allumer dans les yeux sombres de sa maîtresse, il tendit la main pour prendre la sienne :

— Si au lieu de me chercher querelle quand j'éprouve toujours tant de bonheur à être auprès de vous, vous me disiez clairement ce que vous voulez ?

— Que mon frère ait autre chose à s'occuper que courir sus à votre gibier, que c'est un Montmorency, le dernier et le meilleur de tous très certainement et qu'il lui faut un état digne de lui !

— Ah, si j'étais le Roi il serait maréchal de France à l'instant !

— Décidément vous ne voulez pas comprendre. Dois-je vous rappeler quelles ont été vos bontés pour moi ? Si je suis duchesse de Châtillon c'est bien grâce à vous… ou bien avez-vous oublié l'aventure quasi burlesque de mon mariage ?

Condé éclata de rire :

— Vous ne pouviez pas le dire plus tôt ? Que de circonvolutions, Seigneur, pour que je comprenne que vous voulez marier votre cher petit frère ! C'est ça, non ?

— Oui ! Et pas avec n'importe qui !

— Cela va de soi. Malheureusement il est difficile… même s'il est loin d'être beau !…

— Vous n'êtes pas Adonis vous non plus ! Mais vous avez du charme, comme lui et j'en sais quelque chose. À l'exception de mon mariage voilà des années que, par personne interposée, vous me pourrissez l'existence, Monseigneur. Mais laissons la beauté de côté. Il devrait être sensible à un grand état !

— J'ai peut-être une idée…

— Vrai ? Laquelle ? Dites-moi vite ! s'écria Isabelle, soudain surexcitée au point d'en battre les mains comme une petite fille.

— Ma foi non ! Ça vous apprendra à être polie !

— Moi, j'ai été impolie ?

— Vous croyez que c'est agréable de s'entendre dire qu'on est laid ? Et par la femme qui prétend vous aimer en plus ?

— Je ne prétends rien ! Je vous aime… et maintenant dites-moi !…

— Que nenni ! Vous pourriez être déçue si l'affaire ne marchait pas. Donc, vous attendrez… et moi aussi !

— Je déteste attendre, bougonna-t-elle.

— Moi itou, ma chère… à moins que nous ne patientions de concert.

Il avait rapproché son siège, prenait sa main qu'il portait à ses lèvres d'une façon significative et Isabelle ne s'y trompa pas. Elle éclata de rire :

— Voyons, Monseigneur. Pas ici où mon frère pourrait nous surprendre ! Venez plutôt souper avec moi ce soir !

— Vous êtes à Mello, j'espère ?

— Naturellement. Vous avez peur de Paris maintenant ?

— Par cette chaleur ce doit être infernal ! D'ailleurs, demain je pars pour Fontainebleau où la Cour, de retour de Saint-Jean-de-Luz, va passer quelques jours avant la joyeuse entrée de la nouvelle Reine à Paris. Vous y allez aussi, je suppose ?

N'ayant pas été invitée – ce qui l'agaçait passablement ! – Isabelle releva son joli nez pour cacher une grimace :

— Mon Dieu, non ! J'aurai l'honneur d'être présentée en même temps que Paris. Je dois prendre place à la tribune de la Reine mère que l'on va installer aux balcons de l'hôtel de Beauvais, rue Saint-Antoine.

— Ce bon Mazarin ne doit pas avoir envie de vous voir de sitôt ! Vous êtes une sorte de reproche vivant après ce que lui et son maître espion vous ont fait endurer !

— Je n'ai pas encore renoncé à lui rendre la monnaie de sa pièce !

— Inutile de vous hâter ! Sa santé n'est pas des meilleures à ce que l'on dit. Ses interminables palabres en Pays basque avec don Luis de Haro l'auraient épuisé… Je vous en écrirai des nouvelles de Fontainebleau quand je l'aurai revu… À ce soir ?

Si Condé pensait garder pour lui seul l'idée qui lui était venue touchant l'avenir de François, c'est qu'il connaissait mal Isabelle. N'ignorant pas le côté brouillon de son Prince, elle voulut s'assurer de l'intérêt de la question et se marchanda tel un marchand de tapis, fermement décidée à ne s'abandonner qu'une fois renseignée.

Autant le dire tout de suite, Condé fut, cette nuit-là, comblé d'amour. C'est que ladite idée était non seulement bonne mais géniale. Elle tendait à changer le comte de Bouteville en duc, pair et même prince !

Appartenant à la puissante famille de Clermont, le duché-pairie de Piney-Luxembourg avait pour héritière Marie-Louise de Clermont-Tonnerre, demoiselle de Brantes. Or, celle-ci avait pris le voile et ne pouvait donc avoir accès à l'héritage qui restait en souffrance.

— Il faudrait, expliqua Condé, trouver un moyen de le transmettre à sa sœur cadette Madeleine-Charlotte, unique héritière après elle.

— Puisqu'elle est nonne, cela ne devrait pas causer d'énormes difficultés ? Au fond d'un couvent, elle doit se soucier comme d'une guigne d'un duché. Alors pourquoi ne pas l'abandonner à sa sœur ?

— Parce qu'elle la déteste et ne veut pas la voir se pavaner à la Cour tandis qu'elle-même débite des patenôtres à longueur de journée…

— Qui l'y oblige ?

— Elle est laide et elle le sait ! Oh, elle n'a pas manqué de prétendants mais elle n'était pas sûre de savoir à quoi s'adressait leur empressement !…

— Et la sœur est comment ? Aussi repoussante ?

— Nettement moins ! S'il l'épousait, Bouteville ne serait pas obligé de lui mettre un oreiller sur la figure avant de lui présenter ses hommages… Lui non plus n'est pas un Apollon ! Et puis, un duché, cela mérite un léger effort !

— Entièrement d'accord ! Reste à savoir en usant de quelle magie vous pensez convaincre la nonne en question !

— J'ai une ou deux idées dont nous parlerons en temps voulu. Mais je dois, au préalable, écrire au pape ! Il faut une dispense spéciale pour relever Marie-Louise de ses vœux perpétuels…

— Qui vous dit qu'une fois libérée elle ne voudra pas épouser elle-même mon François ?

— Parce qu'on lui offrira beaucoup mieux…

Isabelle sauta au plafond :

— Beaucoup mieux ? Je comprends de moins en moins !

— Dieu, que vous êtes agaçante et tâchez de m'écouter cinq minutes sans exploser ! Une fois défroquée, on pourrait lui offrir une place de dame du palais de la Reine, les titre et rang de princesse et la faveur d'un tabouret à la Cour…

— … et elle se hâtera de se trouver un époux plus riche que mon frère !

— Je pensais vous avoir demandé cinq minutes ! clama Condé, furieux. Laissez-moi aller jusqu'au bout de ma phrase ! Elle n'obtiendra cet établissement mirifique que si elle accepte de devenir chanoinesse du chapitre de Poussay. Ce qui interdit le mariage ! Et maintenant que pensez-vous de mon idée ?

— Qu'exposée de la sorte c'est merveilleux à entendre. Parviendrez-vous seulement à la réaliser. Mais… le pape ?

— Je lui écris dès demain !

— Pourquoi pas dès ce soir ?

— Parce que ce soir, j'estime avoir mérité un début de récompense ! Et je vous rappelle que mon courrier parti, je dois rejoindre la Cour à Fontainebleau afin de démontrer quel bon courtisan je suis en train de devenir !

Il l'avait extirpée de son siège pour la prendre dans ses bras. Entre deux baisers elle protesta :

— N'exagérez pas tout de même ! Ce terme de courtisan vous va si mal !

— Peut-être mais ce n'est pas le moment de jouer les difficiles. N'oubliez pas que notre bel échafaudage s'effondrerait si notre jeune Roi venait à s'y opposer ! Qui veut la fin veut les moyens mais je ne vous cacherai pas mon urgent besoin de vos encouragements.

Isabelle ne les lui ménagea pas…

Le jeudi 26 août 1660, le nouveau couple qui avait quitté Fontainebleau la veille et couché à Vincennes prit place sur un double trône abrité de soie fleurdelysée à crépines d'or que l'on avait érigé sur un vaste espace herbu et un peu en élévation, situé à mi-chemin environ du château et de la porte Saint-Antoine[1]. Tous deux vêtus avec magnificence mais, pour ce jour où Paris allait découvrir sa Reine, Louis avait volontairement atténué son propre éclat pour laisser la vedette à Marie-Thérèse.

Celle-ci portait une robe de satin noir mais tellement enrichie de perles et de pierres précieuses que l'on n'en voyait pratiquement plus la couleur. Des diamants scintillaient sur sa gorge naissante, à ses oreilles, ses bras, ses petites mains et sur sa chevelure coiffée assez lâche pour que l'on pût admirer sa blondeur dorée, la couronne royale étincelait de mille feux dans le soleil du matin. Louis se contentait d'un habit entièrement brodé d'argent et d'un seul diamant à son chapeau sous un piquet d'aigrette et de plumes blanches.

Ils reçurent alors l'hommage des corps constitués puis subirent avec patience le discours du chancelier Séguier, drapé d'or de la tête aux pieds et qui croyait dur comme fer que ce jour était aussi celui de son triomphe. Ce n'était plus un secret pour personne que Mazarin s'approchait de sa fin et Séguier estimait que le rôle de Premier ministre lui revenait de droit. Enfin le cortège qui devait ramener les souverains au Louvre put s'ébranler et, tandis que Marie-Thérèse prenait place dans un « char plus beau que celui que l'on donne faussement au soleil », son époux enfourchait avec une visible satisfaction un magnifique cheval bai-brun qu'il fit voltiger élégamment sous les acclamations.

À la suite du Roi, escorté du grand chambellan, du capitaine des gardes du corps et de vingt-quatre archers

1. Aujourd'hui place de la Nation.

de la garde écossaise, Monsieur, frère du Roi, marchait puis, derrière lui, les trois princes du sang : Condé, son fils le jeune duc d'Enghien, et son frère le prince de Conti… marié depuis peu à une nièce de Mazarin.

Comme elle le supposait, Isabelle, sur l'invitation d'Anne d'Autriche, prit place dans la tribune que composaient, sur la rue Saint-Antoine, les balcons tendus de velours pourpre et d'or de l'hôtel de Beauvais. Les plus grandes dames, princesses et duchesses, s'y tenaient autour de deux balcons centraux où la Reine mère trônait auprès de la Reine Henriette-Marie d'Angleterre et de sa fille, la petite princesse Henriette. L'autre était réservé à Mazarin, dont les moires cardinalices et les diamants accentuaient le teint cadavérique, installé là en compagnie de don Luis de Haro et de plusieurs ambassadeurs.

En venant saluer les Reines, Isabelle était légèrement inquiète. C'était la première fois qu'elle revoyait Anne d'Autriche depuis les troubles mais celle-ci lui réserva l'accueil le plus charmant :

— Soyez la très bienvenue, duchesse ! Je n'ignore pas les peines infinies que vous avez prises pour ramener la paix en France ainsi que le plus valeureux de ses soldats à la position qu'il n'aurait jamais dû quitter ! Nous vous reverrons toujours avec plaisir !

— Heureusement, ajouta Henriette-Marie, que vous ne vous êtes pas laissé entraîner en Angleterre par les folies de mon fils quand il n'était qu'un prince errant. Vos belles qualités d'ambassadrice eussent été perdues dans nos brumes anglaises.

— Outre que je n'étais pas digne d'un tel honneur, Votre Majesté, il me semble qu'il ne me sera jamais possible de renoncer à la France et j'admire profondément Votre Majesté d'avoir porté avec tant de grandeur la couronne d'Angleterre. Il est vrai qu'être la fille de notre regretté Roi Henri le quatrième l'y prédisposait.

Elle s'en fut ensuite rejoindre à l'un des balcons la duchesse de Navailles, la duchesse de Créqui et Mme de Motteville qui, pour n'être pas duchesse, devait à son rôle de confidente de la Reine mère d'être considérée au moins comme telle. Isabelle avait d'ailleurs toujours eu d'excellentes relations avec elle et n'hésita pas à poser la question qui la tracassait :

— Je ne vois ni ma cousine de Longueville ni l'épouse de Monsieur le Prince ? N'ont-elles pas été conviées ?

— Vous devriez le savoir mieux que moi ! En fait, le bruit court que Mme de Condé relève une fois de plus d'une mauvaise couche et que la duchesse de Longueville qui fait retraite chez les dames du Carmel ne se juge pas encore assez forte pour replonger dans les miasmes de la Cour. Vous devez savoir mieux que quiconque qu'elle changerait volontiers son célèbre casque à plumes blanches contre une auréole ?

Isabelle voulait seulement connaître la version officielle sachant grâce à Condé lui-même qu'Anne-Geneviève, si elle condescendait à retourner à la Cour, entendait y être invitée seule et qu'en ce qui concernait Claire-Clémence, Condé lui avait interdit formellement de se rendre à l'invitation royale.

Depuis plusieurs mois, elle développait une fâcheuse tendance à vanter ses exploits bordelais en traînant Mazarin dans la boue, ce qui n'était vraiment plus au goût du jour. Surtout s'agissant d'un homme dont les jours étaient désormais comptés !

Le Cardinal ne s'illusionnait guère sur cette cruelle réalité et ses serviteurs pouvaient le voir, quand il était seul chez lui, le soir, parcourir lentement, une canne à la main, l'une ou l'autre des différentes pièces de son palais-musée, s'arrêtant devant telle statue grecque, tel tableau portant une signature illustre, telle pièce d'orfèvrerie, ou tel écrin de joyaux – les diamants en particulier qui le fascinaient et dont il possédait quelques-uns des plus beaux du monde. Ceux-là, il les caressait indéfiniment et l'on pouvait alors l'entendre soupirer à fendre l'âme. Il leur disait adieu sans cacher le déchirement intérieur qu'il en éprouvait.

— Toutes les splendeurs de l'univers ne sont rien auprès de celles du Paradis ! glissait son confesseur dans l'espoir de remonter un peu ce moral déprimé, mais le malade n'en soupirait que plus fort :

— Vous avez sans doute raison, mon père, mais je ne suis pas certain d'être invité à siéger parmi les élus ! répondait-il.

Et de soupirer de plus belle…

Aussi, sentant l'heure fatale approcher, avait-il décidé de donner dans son palais une fête qu'il voulait mémorable. Ensuite, il s'en irait attendre le plaisir de Dieu dans son appartement du sévère château de Vincennes. Le prétexte en était le dernier succès diplomatique du Cardinal : il venait de conclure le prochain mariage du jeune Monsieur, frère du Roi, avec la jeune princesse Henriette d'Angleterre où régnait à présent l'aimable Charles II, cousin germain de Louis XIV, garantissant ainsi la paix au nord-ouest comme le mariage espagnol la garantissait au sud.

Cette ultime fête fut une réussite en tout point. Les comédiens de Monsieur menés par Molière qui était aussi leur auteur et le premier des interprètes y présentèrent deux comédies : *L'Étourdi* et *Les Précieuses ridicules* qui remportèrent un vif succès. Comme d'ailleurs le souper somptueux et le bal qui suivirent…

Ce soir-là, Anne d'Autriche présenta elle-même Isabelle à sa belle-fille :

— Je ne saurai trop vous conseiller d'appeler Mme de Châtillon lorsque vous vous sentez gagnée par la mélancolie, lui dit-elle. Je la crois capable de distraire la plus rechignée des douairières ! En outre elle joue de la guitare !

— Bien moins que mon frère, madame, osa répondre Isabelle. Il dispose de plus de temps qu'il ne lui en faut pour cultiver ce talent…

— Bah ! Un peu de pénitence ne lui fera pas de mal ! fit la Reine avec un demi-sourire. Il est bon, pour la paix des royaumes, que les épées restent sagement au fourreau. Que ne se marie-t-il ? Cela l'occuperait…

— Encore faut-il trouver l'âme sœur, soupira Isabelle qui avait encore dans les oreilles la réaction furieuse de François quand Condé s'était décidé à lui exposer son projet.

À la surprise du Prince, le jeune homme avait littéralement explosé :

— Je suis laid et je n'ai pas le sou ! Elle doit être singulièrement disgraciée celle qui, apportant fortune et titre, se contenterait de moi !

— Vos maîtresses ne semblent pas vous trouver déplaisant, avait protesté Condé, mécontent.

— L'odeur de la poudre sans doute ! Les belles montrent toujours une attirance pour le guerrier qui vient à elles encore tout fumant de la fureur des combats ! Rien à voir avec les hommages d'un gentilhomme campagnard fleurant le fumier et le crottin de cheval !…

— Depuis quand un Montmorency n'est-il plus qu'un simple gentilhomme ? s'était indignée Isabelle. Donnez-vous au moins la peine de rencontrer la demoiselle en question !

— Je n'en vois point l'utilité tant que la moniale qui détient les titres n'y aura pas renoncé ! Et je ne vois vraiment pas pourquoi elle le ferait !…

On en était resté là…

8

La confidente

Que cela lui plût ou non, la Cour alla passer la fin de l'année à Vincennes et cela pour une bonne raison : Mazarin déclinait de jour en jour et avait décidé qu'il y mourrait. Le Roi qui le surveillait comme du lait sur le feu suivit et tous les autres après lui. Condé avait émigré à Saint-Maur pour ne pas perdre une miette de l'agonie de son ennemi juré… et être auprès du Roi qui cachait mal son impatience. Le règne – le vrai ! – à portée de sa main ! Enfin !

Par égard pour sa mère, qui ne cachait pas sa tristesse, il s'efforçait de dissimuler cette hâte en s'occupant du mariage franco-anglais décidé à Noël. La Reine Henriette-Marie et sa fille reparties pour Londres devaient revenir au printemps. Enfermée dans son hôtel parisien en compagnie de Mme de Brienne, Isabelle attendait les retours de Bastille que Condé, qui l'appréciait de plus en plus, chargeait de ses missions les plus délicates. C'est ainsi qu'après l'avoir envoyé à Rome il se faisait escorter par lui dans deux ou trois voyages dans l'est de la France. La fin du dernier l'amena chez Isabelle rayonnant de satisfaction :

— Voilà une affaire rondement menée ! J'ai la dispense papale et l'accord de notre si intéressante religieuse. J'avoue volontiers que je l'ai eu sans peine : la malheureuse s'ennuyait à périr dans ce couvent où elle était entrée sur je ne sais quel coup de tête. S'installer à la Cour avec rang de princesse l'enchante et elle est prête à céder ses droits à sa sœur…

— Et la sœur ?

— Elle demande à voir !

— À voir quoi ?

— Son prétendant, voyons !

— Le nom de Montmorency ne lui suffit pas ? explosa Isabelle, furieuse. Elle veut voir s'il a toutes ses dents comme s'il s'agissait d'acheter un cheval ?…

— Seigneur ! Moi qui voulais vous proposer d'accompagner François à Ligny ! Mais si vous le prenez ainsi, je vais continuer mon chemin de croix et l'emmener moi-même ! D'ailleurs vous êtes beaucoup trop belle pour lui plaire et avec votre fichu caractère nous allons au drame !

— Oh, cessez de proférer des sottises et répondez-moi ! Comment est-elle ?

— Pas mal ! Blonde, paisible et une expression… légèrement bovine… mais le château, lui, est superbe ! On ne peut plus ducal ! Il n'y manque ni les tours, ni les mâchicoulis, ni de vastes logis magnifiquement meublés ! François, lui, devrait être content ! Il aurait du mal à trouver mieux. Votre Châtillon est une taupinière en comparaison.

— Où est-ce au juste ?

— Dans le pays de Bar ! Les grandes villes les plus proches sont Nancy à environ seize lieues [1], Metz à une vingtaine, Troyes à vingt-six et enfin Reims à une tren-

1. Une lieue équivaut à environ trois kilomètres.

taine, vous autres filles, cela ne doit pas vous dire grand-chose ! conclut-il avec le sourire de faune qui donnait toujours à Isabelle l'envie de le battre…

Elle s'attendait à ce qu'il vienne la prendre dans ses bras mais il n'en fit rien :

— À la réflexion, j'y vais seul avec François et vous verrez ce que l'on vous ramènera !

Et sur ces fortes paroles, il partit au pas de charge !

On était alors le 6 mars. Or, à Vincennes, dans la nuit du 8 au 9, vers quatre heures du matin, le Roi dormait auprès de la Reine. Il fut réveillé par Pierrette Dufour, une des femmes de chambre de Marie-Thérèse qu'il avait chargée de le prévenir au cas où le Cardinal irait « plus mal ». Celui-ci avait exhalé son dernier soupir entre deux et trois heures. Sans éveiller son épouse, Louis se leva, s'habilla rapidement et gagna la chambre mortuaire où il découvrit le maréchal de Gramont qu'il embrassa en pleurant :

— Nous avons, lui murmura-t-il, perdu un bon ami !

Il ordonna le deuil en noir comme s'il avait été un membre de sa famille, pleura beaucoup au contraire de sa mère qui, elle, n'avait plus de larmes, puis quelques heures plus tard regagnait Paris où le Conseil des ministres était prévu pour le lendemain.

Derrière lui, le château de Vincennes se vida, abandonnant le défunt à la solitude de ceux dont on n'a plus rien à craindre ni à espérer.

La nouvelle se répandit telle une traînée de poudre enflammée, mais surtout, celle, incroyable, inouïe, qui la suivit presque aussitôt !

À sept heures du matin, donc, le 10 mars, le Conseil se réunissait au Louvre dans la salle qui lui était habituelle. Ministres et secrétaires d'État, ils étaient sept autour du chancelier Séguier, plus important que jamais et qui du haut de sa grandeur lançait des regards ironiques au surintendant Nicolas Fouquet qui les dédaignait franchement. Élégant à son habitude, tiré à quatre épingles en dépit de l'heure matinale, Fouquet était cependant plus distant qu'à l'accoutumée. Il contemplait, à travers la fenêtre, la Seine couverte d'une brume qui ne permettait pas d'apercevoir la rive gauche.

Le Roi vint, vêtu de noir et chacun, après l'avoir salué, se dirigea vers son siège pour y prendre place mais Louis resta debout, ce qui obligea les autres à en faire autant. Il se tourna d'abord vers le chancelier, laissant peser sur lui un regard sous lequel Séguier perdit toute sa superbe. Un regard de maître, et quand sa voix s'éleva, le ton, lui aussi, était nouveau.

— Monsieur, lui dit-il, je vous ai fait assembler avec mes ministres et mes secrétaires d'État pour vous dire que, jusqu'à présent, j'ai bien voulu laisser gouverner mes affaires par M. le Cardinal. Il est temps que je les gouverne moi-même. Vous m'aiderez de vos conseils quand je vous les demanderai. Hors le courant du Sceau auquel je ne prétends rien changer, je vous prie et je vous ordonne de ne rien sceller en commandement que par mes ordres et sans m'en avoir parlé à moins qu'un secrétaire d'État ne vous les porte de ma part ! Et vous, mes secrétaires d'État, je vous ordonne de ne rien signer, pas même une sauvegarde ou un passeport, sans mon commandement…

Il ajouta quelques ordres particuliers puis repartit, laissant le Conseil sous le choc. Séguier rentra chez lui et s'en fut se coucher pour se remettre. Quant à Fouquet il courut droit chez la Reine mère qui l'écouta en riant et haussa les épaules :

— Il veut faire le capable mais il aime trop les plaisirs ! Cette belle ardeur au travail ne durera pas…

Elle allait durer cinquante-quatre ans. Accablée de soucis, Anne d'Autriche n'avait pas vu grandir son fils et elle ignorait qu'il devait être un véritable bourreau de travail, que, de son siècle il ferait le Grand Siècle et prendrait pour emblème le soleil. De même, ils étaient peu nombreux ceux qui, à l'instar de la duchesse de Châtillon, avaient su déceler une menace dans le regard glacé d'un adolescent trop silencieux. Les choses se passaient exactement comme Isabelle les avait annoncées et quelques jours plus tard, le 17 mars, elle assista dans la chapelle du château de Ligny au mariage de son frère avec Madeleine-Charlotte de Clermont-Luxembourg. Elle eut peine à retenir des larmes de joie ! François était sauvé ! Il avait à présent un avenir autre que tourner en rond interminablement dans les salles moroses d'un château silencieux.

Les accordailles s'étaient déroulées au mieux. Blonde, douce et plutôt timide, la fiancée de vingt-trois ans avait souri de façon spontanée à ce promis un brin de guingois qui, après l'avoir scrutée attentivement d'un œil critique, lui avait finalement rendu son sourire mais sur le mode moqueur :

— Par ma foi, si vous voulez bien vous accommoder de moi, madame la duchesse, je crois que nous devrions former un couple digne de continuer nos ancêtres respectifs ! Je ne suis pas beau, j'ai mauvais caractère, mais je fais en sorte de ne pas décevoir ceux qui me font l'honneur de m'accorder confiance et m'attacherai de toutes mes forces à défendre le nom que vous me confiez… et les enfants que vous aurez peut-être la bonté de m'offrir !

Isabelle retint un soupir de soulagement. Les deux familles étant réunies, elle avait béni le Ciel que Madeleine-Charlotte soit nettement plus agréable à regarder que son aînée et que celle-ci n'eût pas manifesté l'intention de renoncer aux biens offerts par Condé pour épouser elle-même. Celle-là était bâtie comme un lansquenet et Isabelle ne voyait pas son François s'attaquant à ce genre de forteresse sous les courtines du lit conjugal.

Mme de Bouteville et sa fille Valençay avaient embrassé de bon cœur celle qui devenait leur belle-fille et belle-sœur en souhaitant tout le bonheur du monde au nouveau couple avant qu'Isabelle et Condé ne referment sur lui les rideaux de la couche nuptiale.

Le lendemain la noce était d'excellente humeur à commencer par le marié, franchement rayonnant, quand un messager de la Cour vint lui remettre, genou en terre, les lettres patentes où le Roi confirmait le transfert à François de Montmorency-Bouteville, les titres et les biens des ducs de Luxembourg et de Piney.

— Il ne te reste plus qu'à prendre place dans l'Histoire en les couvrant de gloire à la première occasion ! lui dit Condé en l'embrassant.

— Avec l'aide de Dieu, je n'y manquerai pas ! répondit le nouveau duc avec une gravité inhabituelle.

Tandis que les félicitations pleuvaient, Condé s'approcha d'Isabelle qui se tenait à l'écart en contemplant la scène.

— Que vous voilà sérieuse, ma belle ? Vous pourriez au moins me dire si vous êtes satisfaite de moi !

— Si je ne l'étais, il faudrait que je sois difficile ! C'est un sauvetage que vous avez opéré, mon cher Prince, et j'espère que François saura vous en remercier !

— Encore votre manie de tout mettre à l'envers ! Je vous rappelle vos propres paroles : Bouteville n'a-t-il pas commencé en abandonnant patrie et aspirations de carrière pour me suivre jusque sur les pires chemins ? Pour la suite je suis tranquille, c'est un fin tacticien et les soldats l'adorent. Il deviendra au moins maréchal de France ! À présent, il faut songer à regagner Paris ! Nous avons un autre mariage qui nous attend.

En effet, la conclusion des derniers travaux de Mazarin allait illuminer Paris pour le mariage de Philippe de France, duc d'Orléans – autrement dit, Monsieur ! –, avec la princesse Henriette d'Angleterre, sa cousine, que l'on célébrerait à la fin du mois avec le faste que le Roi entendait donner à ce premier événement mondain de son règne. Le château de Ligny se vida en partie, laissant François faire plus ample connaissance avec sa nouvelle existence, sa femme, naturellement, mais aussi ses terres et ceux qui en avaient la charge, enfin l'étendue de sa nouvelle fortune, ce qui était fort agréable pour un garçon le plus souvent désargenté, surtout portant en lui le goût du faste et de la vie menée à grand train.

— Le temps de régler l'ordonnance de mes domaines à ma façon. D'apprendre aux gens d'ici qu'ils ont à présent un maître dévoué à une prospérité qui sera d'abord la sienne, de rendre leurs lustres à mes nouvelles demeures… et de mettre un enfant en route et je vous rejoins ! répondit-il à Isabelle un peu surprise par tant de hâte :

— Ne comptez-vous pas présenter la duchesse à la Cour ?

— Si fait !… Mais je ne l'y laisserai pas ! Ce n'est pas un pays pour elle… et je dois songer à reprendre ma place dans les armées du Roi !

— Pour quoi faire ? Il n'y a plus de guerres !

— Mais je compte qu'il en reviendra ! Je suis un soldat, moi ! Et j'entends rendre en gloire les bienfaits dont je suis l'objet[1].

— Elle semble une bonne fille ! Vous pourriez me la confier !

— À vous qui avez si fort le goût de l'aventure ? Vous ne vous entendriez pas longtemps ! C'est une bonne petite femme tranquille et je n'ai aucune envie de la voir changer !

Isabelle s'interrogea un instant sur la façon dont elle devait prendre cela, examina l'idée de se mettre en colère, n'en fit rien mais, soudain traversée par une illumination :

— Me trompé-je ou auriez-vous dans l'idée de modeler votre existence sur celle de notre cher Condé ?

— À quoi pensez-vous ?

— Oh, c'est simple ! La quiétude ineffable de la campagne pour la duchesse et la vie de Cour la plus débridée pour vous ? Depuis combien de temps n'avons-nous rencontré la princesse de Condé ? Depuis l'espèce de campagne guerrière qu'elle a menée pendant la Fronde pour aider son époux dans ses entreprises hasardeuses, et c'est tout juste s'il lui permet de séjourner à Chantilly. Il fait élever près de lui son fils qui est en âge d'être confié aux hommes, ce qui est normal, et, pendant ce temps elle multiplie les fausses couches quand elle n'enterre pas un enfant qui n'a pas suffisamment de souffle pour grandir ! Résultat : le jeune Enghien est toujours fils unique puisque la petite

1. En fait, Madeleine-Charlotte ne quitterait pas souvent Ligny. Décidé à se doter d'une vaste famille, François veillerait à ce qu'elle soit enceinte à peu près tous les ans.

Mlle de Bourbon est morte peu après le mariage du Roi ! Quelle existence, mon Dieu ! Est-ce celle que vous préparez à votre épouse ?

— À cette raison près que je veux des enfants normalement constitués et aussi nombreux que faire se peut ! Élevés dans l'air vivifiant de la campagne !

— ... À condition que ladite campagne ne soit pas perpétuellement ravagée par le passage continuel d'une armée ou d'une autre !

Sans qu'Isabelle s'en rendît compte le ton était monté et la patience n'était pas la vertu première de François. Il répliqua sèchement :

— Je lui préfère cette vie-là à la vôtre... celle d'une poupée de Cour dans laquelle on s'étourdit quand on n'a pas d'enfants ! Et qui passe de main en main.

Elle crut d'abord avoir mal entendu, faillit lui demander de répéter puis accusa le coup :

— Je ne vous savais pas cruel, François ! Et que vous en usiez ainsi envers moi, je n'aurais jamais pu l'imaginer !

Puis, virant sur ses talons, elle rentra dans le château faire ses adieux à sa belle-sœur avant de rejoindre sa voiture prête au départ. Comme elle l'atteignait, elle rencontra Condé venu la saluer, éclatant de satisfaction :

— Vous êtes contente de moi, j'espère ? Nous avons fait du bon travail, n'est-ce pas ?

— Vous n'imaginez pas à quel point ! Moi non plus d'ailleurs ! Je pense à présent que, jusqu'à son heure dernière, M. le duc de Luxembourg n'a d'autre ambition que de vous ressembler en toutes choses !...

— C'est un reproche ?

— Non : une constatation !… Nous nous reverrons à Paris, Monseigneur ! Touche, Bastille ! J'ai hâte de rentrer…

Il enleva ses chevaux sans commentaire. Ce fut seulement quand on s'arrêta à Saint-Dizier pour reposer l'équipage qu'il osa faire observer à la duchesse qu'elle avait oublié Agathe de Ricous, sa femme de chambre, pensant ainsi susciter un éclat de rire. Il ne pouvait supporter ce visage ravagé par les larmes qu'elle avait jusque-là dissimulé derrière les mantelets tirés. Mais rien ne vint.

— Ce n'est pas grave ! dit-il doucement. Mme de Bouteville vous la ramènera…

Quinze jours plus tard, Mgr de Cosnac bénissait, dans la chapelle du Palais-Royal à Paris, l'union de Philippe d'Orléans et d'Henriette d'Angleterre dans l'atmosphère la plus aimable qui soit. Le marié, joli garçon un peu efféminé, avait vingt ans et demi. Il brillait de mille feux, tel un astre, sous un déluge de perles et de diamants au milieu de sa cour de jeunes et beaux gentilshommes – ses amis de cœur ! – assombris cependant par la présence de l'éblouissant duc de Buckingham, magnifique garçon qui ne prenait même pas la peine de dissimuler le chagrin que lui causait ce mariage. La petite Madame, âgée de dix-sept ans, était ravissante et jouissait visiblement de la surprise qu'elle avait créée lorsqu'elle était revenue en France, son frère, le roi Charles II, s'étant réinstallé sur le trône d'Angleterre et l'ayant reprise sous son aile.

En quelques mois l'adolescente mal dégrossie, anguleuse et sans grâce, s'était muée en une éblouissante jeune file au teint de fleurs, aux magnifiques yeux bleus sous des cheveux bruns et soyeux. Quant au sourire il était irrésistible et la première victime en fut… le Roi ! Celui-ci qui, un an plus tôt, raillait son frère d'épouser « les petits os des Saints Innocents » était visiblement sous le charme et le montrait. Résultat, les yeux de la jeune Reine Marie-Thérèse étaient gros de larmes qu'elle avait une peine infinie à retenir mais peu de personnes s'attardaient à ce détail et certainement pas l'inusable Loret qui écrivit alors, pensant peut-être arranger les choses :

Cette réciproque jeunesse
Et du prince et de la princesse,
Va rendre infiniment heureux
Ce couple royal d'amoureux
Jamais d'une amour mutuelle
L'apparence ne fut si belle !

En fait il exécuta bravement son travail de poète de Cour mais n'arrangea rien. Il fut vite évident que Monsieur était un jaloux – et de la pire espèce : de celle que suscite l'amour de soi-même – et que tout aussi malheureusement la jeune Madame appartenait à l'espèce des coquettes invétérées. Tant que l'on fut à Paris où Monsieur organisait sa propre cour, brillante et agitée, on ne s'en aperçut guère. Ce fut quand, au printemps, on rejoignit la famille royale à Fontainebleau que se dessinèrent de bien curieux bouleversements dans sa Carte de Tendre à laquelle Isabelle se trouva mêlée sans l'avoir cherché. Cela grâce au souvenir charmé qu'avaient gardé d'elle non seulement le roi Charles II mais aussi sa mère, la reine Henriette-Marie, qui lui était reconnaissante de ne pas s'être fait épouser par un romantique prince errant, alors que c'eût été des plus facile. Sa séduction naturelle, sa gaieté et son enjouement attirèrent la nouvelle duchesse d'Orléans qui s'attacha à elle et l'admit dans le cercle étroit de son intimité avec deux autres dames : la duchesse de Valentinois, née Gramont et sœur du séduisant comte de Guiche qui était alors l'ami de cœur du Monsieur, et Mme de La Fayette qui sera plus tard sa chroniqueuse. En accord parfait – pour une fois ! – avec Monsieur qui ne voulait autour de lui que des gens jeunes, beaux, spirituels afin que sa cour à lui prenne le pas sur celle de son royal frère. Ce qu'il réussit pleinement jusque dans le choix des filles d'honneur où brillaient Athénaïs de Tonnay-Charente, future marquise de Montespan, et plus modestement une certaine Louise de La Baume Le Blanc de La Vallière.

Rejoindre la Cour à Fontainebleau apporta donc à Isabelle un vrai soulagement. Elle éprouvait le besoin de s'étourdir après avoir découvert ce que son frère si tendrement aimé pensait d'elle au juste. Et cela n'avait pas été facile.

En rentrant de Ligny, elle avait commencé par s'enfermer durant deux jours pour pleurer le trop-plein de larmes de son cœur. Le seul témoin en avait été Mme de Brienne sa vieille amie qu'elle savait capable de tout comprendre, même parfois de tout expliquer, fût-ce l'inexplicable :

— J'espère, dit celle-ci après avoir réfléchi, que vous me pardonnerez si j'augmente un instant votre douleur avant d'essayer de lui trouver un onguent. Les chirurgiens appellent cette pratique : débrider la plaie…

— Que voulez-vous dire ?

— Que la véritable vénération inspirée à notre nouveau duc par son modèle le pousse à le vouloir copier point par point jusque dans la façon de conduire son ménage à la seule différence que Condé, souhaitant casser son mariage, redoutait d'avoir des enfants. Nanti à présent d'un beau titre et d'une fortune appréciable, votre frère dont l'unique rêve est de repartir en guerre estime inutile de s'encombrer de la sienne. Il va mener avec ses amis la vie fastueuse qui lui plaît, qui est maintenant à portée de sa main et qu'il n'entend pas partager. Pendant ce temps-là Madeleine-Charlotte peuplera son immense château d'une marmaille que son époux veut nombreuse. Il doit avoir dans l'idée de lui faire un marmot chaque année et je gagerai qu'elle ne quittera pas souvent Ligny !

— Je veux bien vous croire, mais pourquoi ce changement d'attitude à mon égard ?

— Afin qu'elle n'ait pas la tentation de vous prendre pour modèle !

— Mais enfin, je croyais qu'il m'aimait ?

— Je le croyais aussi. D'ailleurs cela ne signifie pas qu'il ne vous aime plus…

— Allons donc ! L'affection et le mépris ne font pas bon ménage ! Et je jurerais que mon cher petit frère me dédaigne. Bientôt peut-être me refusera-t-il sa porte !

Un sanglot étouffa le dernier mot. Il ne restait plus à sa vieille complice qu'à la prendre dans ses bras :

— Je vous ai prévenue que mes propos vous seraient douloureux mais quand on regarde les faits en face il est rare que l'on n'en tire pas la leçon, et vous êtes toujours la maîtresse de son dieu !

— Un dieu précocement sur le retour et en train de se muer en parfait courtisan ! Or nous n'avons plus de guerre pour lui rendre son lustre ! Combien de temps fascinera-t-il encore M. le duc de Luxembourg ?

— Vous pourriez avoir raison, poursuivit Mme de Brienne, songeuse. En ce cas, c'est à vous qu'il appartiendra de prendre le relais ! S'il est saisi par la folie des grandeurs, il faut lui damer le pion en devenant plus grande et plus puissante ! Peut-être qu'en forçant son admiration vous pourriez lui remettre la tête à l'endroit ?

— Je ne suis pas certaine d'en avoir vraiment envie ! Si François est atteint de ce mal…

— Oh, il n'y a aucun doute là-dessus.

La suite des événements allait le démontrer brillamment…

Les lettres patentes reçues par François au lendemain de ses noces devaient être enregistrées par le Parlement. Entouré de Condé et de son fils, il s'y présenta donc avec tout le cérémonial requis… mais en repartit furieux en jurant de ne plus jamais y remettre les pieds ! Promesse qu'il tint scrupuleusement. Que s'était-il donc passé ?

Simplement ceci : en s'apercevant qu'on lui attribuait le dix-huitième rang dans l'assemblée des ducs et pairs de France, François fit entendre une explosive indignation. Le dix-huitième rang alors qu'il devrait occuper le second ? Seul le duc d'Uzès, premier pair de France, devait le précéder et, comme le président s'étonnait de ce qui lui semblait une étrange prétention étant donné qu'il venait d'être intronisé, il riposta que les lettres du Roi en sa faveur n'avaient pas créé une « érection » *(sic)* nouvelle mais le substituaient aux lieux et places de ses prédécesseurs dont la pairie datait de 1581. Seule celle d'Uzès lui était donc antérieure.

Toutefois maîtrisant rapidement sa colère, le nouveau duc se contenta de réserver ses droits par une protestation tacite. Et ce fut le début de l'interminable procès de préséance qu'il soutiendrait sa vie durant contre les autres ducs et pairs. Procès discret dans les débuts mais qui se révélerait singulièrement assourdissant quand l'éclat de ses victoires lui permettrait de réclamer haut et fort !

Quand elle l'apprit, l'événement fit sourire Isabelle mais c'était là affaires d'hommes qui ne la concernaient pas…

Incontestablement, l'entrée de Madame Henriette à Fontainebleau insufflait au vieux château de François Ier une vie nouvelle consacrée entièrement à la jeunesse et aux plaisirs. Non seulement le charme et la gaieté de la princesse secouèrent les dernières poussières des séjours précédents mais changèrent complètement les us et coutumes de la Cour. Il fut vite évident pour les regards observateurs d'Isabelle qu'au lieu de deux souveraines Fontainebleau en possédait trois dont la plus importante n'était certes pas celle qui portait la couronne.

Dès l'arrivée de Madame, la pauvre petite Marie-Thérèse se retrouva à l'écart sans autre refuge que les jupons de sa belle-mère. La véritable Reine dans ce joli printemps c'était Madame. Le Roi lui consacrait le temps qu'il ne donnait pas aux affaires de l'État et les quelques heures nocturnes – mais de plus en plus tardives ! – qu'il passait dans le lit de sa femme… Henriette était le centre – ô combien charmant ! – des fêtes, des promenades en forêt, des chasses, des baignades dans la Seine, des concerts et des comédies en plein air, le couple royal ce n'était plus Louis et Marie-Thérèse mais bien Louis et Henriette. Ils étaient le pôle d'attraction d'une jeunesse turbulente, débauchée, cruelle, libertine et volontiers rabelaisienne mais superbe et pleine de feu, et la Cour de France qui comptait alors moins de deux cents personnes ne semblait exister que par elle et pour elle… Les échos des violons et les fusées des feux d'artifice enchantaient les nuits du vieux palais où l'on ne dormait plus guère.

Cependant personne ne pouvait encore imaginer l'ébauche d'un roman : le Roi – c'était l'évidence même – s'ennuyait avec son épouse et, s'étant donné à tâche d'attirer à lui ceux qui composaient la joyeuse cour des Tuileries, il était normal qu'il privilégiât celle qui en était la si séduisante animatrice. En outre, Louis n'était pas la seule cible – du moins en apparence ! – de la coquetterie savante de Madame. Cela donna du grain à moudre à l'inusable jalousie de Monsieur qui commença par aller se plaindre au Roi de la présence obsédante du trop attrayant duc de Buckingham :

— Pourquoi s'attarde-t-il ici ? Son ambassade est achevée puisque j'ai épousé Madame. Alors qu'attend-il de plus ?

— Rien sans doute, sinon profiter d'un séjour agréable, des fêtes que nous donnons et…

— De continuer à courtiser ma femme à mon nez et à ma barbe ! Hier c'était une sérénade…

— … Que les dames ont applaudie et qui ne s'adressait pas particulièrement à Madame !

— Aujourd'hui il a emmené ma compagnie baigner à Valvins… en oubliant de m'inviter ! J'estime avoir plus que quiconque le droit de voir ma femme en chemise, sacrebleu !

— Gagnez-la de vitesse. Soyez au bord de l'eau avant lui et quand il arrivera tout le monde sera en train de barboter ! fit le Roi en riant mais redevint sérieux aussi vite : Allons, cessez de vous tourmenter ! Je vous donne raison ! Pour un ambassadeur ordinaire, dont d'ailleurs l'ambassade est terminée, je trouve qu'il s'attarde trop !

— Ah ! À vous aussi il porte sur les nerfs ?

— On peut l'exprimer ainsi ! Je n'aime pas que l'on s'attribue une première place injustifiée dans mes propres domaines. Afin de ménager mon cousin Charles d'Angleterre, je vais prier notre mère de lui écrire ce qu'il en est et il comprendra parfaitement. Buckingham sera rappelé à Londres, et on n'en parlera plus !

Anne d'Autriche accepta volontiers d'aider ses fils, d'autant que le bel Anglais lui rappelait son père – le seul homme peut-être qu'elle eût aimé avant Mazarin ! – et qu'elle lui avait marqué de l'amitié. Elle chapitra fort doucement le jeune homme qui s'avoua très amoureux de Madame mais accepta de rentrer chez lui pour ne pas devenir un brandon de discorde entre la France et l'Angleterre. Et Monsieur respira.

Pas pour longtemps !

Si Madame vit partir Buckingham avec un sang-froid exemplaire, c'est sans doute parce qu'un autre séducteur soupirait à ses pieds et un adorateur qui semblait lui plaire particulièrement : le beau comte de Guiche, fils du maréchal de Gramont et l'ami le plus cher de Monsieur son époux. Et il fut vite évident que Guiche brûlait d'une véritable passion pour la princesse. Une de ces passions qui ne regardent ni au rang ni aux circonstances. Et, naturellement, Monsieur s'en aperçut.

Il essaya d'abord la manière gentille mais, bientôt las de prêcher dans le désert, il explosa en reproches indignés qui se déversèrent sur ceux qu'il tenait déjà pour coupables. Henriette, avec un flegme tout britannique, se contenta de lui rire au nez en haussant les épaules mais Guiche s'oublia jusqu'à traiter le prince comme n'importe quel mari à l'esprit dérangé.

À peu près fou de rage, Monsieur courut chez le Roi afin d'obtenir de lui une lettre de cachet qui enverrait l'insolent à la Bastille et pour longtemps !

Mais le Roi appréciait la famille de Gramont. Il se fit apaisant :

— Pour quel crime ? Des mots lancés dans la colère et que Guiche doit regretter… sincèrement !

— Ce n'est pas l'impression qu'il me donne !

— C'est bien naturel ! Calmez-vous, mon frère ! Je vous en fais la promesse, je parlerai à Madame. Quant à Guiche…

— Vous allez le laisser continuer son manège de billets, de sérénades et autres galanteries qui font se gausser de moi !

— Jamais je ne permettrai que l'on se gausse de vous, mon frère ! assura le Roi gravement. Il partira pour ses terres jusqu'à ce qu'il ait compris le respect que l'on vous doit !

Désespéré, le jeune comte quittait Fontainebleau une heure plus tard et le lendemain Louis XIV sermonnait sa belle-sœur au cours d'une promenade en tête à tête. Après s'être sentie courroucée des injustes soupçons de Monsieur son époux, la charmante – et rusée ! – Henriette remercia son beau-frère en avouant qu'il lui serait reposant d'être débarrassée d'un amour encombrant et qui d'ailleurs ne trouvait pas d'écho dans un cœur heureux de s'épanouir sous les rayons d'un aimable soleil levant…

Ce qui, murmuré par une si jolie bouche, toucha Louis au plus sensible. Et c'est à partir de ce moment que les deux jeunes gens passèrent ensemble le temps que les soins du royaume ne réclamaient pas du souverain ! Le triomphe de Madame était complet. Le Roi et sa princesse étalaient sans vergogne ce qui ne pouvait être que le début d'une passion partagée !

Conscient du ridicule auquel il s'exposerait à demander des explications à son royal frère, Monsieur, après avoir tourné en rond dans son appartement, décida de se plaindre à sa mère. Elle seule détenait assez d'autorité pour faire entendre raison à son fils aîné. Réconforté par cette perspective, Monsieur, tout chaud tout bouillant, se précipita chez elle sans se faire annoncer et faillit renverser Marie-Thérèse qui en sortait justement et dont les yeux rougis parlaient d'eux-mêmes. Ce que Philippe ne remarqua pas :

— Ma sœur, lui dit-il, je viens me plaindre à notre mère de ce qu'on nous traite fort mal vous et moi et je veux espérer que vous venez de faire entendre la même chanson. Cela ne peut plus durer et je suis déterminé à regagner mon château de Saint-Cloud où je suis maître chez moi !

— Ce départ ferait beaucoup de peine à notre mère, répondit la jeune Reine. Elle est un peu souffrante ce matin et je regrette d'être venue l'indisposer de mes plaintes…

— Vous n'allez pas les regretter maintenant ? D'ailleurs, venez avec moi. Nous savoir unis renforcera sa position à elle !…

Sans attendre sa réponse, il lui prit la main et l'entraîna à sa suite. Quand ils ressortirent, environ un quart d'heure plus tard, encadrant Anne d'Autriche pour l'accompagner à la messe, chacun put constater que Marie-Thérèse avait les yeux plus rouges que jamais, que Monsieur marmonnait entre ses dents et que la Reine mère arborait un air de sévérité fort peu habituel surtout si tôt le matin. Madame, elle, ne parut pas. La princesse de Monaco vint prévenir qu'elle avait la fièvre, toussait et gardait le lit.

— Nous irons la réconforter ce tantôt, dit la Reine mère d'un ton laissant prévoir que ledit réconfort pouvait s'accompagner d'une mercuriale.

Après quoi elle envoya Mme de Motteville prier le Roi de venir la voir dès qu'il en aurait le loisir.

Au fond, Anne d'Autriche n'était pas tellement mécontente d'avoir enfin une occasion de régenter cette jeunesse écervelée et bouillonnante de vie qui avait trop tendance à la tenir à l'écart, avec sa belle-fille. Elle ne doutait nullement de la tendresse de ses fils mais elle avait conscience de ce que vieillie, souvent souffrante [1], elle manquait d'attraits pour une Cour avide de plaisirs et de jouissance.

Le Roi vint, entendit ce que sa mère avait à lui dire puis s'en fut prendre des nouvelles de Madame. Qui, bien sûr, l'attendait. Aussi le spectacle qui s'offrit à lui quand il franchit le seuil de la chambre lui fit-il oublier d'un seul coup sa mauvaise humeur. Que Madame était donc ravissante étendue languissamment dans le charmant désordre de sa chemise de linon blanc aux plis retenus par des rubans de satin bleu pâle semblables à ceux qui nouaient négligemment les longues mèches de ses cheveux châtains singulièrement brillants pour

1. Elle était atteinte d'un cancer du sein.

une malade ! Ses beaux yeux légèrement cernés laissant seulement entrevoir l'azur de leurs iris d'où une larme roulait sur une joue délicate, elle écoutait Isabelle qui, assise sur les marches du lit, fredonnait à mi-voix en effleurant les cordes d'une guitare enrubannée.

Isabelle se releva juste à temps pour éviter d'être heurtée par le Roi qui, transporté par un attendrissement fort peu fraternel, se jetait à genoux sur les marches en question pour s'emparer d'une petite main blanche et faillit s'étaler sur sa robe.

— Mon Dieu, chère Henriette, vous voilà souffrante ! Quelle tristesse !... Oh pardon, madame de Châtillon, je ne vous avais pas vue !

« Ça, pensa Isabelle, c'est un gros mensonge !... Non, tout compte fait, il se peut que ce soit une vérité : il est tellement amoureux qu'il n'aurait même pas remarqué un éléphant assis à ma place ! »

Elle n'entendit pas la suite ! Madame s'était légèrement redressée mais les deux têtes étaient si proches et ils parlaient si bas qu'il eût fallu y joindre la sienne pour savoir ce qu'ils se disaient. Le retour de la princesse de Monaco n'y changea rien. Cette dernière adressa à Isabelle un regard interrogateur auquel la duchesse répondit par un haussement d'épaules et un geste en direction de la porte. Elles s'apprêtaient à se retirer quand Madame se redressa à demi :

— Sa Majesté me dit que nous avons à nous entretenir d'une affaire importante et je vous prie de nous laisser seuls ! Vous reviendrez plus tard !

Elles obéirent dans une silencieuse révérence qui cachait une envie de rire. En franchissant la porte, Isabelle aurait juré que le Roi avait pris sa belle-sœur dans ses bras pour un baiser qui n'avait pas grand-chose à voir avec les épanchements familiaux...

— Voilà de la vaillance pure ! chuchota la princesse. Apparemment, le Roi ne redoute pas la contagion !

À vrai dire, le tête-à-tête ne dura pas longtemps ! Le Roi reparut après trois ou quatre minutes, annonçant à l'assemblée de dames et filles d'honneur qu'il reviendrait prendre des nouvelles en fin de journée et qu'en attendant il emmenait Monsieur à la chasse !

— Le pauvre ! s'apitoya Mlle de Tonnay-Charente en riant. Notre Sire devrait pourtant savoir que Monsieur déteste cet exercice qu'il juge trop brutal pour la délicatesse de ses mains ! Je gage que, ce soir, tout le monde pourrait s'en aller coucher de bonne heure !

En effet, le château fut, ce jour-là, d'une tranquillité admirable. La seule qui eût aimé suivre le Roi à la chasse était la petite Reine qui, excellente cavalière, aimait particulièrement cet exercice mais n'y avait pas droit tant qu'elle serait « en attente ».

Cependant comme elle préférait son époux en forêt avec son frère plutôt qu'en gondole avec sa belle-sœur, elle passa la journée chez elle, dans les vapeurs lénifiantes du chocolat et de l'encens qui avaient le don de l'apaiser. Au retour de la chasse, Louis se rendit quelques instants chez Madame avec laquelle il eut un entretien puis soupa et, enfin, se disant las, supprima les distractions prévues et consacra le reste de la nuit à sa femme dont on imagine le ravissement.

Dès le lendemain, il fut évident pour Isabelle que cette nuit quasi monacale avait changé quelque chose. Mais quoi ? Ce n'était peut-être qu'une question d'atmosphère et il faut avouer que celle-ci s'était singulièrement allégée. Madame semblait complètement remise et pétillait de bonne humeur. La Reine mère retrouvait son sourire. La Reine aussi : une nuit entière ! Pensez donc ! Et même Monsieur, si grincheux, posait sur ses entours un regard amène : on s'apprêtait à se livrer à l'une des activités qu'il préférait : commencer les répétitions du ballet que Benserade et Lulli venaient de composer sur la demande du Roi à la gloire des plaisirs de Fontainebleau dont le titre était *Les Saisons* et dans lequel chacun brûlait de jouer un rôle !

Les principaux personnages étaient destinés naturellement à Madame et au Roi. Après un chœur de bergers et une danse de faunes, la princesse devait paraître en Diane entourée de ses filles d'honneur en nymphes. Puis, pour figurer l'automne, Monsieur entouré de ses gentilshommes devait danser le pas des vendangeurs dont on avait supprimé Guiche. Ensuite venait l'hiver. Enfin dans un décor merveilleux, le printemps – autrement dit le Roi ! – ferait disparaître les frimas et renaître la nature.

Bien qu'à trente-quatre ans sa beauté continuât de rayonner, Isabelle avait refusé en riant de participer au spectacle ! Si elle aimait danser, les ballets n'étaient plus de son âge et il était plus normal qu'elle restât dans le cercle de la Reine et en compagnie de ses amis, Condé et autres.

Elle n'ajouta pas que quelque chose l'intriguait.

La préparation et les répétitions de ce ballet étaient l'occasion de réunions nombreuses pour les acteurs. Le Roi se montrait toujours fort galant avec sa belle-sœur mais il semblait se plaire davantage parmi les jolies nymphes qui lui faisaient cortège et singulièrement auprès d'une jeune fille plus réservée qui se contentait d'un rôle plutôt figuratif, une boiterie légère lui interdisant les entrechats et autres envolées chorégraphiques… Sa blondeur argentée la distinguait parmi ses compagnes ainsi que ses beaux yeux bleus. Elle était timide, douce, souvent mal à l'aise devant les attentions royales… il s'agissait de Louise de La Vallière.

Quant à Madame, elle se laissait faire la cour ouvertement par plusieurs gentilshommes. Cet état de fait donnait fort à penser à Isabelle. D'autant que Madame, loin de paraître offusquée de se voir publiquement supplantée par une de ses filles d'honneur et même la plus modeste par le rang et la fortune, paraissait n'y prêter aucune attention.

Sachant qu'elle avait su s'attirer l'amitié et la confiance de Madame, Isabelle osa poser la question un matin de bonne heure où, après la messe, elles recherchaient la fraîcheur en se promenant dans le parc.

— Il est difficile de croire, fit-elle doucement, que le cœur du Roi ait changé en si peu de temps pour s'intéresser à une petite fille aussi ordinaire que cette La Vallière ?

Madame eut un bref éclat de rire puis, glissant son bras sous celui de son amie :

— J'aurais dû savoir que rien n'échappe à vos grands yeux, Babelle [1]. Vous ne voudriez pas que je me montre jalouse de cette fille !

— Non, évidemment mais…

— Pas de mais ! Je vais vous en confier la raison. C'est un stratagème qui tient en un seul mot : savez-vous ce que c'est qu'un chandelier ?

Si le mot frappa Isabelle en lui rappelant un mauvais souvenir, elle n'en montra rien, se contentant de répondre :

1. Elle l'avait surnommée ainsi.

— Je le sais !

— Eh bien, cette La Vallière est le chandelier que nous avons choisi, le Roi et moi. Elle est timide, discrète…

— Et éperdument amoureuse de Sa Majesté !

— Vous croyez ? Tant mieux, en ce cas, elle n'en jouera que plus spontanément le rôle que nous lui avons destiné, se rengorgea Madame d'un ton léger en souriant à une image intérieure.

Mais Isabelle resta sérieuse :

— Peut-être serait-il préférable que Sa Majesté ne se mette pas trop dans le costume du personnage qu'elle s'est attribué ?

— Il est vrai que c'est un excellent comédien ! Et quel danseur ! C'est un bonheur qu'être sa partenaire ! Mais à quoi songez-vous, Babelle ? Que vous voilà songeuse tout à coup ?

— Je pense… que c'est chose puissante qu'un amour véritable ! Cela vaut aussi pour le comte de Guiche. Il était follement amoureux de Madame !

Celle-ci s'approcha d'un vase plein de roses pour en respirer le parfum suave :

— Parce qu'il lui arrivait de s'enfuir d'auprès de moi en criant qu'il était en trop grand péril ? Nous nous en amusions !

— Mais son regard à lui ne riait pas et surtout ne mentait pas ! Comme celui de La Vallière quand le Roi lui parle…

— Bête que vous êtes ! Vous me voyez des amoureux partout ! Rentrons à présent ! Le Roi a ordonné une promenade en forêt ! J'en profiterai pour lui parler. Peut-être devrions-nous changer de chandelier !

Or, cette promenade – en voiture ! – allait apporter un singulier éclairage aux mises en garde d'Isabelle.

On put voir le cheval du Roi trotter près de la voiture où La Vallière avait pris place avec d'autres filles d'honneur. Puis quand on descendit pour s'égailler sous les beaux arbres, Louis fit en sorte d'isoler la jeune fille de ses compagnes. Et soudain, un orage se déchaîna alors que l'on était assez loin des voitures vers lesquelles on revint en courant… à l'exception de ce couple-là, plus éloigné sans doute et, quand le tonnerre cessa, la Cour put voir son souverain revenir trempé comme une soupe tenant La Vallière d'une main – elle, quasiment sèche ! – et de l'autre son chapeau dégoulinant d'eau : tant que la pluie avait fait rage, Louis avait adossé la jeune fille contre un arbre en tenant ledit chapeau au-dessus de sa tête blonde tandis qu'il la protégeait de son corps… En la reconduisant auprès de ses compagnes, il lui baisa la main, salua profondément et reprit sa monture qu'un page lui présentait…

Personne ne commenta mais, le soir même, Madame retirait La Vallière de l'appartement des filles d'honneur pour l'installer dans un cabinet proche de sa propre chambre. La Reine, elle, pleura une partie de la nuit. Quant à sa belle-mère, elle passa un long moment dans son oratoire à réfléchir sur ce qu'elle venait de voir en constatant amèrement que cette jeunesse se révélait de plus en plus difficile à comprendre. Seul Monsieur dormit comme une bûche : son épouse étant d'humeur sombre, il en tirait les plus heureuses conclusions pour sa tranquillité personnelle. Qui n'allait pas durer longtemps…

Le fameux ballet des *Saisons* fut dansé le 23 juillet et recueillit un vif succès. Mérité d'ailleurs : le Roi, printemps éblouissant, et Madame, Diane plus que divine, dansèrent un pas de deux qui porta à son comble l'enthousiasme de la Cour… et au désespoir le malheureux Guiche revenu sans permission jouer son rôle dans le ballet. Ils représentèrent si parfaitement un couple d'amants que l'amoureux de Madame s'en trouva désemparé et perdit son aisance. Il dansa mal, fit une chute fatale aux pampres dont s'ornait sa tunique, ce qui fit beaucoup rire… à commencer par Madame et, parvenu au fond de la désolation, s'oublia jusqu'à reprocher à la princesse qui n'ignorait pas à quel point il l'aimait de se moquer de lui alors qu'il avait tant espéré voir « couronner sa flamme ».

Le ballet achevé, Monsieur s'en mêla, ulcéré d'avoir vu et entendu son ami de cœur « revenu pour le narguer sans même songer à demander son pardon » et qui, évidemment, se rua chez son frère pour obtenir de lui un ordre d'exil ! Il était même allé un peu plus loin en réclamant du sang pour y laver son honneur ! Pour avoir la paix le Roi, indulgent comme le sont les amoureux comblés, se contenta d'envoyer chercher le maréchal de Gramont et lui demanda fort benoîtement d'expédier son fils à Paris y attendre le retour de la Cour.

Affliction de Guiche, de plus en plus amoureux de Madame, mécontentement de ladite Madame, plus éprise qu'elle ne voulait l'admettre et qui avait perdu la satisfaction de voir le Roi à ses pieds à longueur de journée. Il n'avait, maintenant, d'attentions qu'envers cette La Vallière insignifiante !

— Pour un chandelier, je commence à trouver qu'elle prend beaucoup de place ! déclara-t-elle à Isabelle à laquelle elle se confiait davantage sachant qu'elle n'avait peur de rien ni de personne et que l'amitié qu'elle lui portait était sincère.

En outre, la duchesse s'entendait comme personne à dissiper les humeurs noires. Enfin tout le monde savait, à la Cour, quelle fidélité elle avait gardée au prince de Condé à travers vents et marées au risque de se perdre pendant les invraisemblables troubles de la Fronde. Fidélité qui avait attaché définitivement à elle le Prince repenti. Où trouver amie plus sûre ?

De son côté Isabelle comprenait Madame. Elle connaissait ses foucades, ses emportements, sa gaieté naturelle et son amour de la vie tellement semblables à ce qu'elle était elle-même à son âge. Elle s'efforçait de la conseiller au mieux. Cette fois, cependant, le cas La Vallière ne laissait pas de l'inquiéter et elle craignait d'avoir eu un peu trop raison en faisant remarquer l'autre jour qu'un amour sincère pouvait se montrer singulièrement indestructible !

Cependant, elle s'efforça de considérer la situation à la légère afin de se donner un peu de temps pour observer plus attentivement les acteurs de ce théâtre de Cour qui s'agitaient dans tous les sens et tenter d'en extraire une vérité. Qui aimait qui, au juste, et qui faisait semblant ?

— Nous ne devrions pas tarder à le savoir ! se contenta-t-elle de répondre *in fine*...

Vint le 17 août, jour choisi par le Roi pour se rendre à la partie de campagne que lui offrait ainsi qu'à sa Cour le surintendant Fouquet – invitation quelque peu forcée d'ailleurs afin de leur présenter son nouveau domaine de Vaux-le-Vicomte dont ceux qui l'avaient déjà approché disaient merveilles.

Or, quand chevaux et voitures se rassemblèrent dans la cour d'honneur de Fontainebleau, Isabelle put constater que seule la Reine mère accompagnait le Roi.

L'absence de la Reine s'expliquait par une grossesse déjà avancée. Quant à celle de Madame, si avide de plaisirs nouveaux, on ne se l'expliquait pas. Sauf Isabelle à qui la veille la princesse avait confié sa décision de rester au logis dans le but d'obliger ses filles d'honneur à y rester aussi.

— Il y aura suffisamment de lumières pour que celle du chandelier soit indispensable. Mais je vous engage instamment à n'y pas manquer comme d'ailleurs Mme de La Fayette. Vous serez mes yeux et mes oreilles !

La première observation porta sur le Roi. Il n'avait pas l'air de bonne humeur, ce qui était étrange étant donné qu'il se rendait à une fête ! Tandis que le cortège, encadré de mousquetaires et de gardes françaises, s'organisait, Isabelle fit signe au comte de Saint-Aignan, le confident de Sa Majesté – qui n'en était pas peu fier ! – avec qui elle bavardait volontiers :

— Le Roi fait une mine épouvantable, chuchota-t-elle derrière son éventail. S'il n'a pas envie de répondre à l'invitation de M. Fouquet, il n'a qu'à le dire ! D'autant qu'il fait vraiment très chaud !

— Il risque de faire encore plus chaud à Vaux. La Vallière est venue hier se plaindre au Roi des prévenances de M. Fouquet. Comme elle n'a pas les moyens de s'offrir de belles toilettes, celui-ci a voulu lui donner de l'argent « pour que sa parure soit digne d'une auguste attention… ».

— Il est pourtant intelligent d'habitude ? commenta-t-elle, effarée.

— Il ne la connaît pas. Il l'a crue calquée sur le même modèle que les autres filles de son âge, folles de toilettes et d'ajustements !

— C'est incroyable !

— Plus étonnant encore : elle aime le Roi et le préférerait de loin hobereau sans importance !

— Cela je le sais mais est-elle déjà sa maîtresse ?

— Eh oui !… Non sans remords car elle est très pieuse !

Isabelle se mit à rire :

— Et qu'il soit marié ne la gêne pas ? Un arrangement avec le Ciel en quelque sorte !… Sauvez-vous ! J'ai l'impression que le Roi vous cherche !

Il s'éclipsa avec la prestesse d'un courtisan dûment entraîné, rejoignit son maître dont la mine s'éclaira instantanément. Ce qui donna à penser à Isabelle, qui malgré les apparences ne l'aurait jamais cru aussi *persona grata*. Il pouvait être amusant de lui tirer les vers du nez quand il venait lui faire un doigt de cour ! En effet, elle s'ennuyait ferme ! Condé étant reparti pour Chantilly préparer la semaine de chasse qu'il avait promise au Roi et qu'il voulait inoubliable !

Quand on fut à Vaux et le premier moment de surprise passé, elle pensa que s'il voulait faire mieux que Fouquet, la totalité de sa fortune n'y suffirait sans doute pas car elle n'avait jamais rien vu de semblable.

Au sortir de la forêt on découvrit le château flambant neuf et les jardins qui l'entouraient. Elle et Mme de La Fayette restèrent sans voix devant tant de magnificence, et, tandis que, les hautes grilles dorées franchies, carrosses et chevaux s'avançaient dans la grande allée de sable fin dont une armée de domestiques avait traqué le moindre caillou, on découvrit Vaux-le-Vicomte et son architecture si nouvelle et si hardie, posé dans le soleil déclinant, comme une énorme bulle d'or, sur des terrasses et des jardins brodés, fleuris, parsemés d'eaux jaillissantes et de statues. Chacun retint son souffle :

— Il faut que M. Fouquet soit fou, murmura Mme de La Fayette, pour s'être construit ce palais de rêve ! Fontainebleau doit faire figure de taupinière à côté !

— Ce doit être ce que pense le Roi si je m'en réfère à son visage !

À cet instant, Fouquet, simplement vêtu de soie noire à peine relevée d'une discrète broderie de jais, venait tenir la portière à Sa Majesté pour l'accueillir tandis que son épouse en faisait autant pour la Reine mère pendant que des musiciens et des chanteurs cachés exécutaient un hymne à la gloire de Louis XIV.

Après que l'on eut servi des rafraîchissements, Fouquet fit les honneurs du parc aux onze cents jets d'eau – alors que l'on était presque en canicule ! – et de son potager qui n'avait son semblable nulle part ailleurs. Ensuite, on revint souper au château. Le Roi et sa mère furent servis dans de la vaisselle d'or par Fouquet et son épouse. Trente buffets répartis dans les pièces d'apparat regorgeant des plus fines victuailles et des vins les plus précieux étaient à la disposition de la Cour. À son habitude Louis XIV commença par dévorer cependant que sa mère feignait de dédaigner ce qu'on lui offrait. L'appétit du monarque se ralentit et il devint rêveur.

Après le repas on entendit *Les Fâcheux* de Molière joués dans un théâtre de verdure élevé près d'une sapinière et enfin le domaine entier s'embrasa dans le plus fastueux feu d'artifice qui se puisse voir.

Tout cela le Roi le regarda d'un œil froid. Il se sentit humilié en comparant ces splendeurs d'un simple particulier à ce qu'il possédait lui-même oubliant qu'avant de s'enrichir Fouquet avait aidé vigoureusement Mazarin à établir sa fortune… Mazarin qui, avant de mourir, lui avait procuré l'instrument de la perte de Fouquet en la personne de Colbert...

À deux heures du matin on repartait : le Roi n'occupa pas la chambre fabuleuse qui l'attendait. De même il refusa le domaine de Vaux que son hôte d'un soir était venu lui offrir en tenant la portière de son carrosse. Seule conclusion, à l'usage de sa mère, Louis murmura :

— Madame, ne ferons-nous pas rendre gorge à ces gens-là ?

Ce qu'il retint ce furent les noms des magiciens qui avaient créé tant de merveilles : Le Vau, Le Brun, Le Nôtre sans oublier Molière, qui cependant était encore à Monsieur, et aussi La Fontaine, qui avait écrit de si jolies fables, et Vatel, le sublime maître d'hôtel.

Isabelle connaissait suffisamment le Roi pour deviner que Fouquet venait de signer sa condamnation et ne s'en réjouit pas en dépit de l'affreux souvenir qu'elle gardait de son séjour entre les griffes de l'abbé Basile – qu'heureusement elle n'aperçut pas cette nuit-là. Elle gardait une reconnaissance au surintendant et à sa mère grâce à qui elle en était sortie, malade mais vivante et intacte de son cauchemar.

Trois semaines plus tard la question était réglée. Le Roi partait pour Nantes où il avait décidé de réunir les États de Bretagne, n'emmenant avec lui que des hommes. C'est là que se produisit le drame préparé d'avance : au sortir d'une très matinale séance du Conseil, Fouquet fut arrêté par M. d'Artagnan, capitaine des mousquetaires – qui le traita, il faut le souligner, avec beaucoup d'égards ! –, conduit au château d'Angers puis à celui de Vincennes pour y attendre son jugement tandis que Colbert raflait le contenu de son hôtel et de ses châteaux. Sans oublier de jeter à la rue leurs occupants, parents et serviteurs, jusqu'à un bébé de quelques mois qu'un ami courageux recueillit pour le porter à sa grand-mère. Mme Fouquet mère, en effet, fut laissée en dehors de ce coup de force parfaitement indigne d'un souverain mais qui permit à Colbert d'assouvir une joie mauvaise... Le procès qui suivit allait durer trois ans... et jamais Isabelle ne revit le tourmenteur qui avait failli la détruire[1]...

Quand le Roi fut de retour à Fontainebleau, il revint à son habitude de rechercher la compagnie de Madame mais il fut vite évident, pour celle-ci comme pour la Cour, qu'il voulait surtout rencontrer plus souvent La Vallière. Ce qui eut le don d'agacer prodigieusement Madame, plus atteinte dans son orgueil encore que dans son cœur lequel se laissait doucement émouvoir par l'amour grandissant de Guiche.

— En fait de chandelier, j'ai l'impression que c'est à moi que l'on a osé offrir le rôle, confia-t-elle un soir à Isabelle. J'ai horreur que l'on se moque de moi, aussi vais-je chasser cette fille. Si le Roi veut en faire sa maîtresse, au moins ce ne sera pas dans mes appartements !

Isabelle se contenta d'inciter à la patience sans vouloir s'expliquer davantage. Elle se souvenait de ce que lui avait dit Saint-Aignan le jour de la fête à Vaux-le-Vicomte : Louis avait déjà fait sa maîtresse de la jeune fille. Restait à savoir comment !

Elle avait remarqué un détail bizarre : son ami Saint-Aignan avait déménagé. Pour une raison anodine à première vue : un gros orage avait provoqué des dégâts

1. Exilé, il mourut quelques années plus tard, ignoré, à Bazas (en Gironde).

dans l'appartement qu'il occupait et qui, proche de celui du Roi, lui valait d'être très envié. Or, en attendant que l'on effectue les travaux nécessaires, il était parti se loger assez loin, dans les parties basses du domaine où il avait trouvé deux pièces en rez-de-chaussée… sous l'étage où logeaient les filles d'honneur de Madame. Elle observa aussi que Sa Majesté se plaisait à des promenades dans le parc avec le seul Saint-Aignan les jours où La Vallière n'était pas de service auprès de la duchesse d'Orléans. Il fallait aller y voir.

Mais pas en personne ! Elle avait beaucoup trop d'éclat pour passer inaperçue et confia la tâche à Bastille qui, avec Agathe, était le seul à l'avoir accompagnée à Fontainebleau. En outre, elle faisait confiance à ses multiples talents. Elle l'envoya donc un après-midi où le Roi avait convié la Cour à déjeuner sur l'herbe au bord de la Seine. Au retour, Bastille l'attendait :

— Eh bien ? demanda-t-elle. Tu as pu entrer sans te faire voir ?

Ce n'était pas évident étant donné sa carrure mais il la rassura d'un de ses rares sourires :

— Je n'ai eu aucune difficulté et je n'ai pas abîmé les serrures…

— Qu'as-tu appris ?

— Que M. de Saint-Aignan dispose d'un salon… dans un angle duquel est un portrait ébauché sur un chevalet, une très jolie chambre… et un escalier pliant !

— Un escalier pliant ?

— Plus aisé à descendre et à remonter qu'une échelle en particulier pour un pied mignon et que l'on peut accrocher au plafond… juste sous une trappe pratiquement invisible.

— Et au-dessus ? s'enquit Isabelle qui commençait à comprendre.

— C'est la chambre de Mlle de La Vallière. Là, le parquet est découpé si habilement qu'on le distingue à peine lorsque l'on retire le tapis.

— Rien d'autre ?…

— Absolument rien qui puisse surprendre si la maîtresse des filles d'honneur de Madame – qui a les clefs de leurs chambres – venait passer une inspection. Chez M. de Saint-Aignan, évidemment, il en serait autrement : les fleurs, les draps de soie du lit, le portrait ébauché… plus que ressemblant ! Mais personne n'oserait y entrer.

— C'est de la folie pure ! remarqua la jeune femme. Il y a de quoi faire exploser notre petit univers si hermétiquement clos ! En conséquence tu n'as rien vu, n'ayant rien vu tu ne m'as rien dit et moi… Bon ! Il faut que j'essaie de mettre de l'ordre dans cet imbroglio sans déchaîner de catastrophe… Merci, Bastille !… Une fois encore… que ferais-je sans toi ?

— Puis-je me permettre de donner un conseil à madame la duchesse ? Qu'elle me pardonne si je lui semble insolent !

— Tu sais que tu es pour moi plus qu'un serviteur ! Parle !

Il hésita un instant puis :

— Madame la duchesse devrait se remarier ! La Cour est un endroit dangereux pour une dame seule, sauf lorsqu'elle est âgée…

— Tu veux dire que je n'en suis pas là mais je n'ai plus vingt ans… et que le temps passe vite ? fit-elle en se tournant machinalement vers son miroir…

Il sourit de nouveau.

— Non. Madame la duchesse demeure éblouissante et je sais qu'elle souhaite garder sa fidélité à Monsieur le Prince mais elle ne peut user sa vie dans les intrigues de Cour ! Pas une Montmorency ! Pas la veuve de Gaspard de Châtillon ! Il lui faut une alliance brillante et elle peut briguer n'importe laquelle.

Elle détourna les yeux, peinée de trouver chez ce serviteur exceptionnel un écho bienveillant – mais un écho tout de même ! – aux paroles que François lui avait lancées au visage le jour de son mariage. En outre, il avait raison : le temps passait. Inexorable !

— Je vous ai blessée ? s'inquiéta-t-il.

— Non, rassure-toi ! Tu as raison. J'en suis consciente et je peux t'avouer que, depuis la mort de mon cher époux, je caresse l'espoir de devenir princesse de Condé parce que je suis convaincue que lui aussi le souhaiterait mais son épouse survit à ses nombreuses fausses couches et elle reste sa femme… De ce côté il faut abandonner quelque espoir en dehors du fait qu'espérer le trépas de quelqu'un ne saurait plaire au Seigneur Dieu ! Alors qui ?

— Il suffit peut-être d'attendre ? Ils sont nombreux, vos soupirants !

— Mais je ne distingue ni roi ni prince et toi tu réclames une grande alliance !

— Je ne réclame rien : je pense seulement que madame la duchesse est faite pour porter couronne !

— Dieu t'entende ! Moi je n'y verrais aucun inconvénient ! fit-elle en riant.

En attendant il fallait rendre plus respirable l'air de Fontainebleau ! Et, dans ce but, elle se rendit chez Madame qu'elle trouva encore plus morose.

— L'idée m'est venue, lui dit-elle, d'un moyen de séparer le Roi de cette La Vallière. Et ce n'est certes pas en la chassant de la suite de Madame. Quand M. Fouquet lui a offert de l'argent afin de la mieux parer, elle est allée droit se plaindre au Roi avec le résultat que nous avons su ! Si Madame la renvoie à sa Touraine natale, elle retournera en parler au Roi !

— Je l'en crois capable. Alors ?

— La saison s'avance et comme Madame se sent lasse ces temps-ci, elle peut souhaiter rentrer chez elle ! Ses filles d'honneur seront forcément obligées de la suivre et je vois mal le Roi venir s'installer aux Tuileries !

Sur le front soucieux d'Henriette, les quelques rides de contrariété s'effaçaient au fur et à mesure :

— Reste à convaincre Monsieur !

— Il n'aime rien tant qu'être chez lui avec ses amis et ses collections.

Deux jours plus tard, en effet, les Orléans regagnaient la capitale. La Cour suivit presque aussitôt.

9

Un rustre !

En conseillant le retour à Paris, Isabelle avait prêché pour son saint. À Fontainebleau on avait tendance à s'entasser les uns sur les autres et ce fut avec un vif plaisir qu'elle retrouva son confortable hôtel de la rue Saint-Honoré, proche des palais royaux. Elle avait rendu – et non pas revendu – à la marquise de Valençay, sa sœur, le petit hôtel qu'elle avait acheté quelques années plus tôt.

Cinq enfants étaient nés, en effet, de ce mariage si paisible – l'une des filles était d'ailleurs la filleule d'Isabelle – et si la fortune des parents demeurait honorable, les éternels embellissements du château en prélevaient une bonne part. Aussi, en prévision de l'établissement de ses neveux et nièces, Isabelle, estimant qu'il fallait à la famille un pied-à-terre convenable, non seulement rendit gracieusement l'ancienne demeure parisienne mais y entretint un couple de serviteurs chargé de veiller à ce qu'il soit en permanence en état de marche…

Le répit que Madame connut en regagnant son palais fut de courte durée. Encouragée en cela par la grossesse de la Reine et par le temps qui se détraqua comme par un fait exprès dès le départ des Orléans, la Cour leur avait emboîté le pas… et en ordre dispersé : après avoir accompagné son épouse à la barge douillettement aménagée qui la ramènerait à vitesse réduite à Paris par la voie fluviale, le Roi sauta en selle avec ses gentilshommes et prit au grand galop le chemin de sa capitale, se réinstalla au Palais-Royal et, à peine arrivé, se précipita aux Tuileries prendre « des nouvelles de Madame ».

— Comment ? Déjà ? s'écria Monsieur dont un tel empressement réveillait des soupçons qui, chez lui, ne dormaient jamais que d'un œil. Il jette son épouse à l'eau pour courir après la mienne ! Quel mari peut supporter cela ? ajouta-t-il d'un ton plaintif.

— Monseigneur exagère ! calma le marquis d'Effiat qui, avec Guiche et le jeune chevalier de Lorraine, composait la trilogie des « amis de cœur du prince ». La Reine ne risque pas que s'emballent les chevaux qui halent sa barge et la Seine n'est pas coutumière des tempêtes !

— Elle peut s'enfler sans crier gare, déborder, envoyer ce fichu bateau s'écraser sur… sur…

— Sur une pile de pont ? proposa Guiche, venant charitablement à son secours. Allons, Monseigneur, bridez un peu votre imagination !

— Imagination ? Je gage qu'il est à cette heure à ses pieds ! Et comme il est chez moi je vais le recevoir !

Quelques minutes plus tard, encore tout chaud, tout bouillant, Monsieur pénétrait chez Madame sans se faire annoncer. Le spectacle qu'il découvrit le calma considérablement. Étendue sur une chaise longue, Madame bavardait avec la duchesse de Châtillon et Mme de La Fayette. Le Roi était là… mais il s'entretenait dans une embrasure de fenêtre avec la petite La

Vallière qui à son habitude l'écoutait tête baissée en rougissant.

— Ah vous êtes ici, Sire mon frère ! clama-t-il d'une voix tirant légèrement sur le fausset. Je voulais m'assurer que vous étiez rentré sans dommages par ce mauvais temps !

— Fort bien, mon frère, fort bien ! Vous aussi apparemment ? Souffrez qu'à présent je vous quitte ! Je suis un peu en souci de la Reine justement en raison du temps et je vais envoyer au-devant d'elle…

— C'est ce que vous expliquiez à Mlle de La Vallière ? Alors je vous souhaite le bonsoir, mon frère !

Ayant dit, l'incroyable prince vira sur ses hauts talons rouges, alla baiser la main de sa femme et disparut comme il était venu…

Les yeux étaient à présent braqués sur Louis, qui, sur un dernier sourire à son amie, alla saluer Madame en lui souhaitant bonne nuit et se retira, visiblement mécontent, tandis que La Vallière rejoignait les autres filles d'honneur. Elle n'y resta pas longtemps non plus. Durant un petit quart d'heure, Madame poursuivit sa conversation puis, élevant soudain la voix :

— La Vallière, vous pouvez rentrer chez vous. Je n'aurai plus besoin de vous ce soir !

Devenue écarlate, la jeune femme fit une profonde révérence et sortit suivie des yeux par ses compagnes dont la majorité l'imita peu après. Madame alors éclata :

— Je ne peux plus souffrir cette fille ! Ses mines languissantes, sa fausse timidité m'exaspèrent ! En outre, le Roi ose venir la courtiser jusque chez moi et la Reine est persuadée que c'est de moi dont il est épris. Je vais la chasser ! Notre bon Sire en fera ce qu'il voudra !

— Ne vaudrait-il pas mieux, avança Mme de La Fayette, que Votre Altesse ait avec la Reine une conversation à cœur ouvert ? Rien n'est pire qu'un malentendu qu'on laisse perdurer.

— Par le sang, Madame est l'égale d'une infante. Je partage l'avis de Mme de La Fayette. D'autant qu'enceinte de près de sept mois la Reine doit se sentir assez malheureuse, dit Isabelle.

— Je ne sais si elle se sentira plus heureuse de savoir que son époux est l'amant d'une fille de peu mais au moins elle pourra rendre sans arrière-pensée son amitié à Madame ! déclara une grande femme brune, très belle et très élégante qui venait saluer la princesse, accompagnée d'un beau gentilhomme à l'œil vert, au sourire éclatant en qui Isabelle reconnut avec plaisir le marquis de Vardes, ce capitaine des Cent-Suisses dont elle avait fait la connaissance quand il escortait Condé à Aix.

Quant à la dame, c'était Olympe Mancini, l'aînée des nièces du défunt cardinal Mazarin qui, ayant épousé le comte de Soissons, était devenue cousine du Roi, donc l'une des premières. On l'appelait Madame la Comtesse sans autre désignation comme on appelait Condé Monsieur le Prince. Avant sa sœur Marie, elle avait attiré l'attention du Roi dont elle avait été quelque temps la maîtresse… et ne cachait qu'à peine un vif désir de le redevenir. Surintendante de la maison de la Reine, de surcroît, c'était une puissance avec laquelle il était bon de compter. Madame lui offrit un sourire las :

— Vous avez sans doute raison, ma cousine, mais je n'en ai pas la moindre envie. Outre ses larmes, elle va me déverser un flot de paroles en espagnol dont je ne comprendrai pas la moitié !

— Alors il faut lui apprendre la vérité mais différemment ! Vous parlez et écrivez l'espagnol, Vardes ? N'est-ce pas ?

— Fort mal ! En revanche, Guiche le parle et l'écrit comme s'il était né à Madrid. Et que ne ferait-il pas pour Madame, ajouta-t-il en saluant la princesse, les yeux pétillants de malice.

— Il faudrait donc qu'il rédige une épître signée… ou plutôt sans signature ! Lettre dans laquelle le souscripteur protesterait de son indignation d'apprendre qu'ayant eu l'heur d'épouser une infante le roi de France se commettait avec une fille de peu, qu'il fallait mettre fin à ce scandale, etc.

— L'idée n'est pas mauvaise, objecta Isabelle, mais une lettre arrivée d'Espagne doit, même anonyme, avoir l'air de ce qu'elle est et non d'un message parti de la maison d'en face. Elle doit présenter les traces du voyage, des signes distinctifs, d'usure. Où trouver le support ?

— Pourquoi pas dans les papiers de rebut de la Reine ? proposa Madame dont l'humeur s'améliorait peu à peu. C'est le sort des enveloppes du courrier que je reçois d'Angleterre.

— Il faut donc soudoyer une femme de service ou l'un de ceux qui vident les corbeilles ! conclut Mme de Soissons. Je m'en charge ! Vous, Vardes, allez expliquer à Guiche ce que nous attendons de lui ! Il sera trop heureux de rendre ce service à Madame…

L'analyse était parfaite. Plus amoureux que jamais – et bientôt payé de retour avec l'aide et la protection d'Isabelle devenue l'intime de sa princesse ! – le beau comte se déclara prêt à tous les sacrifices, fût-ce de sa vie, pour un sourire de son idole ! – alors, écrire une simple lettre !... Pourtant et bien que Mme de Soissons eût souhaité presser le mouvement, on en remit la réalisation à une date ultérieure à la demande d'Isabelle : Marie-Thérèse approchait du terme de sa grossesse. Elle aurait besoin de toutes ses forces car l'enfant s'annonçait volumineux. La lettre lui infligerait une douleur dont elle n'avait nulle nécessité et qui, même, pourrait l'affaiblir jusqu'à peut-être une issue fatale :

— Si elle venait à en mourir, expliqua Isabelle à Madame, nous serions impardonnables, voire criminelles. La pauvre petite n'est déjà pas si heureuse ! Il faut lui laisser savourer son bonheur si elle doit donner un dauphin au royaume !

Madame qui n'était pas vraiment méchante approuva d'autant plus volontiers que la Cour ayant établi ses quartiers au château de Saint-Germain-en-Laye, le Roi devait dépenser des trésors d'ingéniosité pour voir La Vallière.

La suite donna raison à Mme de Châtillon : le 1er novembre 1661, la Reine goûtait le bonheur d'offrir à son époux un gros bébé qui allait devenir Monseigneur le Grand Dauphin. Elle avait failli en mourir mais le chaleureux remerciement dont son époux la gratifia de ses souffrances lui fit connaître un moment de pur bonheur tandis qu'autour d'elle la France débordait d'enthousiasme.

On se félicita d'avoir différé la rédaction de la fâcheuse lettre. Le Roi, tout aux joies de la paternité, était aux anges et avait mis une sourdine à ses amours, ce qui, vis-à-vis de la Reine, était la moindre des choses. On put même croire un moment que l'affaire La Vallière s'engageait sur sa fin mais ce ne fut qu'une illusion ! Laissant son épouse pouponner – elle sera une excellente mère s'occupant personnellement de ses enfants ! –, Sa Majesté reprit le chemin des appartements de Madame… et Guiche se mit au travail.

Mme de Soissons avait réussi – le Diable sait comment ! – à se procurer l'enveloppe d'une lettre en provenance de Madrid, dans les papiers de rebut de la Reine et la « lettre espagnole » atterrit bientôt dans l'antichambre de Marie-Thérèse… qui ne devait jamais en prendre connaissance… En effet, le pli arriva entre les mains de Maria Molina, qui la servait depuis l'enfance avec un entier dévouement et se méfiait comme de la peste de cette Cour de France qui ne lui inspirait aucune confiance.

Or, elle reconnut l'enveloppe pour l'avoir vue il n'y avait pas si longtemps et, soupçonnant quelque méchante manœuvre, l'ouvrit, en prit connaissance et partit tout droit la porter au Roi.

Celui-ci entra dans une violente colère et voulut punir l'auteur, quel qu'il fût, de cette tentative contre ses amours. Or, qui fit-il appeler pour le charger de l'affaire ? Le marquis de Vardes dont il avait pu, à plusieurs reprises, constater les talents d'enquêteur ! Ce qui ne faisait pas vraiment honneur à sa psychologie ! Mais le sémillant personnage – ne manquant ni de bravoure ni de talents militaires ! – savait se faire valoir. Il promit de débrouiller rapidement le « mystère » et revint apporter ses conclusions : selon lui, trois personnes pouvaient se trouver à la source d'une telle perfidie. À savoir la duchesse de Navailles, la Grande Mademoiselle ou Mme de Motteville.

En mettant la duchesse de Navailles en vedette, il savait ce qu'il faisait : dame d'honneur de la Reine, elle s'était aperçue à Fontainebleau des visites nocturnes qu'avant le règne de La Vallière le Roi rendait à l'appartement des filles d'honneur de son épouse… en passant par les toits. Elle n'avait pas hésité un instant avant de demander la pose d'une grille qui contraignit Sa Majesté à une retraite sans gloire. Quant à Mademoiselle et à Mme de Motteville, elles n'étaient là que pour faire nombre et le Roi ne s'y arrêta pas une seconde. Quelque temps après, le duc et la duchesse de Navailles étaient disgraciés sans explication. Ils quittèrent d'ailleurs la Cour sans murmurer… Quant aux deux autres « possibilités », elles n'étaient crédibles en rien. Étant trop proches de la Reine, elles n'auraient jamais voulu être à l'origine d'une seule de ses larmes…

Encouragé par ce succès, Vardes voulut pousser son avantage et se débarrasser de Guiche qui, par franchise ou par étourderie, était capable de dévoiler la vérité et dont il aspirait à prendre la place auprès de Madame tout en faisant la cour à Isabelle. Aussi alla-t-il informer discrètement Monsieur de son infortune conjugale. Occupé à essayer une nouvelle parure de diamants, de rubis et de perles, Monsieur – donc d'excellente humeur – commença par lui rire au nez :

— Vieille lune que cette histoire ! Et ne me dites pas que vous y attachez le moindre crédit ! Il y a beau temps – lors de notre séjour à Fontainebleau – que mon frère a signifié à ce pauvre Guiche qu'il y avait des terres trop hautes pour qu'il se permît d'y braconner…

— Le Roi avait pour cela les meilleures raisons ! persifla le chevalier de Lorraine, superbe jeune homme dont la faveur auprès de Monsieur montait de jour en jour… et curieusement au même rythme que sa méchanceté !

N'étant sensible qu'au charme masculin, il ne laissait passer aucune occasion de nuire à une femme. Celle-là était trop belle pour la manquer :

— Bah ! fit-il avec un geste insouciant, le Roi était très amoureux de Madame ! Tout le monde sait cela.

— Comment, tout le monde sait cela ? piailla Monsieur, indigné. Mon frère ne peut pas voir un visage féminin un peu joli sans lui faire un doigt de cour ! C'est ce qu'il a fait cet été et j'y ai mis bon ordre !

— Allons, Monseigneur, cessez de vous vanter ! ronronna Lorraine en lui offrant son plus beau sourire. C'est votre auguste mère qui a mis fin à l'idylle. Et puis le Roi a découvert les charmes de la petite La Vallière et oublié Madame... qui, elle, n'avait pas oublié le cher Guiche !

— C'est peu de le dire, appuya Vardes, foudroyant l'importun d'un regard meurtrier. Il suffit de les voir ensemble pour en conclure qu'ils s'aiment. Ils n'ont pas besoin de l'exprimer : leurs yeux parlent pour eux !

— Tout de bon ? gémit Monsieur dont la belle humeur n'était déjà plus qu'un souvenir.

— Tout de bon ! Guiche n'a-t-il pas osé revenir à la Cour sans être rappelé sous le prétexte que sa présence manquerait au ballet des *Saisons* ? Il n'a surtout pas manqué de se rendre ridicule ! Jamais il n'a si mal dansé ! Il traînait quasiment les pieds !

— Eh bien, il ne les traîne plus !... Il a retrouvé sa prestance pour escalader certaine fenêtre les nuits de lune nouvelle !

Pour le coup, Monsieur monta sur ses grands chevaux :

— Tonnerre de Dieu ! Il ne se moquera pas de moi plus longtemps !

Et il partit aussitôt à la recherche du Roi qu'il trouva dans son cabinet de travail en compagnie de Colbert qui apportait des documents à sa signature… et fronça les sourcils devant l'intrusion.

— Sire, mon frère ! clama Monsieur d'entrée.

— Un instant, je vous prie ! Souffrez que j'en finisse !

Stoppé net dans son élan oratoire, le prince se laissa tomber dans un fauteuil en tiraillant nerveusement ses manchettes de dentelle. Ce que voyant, Louis XIV en termina rapidement avec son ministre qui disparut comme le djinn des contes orientaux.

— Quand donc, mon frère, perdrez-vous cette manie de pénétrer chez moi en trombe ?

— Quand vos gentilshommes cesseront de se moquer de moi !

— De qui allez-vous vous plaindre cette fois ?

— De ce misérable Guiche !

— Encore ? Mais cela tourne à l'obsession ! Que vous a-t-il fait ?

— Cocu, mon frère ! Bonnement cocu ! Il couche avec ma femme !

Le Roi ne retint pas un soupir excédé.

— Ça recommence !

— Vous voulez dire que ça n'a pas cessé ! Même pendant cette parodie d'exil dont vous l'avez frappé parce qu'il soupirait autour de Madame ! Vous n'auriez jamais dû lui permettre de revenir. A-t-on idée aussi d'un éloignement à Paris ? À une petite journée de cheval !

— Vous les avez surpris ?

— En ce cas, ce misérable aurait été occis sur l'heure ! assura le prince, dramatique à souhait. Mais je le sais de source sûre !

Connaissant trop Monsieur et son entêtement pour ignorer qu'il le harcèlerait jusqu'à ce qu'il obtienne satisfaction, Louis rendit les armes :

— Tâchez de vous calmer ! Je vais ordonner au maréchal de Gramont d'envoyer Guiche à l'armée de Lorraine qui doit se rendre prochainement en Pologne ! Il m'étonnerait que le comte revienne de si loin escalader un balcon par une nuit obscure !

Ce qui fut dit fut fait. Le pauvre amoureux boucla ses bagages mais, avant de partir, il demanda à son « ami » Vardes, en qui il avait pleine confiance, de venir pour lui remettre certaine cassette contenant des lettres confidentielles qu'il souhaitait cacher en lieu sûr.

— Je ne voudrais pas m'en séparer, lui dit-il, les larmes aux yeux, car plusieurs me sont plus chères que ma vie. Je n'en emporterai qu'une seule et la garderai sur mon cœur… Aussi est-ce à vous que je confie ce qui est pour moi un trésor. Prenez-en soin ! Quand je reviendrai – si je reviens ! – vous me le rendrez. Sinon brûlez tout ! Vous me le jurez ?

— Sur mon honneur ! répondit Vardes qui n'en était pas à un parjure près et dont l'honneur n'était plus qu'une vague réminiscence de prime jeunesse…

Guiche parti, il n'eut rien de plus pressé que prendre connaissance du contenu. Le plus « précieux », c'étaient des lettres de Madame ne laissant aucun doute sur ses relations avec Guiche mais il y en avait aussi – moins nombreuses et surtout d'un ton différent ! – écrites par la duchesse de Châtillon d'autant plus intéressantes qu'elles révélaient son rôle de confidente – pour ne pas dire d'entremetteuse ! – dans ces amours princières.

Tout rentra donc dans l'ordre sauf pour la comtesse de Soissons que l'on avait pratiquement oubliée mais qui, elle, n'oubliait rien… Il fallait en finir avec La Vallière, aussi employa-t-elle les grands moyens. Sachant la Reine fort pieuse, elle lui demanda une audience secrète au couvent des Carmélites où Marie-Thérèse se rendait fréquemment. Et là, elle déballa l'histoire sans la moindre pitié pour la souffrance qu'elle suscitait dans ce cœur candide où l'époux royal régnait sans partage. Si cruelle que Marie-Thérèse ne put la supporter : elle courut se jeter aux pieds de sa belle-mère, demandant qu'on lui permît de rentrer en Espagne maintenant qu'elle avait rempli son devoir en donnant un héritier à son seigneur et maître.

Naturellement, il n'en était pas question mais, estimant que cette situation ne pouvait durer, Anne d'Autriche la fit venir chez elle avec Madame, puis convoqua La Vallière qu'elle renvoya purement et simplement : ni ses belles-filles ni elle-même ne voulaient garder un tel brandon de discorde.

Le Roi s'étant absenté pour vingt-quatre heures, la pauvre Louise ne put l'appeler au secours et s'enfuit chez les Carmélites de Chaillot sans en avertir personne. Entre les Tuileries et le couvent, le parcours n'était pas très long surtout pour des jambes de vingt ans. Elle le couvrit à pied, en pleine nuit, sans se douter qu'un garde l'avait reconnue et la suivait. Rassuré sur son sort après l'avoir vue entrer, il galopa au Palais-Royal, attendit le retour du Roi et le mit au courant.

La réaction ne se fit pas attendre… Sa Majesté piqua une colère royale et, après avoir réfléchi un moment, fonça chez sa belle-sœur qu'il trouva en compagnie de Mme de Châtillon et d'une marchande de mode. La princesse avait souvent recours au goût sans failles d'Isabelle. Comme c'était l'une de leurs occupations préférées l'atmosphère n'était pas à la mélancolie. Les deux femmes riaient beaucoup. L'irruption du Roi les arrêta net. Il n'était pas difficile de deviner de quoi il allait être question et, par discrétion, Isabelle voulut se retirer.

— Restez, duchesse ! Vous n'êtes pas de trop car je suppose que vous savez ce qui s'est passé avant-hier chez ma mère, ainsi que la cruauté dont on a fait preuve envers Mlle de La Vallière ! Madame, à ce l'on rapporte, n'a pas de secrets pour vous !

— Mais l'auguste mère de Votre Majesté pourrait en avoir et…

— Restez, Babelle ! ordonna la princesse. Au surplus et puisqu'il est question de Mlle de La Vallière, il n'y a aucun secret ! Ses services ayant cessé de me convenir, j'y ai mis fin, comme c'était mon droit !

— Mais vous avez jugé bon de le faire chez ma mère et en présence de la Reine !

— Votre Majesté est mal renseignée, riposta-t-elle avec un froid sourire. C'est la Reine mère qui m'a appelée après avoir reçu une douloureuse plainte de sa belle-fille !

— Une plainte ? Il m'étonnerait ! La Reine ne se plaint jamais. C'est une sainte !

— Ou du bois dont on les fait, mais l'auréole étant encore loin, même une sainte peut trouver mauvais qu'un époux tendrement aimé la chasse de son cœur pour y donner place à une fille de pas grand-chose. Cela posé, aucune de nous trois ne sait où elle est, si c'est là où le Roi veut en venir !

— Au couvent de Chaillot ! Rien de mieux pour retrouver la paix de l'âme !… D'où j'entends la ramener, au plus vite aussi discrètement que possible !

— La ramener où, si je ne suis pas trop curieuse ?

— Mais chez vous, ma sœur ! N'est-elle pas de vos filles d'honneur ?

— Je ne vois pas l'honneur qu'il y a à être servie par elle et j'ose rappeler au Roi que je l'ai chassée ! lança Madame dont la colère montait crescendo... Maintenant si le Roi me dénie – à moi qui suis fille et sœur de roi ! – le droit d'être servie par qui m'agrée je réclame de me retirer chez mon frère. Là où il ne viendrait l'idée à personne de m'offenser comme vous vous le permettez !

— Voyons, ma chère sœur...

Devinant que le Roi entamait une plaidoirie plus qu'hasardeuse pour son orgueil, Isabelle choisit aussitôt de se retirer sur la pointe des pieds. S'il allait jusqu'à s'humilier, il ne lui pardonnerait pas d'en avoir été le témoin. C'était préférable aussi vis-à-vis de Madame. Sachant à quel point elle avait été proche du Roi – on ne peut plus proche d'ailleurs ! –, ces deux anciens amants pouvaient, dans le feu de la dispute, laisser échapper des paroles révélatrices et, par la suite, lui tenir rigueur de les avoir entendues...

Rentrée dans son logis, elle examina l'idée de retourner à Mello, son joli château qui ne l'avait pas vue depuis plusieurs mois. Pour factice qu'elle soit, la vie de Cour n'en était pas moins absorbante et le temps y passait si vite que c'était à peine si l'on remarquait les changements de saison ! De là, en plus, elle pourrait aller voir Condé à Chantilly où il faisait de nombreux travaux dans le but – et quand viendraient les beaux jours ! – d'y recevoir le Roi et la Cour avec un faste digne des Condés.

Avec lui aussi les sentiments évoluaient. Les poussées de passion qui les jetaient l'un vers l'autre pour des étreintes quasi animales se transformaient en quelque chose de plus doux, une confiance mutuelle et une tendresse dont elle avait longtemps cru Condé incapable mais que tissait l'inébranlable confiance qu'il n'avait jamais cessé de lui porter. Il arrivait que le mal étrange dont il avait souffert dans sa jeunesse le reprît et bien que sa sœur, revenue des grandes aventures, séjournât parfois auprès de lui, elle était désormais trop tournée vers le Ciel pour attacher du prix à ce qu'elle considérait comme des malaises. Quant à son épouse qu'il détestait toujours autant, elle vivait dans l'une ou l'autre de leurs demeures mais de préférence dans celle où il n'était pas. La pauvre mère ne voyait pratiquement plus son fils, déjà fiancé à la princesse Anne de Bavière et qui ne quittait guère son père. Au surplus, Claire-Clémence présentait des signes étranges laissant supposer qu'en craignant l'hérédité d'une mère folle Condé ne s'était pas trompé.

Ce jour-là, Isabelle décida finalement de partir pour Mello et, en allant lui demander son autorisation, elle invita Madame à l'accompagner. Pour se changer les idées !

— Ce serait avec joie, lui répondit la princesse, mais inopportun ! Sans doute pour faciliter le retour de sa maîtresse, le Roi a décidé le départ de la Cour pour Saint-Germain…

— Cela n'oblige pas Son Altesse à les suivre !

— Si… dès l'instant où il en exprime le désir. Cela rendra les relations plus faciles étant donné que j'ai dû accepter de laisser La Vallière à sa place parmi mes filles d'honneur…

— Oh, non ?

— Oh, si ! Comme vous le savez, le Château Neuf qui nous est réservé est proche du Château Vieux puisque seul un jardin les sépare et la liberté y est moins restreinte. Il y a aussi nombre d'endroits où il est possible de se rencontrer à l'abri des regards, ajouta Madame avec une amertume qu'elle ne put retenir…

Elle garda un instant le silence puis cracha :

— Néanmoins nous nous sommes mis d'accord sur un point. Au cas où elle attendrait un enfant, elle serait retirée de mes filles d'honneur pour être rattachée à la Reine !

— La Reine ? L'épouse bafouée ? Je rêve !

— Non. Le service de ma belle-sœur compte davantage de monde que le mien. On ne l'y verra jamais, sinon brièvement et elle pourra vivre à l'écart jusqu'à… oh, et puis nous verrons bien ! s'écria-t-elle laissant libre cours à sa colère. Le jour où je ne pourrai plus la supporter… Mon Dieu !…

Portant soudain son mouchoir à ses lèvres, elle pâlit brusquement, vira sur ses talons et, avisant un vase vide qui se trouvait sur une console, s'en empara et vomit dedans, soutenue par Isabelle qui en même temps appelait à l'aide pour que l'on vienne coucher sa princesse qu'une fois au lit elle se mit à observer d'un œil inquiet. Depuis quelques jours Henriette avait mauvaise mine, se plaignait de lassitudes et refusait certains mets.

— Madame a souvent mal au cœur? demanda-t-elle.

— Presque tous les matins ! Et aussi quand j'entends venir Monsieur !… et les parfums dont il s'inonde.

— Et que disent les médecins ?

— Rien ! Je ne veux pas les voir ! Ils m'importunent à un point dont vous n'avez pas idée…

Isabelle partit dans un joyeux éclat de rire qui eut pour effet de renfrogner Madame :

— Vous trouvez cela drôle ?

— Drôle, non, mais plutôt réjouissant : cela signifie que Madame attend un enfant… et que je suis infiniment heureuse d'être la première à la féliciter. Monsieur va être ravi !

— Cela j'en suis moins sûre… murmura la princesse en se laissant retomber dans ses oreillers où elle ferma les yeux manifestant ainsi son envie de dormir… ou de faire semblant.

Il est vrai que, jusqu'à son terme, Madame vivrait dans l'angoisse. Si c'était un garçon, on pouvait se demander quel visage il évoquerait. Si c'était Monsieur, tout irait pour le mieux. Il serait tout faraud et son épouse serait tranquille pour un bon moment, le joli prince ne portant aux femmes qu'un intérêt très limité. Si c'était le Roi, on pourrait jouer sur l'air de famille mais si c'était… quelqu'un d'autre ? Chez les Gramont, père et fils, les hommes étaient assez typés, et alors…

Et alors, ce pourrait aussi être une fille et Isabelle, en regagnant le petit appartement que son intimité avec la princesse lui avait fait attribuer aux Tuileries, se morigéna. Quelle idée que d'imaginer des suites aussi catastrophiques ! D'abord, il ne s'agissait que d'un début de grossesse, ce qui laissait largement le temps de voir venir ; ensuite, la princesse étant plutôt délicate, rien ne disait qu'elle la mènerait à son terme, enfin… rien ! Encore une fois on verrait bien ! Cependant elle ne put s'empêcher de se livrer à de subtils calculs d'où il ressortit que seul Guiche était à redouter puisque son absence n'avait guère duré. Quant au Roi, il s'intéressait ouvertement à La Vallière depuis plus longtemps. Restait à savoir à quel moment il en avait fait sa maîtresse. Et cela, une seule personne pouvait le lui apprendre : Saint-Aignan !

Certes il lui faisait la cour mais de là à trahir ce qu'il devait considérer comme un secret d'État si l'on en jugeait la mine importante qu'il arborait depuis quelque temps… Finalement, le géniteur était peut-être l'époux légitime, Monsieur, qui, s'il n'était pas attiré par les femmes – tant s'en faut ! –, ne cachait pas son intention d'avoir des enfants afin de continuer sa lignée au cas où « la branche aînée viendrait à s'éteindre ! ». C'est dire que les nuits avec lui n'avaient rien d'enivrant et que sa jeune épouse – elle se laissa aller à en faire la confidence à « Babelle » – les vivait comme autant de corvées…

Toutefois il était écrit qu'Isabelle devrait se désintéresser momentanément des amours royales pour mettre de l'ordre dans ses affaires de famille. Du moins essayer. Elle atteignait le grand escalier quand elle vit Bastille qui en montait les marches quatre à quatre. Il venait lui apprendre que sa mère, rentrant de Valençay souffrante, s'était arrêtée à Mello dans l'espoir de voir sa fille… mais ne la trouvant pas avait voulu continuer son chemin jusqu'à Précy en demandant qu'elle l'y rejoigne.

— Quelle idée ? Pourquoi n'être pas restée chez moi ? Je sais que Précy est avoisinant… Enfin ! Qui est venu me prévenir ?

— Le fils Grandier. Sa mère allait l'envoyer à Paris faire quelques emplettes et le message de Mme de Bouteville est arrivé juste à temps pour qu'il prenne le relais. Je l'ai envoyé à ses achats et je viens vous chercher.

— Bon ! Je vais avertir chez Madame et nous partons. Pour que ma mère veuille être chez elle il faut qu'elle soit sérieusement malade. Nous ne ferons qu'une halte à la maison pour que je prenne un bagage…

— Inutile ! Agathe en a préparé un et vous attend dans la voiture !

En dépit de son inquiétude, réelle : même si elle ne la voyait pas souvent, elle aimait beaucoup sa mère, Isabelle sourit :

— Qu'ai-je fait pour mériter des serviteurs tels que vous ? Attends-moi ici ! Juste le temps de voir Madame !

Elle y rencontra Mme de La Fayette qui revenait de chez la Reine mère, lui raconta brièvement ce qui s'était passé et la pria de l'excuser auprès de la princesse : elle devait s'absenter plusieurs jours.

— Partez tranquille, la rassura celle-ci. Madame aime trop sa propre mère pour ne pas vous excuser ; mais tâchez de ne pas attraper son mal ! Vous savez à quel point Monsieur redoute le moindre éternuement…

— Veillez bien sur Madame ! ajouta Isabelle en l'embrassant.

Récupérant Bastille, elle s'élança dans la galerie rejoignant l'escalier d'honneur qu'elle descendit en courant, au mépris de l'étiquette et sans se soucier de ce qui pouvait lui faire obstacle, ne remarquant même pas la double haie de Cent-Suisses alignée dans l'immense vestibule du palais. Chaque instant qui passait augmentait son angoisse au sujet de sa mère. Aussi, dès son arrivée, enverrait-elle à Chantilly demander à Condé de lui prêter Bourdelot [1], le seul médecin en qui elle eut une confiance absolue.

1. Médecin de Condé, voir tome 1, *La Fille du condamné*.

Elle fonçait donc sur l'entrée principale du palais en tenant ses jupes légèrement relevées pour ne pas la gêner quand elle s'écroula avec la pénible impression d'avoir percuté un mur…

Un mur soutenu par de grands pieds ornés de larges nœuds de ruban incarnat mais qu'elle n'eut pas le loisir de contempler plus longtemps : des mains la remontaient le long d'un personnage vêtu de pourpre et d'or qui lui parut gigantesque jusqu'à ce qu'elle découvre un visage un peu rougeaud, encadré d'une vaste perruque et qui la contemplait avec émerveillement :

— *Ach so!… Wie schöööön!…*

Et pour mieux marquer son enthousiasme, l'inconnu lui plaqua sur la bouche un baiser du genre ventouse dont elle pensa perdre le souffle d'autant que le personnage, qui avait dû se livrer à de nombreuses libations, empestait le vin à plein nez.

L'indignation lui rendit aussitôt sa combativité coutumière :

— Oh!… Espèce de malappris !

Et de toutes ses forces, elle lui appliqua une gifle retentissante dont il fut si surpris qu'il la lâcha.

À peine les pieds d'Isabelle eurent-ils retrouvé le contact du sol que sans s'attarder davantage à constater le résultat de sa réaction elle reprit sa course vers la sortie, aperçut son carrosse légèrement en retrait, courut grimper dedans sans laisser au cocher le temps de lui ouvrir la portière ni de baisser le marchepied et se jeta sur les coussins :

— À la maison ! lança-t-elle au cocher.

— Est-ce que madame la duchesse n'attend pas Bastille ? s'enquit celui-ci.

— Naturellement ! Mais que fabrique-t-il ?

Se penchant à la portière, elle s'aperçut que la cour d'honneur était pleine de militaires dont, pour la plupart, elle ne connaissait pas les uniformes et que ces gens la regardaient avec une indignation horrifiée qui ne lui fit ni chaud ni froid. Ce qu'elle voulait c'était Bastille et tout de suite ! On avait assez tardé !...

Quand enfin il apparut, Saint-Aignan l'accompagnait. Lui au moins ne la regardait pas d'un air scandalisé. Il avait même plutôt envie de rire. Mais elle le savait bavard et elle était pressée, elle lui envoya :

— Pas le temps de causer avec vous, mon cher comte ! Ma mère est malade et, comme elle ne l'est jamais, je suis inquiète. Aussi vais-je à Précy...

— Vous n'avez pas envie de savoir qui vous avez malmené ?

— Ma foi non ! C'est un grossier personnage et cela me suffit ! N'importe comment, depuis que Guiche est parti, les amis de Monsieur ne m'intéressent guère ! Souffrez que je leur préfère ma mère !

Bastille avait sauté en voltige à côté du cocher qui enleva ses chevaux. Isabelle changea le léger vêtement qu'elle portait pour l'épaisse mante à capuchon doublée et ourlée de vair qu'Agathe lui tendait et finalement se laissa retomber près d'elle sur les coussins de velours qui garnissaient la voiture. Elle prit quelques profondes respirations afin de calmer ses nerfs mais sans parvenir à chasser complètement l'angoisse qu'elle éprouvait et qui s'aggravait des reproches qu'elle se faisait.

Depuis combien de temps n'avait-elle pas vu sa mère ? Elle ne parvenait même pas à en situer la date. Encore ne lui avait-elle même pas dit au revoir. C'était le jour du mariage de François au château de Ligny après la sortie cruelle de son frère qui ne lui avait pas caché ce qu'il pensait de sa façon de vivre. Une poupée de Cour ! Les trois petits mots la brûlaient encore. Elle se souvenait de la douleur qui l'avait transpercée et aussi de sa fuite comme si, atteinte d'une flèche, elle avait couru dans l'espoir qu'à travers les halliers un buisson quelconque la lui arracherait…

Il n'en avait rien été et depuis c'était le silence de la famille. Pas total mais presque. De rares lettres étaient arrivées de Marie-Louise sa sœur ou de Mme de Bouteville elle-même. Lettres paisibles, reflétant la vie sereine qui était celle de Valençay en regardant grandir les enfants – Marie-Louise en avait cinq à présent ! – et embellir le château que leur père, Dominique, ne trouvait jamais assez beau ni assez grand.

Bien sûr, on l'invitait, elle, de temps en temps… et sans trop compter sur une réponse favorable. Si même on la souhaitait en écrivant. On devait redouter le tumulte et le fracas qui l'accompagnaient partout où elle se rendait… peut-être aussi sa longue liaison avec Condé toujours vivante même si, chez un homme précocement vieilli par les excès de la vie et un mal qui ne l'avait jamais abandonné tout à fait, une profonde tristesse remplaçait peu à peu les flambées fulgurantes du désir.

— Je ne pense pas que madame la duchesse devrait se tourmenter autant, émit Agathe de sa voix tranquille… Si Mme de Bouteville était malade à ce point, elle n'aurait pas quitté Valençay et Mme la marquise l'aurait appelée…

— Vous croyez ?

— Cela coule de source, il me semble. On ne laisse pas une mourante s'embarquer sur des routes fatigantes et incertaines, surtout seule. Quant à vouloir aller jusqu'à Précy, si proche évidemment, j'avoue n'avoir pas d'explication.

— Elle adore notre vieux Précy moins vaste, moins fastueux que Mello mais où elle vécut son unique bonheur et où repose mon père…

Au fond c'était à peine rassurant ! Au cas où un mal subit se serait emparé de Mme de Bouteville en cours de route, l'un de ces maux qui préludent au départ définitif, elle aurait naturellement choisi Précy pour y rendre le dernier soupir…

Conclusion, Isabelle se rongea les sangs tout au long du chemin et si visiblement qu'Agathe n'insista pas… Quand elle était dans cet état, sa duchesse n'était pas à prendre avec des pincettes. Le trajet risquait de devenir dangereux parce que les chevaux n'allaient jamais assez vite ! C'est d'ailleurs ce qui se produisit : la duchesse trépigna sans répit et quand on fut, enfin, à destination, elle sauta à terre sans attendre que l'attelage fît halte et elle tomba dans les bras de Marcelline qui veillait à la bonne marche de la maison durant les absences de Mme de Bouteville.

— Ma mère ? Comment va-t-elle ?

— Un peu mieux depuis qu'elle sait la venue de madame la duchesse, mais la nuit dernière a été mauvaise après sa dispute avec M. le duc !

— M. le duc ?

— … de Luxembourg ! Le frère de madame la duchesse !

— Si vous aviez dit M. François j'aurais compris. On commence à se perdre dans cette pléthore de titres ducaux qui nous encombrent ! Et quelle était la raison de sa présence ici ?

Tout à coup la gouvernante eut l'air si gênée qu'Isabelle eut pitié d'elle :

— Je pense que ma mère me le dira…

En dépit de son inquiétude, Isabelle éprouva une fois de plus cette sensation chaleureuse qu'aucune de ses luxueuses demeures ne lui procurait : celle de rentrer chez elle. Précy qui avait perdu depuis longtemps le puissant château féodal qu'il avait été – et que François n'avait cessé de regretter ! –, n'en demeurait pas moins le foyer familial, le seul que la rude justice de Louis XIII et de Richelieu eût laissé à la veuve et aux orphelins d'un condamné. C'était à présent un manoir plus qu'un château dont un jardin et des vergers remplaçaient les sévères défenses d'autrefois. L'intérieur était à l'avenant avec ses meubles privés de dorures mais adoucis de coussins, ses tapisseries réchauffant la nudité des murs. Chose étrange, c'étaient les splendeurs peut-être excessives des hôtels de Condé et de Chantilly qui lui avaient permis d'apprécier sa vieille demeure familiale…

Une quinte de toux lui fit accélérer l'allure tandis qu'elle grimpait le bel escalier de pierre et se précipitait dans la chambre principale… qui était vide.

— Mme la comtesse est dans votre chambre, la renseigna Marcelline, qui la suivait plus lentement et en haletant.

— Et pourquoi ?

— Je pense qu'elle vous l'apprendra elle-même…

— Dis Mlle Isabelle, comme autrefois. Ce sera plus court ! lança-t-elle en s'engouffrant dans la chambre où, en effet, sa mère enveloppée de lainages, un bonnet de dentelle sur la tête, buvait le contenu d'une tisanière posée à son chevet. Sa fille ralentit l'allure pour aller l'embrasser après l'avoir débarrassée de sa tasse vide non sans que la malade eût tenté de la repousser…

— Vous voulez prendre mon mal ? bougonna-t-elle.

— Bah ! Me venant de vous je ne risque rien ! Mais d'abord comment vous portez-vous ? Avez-vous vu Bourdelot ?

— Une question à la fois, s'il vous plaît ! Il est venu, en effet, et je me sens un peu mieux. Ce sont mes bronches paraît-il parce que j'ai pris froid en arrivant ici !

— Mais pourquoi Précy ? N'aviez-vous pas envisagé de me faire le plaisir d'un petit séjour à Mello ?

— Certes mais c'est à Mello que certain bruit m'a confirmé ce que j'avais appris à Valençay !

— Et c'est ? fit Isabelle qui venait de remarquer que le portrait de son père avait émigré lui aussi dans sa chambre.

— Que votre frère fornique dans cette maison avec une théâtreuse qui joue à la châtelaine, au scandale de tout le pays. La meilleure preuve en est quand vous me trouvez dans votre lit au lieu d'être dans le mien mais à mon arrivée le couple y était déjà installé depuis trois ou quatre jours !! Je… je n'aurais jamais cru voir pareille indécence dans la maison de votre père, Isabelle… acheva-t-elle en éclatant en sanglots que celle-ci tenta d'apaiser en la berçant dans ses bras.

— Pourquoi donc la maison de mon père ne serait-elle pas aussi la mienne ? Et même en priorité puisque je suis son héritier.

Debout sur le pas de la porte au chambranle de laquelle il s'appuyait, François regardait les deux femmes sans la moindre tendresse. Aussitôt Isabelle reposa doucement sa mère sur ses oreillers :

— Je pourrais vous rétorquer que vous n'êtes pas seul héritier si cette discussion n'était choquante en présence de notre mère dont vous oubliez un peu vite qu'elle y est chez elle avant vous ! Si vous étiez à la rue cela pourrait se discuter, à la rigueur, mais vous ne manquez ni de terres ni de biens, monsieur le duc de Piney-Luxembourg. Votre superbe château de Ligny ne vous suffit plus ?

— Il y a dedans la duchesse ma femme et mes deux enfants !

— Vous en avez déjà deux, alors que vous n'êtes marié que depuis dix-huit mois ?

— Le second est encore dans le ventre de sa mère ! Je me vois mal rentrer au château avec Mlle Beausoleil !

— En revanche vous ne voyez aucun inconvénient à chasser votre mère de son propre lit pour y batifoler avec Mlle… comment avez-vous dit ?

— Beausoleil, des comédiens de Monsieur. Vous devriez connaître !

— Eh bien non, je ne connais pas ! Je suis de l'entourage de Madame dont les goûts diffèrent nettement de ceux de son époux ! Les nôtres aussi sont différents !

— Je ne trouve pas, ricana François. Il aime les hommes et vous aussi ! Et on dirait même que vous aimez les mêmes !

— Où prenez-vous cela ?

— Chez le sulfureux marquis de Vardes. Monsieur l'apprécie parce qu'il est méchant comme teigne. Madame ne cesse de repousser ses avances et il est votre amant !

— Quoi ? Je ne nie pas que ce soit un ami, précieux parce qu'il est amusant, mais rien de plus !

— Allons donc ? Il aurait de vos lettres… fort tendres, selon la rumeur ?

La patience d'Isabelle était usée :

— C'est faux ! Il n'a jamais eu de moi que des billets amicaux. Il me fait rire et c'est une qualité que j'apprécie. Vous devriez le savoir : nous avons tant ri ensemble dans cet autrefois que je regrette infiniment… Quant à Vardes, il n'est pas mon amant, ne l'a jamais été et ne le sera jamais.

— Pourquoi ? Il est beau, il devrait vous plaire ?

— Disons qu'il m'a plu un temps mais qu'il me plaît moins !

— La raison ?

— Ne vous regarde pas ! Cela posé, j'espère que vous allez quitter cette maison ! Si Ligny vous semble trop éloigné, rentrez donc à Paris ! Vous y avez un hôtel, non ?

— En effet… Mais je préfère la campagne. Si vous voulez rester ici – chez moi ! – insista-t-il, prêtez-moi Mello !

— Certainement pas ! Surtout demandé de cette façon !

— Pourquoi ? C'est la Beausoleil qui vous gêne ?

— Vous avez changé, François ! Sinon vous ne poseriez pas ce genre de question !

— Si j'ai changé, vous aussi ! La Beausoleil est ce qu'elle est mais elle ne joue pas à la prude !

— Moi ? Je joue à la prude ?

— Et quoi d'autre ? Combien – en dehors de Condé – avez-vous eu d'amants depuis ce pauvre Nemours ? Voulez-vous que nous fassions l'addition ? fit-il en comptant sur ses doigts : Hocquincourt. Un. L'abbé Fouquet. Deux…

— Ni l'un ni l'autre ! Le seul nom de ce misérable abbé pourrait me faire vomir et je reconnais que je dois toute ma gratitude à son frère Nicolas. Sans lui je ne sais pas ce que je serais devenue…

— Vos deux voisins anglais…

— Il est facile de nommer des absents. Vous savez pertinemment que, fidèles amis du roi Charles au temps de l'exil, il les a rappelés en Angleterre auprès de lui ! Et puis les deux à la fois, c'eût été une performance de ma part. Il n'empêche qu'ils me soient d'excellents amis. Vous en avez encore en réserve ? persifla-t-elle. Je ne me savais pas si riche !

— La Rochefoucauld…

— Pauvre garçon, devenu quasi aveugle par amour ! Je reconnais qu'il m'a proposé de nous venger ensemble, quand notre cousine Longueville l'a délaissé pour Nemours. C'est fini ?

— Oh, que non ! Bussy-Rabutin…

— Le cousin de cette charmante marquise de Sévigné avec qui je me suis liée récemment ? Vous rêvez ! C'est d'elle dont il est amoureux et, de plus, nous n'éprouvons nulle sympathie réciproque ! Je déteste les fats et, en outre, il a tendance à fabuler !

— Vardes et…

— Non, non et non ! Il suffit ! explosa Isabelle. Parmi la liste que vous avez énumérée, aucun d'eux n'est entré dans mon lit. Qu'ils s'en vantent, c'est possible. Qui donc pourrait être capable de retenir les potins de cour ? Quant à vous, essayez donc de vous souvenir de ceci, ajouta-t-elle abandonnant les cris de la colère pour un ton plus mesuré : depuis l'enfance j'aime Condé et, depuis la mort de mon cher Gaspard, j'ai rêvé d'être son épouse, au cas où il deviendrait veuf ! Et jamais il n'épouserait une femme ayant passé de main en main ainsi que vous le prétendez…

Il eut un petit rire sec parfaitement déplaisant :

— Confrontée à eux, vous changeriez peut-être de ton ?

Les yeux plantés dans ceux de son frère, elle le regarda un instant en silence puis :

— Et ce sont eux que vous croiriez ? Vous qui, jusqu'à ce que vous deveniez duc et pair de France, étiez mon cher petit frère ! Combien je le préférais à Monseigneur le duc de Piney-Luxembourg… cet inconnu ! Le premier ne possédait plus que son épée et l'eût tirée cent fois plutôt que me laisser insulter comme font ces vantards… et comme vous le faites vous-même !… Aussi je vous cède la place !

— Vous partez ?

— Dans l'instant ! Et j'emmène notre mère. Mello n'est qu'à deux pas et Bastille va la conduire, soigneusement emmitouflée, jusqu'à ma voiture ! Vous souffrirez que j'emporte aussi mon père ! conclut-elle en se dirigeant vers une commode sur laquelle le portrait était adossé contre le mur, mais il se précipita pour lui barrer le passage :

— Tenez-vous tranquille ! C'est moi qui m'en vais… sans quoi vous seriez capable de clamer que j'ai chassé notre mère de sa demeure !

— Si ce n'est pas ce que vous étiez en train de faire, cela lui ressemblait à s'y méprendre !

Elle n'essaya pas de le retenir. Dix minutes plus tard, enfournant sa comédienne dans son carrosse, François prenait le chemin de Paris. Isabelle et sa mère en firent autant peu après. La duchesse avait l'impression que la chère femme guérirait plus sûrement dans la belle chambre de Mello qui ne servait que pour elle, plutôt qu'en réintégrant le lit dont les ébats de son fils l'avaient chassée… Ensuite on verrait…

10

Isabelle et les aléas du mariage

— Si vous saviez à quoi vous en tenir, mère, pourquoi être venue seule ? Ma sœur, mon beau-frère ne pouvaient-ils vous accompagner ?

Le nez et les yeux de Mme de Bouteville se levèrent au-dessus du bol de tisane qu'elle était en train d'absorber sans le moindre plaisir :

— Qu'est-ce que votre Bourdelot vous a fait mettre là-dedans ? C'est amer comme chicotin ! J'aurais de beaucoup préféré du lait… ou un bon vin chaud à la cannelle !

— Vous en aurez après ! Les deux si vous voulez mais si, telle que je vous connais, vous ne voulez pas vous éterniser au lit, il faut en avaler trois fois par jour ! Dans dix minutes vous aurez droit à une cuillerée de miel !

— Pourquoi ne pas l'avoir ajoutée à cette mixture infernale ? Ce serait plus simple !

— Peut-être mais moins efficace… et vous n'avez pas répondu à ma question. Pourquoi être venue seule ?

— Dominique vient de recevoir des bois précieux pour l'un de ses salons et Marie-Louise a… des nausées !

— Encore ! Mais ils veulent combien d'enfants ?

— Ce sont des choses qui arrivent quand on suit à la fois la loi du Seigneur et celle de la Nature !… Et puis François est mon fils et je préfère ne pas mettre de tiers entre nous. Le malheur a voulu que je tombe malade pendant le trajet sinon je ne vous aurais pas dérangée !

— Comme si vous ne saviez pas que vous ne me dérangerez jamais, si peu que ce soit ! murmura Isabelle avec un rien de mélancolie. Vous êtes en permanence à Valençay et je le comprends parfaitement. Vous pouvez y profiter de vos petits-enfants alors qu'ici vous n'avez plus que moi ! Une… poupée de Cour, selon l'expression de M. le duc de Piney-Luxembourg du haut de sa grandeur !

Sa voix se brisa sur le dernier mot, laissant transparaître la douleur causée par la nouvelle attitude – ô combien méprisante ! – de François à son égard.

Mme de Bouteville sortit aussitôt du lit, en fit le tour et vint s'asseoir auprès de sa fille qu'elle prit dans ses bras :

— Ma pauvre petite !… Quand ils ne sont pas satisfaits de leur sort, les hommes s'en vengent sur les femmes et savent trop bien comment nous faire souffrir ! Cependant je n'aurais pu croire François capable de se montrer cruel. Surtout envers vous !

— La guerre et les lauriers qu'elle procure !

— Je sais – parce que si je ne parle pas j'écoute ! –, je sais, dis-je, qu'il est un chef, un extraordinaire meneur d'hommes, doublé d'un stratège que ses soldats adoraient ! Il est peut-être même meilleur que Condé mais votre frère n'a pas encore rencontré son Rocroi et ne le rencontrera peut-être jamais. Depuis le mariage du Roi avec l'infante, les canons se sont tus, les armes ne sont plus que des objets de parade…

— Comment peut-on souhaiter la guerre et les catastrophes qu'elle génère : les campagnes ravagées, les épidémies, la misère…

— … les tambours qui battent, le tonnerre des boulets, les étendards qui claquent au vent de la charge, l'excitation du combat, le soleil de la victoire… Même quand il pleut !…

— … Le râle des mourants, les plaintes des blessés, les pleurs des femmes et des enfants et la souffrance d'un peuple quand ce n'est pas la servitude… Je vous admire, mère, de pouvoir comprendre ! Père pourtant n'est pas mort à la guerre ?

— Non… Il aurait sans doute préféré mille fois mais le duel aussi est une bataille… et c'était un Montmorency… comme François ! Et moi qui suis sa mère qui l'aime de tout mon cœur, je préférerais le savoir au milieu d'une armée plutôt qu'à Paris avec les gens qu'il fréquente !…

— Les filles de théâtre ?

— Non, parce qu'il n'y a là rien que de très naturel ! D'autant qu'il n'y a pas que la comédie ou le ballet. Il n'est pas beau, néanmoins il plaît aux femmes à cause de ce charme dont on ne sait d'où il vient ! Mais ce n'est pas cela qui me tourmente.

— Quoi alors ?

— Ses fréquentations masculines. Un certain Jean Racine dont il est coiffé qui écrit sans doute de jolis vers mais c'est un homme méchant, de même que Louvois, le fils du chancelier Le Tellier. Ils sont plus jeunes que lui tous les deux mais ce Louvois, lui, promet d'aller loin et lui fait miroiter des merveilles. Quant à ce Racine, il lui a présenté je ne sais quels mages et alchimistes à la recherche de la pierre philosophale…

N'en croyant pas ses oreilles, Isabelle l'interrompit :

— Pardonnez-moi, mère, mais comment le savez-vous, vous qui êtes plus souvent à Valençay qu'à Précy… ou chez moi ? Ce que je déplore.

— Il ne faut pas, Isabelle ! Cela ne signifie pas que je vous aime moins que les deux autres mais à Valençay j'ai toujours de quoi m'occuper et c'est précieux à mon âge ! Auprès de François c'est à peu près impossible ! Son château de Ligny est trop vaste… et sa femme m'ennuie ! D'ailleurs je ne lui plais pas !

— Que peut-elle vous reprocher ? L'âge ne semble pas avoir prise sur vous ! Vous restez belle et fraîche. À moins… que ce n'en soit justement la raison : elle est… un brin terne ?

— Je ne sais ! Toujours est-il qu'on ne m'y verra que dans les grandes occasions ! Quant à vous…

— Ne me dites pas que je ne vous aime pas !

— Non… mais vous bougez beaucoup ! Ce n'est pas une critique : c'est normal puisque vous appartenez à la Cour où Madame vous apprécie et j'en suis, croyez-moi, enchantée !…

— … Mais vous n'avez pas répondu à ma question ! Qui vous renseigne si justement ?

— Deux personnes : ma vieille amie Françoise de Solanet, qui est à la Reine mère, et l'un de vos anciens amoureux… qui l'est resté : le président Viole !

— Lui ? Il y a une éternité que je ne l'ai vu !

— Cela tient sans doute à ce qu'il craint de vous rappeler de mauvais souvenirs mais il vous est encore très… dévoué, sourit Mme de Bouteville. Au moins, quand il m'écrit ou même vient me voir quand je suis à Précy, il peut parler de vous !…

— Je sens que nous allons avoir de longues conversations ! conclut Isabelle en riant. Car, naturellement, j'ai bien l'intention de vous garder auprès de moi quelque temps ! Ici ou à Paris !

— Je n'aime guère Paris, Isabelle.

— Pardonnez-moi ! Je devrais le savoir mieux que quiconque…

Agathe, en grattant à la porte avant de l'ouvrir, l'interrompit. Elle tenait une lettre à la main :

— Un mousquetaire vient d'apporter ceci. Une réponse est attendue.

— Un mousquetaire ? Qui l'envoie ?

— Sa Majesté le Roi ! répondit-elle en remettant le pli et en esquissant une révérence.

— Le Roi ? Que me veut-il ? s'interrogea Isabelle.

Elle retourna le message pour déchiffrer le sceau sans chercher à dissimuler une certaine méfiance.

— Ouvrez-le ? conseilla sa mère.

Le texte en était bref. Louis XIV voulait voir Mme la duchesse de Châtillon aussi tôt que possible !

— Oh non ! gémit la jeune femme. Que me veut-il encore ? On ne peut pas être tranquille cinq minutes ?

— Vous n'avez pas le choix, il me semble ! Il faut vous y rendre… et soyez rassurée je ne bougerai pas avant votre retour !

— Merci, mère ! J'espère ne pas vous faire attendre trop longtemps. Agathe, prévenez le messager que je le suis ! Je vais me préparer…

— Il n'en doute pas. On est en train de lui servir un en-cas pendant que Bastille s'apprête à vous suivre et fait atteler !

— On dirait que vous êtes toujours aussi bien servie ? commenta Mme de Bouteville. C'est très réconfortant pour ceux qui vous aiment !

— Et pour moi donc !

Tandis que son carrosse l'emmenait à Saint-Germain – où elle passerait sans doute la nuit – Isabelle pensait que Saint-Germain, avec Fontainebleau, était le château royal qu'elle préférait. Surtout en raison de son cadre. Posée sur son plateau dominant le cours de la Seine, la terrasse encore fleurie reliant le Château Neuf au Château Vieux et descendant gracieusement jusqu'au fleuve, la ville royale cernée par la forêt aux somptueux tons d'automne offrait une image de pure beauté d'où même du Château Vieux, de ses murs de briques roses et de ses chaînages de pierre blanche, émanait une sorte de grâce. L'architecture en était cependant assez sévère, quatre étages d'appartements – on en comptait soixante-sept ! – couronnés par une terrasse mais surtout, quand on pénétrait dans la cour assombrie par les restes du donjon et la chapelle construite jadis par Saint Louis, on avait l'impression d'entrer dans une forteresse.

L'appartement du Roi, voisin immédiat de celui de la Reine, se trouvait au second étage – sept pièces chacun, somptueusement décorées et meublées donnant sur la terrasse et les jardins qui les séparaient du Château Neuf, beaucoup plus aéré – un peu trop même selon ceux qui n'aimaient pas les courants d'air ! – attribué à Monsieur, Madame et leur famille… qui lui préféraient de loin leur joli château de Saint-Cloud encore en travaux.

Au bas du majestueux escalier, Isabelle trouva M. de Saint-Vallier, lieutenant aux gardes du corps, qui se précipita à sa rencontre :

— Vous m'attendiez ? fit-elle, surprise.

— Mais naturellement je vous attendais ! Votre exactitude est connue, madame la duchesse ! Ainsi que votre connaissance des usages de la Cour. Étant donné le chemin à parcourir, le Roi pensait que vous arriveriez… maintenant ou à une minute près ! ajouta-t-il en levant un doigt pour souligner l'écho de l'horloge du château qui sonnait quatre heures ! Magnifique !

Isabelle se retint de rire. C'était la première fois qu'on lui reconnaissait une qualité autre que sa beauté et son esprit ! Et n'en fut que plus intriguée. Qu'est-ce que Sa Majesté pouvait donc lui vouloir ? Elle y avait songé tout le long de la route en espérant qu'il n'allait pas être question de la petite La Vallière !

Un instant plus tard, les portes du cabinet royal inondé par un rayon de soleil des plus encourageants s'ouvraient devant elle. Louis XIV était à son bureau où il écrivait, mais, à l'entrée de sa visiteuse, il abandonna sa plume tandis qu'elle plongeait dans sa plus belle révérence.

— Merci d'être venue si vite, duchesse ! Je n'en attendais pas moins de vous !

— Quand le Roi appelle, il me paraît normal de ne pas l'obliger à répéter !

— C'est donc parfait ainsi ! Asseyez-vous et causons ! commença-t-il en rejoignant son fauteuil et en désignant un siège en face de lui.

Une duchesse, ayant le droit de s'asseoir en présence du Roi, n'avait pas besoin qu'on l'y invite. Isabelle obéit plus intriguée que jamais. Sa Majesté semblait de charmante humeur. Ce qui était déjà un bon point ! Mais au lieu de parler, il la contempla quelques instants sans rien dire, avec un demi-sourire. Enfin, il se décida :

— Depuis combien de temps êtes-vous veuve, madame ?

Elle n'attendait pas cette question-là et se livra à un rapide calcul :

— … Treize ans, Sire !

— Et toujours aussi belle ! L'idée ne vous est jamais venue de vous remarier ? Les prétendants n'ont pas dû vous manquer pourtant ?

Évidemment que si ! Mais il était difficile de confier à ce jeune potentat qu'elle espérait depuis des années le rappel à Dieu de Claire-Clémence afin de prendre sa place !

— Certains ont fait quelques travaux d'approche dans ce sens, Sire, mais je tournais ces tentatives en plaisanteries ! fit-elle avec un sourire qu'elle effaça d'ailleurs aussitôt. J'aimais profondément mon époux et un homme tel que lui ne se remplace pas aisément !

— D'autant que votre cœur n'a pas connu le vide. Vous aimez mon cousin Condé…

Ce n'était pas une question.

— Depuis l'enfance, Sire ! coupa-t-elle, alertée par un subtil changement de ton.

— Ce qui laisse supposer un amour fraternel. Or, il n'en est rien n'est-ce pas ?

Mais où voulait-il en venir, sacrebleu ! Elle le connaissait suffisamment pour savoir que finasser avec lui n'était pas de bonne politique :

— Tant qu'a vécu le duc Gaspard, je l'ai aimé totalement. Je n'apprendrai rien à Votre Majesté en précisant que je n'ai pas été seule à l'aimer et que d'autres ont versé des larmes. Il possédait toutes les séductions dont le Seigneur peut parer un homme !

— Pourtant vous êtes revenue à Condé…

— Non, Sire ! Je ne l'ai accueilli que plusieurs années après. J'ai fait le maximum pour le retenir…

— Sur le chemin de la trahison ! Je sais cela aussi. Et vous l'aimez encore ?

Elle eut un sourire qui s'adressait plus à elle-même qu'au Roi :

— Nous en sommes à un point où la tendresse l'emporte et où il est malaisé de démêler la part d'habitude.

— Mais vous avez eu d'autres amants.

Cela non plus n'était pas une question.

— Je sais que l'on m'en a prêté…

— Et on ne prête qu'aux riches n'est-ce pas ?

Aussitôt elle fut debout, maîtrisant difficilement une colère grandissante :

— Le Roi ne m'a-t-il fait l'honneur de me convoquer toutes affaires cessantes que pour m'insulter ?

— Je ne vous ai pas autorisée à vous lever et je ne vous insulte pas. Je voulais seulement savoir où vous en êtes de vos affaires de cœur : alors, en dehors de Condé, point d'amants ?

— Aucun, Sire !

— Voici donc la raison de votre présence. J'ai reçu pour vous une demande en mariage ! Et des plus sérieuses. En un mot comme en cent : le duc de Mecklembourg-Schwerin demande votre main. Qu'en pensez-vous ?

— Rien, Sire ! Je ne le connais pas… et même je ne l'ai jamais vu !

— Cela me paraît improbable car lui se dit passionnément amoureux de vous, duchesse ! Et puisque nous en sommes aux titres, j'ajoute qu'il est duc souverain en ses États et qu'il est prince des Vandales…

— Des quoi ? s'effara fort peu respectueusement Isabelle qui crut avoir mal entendu : Des Vandales ?…

— Ne riez pas, c'est très sérieux ! Ils composent une importante partie des peuplades du nord de l'Allemagne mais leur origine se situe plutôt en Europe centrale et, s'ils sont intégrés à l'Empire, ils n'en reconnaissent pas pour autant sa souveraineté. Chez eux, le duc Christian est roi ! Voulez-vous être reine ?

— Alors ce sont des… sauvages ?

— Ils ont peu évolué, naturellement, mais je reconnais qu'à l'origine ils n'avaient rien à envier aux autres peuplades barbares. Genséric qu'ils considèrent comme leur fondateur a ravagé Rome et une partie de l'Italie, l'Afrique du Nord y compris Carthage et… et j'en passe.

La culture, surtout géographique, d'Isabelle se révélant hermétique – à l'exception de Rome ! –, elle ne lui permettait pas de situer, même vaguement, ce qu'elle entendait. Le Roi, qui pour une fois s'amusait franchement, attendit tranquillement sa réaction qui se borna à penser à voix haute en levant sur le Roi un regard candide :

— Mais qu'est-ce que ce seigneur barbare fait chez nous ?

— Il y réside la plupart du temps parce qu'il s'y plaît. Schwerin, sa capitale, proche de la mer Baltique et entourée d'un lac, est glaciale en hiver ! Il possède chez nous un hôtel, deux ou trois châteaux – j'allais oublier de vous dire qu'il est très riche ! Il admire énormément la France… au service de laquelle il met volontiers les cinq ou six mille hommes de son armée. Composée uniquement de soldats d'élite ! Vous voyez, duchesse, que ce n'est pas un moindre sire qui recherche votre alliance !

— Comment se fait-il que je ne le connaisse pas ? Je n'ai aucun souvenir de l'avoir jamais rencontré alors qu'apparemment il n'en est pas de même pour lui ?

— Quoi qu'il en soit, que répondez-vous ?

— Que les bras m'en tombent, Sire…

— Et que vous souhaitez d'abord le rencontrer et lui permettre ainsi de plaider sa cause ?

— Le Roi est la compréhension même… mais quelle langue parle ce… ?

— Un excellent français, rassurez-vous ! À présent allez saluer Madame qui est en peine de vous et accompagnez-la, ce soir, à notre jeu ! Mecklembourg vous sera présenté !

Il n'y avait rien à ajouter comme le signifiait le retour au pluriel de majesté. Isabelle remercia son souverain, plongea dans sa révérence et s'en fut rejoindre Madame.

Elle trouva la princesse au jardin entourée de Mme de La Fayette et de Mme de Gamaches, achevant la promenade qu'elle avait coutume de faire à cette heure et l'accueillit avec un évident plaisir :

— Nous vous attendions avec impatience afin de vérifier un bruit qui court : on vous marie ?

— On me propose un mariage mais je n'ai pas encore accepté…

— Si ce mariage agrée au Roi vous ne vous y soustrairez pas ! prophétisa-t-elle, une nuance d'amertume dans la voix qui n'échappa pas à la revenante. Qui est-ce ?

— Le duc de Mecklembourg-Schwerin.

— Doux Jésus ! s'exclama Mme de La Fayette, sur un ton qu'elle se hâta de corriger devant la mine inquiète d'Isabelle. Je veux dire…

— Je vous prie de vous taire ! intervint Madame avec autorité. Il faut laisser la duchesse juger par elle-même ! Ce que l'on peut seulement souligner c'est que de sa personne il est très grand, très… allemand, quoi qu'on en pense…

— Que Madame me pardonne ! s'écria Isabelle, saisie d'une soudaine illumination. Ne serait-il pas venu saluer Madame et Monsieur voici deux ou trois jours aux Tuileries ?

— Oui ! approuva Mme de La Fayette.

— Alors je sais de qui il est question ! Un rustre, un malotru, un…

— … Vandale ? proposa Mme de Gamaches.

— On m'a dit qu'il l'était et je n'en veux pas ! À aucun prix !

Et de raconter la collision subie dans le vestibule des Tuileries au moment où elle partait pour Précy… Récit qui fut salué d'un triple éclat de rire.

— Il faut avouer, corrigea Madame, qu'il ne s'est pas montré sous son aspect le plus séduisant…

— Séduisant ? Cette montagne tudesque ?

— C'est je pense un défaut d'éclairage, proposa Mme de Gamaches. Sachez, ma chère, que notre universel Loret lui a consacré des vers louangeurs :

Il n'est ni menu, petit ni mince
Mais grand, bien fait et bien formé,
Et digne, certes d'être aimé,
Son âme est généreuse et bonne…

— Loret devait avoir de sérieux ennuis d'argent quand il a écrit ces fadaises car il est en effet généreux et comme il est riche comme un puits cela ne lui coûte pas cher ! Épousez-le, chère Isabelle et il vous offrira les plus beaux bijoux de la terre. Vous aurez tout à foison… et vous vous ennuierez à mourir !

— Ce n'est pas tant cela qui me tourmente, reprit Isabelle. Nul mariage n'est parfait et celui-là pourrait en valoir un autre mais il y a un détail qui m'importe et c'est sa religion. Il est allemand et dans ce cas…

— Ma foi, je redoute qu'il ne soit protestant, avança Mme de La Fayette.

— Alors la cause est entendue. Je ne pourrai épouser qu'un catholique !

— Vous êtes bien formelle ! observa Mme de Gamaches.

— Simplement sincère ! C'est le seul point sur lequel je ne transigerai pas. Mon défunt époux a dû abjurer. Pourtant je l'aimais…

— Celui-là en fera peut-être autant ? plaida Madame. Et sa fortune pourrait vous être d'une certaine utilité, songez-y !

Elle avait on ne peut plus raison. Toujours empêtrée dans le procès de succession de Châtillon dont se mêlait le maréchal d'Albret, créancier d'une des parties, Isabelle éprouvait parfois quelques difficultés à maintenir son train de vie. Surtout ces derniers temps où Mme de La Suze et d'Albret bataillaient avec une ardeur accrue.

— Allons ! conclut Madame sur le mode apaisant. Attendez au moins d'avoir vu votre prétendant avant de jeter le manche après la cognée ! D'autant – et je crois que vous devez en être informée – que c'est un homme particulièrement obstiné. Quand il a une idée, il s'y tient ferme et vous aurez du mal à vous en débarrasser… au cas où il vous déplairait !

— Il doit être triste à périr !

— Absolument pas ! Il aime le faste, adore les fêtes, les spectacles, les grandes cérémonies à un point tel que l'on ne pourrait penser, comme disent certains, qu'il est « spectateur de profession[1] » !

Cela dit, et n'en sachant pas plus, Isabelle décida à tout hasard d'apporter un soin particulier à sa toilette.

Elle en fut bien payée…

Quand elle apparut, ce soir-là, au jeu du Roi, un murmure admiratif salua son entrée en robe de satin gris et rose pâle, portant les superbes perles que lui avait léguées la princesse Charlotte, elle avait l'air d'être habillée dans une conque. Sa taille fine et sa tournure lui donnaient l'allure d'une jeune fille comme d'ailleurs son visage lisse où ses immenses yeux sombres brillaient comme des diamants noirs. Souriante et gracieuse, elle vint saluer le Roi et la Reine – Anne d'Autriche, souffrante, était restée chez elle – mais elle n'eut pas à chercher dans la foule des courtisans celui qui voulait l'épouser : il avait l'honneur de jouer avec le Roi et s'apprêtait visiblement à perdre gaiement les piles de louis d'or posées devant lui quand l'entrée en scène d'Isabelle le fit jaillir de son siège.

Loret n'avait pas tort en écrivant qu'il n'était ni petit ni mince. À cette différence près qu'il était somptueusement habillé de bleu et d'or, on pouvait facilement l'imaginer sous les peaux de bêtes et la ferraille d'un chef barbare. Mesurant plus de six pieds[2] et taillé en conséquence, il avait une abondance de cheveux blonds qui le dispensait de porter perruque, de beaux yeux bleus, une bouche « gourmande » dont le sourire n'était

1. C'est du moins ainsi que l'a dépeint La Bruyère. Saint-Simon l'a dit « extraordinairement borné » et la Palatine assurait qu'il était « bien élevé et raisonnait avec justesse » !

2. 1 pied = 0,3248 mètre. Donc il mesurait environ un mètre quatre-vingt-quinze.

jamais loin. Un grand nez et un menton têtu, plus une tendance à l'embonpoint complétaient le personnage.

En se retrouvant en face d'Isabelle il était devenu du plus bel écarlate tandis que sa gorge se serrait, lui interdisant tout discours. Il s'en tira en lui appliquant sur la main un baiser ventouse qui lui en rappela un autre mais cette fois, et au lieu de lui renvoyer une gifle, elle se déclara charmée de le rencontrer.

— Voulez-vous jouer, duchesse ? demanda Louis XIV.

— Je remercie le Roi… mais non !

— Alors faites à votre guise ! Le duc Christian vous tiendra compagnie ! La nôtre ne l'intéresse pas ! ajouta-t-il en souriant.

Tandis que, main dans la main, ils traversaient les salons pour gagner la terrasse – le temps était extrêmement doux cette nuit-là – suivis des yeux par une foule chuchotante, Isabelle repassait mentalement ce que, dans la journée, elle avait pu apprendre de son soupirant : il avait trente-neuf ans, vivait en France plus souvent que dans son duché nordique, avait servi avec honneur dans les dernières guerres – côté français bien sûr ! – et professait une admiration sans limites pour Louis XIV auquel il avait adressé l'année précédente une lettre de sa main et en excellent français, langue qu'à la surprise d'Isabelle il maîtrisait parfaitement avec un accent tudesque assez prononcé mais écrivait encore mieux :

« Sire, je n'ai pas de paroles assez expressives pour pouvoir témoigner à Votre Majesté combien je me tiens honoré de l'honneur qu'elle me fait de m'accorder son estime et son amitié ; c'est une grâce que j'ai si peu méritée que, comme elle me met au comble de tous mes souhaits, elle m'engage aussi puissamment à Votre Majesté qu'elle peut absolument disposer de ma personne comme lui étant absolument acquise. »

Ayant écrit cette belle épître pour remercier le Roi de l'autoriser à faire sa cour à Mme de Châtillon, Christian de Mecklembourg l'avait si soigneusement lue et relue qu'il la savait par cœur et la récita à Isabelle tandis qu'ils se promenaient dans les jardins de Saint-Germain. Celle-ci l'écoutait avec un certain plaisir. Il n'était pas mal du tout, son prétendant, et ce ne fut pas sans un regret qu'elle lui fit connaître l'opposition majeure que la différence de religion mettait à leur mariage.

Elle s'attendait à une déception, à des protestations, voire à des larmes car il semblait très épris mais rien ne vint :

— La belle affaire ! déclara-t-il avec désinvolture. Je me ferai catholique et voilà ! L'important n'est-il pas d'adorer Dieu ?

En vérité, ce grand diable était de plus en plus intéressant et Isabelle décida d'en savoir davantage :

— Pardonnez-moi si je me montre indiscrète mais je m'étonne, Monseigneur, que vous ne soyez pas encore marié ?

— Oh, je l'ai été mais il y a si longtemps qu'il m'arrive de l'oublier. En... 1650 ?... Oui, c'est cela ! En 1650, donc, j'ai épousé ma cousine Christine-Marguerite de Mecklembourg-Güstrow, déjà veuve et plus âgée que moi. Elle était laide et ennuyeuse comme la pluie. J'en ai eu vite assez. Aussi ai-je fait réunir un consistoire qui a prononcé la dissolution de ce mariage inepte ! Depuis Christine-Marguerite vit chez sa sœur, la duchesse de Brunswick, et moi j'ai recouvré ma liberté. Ce qui me permet, belle dame, de vous l'offrir… avec mon cœur !

— Je n'ai pas encore répondu oui. C'est si soudain !

— Pour vous peut-être mais pas pour moi ! Il y a longtemps que je vous aime et…

— Que ne l'avez-vous dit plus tôt ?

Il s'arrêta, posa un doigt sur son front ce qui était signe pour lui d'intense réflexion et finalement déclara :

— Ma foi, je l'ignore ! Cela avait dû me sortir de l'esprit ! Vous savez comme moi que le temps passe vite ! Après une idée en vient une autre, puis une autre et finalement on se retrouve au bout de la journée sans avoir accompli rien qui vaille !

Quand Isabelle lui eut fait part de cette étrange demande en mariage, Madame éclata de rire :

— N'allez pas en tirer des conclusions hasardeuses, Babelle ! Christian de Mecklembourg est peut-être le meilleur homme du monde et vous aurez en lui un excellent époux. Seulement il a un gros défaut !

— Je me disais aussi que c'était trop beau !

— Allons, allons, ne faites pas de mauvais esprit ! Il a de grandes qualités et vous allez être princesse souveraine mais il faut que vous corrigiez ce bon Christian d'oublier la moitié des choses qu'il a à faire. On n'est pas plus distrait !

— Si j'entends Votre Altesse, il est capable de m'oublier dans un coin une heure après m'avoir épousée ?

— Pas à ce point, je vous rassure. Enfin j'ose l'espérer ! Un conseil, cependant : avant de signer votre contrat de mariage veillez à ce qu'il soit entièrement conforme à vos espérances !

En attendant, le « bon Christian » donna une belle réception, en son hôtel de la rue de Cléry, pour annoncer ses fiançailles. Le Roi et les Reines y vinrent et Isabelle, ravie, put faire étalage de la splendide émeraude entourée de diamants qui sanctionnait ces accordailles… Après quoi, alors que Christian était à la veille de son départ pour Schwerin afin d'y préparer les fêtes du mariage et l'installation au palais de sa nouvelle épouse… ce bel édifice s'écroula ! Un courrier de M. de Gravel, ambassadeur de France en Mecklembourg, accourut prévenir que la sentence du Consistoire démariant le prince venait d'être déclarée nulle par l'université de Rinthel et que le duc ne pouvait songer à un second mariage avant d'avoir fait annuler le premier !…

Colère du fiancé. Comme pour la plupart des gens paisibles, elles étaient chez lui rares mais spectaculaires. Il cracha feux et flammes et monta en voiture remettre de l'ordre dans son fief… en passant par Rome afin d'y abjurer entre les mains du pape et se faire bon catholique avant de prendre la route de Schwerin.

— On ne peut pas dire que ce soit le plus court chemin, observa Monsieur que l'histoire amusait fort. N'aimant pas sa femme, il détestait de ce fait sa confidente. Je me demande ce qu'il va en résulter !

Isabelle se le demandait aussi et n'arrivait pas à comprendre pourquoi les choses semblaient se compliquer dès qu'il était question d'un mariage pour elle. Il était difficile d'oublier la triple bénédiction nuptiale qu'il avait fallu pour l'unir à Gaspard de Châtillon mais au moins étaient-ils ensemble et en riaient parce qu'ils ne se quittaient pas et que l'amour meublait leurs longs tête-à-tête…

Il n'en allait pas de même cette fois où des centaines de lieues les séparaient et Christian devait se battre seul n'ayant même pas pour réconfort le souvenir ne serait-ce que d'une nuit d'amour, Isabelle n'entendant pas couronner la flamme de son admirateur avant d'être elle-même couronnée princesse souveraine. Quelle revanche que ce mariage somptueux pour l'ancienne petite Montmorency pauvre ! Elle espérait seulement avoir bien « ferré » sa prise. Avec un homme aussi distrait que lui, on pouvait craindre d'être purement et simplement oubliée…

À Schwerin, Christian se battait. Il s'était d'abord converti au catholicisme, ce qui lui permettait de recourir au pape pour annuler une union « hérétique » avec sa cousine. Puis, sans respirer et pour s'assurer la protection toute-puissante du Roi de France, il expédiait à Paris un ambassadeur, le marquis de Gudanes, muni d'un traité secret donnant au souverain l'administration de ses avoirs et possessions s'il se mariait en France et mettait en outre à sa disposition quatre mille cavaliers et fantassins prêts en permanence à s'ébranler au moindre signe de sa part.

Louis XIV et Hugues de Lionne, son ministre, étaient très séduits à la pensée de disposer d'un allié aussi solide au nord de l'Allemagne. De son côté, Isabelle, flattée par l'ardeur de son soupirant, avait écrit au Roi afin d'obtenir son autorisation officielle pour conclure cette union. Ce fut Lionne qui répondit tout aussi officiellement :

« Le Roi agrée et trouve fort bon le mariage proposé et sera même très aise qu'il puisse réussir et que les parties demeurent d'accord entre elles. »

Aux anges, Christian revint en France retrouver enfin sa bien-aimée et être reçu en audience privée à

Saint-Germain mais – eh oui, il y avait un mais, et de taille ! – le bruit de ce mariage princier avait fait le tour de l'Allemagne où les cousins Mecklembourg-Güstrow criaient au scandale avec, en tête, Gustave-Adolphe et Christine, la répudiée, qui adressa une lettre à Louis XIV niant la répudiation et s'affirmant épouse authentique depuis douze ans. En même temps l'ensemble de la famille Mecklembourg se rangeant à ses côtés faisait comprendre que, si Christian passait outre, on le déclarerait bigame, sans conteste, et on s'arrangerait de manière qu'il perde un trône où Christine entendait être seule à avoir le droit de s'asseoir auprès de lui.

Prudents Louis XIV et son ministre distribuèrent quelques bonnes paroles destinées à l'apaisement des parties : il convenait de laisser le temps au temps pour débrouiller une affaire de famille aussi délicate.

Une façon comme une autre de se sortir – au moins s'accorder un répit ! – d'un imbroglio difficile. Or, avec le printemps qui revenait, le Roi songeait surtout à ses amours avec La Vallière et n'appliquait son attention qu'à la fête sublime qu'il voulait donner, en son honneur, dans les jardins du (encore modeste) château de Versailles dont il entreprenait de faire ce que l'on sait.

Les « Plaisirs de l'île enchantée », féerie qui devait durer plusieurs jours, allaient s'offrir à l'admiration de ceux qui y étaient invités et l'amertume de ceux qui ne l'étaient pas. Isabelle en fut, emmenée par Madame dont, par discrétion, elle s'était un peu écartée durant cet hiver où son mariage avait défrayé nombre de conversations. La princesse pensait que son amie avait un urgent besoin de se distraire. Or, elle allait sans le vouloir lui créer de nouveaux soucis.

Le marquis de Vardes qu'Isabelle n'avait guère vu ces temps derniers avait avancé quelque peu ses affaires auprès de Madame et osa, à l'occasion de la fête, déclarer sa « passion » à la princesse qui – selon Mme de La Fayette – « ne le rebuta pas entièrement ». Isabelle se retrouva confidente de cette nouvelle intrigue. Sa position privilégiée en éveillant des jalousies lui valut des inimitiés solides et, en premier lieu, de Françoise Athénaïs de Rochechouart ancienne fille d'honneur (récemment devenue marquise de Montespan en épousant le marquis) qui n'avait jamais aimé Mme de Châtillon et la comtesse d'Armagnac qui – toujours d'après Mme de La Fayette – « employait volontiers le peu d'esprit qu'elle avait à faire du mal ». Ces dames entreprirent de perdre Isabelle aux yeux de la Reine mère, et surtout aux yeux de Monsieur, chose on ne peut plus facile : il suffisait d'en faire une entremetteuse au service des deux amants. Ce qui n'était sans doute pas loin de la réalité.

Quoi qu'il en soit Monsieur prit feu et prétendit interdire à la duchesse l'accès à l'appartement de Madame.

Pour une belle bagarre ce fut une belle bagarre : aucun de ces époux si mal assortis ne voulant céder ! Enfermée chez elle, Anne d'Autriche refusait d'intervenir dans une « querelle de ménage » ! Charles II d'Angleterre, alerté par « Minette [1] », y mit son grain de sel. Toujours fidèle au flirt de ses dix-sept ans, il écrivit pour confirmer ses fidèles amitié et confiance à Mme de Châtillon, augmentant de la sorte les fureurs de Monsieur.

1. Charles II appelait affectueusement sa sœur ainsi.

Vint le moment où l'on put supposer qu'une guerre ouverte allait éclater chez les Orléans où chacun prenait parti pour l'un ou l'autre des deux époux, jusqu'à ce que Louis XIV, exaspéré, assenât un coup de poing sur la table : Mme de Châtillon recevrait des excuses, garderait son poste auprès de Madame où ses accusatrices retrouveraient le leur. Encore Mme d'Armagnac devait-elle l'indulgence royale à son association avec Mme de Montespan qui constituait l'un des plus beaux ornements de la Cour, ce dont le Roi s'était avisé même s'il était toujours fort épris de La Vallière. Quant à Mme de Châtillon, elle sortait de l'incident plus en faveur que jamais.

Pendant ces péripéties, Christian de Mecklembourg n'était pas resté les bras croisés. Il avait enfin obtenu du pape la promesse d'un bref cassant son premier mariage dès qu'il aurait procédé à son abjuration publique devant le cardinal Antoine spécialement délégué pour la recevoir. Elle eut lieu dans l'hôtel de la Nonciature en présence de plusieurs évêques et quelques personnalités. Puis, à l'issue de la messe, le nouveau converti reçut le sacrement de confirmation sous le prénom de Louis qu'il avait choisi en hommage au Roi. Après quoi on festoya en compagnie des époux royaux. Enfin, le lendemain et dans la Sainte-Chapelle de Vincennes, le cardinal en vertu d'un bref du pape approuvé et confirmé par l'Empereur et après avoir absous le prince des peines et censures ecclésiastiques encourues pour avoir épousé sa cousine germaine – cas de nullité ! – prononça la cassation dudit mariage et remit le duc en pleine liberté de se remarier avec telle ou telle autre personne catholique choisie par lui.

Désormais plus rien ne pouvait s'opposer au mariage. Les « fiancés » et deux notaires furent chargés de préparer le contrat. Comble de bonheur, le Roi remit au duc le cordon de l'ordre du Saint-Esprit au cours d'une autre cérémonie et le 25 décembre, jour de Noël, le nouveau chevalier fut autorisé à offrir le pain bénit à la grand-messe solennelle qui fut magnifique.

Les deux fiancés rayonnaient. Le contrat était prêt. Il ne restait plus qu'à publier les bans et fixer la date du mariage.

Seulement on n'en eut pas le temps !…

Isabelle n'oublierait jamais ce matin de janvier où Christian, sous son équipement guerrier, vint lui faire ses adieux :

— Vos adieux ? Mais où allez-vous comme cela ?

— Je rentre à Schwerin, ma chère. Des nouvelles alarmantes me sont parvenues : les Suédois ont pris les armes pour envahir le Mecklembourg et je dois partir défendre mon pays…

— Vous allez vous battre à la veille de notre mariage ? Mais les autres Mecklembourg, vos beaux-frères, cousins ou je ne sais qui n'en sont-ils pas capables ?

— J'espère que si mais je ne suis pas tranquille !

— Alors qu'hier le Roi vous a reçu avec le faste réservé aux princes souverains ? En outre il vous aime fort, et vous déclarer la guerre c'est à présent la lui déclarer à lui ! Ces gens-là ne doutent de rien !

— Ils sont prêts à n'importe quoi pour faire échouer notre mariage mais rassurez-vous, mon cœur, ils n'y parviendront pas ! J'aimerais mieux mourir avec vous que régner sans vous ! ajouta-t-il en la prenant dans ses bras pour le baiser d'adieu…

Devant cette romantique perspective, Isabelle opposa un silence que son « promis » mit sur le compte de l'émotion grâce aux discrets reniflements dont elle l'accompagna. En fait elle n'avait envie de mourir ni avec Christian ni avec personne d'autre. Sincère au moins envers elle-même, elle n'éprouvait pour lui qu'un sentiment assez tiède et n'eût jamais accepté de l'épouser s'il avait été un seigneur obscur. Et cela pour deux raisons. D'abord il n'était pas très récréatif, même s'il avait la passion des fêtes, et avec sa manie d'oublier régulièrement quelque chose. Ensuite – et c'était le plus inquiétant ! – les quelques moments d'épanchement qu'elle lui avait autorisés n'avaient que de lointains rapports avec les folles griseries vécues avec son cher Gaspard, Nemours ou Condé et elle n'était pas sans appréhension lorsqu'elle évoquait sa prochaine nuit de noces. Rien que ses baisers étaient un rien prosaïques : ils étaient du genre succions et sentaient la bière – qu'elle détestait !

— Ne me dites pas que vous aimez cet ours vandale ? lui avait déclaré Condé que ce mariage agaçait au plus haut point. En ce qui me concerne je refuse de renoncer à ces heures aussi charmantes que discrètes que nous vivons ensemble quand nos solitudes se font pesantes ! Je crois ne je ne cesserai jamais de vous désirer !

— Qui vous le demande ? Encore que j'eusse préféré vous entendre employer le verbe aimer !

— L'âge venant, cela revient au même [1] ! Au fond pourquoi vous mariez-vous ?

— Vous me connaissez suffisamment pour le savoir. Retrouver une vraie position dans le monde, ne plus être une veuve dédaignée à laquelle les ans arra-

1. Son fils, Enghien, venait d'épouser Anne de Bavière.

cheront peu à peu ses charmes et sa beauté. Une femme sans défenseur à la merci d'un gentillâtre qui pourra se croire permis des privautés odieuses à l'encontre de son orgueil !

— Vous avez un frère pourtant et Dieu sait qu'il a le cuir sensible, notre petit duc !

— Il est en train de se dissoudre dans la paix ! J'essaie de veiller sur lui de loin mais il accumule les sottises. Peut-être que, devenue presque reine, me sera-t-il possible de l'aider… discrètement. Songez donc qu'il s'adonne à l'alchimie depuis quelque temps !

— Il faut que je l'invite à Chantilly ! fit le Prince avec un bref éclat de rire. Nous chercherons la pierre philosophale ensemble !

— Combien j'aimerais y retourner moi aussi ! soupira-t-elle. Je suppose que votre sœur y est maîtresse ?

— Oh, que non ! Elle s'est entichée de Port-Royal ! D'ici qu'elle se change en mère de l'Église il n'y a pas loin ! Excessive, à son habitude, elle guigne la sainteté ! Ne m'a-t-elle pas dit l'autre jour qu'elle priait pour vous !

— Pour moi ?

— Eh oui ! Il me semble qu'elle est sensible à la détermination dont vous faites preuve à protéger Madame Henriette. Elle dit qu'il faut du courage face à Monsieur et à sa dangereuse clique de trop beaux amis…

En fait le mariage d'Isabelle ne se trouva retardé que de quelques semaines. Dans les derniers jours de février, Christian était de retour et, dès le lendemain – le 28 –, on signait le contrat chez Isabelle en son hôtel de la rue Neuve-Saint-Honoré. Un contrat qui faisait d'elle une femme richissime ! Enfin, le 3 mars, l'union était sanctifiée sans faste aucun dans l'église Saint-Roch qui était la paroisse de la fiancée. On était en carême mais l'archevêché avait accordé les dispenses nécessaires... et le duc de Luxembourg-Piney, prince de Tingry depuis peu, avait réclamé l'honneur d'être le témoin de sa sœur.

Il n'avait pas désarmé pour autant !

— C'était bien la peine de faire tant d'histoires quand nous servions sous la bannière espagnole, Condé et moi ? lui décocha-t-il d'entrée de jeu. Vous devenez allemande à présent ?

— Le Mecklembourg est en paix avec la France, répondit-elle vertueusement, et son prince fait allégeance à notre Roi. Vous n'allez pas lui chercher querelle au moins ?

— Oh, je m'en garderai... sauf s'il m'y obligeait. S'il vous maltraitait par exemple ? À moins que vous ne l'ayez mérité. Ce qui ne me surprendrait pas...

— Cessez de proférer des âneries. Je suis très satisfaite de mon sort. Plus que vous peut-être ? Je me suis laissé dire que vous donniez dans l'alchimie ? Étrange occupation pour un guerrier !

— Mêlez-vous de ce qui vous regarde ! Comme si une femme pouvait comprendre quoi que ce soit à...

— Pourquoi pas ?

— Le cerveau d'une femme n'est pas bâti pour cela ! Occupez-vous plutôt du bonheur de votre époux ! Il fait de vous une princesse ! Pas comme les autres, il est vrai ! Souveraine des Vandales ! Ce n'est pas donné à n'importe qui mais cela pourrait vous aller comme un gant ! En remerciement vous lui pondrez j'espère nombre de petits Vandales ! Quelle intéressante famille nous allons avoir là !… fit-il en éclatant de rire.

Furieuse, elle prenait son élan pour lui taper dessus quand une poigne solide la retint. En même temps une voix autoritaire – celle de Condé qui venait d'entrer discrètement – tonitrua :

— Cela suffit, François ! Il n'est pas d'usage que le témoin d'un mariage insulte la personne qu'il est censé soutenir. Il fallait refuser. Or tu l'as demandé ! Pourquoi ?

— Pour voir la tête de ce nouveau parent inattendu ! Un Vandale, autrement dit un barbare, ce qui suscite ma curiosité ! Et si je ne me trompe vous êtes là pour les bénir, Monseigneur ?

Pour l'avoir si longtemps employée, l'appellation lui était venue spontanément aux lèvres et fit sourire Condé :

— Tu es prince, toi aussi ! Et je ne suis plus ton seigneur !

François détourna la tête peut-être pour cacher une émotion :

— Vous le serez toujours pour moi ! En outre, vous êtes altesse royale, ce que je ne pourrai être ! Et pourquoi êtes-vous venu ? N'est-elle plus votre maîtresse ?

— Elle est ma tendre amie et le restera. Ne pouvant l'épouser je préfère la confier à un brave homme, sans doute pas d'une intelligence extrême mais il va la placer assez haut pour qu'elle n'ait plus à redouter les avanies d'une Cour sans cesse à la recherche de coups de griffes à distribuer. Et maintenant il est temps de se rendre à l'église. On ne fait pas attendre Dieu !

Et il la conduisit lui-même à l'autel.

Son premier – et si tumultueux mariage ! – s'était déroulé dans une telle atmosphère de folie qu'Isabelle, tout à son bonheur, avait prêté peu d'attention aux paroles sacramentelles qu'on lui faisait prononcer. Ce soir-là, elles lui furent lourdes de signification quand elle s'entendit promettre amour, assistance et fidélité à ce grand lourdaud qui la regardait avec des yeux mourants…

Ce tantôt, au cours de sa brève passe d'armes avec François, elle s'était déclarée parfaitement satisfaite de son sort. C'était vrai en ce qui touchait son statut mondain. Elle était duchesse régnante, princesse et même reine pour les descendants des tribus barbares implantées sur les terres froides de Poméranie. À ce propos et se souvenant du pari jadis passé entre elle et Mme de Longueville, elle pensa qu'elle avait gagné la partie et qu'elle devrait peut-être envoyer un ruban aux couleurs du Mecklembourg à son ancienne rivale mais ne s'y attarda pas longtemps. Une future religieuse n'avait que faire d'un ruban, fût-il le plus riche du monde !

Pour ces raisons, elle avait juré sans arrière-pensée, oubliant qu'il y avait dans la vie humaine autant de nuits que de jours ou à peu de choses près. Or, ce fut une évidence sans agrément quand, le matin, elle quitta le lit nuptial où Christian ronflait avec une application digne d'éloges pour se confier aux soins d'Agathe venue porter le bouillon du « lendemain » dont elle ne but que quelques gouttes avant de se retirer dans le cabinet de toilette – toujours agencé avec un soin particulier dans chacune de ses résidences ! – avec l'impression d'être une barque malmenée par la tempête qui trouve enfin un port.

Avant même d'avoir jeté un regard au grand miroir devant lequel elle passait des heures si réconfortantes, elle entendit le cri étouffé d'Agathe :

— Doux Jésus ! Madame la duchesse est… couverte de « bleus » ! Son… son époux l'aurait-il battue ?

Simultanément, elle ôtait le léger peignoir dont elle avait enveloppé sa maîtresse au saut du lit découvrant l'incroyable réalité :

— Par tous les saints du Paradis ! gémit Isabelle en face de son corps couvert de traces multicolores, bleues, rouges, jaunes, violettes, laissées par les doigts et la bouche de son conjoint, je ressemble à une galantine truffée !

Elle aurait dû s'y attendre, ayant vécu la nuit de noces la plus éprouvante qui soit ! Non seulement son Christian n'avait pas manqué d'ardeur mais il avait péché par excès plutôt que par défaut. Entre plusieurs assauts, car il semblait infatigable, il avait malaxé, trituré son corps dont la peau délicate présentait ici et là quelques griffures. Le visage, lui, était intact… ou à peu près, bien que les lèvres fussent anormalement gonflées et les yeux cernés d'un assez joli mauve !

— Comment affronter les visites de lendemain de noces arrangée comme me voilà ? gémit-elle. À moins de revenir à la mode espagnole avec fraise autour du cou et manches au poignet !…

— Le mieux serait de vous déclarer souffrante… et d'envoyer Monseigneur le duc dormir ailleurs…

— Mais ce n'était que la première nuit ! se lamenta Isabelle. Et il y en aura d'autres ! Beaucoup d'autres et, au train où il y va, je ne résisterai longtemps !…

— Si madame la duchesse me permet un conseil, ce serait d'ordonner au valet de M. le duc de lui couper les ongles à ras ! Ce sera toujours autant de gagné…

11

Le sang et la boue

En dépit de nuits peu agréables dont elle s'efforçait d'ailleurs de réduire la fréquence, Isabelle connut une période des plus satisfaisantes pour son orgueil et sa vanité. Tout lui souriait à commencer par le Roi, les Reines, et bien entendu Madame, enchantée du bonheur de son amie. L'annulation du mariage de Christian avec sa cousine avait été proclamée publiquement et solennellement en vertu d'un bref du pape confirmé par décret de l'Empereur. Son époux la couvrait de bijoux et partout elle était la plus belle, la mieux parée. C'était délicieux, enivrant même… et cette béatitude dura quinze jours !

Pourquoi quinze jours ?

Simplement parce que, plus têtus que des ânes rouges, les membres de la tribu Mecklembourg-Güstrow, Gustave-Adolphe en tête, se déclaraient les champions de Christine, la répudiée, et allaient jusqu'à reprocher au Roi de France d'avoir donné son consentement à un mariage proprement scandaleux, ajoutant même que la famille offensée comptait sur lui pour déclarer « le mariage nul et invalide comme étant fait contre les formes et au préjudice de l'autorité absolue qu'Elle [Sa Majesté !] possède dans son royaume »…

Grosse perplexité de Louis XIV et de son ministre Hugues de Lionne ! Ce qui était assez inattendu chez le Roi qui allait mettre un bon mois à concocter une réponse un brin tirée par les cheveux ne faisant pas vraiment honneur à un souverain tellement imbu de sa grandeur. Il y proclamait en effet que son seul désir était de ramener la paix et la concorde dans la famille de Mecklembourg. Après il osait ajouter sans rougir qu'il « n'[avait] pas été prévenu du mariage en question et ne l'[avait] appris que par bruit commun ». Et de conclure qu'on allait expédier un « envoyé spécial », le sieur Heiss, pour conférer avec les princes des « moyens de conduire le tout à une bonne fin pour le bien et la sûreté des uns et des autres ». On croyait rêver !

Isabelle, pour sa part, ne s'en accordait pas le temps. Tandis que son époux se lamentait parce qu'il ne savait plus de quel côté se tourner, elle retroussait moralement ses manches, se lançait dans une bataille épistolaire et trempait sa plume dans l'encre pour faire connaître son point de vue :

« [...] Je vous envoie une lettre par laquelle vous verrez que l'Empereur fait son devoir et que, si vous aviez fait le vôtre, je ne serais pas dans un état aussi violent que celui où je suis. Vous savez, monsieur, que je vous ai déclaré que je vous gronderais tant que cela durerait. Faites en sorte que cela finisse le plus tôt qu'il se pourra afin que je suive l'inclinaison que j'ai d'être votre très humble servante [1]. »

Elle ajoutait, en post-scriptum, avoir été « avertie de bonne part que les Suédois s'entend[aient] avec les

1. L'orthographe surréaliste de la duchesse ôtant beaucoup de l'intensité dramatique de ses écrits, j'ai jugé plus prudent de l'adapter.

Mecklembourg-Güstrow et les pouss[aient] à d'injustes réclamations pour en profiter ».

Cette épître embarrassa d'autant plus Lionne que le duc Christian apprit deux ou trois jours après que son État était menacé une fois de plus. Il se montra consterné par « tant de méchanceté », ce qui mit son épouse hors d'elle :

— Vous n'allez pas rester là à pleurer et à gémir sur la cruauté des hommes et l'injustice de vos sujets ? Il vous faut les mettre au pas !

— Mais je l'ai déjà fait avant notre mariage et tout allait au mieux lorsque je suis revenu !

— Je ne sais pas ce que vous appelez au mieux mais je soupçonne qu'une note d'incompréhension s'est glissée dans vos propos ! Quelle langue parlent vos Vandales ?

— Le bon allemand comme tout le monde !

— J'aurais tendance à penser que cela ne doit pas être le même et si les Suédois s'en mêlent cela doit donner une assez jolie cacophonie. En tout cas, ce qui est certain, c'est qu'il faut que vous régliez ce problème vous-même. Prenez congé du Roi et mettez-vous en route !

— Venez avec moi, au moins ! Votre beauté, votre charme et votre grâce devraient faire merveille sur des gens un peu frustes !

— À condition qu'ils ne commencent pas par me lapider telle la pécheresse de l'Évangile, puisque je ne suis pas votre épouse reconnue ! Évidemment, si vous souhaitez devenir veuf, c'est une idée à retenir !

— Isabelle ! Comment pouvez-vous être aussi cruelle ? Comme si vous ne saviez pas que je vous adore !

— Eh bien, voilà l'occasion de me le prouver ! Faites-moi reconnaître par vos barbares et je vous rejoindrai sans hésiter ! Je préfère les fleurs aux pavés !

Une mauvaise nouvelle n'arrivant jamais seule, on apprit presque simultanément qu'un « mandement » impérial, sous l'approbation de la vieille duchesse douairière, autorisait la saisie des biens de Christian et que les Suédois, d'accord avec le duc de Saxe, son beau-frère, s'apprêtaient à se saisir d'une de ses forteresses.

Ce fut magique. Christian courut chez Louis XIV afin de lui exposer la situation, rassembla son monde, embrassa sa femme et sauta en selle voler au secours de ses fidèles sujets. Non sans avoir laissé à Isabelle une procuration pour qu'elle puisse faire face – en tant que duchesse de Mecklembourg ! – à la nouvelle difficulté qui s'annonçait : le maréchal d'Albret réactivait le procès à propos de la possession du château de Châtillon qu'elle était « autorisée à occuper », mais seulement en tant que duchesse de Châtillon. Une princesse germano-vandale n'y avait plus rien à voir. Aussi comme la dernière héritière des Châtillon-Coligny, Mme de La Suze, persistait dans son refus de lui rendre les cinq cent mille livres qu'il lui réclamait, il exigeait la mise en vente du château…

Isabelle reprit sa plume pour adresser au Roi une longue épître – trop longue peut-être ! – où elle exposait l'étendue de ses problèmes et se plaignait d'être « abandonnée par son souverain vénéré et pas mieux écoutée de lui que si elle parlait aux rochers » !…

Hélas ! Conseillé par Lionne qui voulait ménager les princes allemands, Sa Majesté calqua son attitude sur celle des rochers en question… et ne répondit pas. Isabelle en pleura de rage. Le silence royal lui interdisait tacitement de paraître à la Cour où, d'ailleurs, elle n'avait guère envie de se montrer étant tourmentée par les malaises d'un début de grossesse qui, en d'autres circonstances, l'eût enchantée. Elle n'avait même pas la ressource de se réfugier auprès de Madame, elle-même souffrante en dehors du fait que Monsieur et ses chers amis, le chevalier de Lorraine et le marquis d'Effiat qui la haïssaient, avaient entrepris de l'isoler autant qu'il était possible.

Mais il était écrit quelque part que ce mois de juin 1664 n'en avait pas fini avec Isabelle et qu'il lui gardait encore un mauvais tour en réserve…

Le détonateur en fut le comte de Guiche que l'on n'avait pas vu depuis deux ans mais toujours aussi éperdument amoureux de Madame, prouvant ainsi la véracité de l'une des plus belles maximes du pauvre La Rochefoucauld presque aveugle et inspiré par sa passion dévorante pour Mme de Longueville :

L'absence est à l'amour ce que le feu est au vent.
Il éteint le petit mais attise le grand.

Guiche revenait de Pologne où il s'était conduit fort brillamment et entendait reprendre sa place parmi les gentilshommes de Monsieur… à qui ce retour ne causa aucune joie. Tout au contraire : il interdit à Madame de recevoir Guiche et même de le revoir, fût-ce de loin.

L'amour étant ingénieux, le beau comte réussit, sous des déguisements divers, à rencontrer brièvement sa bien-aimée. Il apprit d'elle certains détails qui lui firent soupçonner Vardes de l'avoir trahi et exigea des explications. Celui-ci, pour s'en tirer et rester auprès de

Madame, inventa une histoire tellement biscornue que personne n'y comprit rien et, se sentant perdre pied, il proposa de s'en remettre à l'arbitrage de Mme de Mecklembourg. Madame et Monsieur acceptèrent ce choix et Isabelle fut mise en demeure de se prononcer entre Guiche – qu'elle savait trahi – et Vardes dont elle se méfiait à présent comme de la peste après avoir été à deux doigts de lui céder. Madame, évidemment, approuva le choix de son amie mais celle-ci, de plus en plus indisposée, ne demandait qu'une chose : qu'on la laisse en paix et, après avoir envoyé Bastille à sa princesse nanti d'un mot lui expliquant son état de santé, elle refusa fermement de se prononcer entre les deux hommes et leur ferma sa porte.

Du coup, Vardes demanda réparation à Guiche, sur le terrain. Très expert à l'épée autant qu'au pistolet, il comptait sur son adresse pour se débarrasser de lui. Guiche aussi se battait à la perfection mais, craignant qu'il ne lui arrivât malheur, Isabelle fit prévenir discrètement le Roi qui ne perdit pas une seconde, convoqua les deux belligérants et leur ordonna de se saluer, devant lui, et de se tenir cois s'ils ne voulaient pas se retrouver au fond d'une prison en attendant peut-être une sentence plus radicale. Le résultat fut qu'ils devinrent ennemis irréconciliables mais d'accord sur un seul point : la rancune tenace qu'ils gardèrent à Isabelle.

Qui, sur le moment, ne s'en soucia pas. Elle était bien trop malade et n'avait envie de voir personne. Ceux dont elle aurait aimé la compagnie gardaient eux aussi la chambre : la vieille mais toujours alerte Mme de Brienne affligée d'une grosse bronchite, Marie de Saint-Sauveur qu'elle n'avait pas vue depuis longtemps mais avec qui elle correspondait régulièrement et qui préparait son remariage en Normandie, et le cher

Condé aux prises avec l'une de ces étranges crises qui survenaient par périodes depuis le désastre qu'avait été son mariage. Aussi se fit-elle transporter à Mello, tellement plus agréable que la rue Saint-Honoré par cet été chaud et humide, particulièrement déprimant…

C'est là qu'au mois d'août, son époux, de retour d'Allemagne, vint la rejoindre. Peu satisfait de son voyage, mécontent de n'avoir pas obtenu de l'Empereur le ferme soutien qu'il en espérait dans cette affaire où sa propre famille employait contre lui les pires moyens puisqu'ils n'hésitaient pas à fermer les yeux sur les déprédations que les Suédois infligeaient à ses domaines.

Et pas plus satisfait de constater que Louis XIV ne s'était pas encore décidé à reconnaître officiellement sa belle épouse en dépit des promesses faites au moment du mariage. Cependant le couple trouva tout de même de la douceur à se retrouver. Dans son état de moindre résistance Isabelle appréciait d'avoir auprès d'elle cette force masculine dont la présence lui faisait l'effet d'un rempart contre le mauvais sort. Ils firent ensemble quelques visites, allèrent assister à Maubuisson aux funérailles de l'abbesse de Notre-Dame-la-Royale qui était déjà remplacée par une princesse du Palatinat, se rendirent plusieurs fois à Chantilly, goûtèrent les agréments du coin du feu quand arriva l'automne. Mais Isabelle n'allait pas mieux, elle souffrait et s'affaiblissait de jour en jour, inquiétant sérieusement son entourage… jusqu'à cette nuit du 20 novembre où elle accoucha prématurément d'un enfant mort-né qui faillit lui coûter la vie.

Elle en éprouva une peine amère. C'était un fils et Christian partagea sa douleur en compagnie de

Mme de Bouteville venue s'installer au chevet de sa fille tandis que celle-ci se remettait lentement, trop faible pour accompagner, comme ils l'espéraient tous deux, Christian à Ratisbonne afin d'y défendre ses intérêts devant les commissaires nommés par l'Empereur. Et le 10 décembre, il partait seul, non sans regrets ni inquiétude puisque Isabelle gardait encore le lit. Ce qui ne l'empêchait pas d'écrire lettre sur lettre à Lionne lequel ne savait plus trop à quel saint se vouer. Pourtant, si affaiblie qu'elle fût, elle conservait un courage intact, envoyait de l'argent à son époux et aussi des conseils et des bonnes paroles dont il avait le plus grand besoin : les Suédois avaient pris leurs quartiers d'hiver en Mecklembourg et y vivaient comme en pays conquis tandis que l'on palabrait interminablement à Ratisbonne.

En France, les affaires d'Isabelle non seulement ne s'arrangeaient pas mais s'aggravèrent singulièrement par un fait qui, à première vue, ne la concernait pas. Alors que le chevalier de Lorraine se plaignait à Vardes des « rigueurs excessives » que lui faisait endurer l'une des filles d'honneur de Madame, celui-ci lui rit au nez et répliqua :

— Adressez-vous donc plutôt à la maîtresse qu'à ses suivantes, vous y trouverez plus de facilité !

La voix arrogante du chevalier portait loin. Le propos insultant fut entendu, rapporté à la princesse qui, naturellement, alla s'en plaindre au Roi, lequel envoya aussitôt le coupable à la Bastille où il put recevoir toutes les visites qu'il voulait n'étant pas au cachot puisque n'ayant tué personne ni porté atteinte au secret de l'État… dont beaucoup de femmes, évidemment, mais aussi d'hommes à commencer par Monsieur.

Pour se venger de Madame, Vardes dénonça Guiche comme l'auteur toujours inconnu de la fameuse lettre anonyme sur La Vallière adressée à la Reine et que Maria Molina avait remise au Roi. Le jeune comte avoua avoir écrit sous l'impulsion de la comtesse de Soissons. Celle-ci raconta le « complot » en riant et en expliquant qu'il s'agissait de faire plaisir à Madame, vraiment désolée, au surplus, d'avoir peiné la Reine en passant pour la maîtresse du Roi.

On en revenait donc à Madame mais celle-ci avait trop de fierté pour se laisser mêler aux cancans de la Cour. Elle se rendit droit chez le Roi aux pieds duquel elle se jeta en expliquant toute l'histoire. Madame était bien charmante dans ses larmes. Louis XIV pardonna et embrassa une belle-sœur restée très chère à son cœur. On s'en tint là !

Mais pas pour les coupables. Vardes, la langue de vipère, reçut l'ordre de partir s'enfermer lui-même dans son gouvernement d'Aigues-Mortes d'où il ne revint que dix-huit ans plus tard, usé et quasi inconnu de la Cour où il ne tint pas longtemps.

Cependant le Roi continuait à faire le ménage : Guiche fut expédié en Hollande et la comtesse de Soissons exilée sur ses terres champenoises.

Mais tout n'était pas dit en ce qui concernait Madame ! Vardes incarcéré, on perquisitionna chez lui où l'on trouva la fameuse cassette confiée par Guiche à celui qu'il croyait son ami. Elle n'était d'ailleurs pas cachée mais bien en évidence au contraire. Ce qui, déjà, en soi était bizarre.

Le contenu l'était plus encore. À quelques lettres de Madame et d'autres personnes se joignait une incroyable collection de lettres d'Isabelle. Lettres sans importance mais aussi lettres d'amour et surtout épîtres venimeuses dans lesquelles la duchesse « exécutait » à peu près la totalité de ce qui comptait à la Cour : le Roi, la Reine, Madame, Monsieur et sans oublier le duc de Luxembourg, le petit frère si tendrement aimé, et naturellement Condé. L'orthographe extravagante de la duchesse donnait à rire et permettait de cacher certaines différences d'écriture qui auraient dû, normalement, faire songer à des faux. Vardes avait eu largement le temps de s'exercer. Toujours est-il que, du jour au lendemain, la pauvre Isabelle se retrouva à l'index de toute la Cour. Le Roi l'exila à Mello, Madame lui fit savoir qu'elle ne voulait plus la voir. François ne se manifesta pas, gardant sans doute un silence méprisant... Seul Condé apparut un soir, assez tard, et repoussant Agathe qui prétendait lui barrer le passage en disant sa maîtresse trop souffrante pour le recevoir :

— Laissez-la tranquille, Monseigneur ! osa-t-elle dire. On lui a fait assez de mal sans que vous en rajoutiez !

— Et si vous vous mêliez de vos oignons ? Si je lui voulais du mal j'aurais écrit ! Une feuille de papier peut être plus meurtrière qu'une franche dispute face à face !

— Elle ne pourrait pas la soutenir ! fit-elle en reniflant. Alors laissez-lui au moins le silence !

— Depuis le temps que votre époux et vous servez nos deux familles, vous devriez mieux me connaître, madame de Ricous ! Vous me laissez entrer ! Je vous appellerai si j'ai besoin d'aide !

Et il entra... La chambre lui parut obscure. Les épais rideaux de velours étaient tirés. Une veilleuse éclairait vaguement le lit aux draps froissés où une main diaphane était abandonnée, le visage demeurant dans la pénombre créée par les courtines du lit et le moutonnement des oreillers.

Le Prince prit cette main, surpris de la sentir si froide et, craignant soudain que la duchesse ne soit plus vivante, rejeta les rideaux et souleva la veilleuse pour voir son visage. Elle ouvrit alors les yeux :

— Si vous venez pour m'accabler… davantage, c'est que vous êtes bien cruel… Ils ont… gagné… tous ceux qui me haïssent ! Alors, accordez-moi… au moins de mourir en paix !

— Qui parle de mourir ?…

Se penchant davantage, il la saisit à pleins bras mais elle eut un gémissement si douloureux qu'il desserra son étreinte, l'écartant de lui pour la reposer délicatement et découvrit une tache de sang sous le sein gauche et appela :

— Agathe !

Elle fut là instantanément.

— Qu'est-ce que c'est que ça ? demanda Condé.

— C'est ce que je ne voulais pas que vous voyiez ! Elle a essayé mais je suis arrivée à temps et la lame a dévié, entamant seulement la peau.

— Mais pourquoi, mon Dieu ? Pourquoi ?

— Vous trouvez que les gens de la Cour ne lui ont pas fait assez de mal ? Chaque jour apporte son lot de lettres d'insultes pendant que son époux, au fin fond de l'Allemagne, est impuissant à la défendre. Ce misérable Vardes l'a perdue de réputation ! Jusqu'à son frère…

— Laissez Luxembourg tranquille ; il n'y a pas cru une minute ! C'était trop grossier aussi…

— Si vous voulez bien la soutenir, Monseigneur, je voudrais lui faire boire ceci !

En redressant Isabelle, il la tint appuyée contre lui et s'inquiéta :

— C'est Bourdelot qui la soigne, j'espère ?

— Il n'était pas là et elle n'a voulu personne d'autre… à cause des bruits. Si l'on apprenait qu'elle a voulu se donner la mort, on en déduirait qu'elle est coupable. Elle est seulement… écœurée ! Et si elle avait réussi, elle n'aurait même pas eu droit à une sépulture chrétienne… Fallait-il qu'elle soit désespérée pour en venir à cette extrémité…

— On ergotera plus tard ! Pour l'instant il faut la tirer de ce mauvais pas ! Où est son chien de garde ? Où est Bastille ?…

— Ma foi je n'en sais rien. Je l'ai vu traverser la cour tout à l'heure, un livre à la main…

— C'est vraiment le moment de lire ! Envoyez l'un de vos valets à Chantilly ! Qu'il dise que je suis ici et que l'on m'envoie le docteur Bourdelot ! J'attends ! Et tâchez de me retrouver Bastille ! J'ai besoin de lui !… Ah, savez-vous si Mme de Bouteville est à Précy ou à Valençay ?

— Elle est rentrée à Précy, Monseigneur. En fait elle n'est restée que quelques jours chez nous, le temps de se remettre ! Voulez-vous que j'envoie la chercher ?

— Pas maintenant ! Attendons ce que va nous dire Bourdelot !

Tandis qu'on l'attendait, Condé se mit à la recherche de Bastille. Il descendit dans la cour et l'aperçut sortant de la forge, en glissant ce qui ressemblait à un livre dans sa poche. Il sursauta quand Condé le rejoignit :

— On te cherche partout, l'ami ! Que faisais-tu là-dedans ?

— Je vérifiais le fil de mes armes. Que désire Monseigneur ?

— Que tu me montres d'abord ce que tu viens de mettre dans ta poche. N'essaie pas de mentir : j'ai vu que c'était un opuscule…

Bastille n'essaya même pas de nier :

— Une belle saleté, oui, fit-il en haussant ses lourdes épaules. Mais celui qui l'a écrit ne l'emportera pas en Paradis !

— Donne !

— Je ne crois pas que cela plaise à Monseigneur…

— Donne, te dis-je !

Il fallut bien s'exécuter. Bastille y mit un maximum de mauvaise grâce mais n'en fut pas moins obligé. C'était un petit roman comme il en courait parfois à la Cour. L'auteur en était le comte de Bussy-Rabutin qui, entre deux courriers avec la marquise de Sévigné, sa cousine, écrivait des nouvelles pour amuser Mme de Montglas sa maîtresse et aussi prendre place dans sa grande œuvre : *L'Histoire amoureuse des Gaules*. Celle-là racontait l'aventure d'« Angélie et de Ginolac [1] », un véritable chef-d'œuvre de méchanceté envers Isabelle, que l'auteur d'ailleurs prenait la peine de décrire :

« Angélie avait les yeux noirs et vifs, le nez petit et bien fait, la bouche petite et relevée, le teint blanc ou rose comme elle le voulait ; elle avait un rire charmant qui allait éveiller la tendresse jusqu'au fond des cœurs… Elle était infidèle, intéressée et sans amitié. Pour de l'argent et des honneurs elle se serait déshonorée et aurait sacrifié père, mère et amant… »

1. Le second prénom d'Isabelle était Angélique.

Puis, avec force descriptions ne laissant aucun doute sur la personnalité de celle dont il racontait l'histoire, il lui attribuait un dévergondage éhonté. Et, par exemple, la pénible aventure vécue chez l'abbé Fouquet se muait en passion dévorante envers un personnage qu'elle aurait entrepris de ruiner et avec lequel elle se serait enfuie, déguisée en moine en émaillant le récit de détails croustillants.

Avec un geste et une grimace de dégoût, Condé balança le venimeux bouquin que Bastille rattrapa au vol :

— Où as-tu trouvé cette cochonnerie ?

— Sur le tapis du carrosse de Mme la duchesse. Je ne sais pas s'il lui a échappé des mains après l'avoir lu ou si quelqu'un l'a placé là à son insu et que, le bas de sa robe l'ayant dissimulé, elle ne l'a pas vu, ou enfin s'il était à cet endroit depuis que nous sommes rentrés la dernière fois…

— En tout cas, observa le Prince, si elle l'a lu, je ne m'étonne plus qu'elle ait tenté de se tuer !

Bastille changea de couleur.

— Elle a voulu…

— Se frapper au cœur, oui ! Heureusement la lame a dévié.

— Se tuer ? Elle, si croyante ? Faut-il qu'elle soit désespérée !… Oh, mais le gougnafier qui a écrit ce torchon comprendra sa douleur ! Je vais m'en occuper !

— Reste tranquille ! Si tu réussis, c'est la potence pour toi et la honte pour elle. On dira que tu es son amant…

— Je ne resterai pas les bras croisés tandis qu'on l'insulte si bassement. J'ai juré au duc Gaspard mourant de veiller sur elle et je ne manquerai pas à mon serment.

— Oh, je te crois sans peine ! fit Condé avec un demi-sourire. Je crois que tu agirais pareillement si tu n'avais rien juré ! Tu l'aimes !

Ce n'était pas une question et Bastille s'empourpra mais ne baissa pas les yeux :

— Je sais que je n'en ai pas le droit mais c'est indépendant de ma volonté ! Alors, par grâce, Monseigneur, qu'elle n'en sache rien !

— Sois sans crainte, je n'en ai pas la moindre intention ! Quant à cette affaire, ajouta-t-il en reprenant le livre pour le glisser dans sa poche, c'est à moi de m'en charger !

— Pourquoi pas son frère ?

— Parce que M. le duc de Luxembourg qui trépignera d'impatience tant qu'il n'y aura personne à combattre est fort capable de s'en prendre à Sa Majesté en personne !

— Pardonnez-moi, Monseigneur, mais je ne vois pas pourquoi ?

— Mais parce que en ne reconnaissant pas les droits de Mme la duchesse alors que le duc est toujours en Allemagne à chicaner avec ses cousins, cela signifie que le Roi considère son mariage comme nul et, en la tenant à l'écart de la Cour, qu'il ne lui accorde pas beaucoup de considération !

— Mais le duc va revenir un jour ?

— Avec ces Allemands on ne sait jamais ! Surtout celui-là ! Si cela se trouve il a déjà oublié qu'il est marié !... conclut-il en riant.

En retournant auprès d'Isabelle, Condé s'étonna lui-même d'avoir « bavardé » – le terme n'était pas trop fort ! – avec un simple serviteur. Peut-être parce que ayant si souvent commandé des armées il avait – tout comme François d'ailleurs ! – appris à juger les hommes à leur valeur exacte. Celui-là avait l'honneur et le dévouement à fleur de peau et Gaspard de Châtillon ne s'était pas trompé en confiant à sa loyauté la femme qu'il aimait et l'enfant qu'elle portait !

Il s'apprêtait à remonter quand la voiture de Bourdelot entra dans la cour du château. Pas très satisfait : on l'avait dérangé alors qu'il était sur le point de passer à table et il avait horreur d'être perturbé dans ses habitudes. Connaissant bien Condé, il ne le lui cacha pas :

— J'espère que c'est grave au moins ?

— Une tentative de suicide sur un organisme affaibli par la maladie ! Vous devriez me connaître assez, Bourdelot, pour savoir que si je dis que c'est grave c'est que c'est grave ! Votre gourmandise attendra ! Et entre parenthèses, vous devriez vous mettre à la diète ! Vous grossissez…

Une heure après, Isabelle oubliait ses chagrins et s'endormait paisiblement sous un léger opiat tandis que le médecin s'en retournait à son repas interrompu.

Condé rentra aussi chez lui afin de prendre ses dispositions pour être aux aurores à Saint-Germain où il voulait arriver tôt, désirant être présent au lever de Louis XIV.

Durant la toilette, il revenait aux princes du sang de lui passer sa chemise. Et Condé entendait ne céder ce privilège à personne.

Or, il y avait beaucoup de monde, ce matin-là, rassemblé dans l'antichambre royale et, comme c'était à qui parlerait le plus fort pour se faire entendre – chose que le Roi détestait ! – Condé prit le risque de crier plus fort que les autres :

— Messieurs, messieurs ! Avez-vous oublié que Sa Majesté a l'oreille délicate et que ce vacarme infernal l'insupporte ? À quoi pensiez-vous donc, Saint-Aignan, en n'imposant pas le silence ?

— Encore faut-il pouvoir !… émit l'intéressé d'une voix à peine audible.

— Monsieur le Prince a tout à fait raison, dit le duc de Créqui, et nous allons demander le pardon du Roi mais certains d'entre nous ont à se plaindre d'un petit livre qui semble s'insinuer partout depuis hier et qui…

— Peut-être celui-ci ? avança Condé en le sortant d'une poche.

— C'est cela même ! Plusieurs d'entre nous, dis-je – et non des moindres ! –, se trouvent ridiculisés dans l'une ou l'autre de ces historiettes qui, sous le manteau de la bonne humeur et de l'esprit, égratignent plus ou moins cruellement ! Nous souhaitons obtenir de Sa Majesté qu'elle nous accorde le droit de réclamer réparation par les armes ! reprit Créqui que Condé tira à part en le prenant par le bras.

— Vous me permettrez de faire passer avant vous une noble dame qui m'est chère, dont l'époux est absent.

— Il est vrai qu'elle donne parfois…

— Je vous en prie, mon cher duc ! Son cas est grave et si je vous en parle c'est parce que je vous sais homme d'honneur ! Dans un moment de désarroi elle a voulu… attenter à ses jours !

— Mon Dieu !… Pauvre femme ! Vous allez en informer le Roi ?

— En partie, oui ! Il doit comprendre que cet écrit n'est pas seulement ignoble mais aussi meurtrier…

— En l'absence de l'époux, le duc de Luxembourg ne devrait-il s'en charger ? avança Créqui. Bien que selon ce vilain écrit sa sœur l'y insulte copieusement !

— Je ne sais où le joindre et c'est pourquoi je voudrais le prendre de vitesse ! Il n'est pas pour rien le fils de Montmorency-Bouteville !

À cet instant les portes s'ouvrirent et le Roi parut. Le silence fut immédiat. Il s'approcha des deux hommes courbés dans leurs saluts.

— Voyons ce mauvais livre ! dit-il froidement.

Condé ploya le genou pour le lui remettre mais dut attendre qu'il eût mis ses gants. Il jeta un regard de dégoût sur l'objet du scandale avant de le passer à Saint-Aignan qui le suivait avec une grimace de dégoût lui aussi :

— Gardez cela pour plus tard !

— Nous devons d'abord entendre la messe afin que le Saint-Esprit veuille nous éclairer, et la Reine nous attend, rejoignons-la !

Tandis que le cortège mené par les gardes du corps se mettait en marche, Condé rejoignit Saint-Aignan :

— Si la messe dure plus que d'habitude, Bussy-Rabutin, pour peu qu'il ait un ami dans cette chambre, aura largement le loisir de filer se mettre à l'abri.

— Il m'étonnerait que quelqu'un s'y risque ! L'affaire de Mme de Miramion est arrivée il n'y a pas si longtemps aux oreilles de Sa Majesté…

— L'affaire de Mme de Miramion ?

— Une jeune veuve assez charmante pour qui Bussy s'est pris de passion. Elle l'évitait mais, pensant que cette attitude était due à la pudeur naturelle d'une femme pieuse et discrète, il l'a tout bonnement enlevée au sortir d'une église et conduite chez lui en Bourgogne où il voulait l'épouser mais elle a crié si fort et l'a traité si mal qu'il a été obligé de se rendre à l'évidence : elle n'était pas séduite le moins du monde et Bussy a dû la relâcher avec des excuses. Toutefois ni elle ni les siens n'entendent en rester là et portent plainte…

— Et après un coup pareil, il écrit ce bouquin ? Il doit être fou ?

— C'est possible ! Et je serais fort étonné que le Roi lise sa production.

— La raison ?

— Il s'en remet à moi parce qu'il craint de rencontrer La Vallière au détour d'une page et redoute la colère. C'est donc à moi qu'en incombe la lecture. Mais je serais surpris si Bussy y a fait allusion ! Il faudrait vraiment qu'il ait perdu la tête pour aller jusqu'au sacrilège !

— Si c'est cela, je peux vous rassurer : elle n'y est pas mentionnée ni le Roi évidemment mais pour ce qui est de la folie, je peux vous confier qu'il insulte quasiment tout le monde. Y compris moi et même sa charmante cousine la marquise de Sévigné dont il est plus ou moins amoureux !

— Tant mieux, en ce cas ! Plus on sera nombreux et plus il risquera d'être envoyé aux Petites Maisons [1].

La tempête fut brève : le lendemain, le comte de Bussy-Rabutin était arrêté et conduit, non chez les fous, mais à la Bastille pour y rester aussi longtemps qu'il plairait au Roi…

Sortie de ce péril et bien que toujours souffrante, Isabelle reprit sa correspondance avec Lionne. N'ayant encore reçu aucune nouvelle du Roi, non seulement

1. L'asile psychiatrique.

elle n'était pas reconnue comme duchesse souveraine du Mecklembourg mais, à l'exception de rares amis, la Cour continuait de la bouder.

« Je vous avoue, écrivait-elle au ministre devenu en quelque sorte son confident, que je n'ai, de ma vie, trouvé le monde si détestable et, quoi que j'éprouve toutes les rigueurs imaginables de Sa Majesté, je me flatte au travers de tout de penser que s'il les savait il serait touché de compassion… »

Ce en quoi elle se leurrait, la compassion étant un sentiment à peu près inconnu de Louis XIV. Elle écrivit même :

« Lorsque l'on me dit que le Roi me hait, je n'ai pas la force de répondre car j'en ai une infinité de preuves lesquelles me font trouver la vie si insupportable que j'en désire la fin avec autant de passion que je suis tout à vous [1]… »

Les quelques amis en question résidant le plus souvent à Paris, Isabelle dont la santé s'améliorait choisit de se réinstaller dans son hôtel de la rue Saint-Honoré. Condé, qui la surveillait comme du lait sur le feu, avait repris ses quartiers dans sa demeure proche du Luxembourg. Il se disposait d'ailleurs à gagner Saint-Germain pour essayer d'adoucir un Roi trop jeune encore pour savoir composer avec ses sentiments quand, enfin, Lionne vint, en personne quoique discrètement, lui apprendre que, craignant de perdre les bonnes dispositions de Christian de Mecklembourg envers la France, il avait donné ordre avec ses correspondants outre-Rhin d'appuyer auprès de l'Empereur les réclamations du

1. Que l'on n'en déduise pas que la duchesse entretenait une relation amoureuse avec le ministre. Il ne s'agit là que d'un terme de politesse normal à cette époque.

duc. En même temps il exigeait des Suédois – au nom du Roi ! – de se retirer du Mecklembourg…

Tandis que les courriers galopaient entre Paris et Saint-Germain, une autre bonne nouvelle arriva chez Isabelle : son interminable procès contre le maréchal d'Albret venait de se terminer à son avantage en validant la transaction faite en 1661 avec Mme de La Suze. Désormais Isabelle pouvait traiter sans crainte avec sa belle-sœur pour le rachat de tous les biens des Coligny. Ce qui représentait tout de même la coquette somme de un million six cent treize mille cent quatre-vingt-treize livres… qu'elle paya, lui permettant ainsi de récupérer les terres de Châtillon, Aillant et Chauffour… plus la totalité de la fortune des Coligny. Et comme par enchantement, les visiteurs se firent moins rares chez elle. Isabelle ne reçut pas pour autant avec plaisir ces gens dont elle pouvait, à juste titre, soupçonner la chaleur des sentiments. Elle savait que les plus mauvaises langues continuaient de chuchoter sous le manteau que son mariage avec Christian était nul et qu'elle n'avait aucun droit au titre de « princesse des Vandales » – voire reine ! – dont elle était visiblement heureuse de se parer.

Mais cette fois, le Ciel qui, apparemment, avait pris à tâche de s'occuper d'elle, lui fit un beau cadeau en rappelant à lui le brandon de discorde : la princesse Christine venait de mourir à Wolfenbüttel d'une maladie qui avait une forte chance d'être la peste. Isabelle n'en demandait pas tant ni d'ailleurs Christian qui annonça lui-même cette délivrance à sa femme :

« C'est un grand bonheur pour nous que nos plus grands ennemis soient trépassés. Le bon Dieu nous assistera et nous fera vivre ensemble. Ce que je souhaite de tout mon cœur. Il me tarde si fort de vous revoir que vous ne le sauriez croire. Quand je serais une fois avec vous, je ne vous laisserai plus car la vie est trop courte et je voudrais bien encore avoir du plaisir et contentement avant que de mourir… »

Ceux qui espéraient que l'écervelé en viendrait à oublier sa femme en furent pour leurs frais !

Cependant, Christian dut encore retarder son retour pour en finir avec la succession de sa première épouse. Il le déplorait d'autant plus que Louis XIV, s'étant enfin résolu à signer son contrat de mariage avec Isabelle, venait d'inviter Mme la duchesse de Mecklembourg-Schwerin à reparaître à la Cour, où elle recevrait désormais les honneurs dus à son rang.

Isabelle crut s'évanouir de joie. Cette fois, elle avait gagné et la longue correspondance avec Lionne venait de payer puisque, grâce à elle, le Roi n'ignorait rien de ce qu'elle pensait. Elle hésita un instant à différer jusqu'au retour de Christian mais Condé s'y opposa :

— Vous n'êtes pas un peu folle ? C'est vous qui avez remporté cette bataille. C'est à vous d'en recevoir la récompense et vous êtes très attendue ! Madame en particulier est impatiente de vous revoir !

— Que ne l'a-t-elle dit plus tôt ? Un simple billet de sa main m'aurait été d'un tel réconfort !

— C'était impossible ! Si elle ne vous a pas retiré son affection, Monsieur, lui, vous déteste plus que jamais ! Songez qu'il a perdu à cause de vous deux de ses amis : Vardes et Guiche ! Ceux qui lui restent vous craignent comme le feu.

— Et qui sont ?

— Le chevalier de Lorraine et le marquis d'Effiat !

— Que leur ai-je fait ?

— Rien mais vous êtes l'amie dévouée de Madame. Votre éclipse les arrangeait passablement et ils vont sûrement méditer quelque mauvais tour…

— Dans ce cas, vous avez raison : il n'y a pas une minute à perdre !

— Répondez que vous viendrez demain. Je vous attendrai à votre descente de carrosse !

Et, le 23 janvier, Isabelle, velours noir, satin blanc, sous un déluge de perles, l'ensemble recouvert de précieuses zibelines envoyées en ligne droite du Mecklembourg, prenait le chemin de Saint-Germain où elle allait être reçue avec les honneurs militaires. Ce qui, tout compte fait, ne lui procura qu'un plaisir mitigé en lui rappelant le temps de la Fronde où Mazarin les accordait à une trop jeune ambassadrice dont, en réalité, il se jouait.

Cette fois c'était sérieux et ce fut au milieu des révérences qu'elle se rendit chez Madame laquelle, bravant la colère de son époux, avait décidé de la présenter elle-même au Roi et aux deux Reines qui lui réservèrent un accueil aussi chaleureux que si rien ne s'était passé.

Le continuateur du bon Loret, parti pour un monde meilleur, n'en trempa pas moins sa plume dans l'encre de l'enthousiasme :

Aussi dit-on en haut de gamme
Que la belle et brillante dame
[…] *a toujours pour escorte*
Les grâces, les ris et les jeux
Et le plus beau de tous les dieux !

Ce qui en surprit plus d'un et surtout plus d'une : à quarante ans, Isabelle n'avait rien perdu de sa beauté ni de son charme, et son célèbre sourire demeurait irrésistible. Madame, elle, lui tomba dans les bras !

— Babelle ! Enfin ! Vous n'imaginez pas ma joie à vous voir de retour.

— Elle ne saurait être plus grande que la mienne, et Votre Altesse me comble de bonheur. J'ai si souvent pensé à elle, dans les jours difficiles que j'ai vécus durant tout ce temps !

Malheureusement, il fallut aussi saluer Monsieur. Soutenu par sa cour de trop beaux gentilshommes, il l'attendait de pied ferme et, quand elle lui fit sa révérence, il lui tourna le dos purement et simplement.

Elle n'eut pas le loisir de se relever : la voix du Roi se faisait entendre.

— Il est à craindre que vous n'ayez pas compris, mon frère ! Vous vous occupez à offenser la souveraine d'un État allemand dont l'amitié nous est aussi utile qu'agréable !

Comme si une balle l'avait frappé dans le dos, le prince se figea puis se retourna lentement et lâcha :

— Mille pardons, madame ! Mon erreur vient de votre ressemblance extrême avec une dame pour laquelle je n'éprouve aucune sympathie !

— Ce sera donc à moi de faire en sorte que Monseigneur ne nous confonde plus ! fit-elle avec un grand sourire. Et j'espère de tout mon cœur qu'il ne verra en moi que sa dévouée servante !

Difficile sous les yeux du Roi de garder une attitude hostile ! D'ailleurs un détail venait de lui souffler une sorte de terrain d'entente pour le moins inattendu. Opérant un demi-tour sur ses talons, Monsieur considéra, l'œil brillant d'intérêt, l'une des mains d'Isabelle :

— Vous avez là un fort beau manchon ! C'est de la martre, je présume ?

— De la zibeline, Monseigneur ! J'avoue que je deviens frileuse et il est indélicat d'offrir à ses amis une main glacée.

— Et cela vous satisfait ?

— Absolument ! Si Monseigneur veut me faire l'honneur d'essayer ?

Elle offrit, dans une révérence, l'objet à l'intérieur duquel le prince enfouit ses mains, avec un plaisir qui l'épanouit :

— Hmmm !... Vous avez raison, princesse ! C'est tout à fait délicieux !... Et vous avez trouvé cette merveille à Paris ?

— Oh non, Monseigneur : en Mecklembourg et singulièrement en pays vandale. C'est sur les terres froides que l'on chasse les plus belles fourrures... et j'avoue que mon seigneur époux m'en envoie par caisses !

— Tant que cela ?

— Tant que cela !... Mais si Monseigneur voulait me faire le grand plaisir de garder celui-ci qui est, à mon sentiment, digne de lui parce que particulièrement beau...

— Vous me le donnez ?

— Non. Je prie humblement Monseigneur de bien vouloir me faire la grâce de l'accepter, répondit Isabelle, sur une nouvelle révérence.

— Alors j'accepte. Merci, princesse !

Et il lui tourna le dos pour offrir à l'admiration de son entourage ce présent inattendu et qui, visiblement, l'enchantait. Sur ce, Isabelle rejoignit Madame qui l'embrassa :

— Vous nous avez acquis la paix pour un moment et je ne vous en remercierai jamais assez. Mais vous allez être accablée d'amis dont vous ignoriez l'existence jusqu'à ce soir !

— Que Madame ne s'inquiète pas : je saurai faire le tri. D'autant que les ennemis se feront plus nombreux encore…

Le duc Christian rentra le lendemain même et Isabelle l'accueillit avec une joie sincère à la mesure de la crainte qu'elle avait ressentie de ne plus le revoir. La route est longue qui mène aux froides plaines d'Allemagne du Nord et les ennemis ne manquaient pas à ce brave garçon souvent trop confiant, qui n'avait pas un brin de méchanceté et qui l'aimait avec une telle confiance. Des adversaires qu'il serait prudent de ne pas oublier et qui sauraient sûrement attendre que leur insigne faveur baisse et d'autant plus dangereux qu'elle n'en connaissait certainement pas la moitié…

Cette nuit-là, Isabelle se comporta en épouse amoureuse, oubliant fermement que Christian n'était pas l'amant idéal, loin s'en fallait, et se contentant de s'abandonner à une force et une chaleur dont elle avait un réel besoin…

Ce fut le début d'une période des plus agréables. Dès le lendemain de la réception à Saint-Germain, Condé donnait une fête à sa mesure en l'honneur du couple en son hôtel parisien dont Isabelle fut la reine.

Ce serait mieux encore à la fête que le Roi avait commandée dans les jardins de Versailles pour fêter le carnaval. Isabelle y brilla d'autant plus qu'on la savait volontiers généreuse et l'affaire du manchon avait fait long feu. Toute la Cour souhaitait se parer des fourrures du Mecklembourg. Elle en fit venir beaucoup, réservant les plus belles à la famille royale. Le Roi par exemple reçut un justaucorps dont il se montra enchanté. Se refusant à faire du commerce avec Sa Majesté, Isabelle non seulement n'avait pas réclamé de paiement mais supplia humblement que l'on veuille bien accepter un présent d'une « fidèle servante ». Elle en fut remerciée par un splendide diamant et l'assurance d'avoir part dorénavant à « l'amitié du Roi », le tout *via* Lionne devenu un ami après avoir échangé avec lui des dizaines de lettres.

Mais ce qui la rendait la plus heureuse était de retrouver sa place auprès de Madame qui appréciait chaque jour davantage sa présence, sa gaieté et une affection qui l'aidait à supporter une vie conjugale de plus en plus difficile, Monsieur subissant sans discontinuer l'influence néfaste du jeune et trop séduisant chevalier de Lorraine qui n'hésitait pas à le malmener jusque sous les yeux de sa femme.

Celle-ci jouait l'indifférence alors qu'elle bouillait intérieurement d'une colère dont elle ne put retenir l'éclat le soir où elle vit son ennemi paré du manchon de zibeline d'Isabelle :

— Il n'est guère encourageant pour qui souhaiterait vous offrir un cadeau précieux de voir le cas que vous en faites ! lança-t-elle à son époux.

— Je ne vois pas pourquoi ? Les plus belles choses ne sont-elles pas destinées naturellement aux êtres les plus beaux ? Et personne n'est plus beau que mon cher chevalier !

Madame pâlit mais, malheureusement pour Monsieur, le Roi arrivait à cet instant. Un coup d'œil lui suffit à juger de la situation.

— Rendez ce manchon à Mme la duchesse de Mecklembourg ! ordonna-t-il au chevalier puis, se tournant vers Monsieur devenu rouge de colère : En vous l'offrant elle n'a certainement pas prévu que vous le galvauderiez !

Celle-ci intervint aussitôt :

— Avec la permission du Roi, je ne reprends jamais ce que je donne.

— En ce cas, je m'en charge ! Saint-Aignan, vous porterez cet objet à certaine vieille dame que je vous dirai. Elle avait les plus belles mains du monde mais l'âge et les rhumatismes les déforment et la font souffrir. Elle saura l'apprécier à sa juste valeur…

Et il alla prendre la main de sa belle-sœur pour l'emmener souper. Mortifié, Monsieur avait disparu. Lorraine regardant s'éloigner Madame, suivie d'Isabelle, se rapprocha de son plus cher ami, le marquis d'Effiat qui, lui aussi, suivait la princesse des yeux avec une expression indéfinissable :

— Que penses-tu de cela, Effiat ? demanda-t-il.

— Que Madame est une femme dangereuse opposant une barrière entre Monsieur et le Roi. Qui semble, entre nous, y tenir particulièrement ! Je sais comme tout un chacun qu'elle est le lien solide entre son frère d'Angleterre et Louis. Sans elle nous serions peut-être déjà en guerre.

— Je n'ai rien contre la guerre mais je pense qu'ici l'on se porterait mieux si elle venait à disparaître. Et… nous savons qu'elle est de santé fragile et que ses dernières couches ont été difficiles…

— Laissons un peu faire le temps et s'il ne se met pas à notre service nous pourrions alors… mais allons d'abord rejoindre Monsieur ! Il n'est jamais bon de le laisser seul trop longtemps…

La guerre ne tarderait guère à venir mais d'où on ne l'attendait pas. À la fin de l'été le Roi Philippe d'Espagne, père de la Reine Marie-Thérèse et frère de la Reine mère, rendait son âme à Dieu. Aussitôt, sous le prétexte de réclamer sa part dans la succession et impatient de gloire militaire, le Roi décida de se mettre lui-même à la tête de ses armées pour conquérir les Flandres.

Rien ne le retenait, Anne d'Autriche ayant quitté ce monde trois mois après. Une mort ô combien douloureuse à la suite d'un cancer du sein aux souffrances duquel la science était impuissante à apporter d'adoucissement à l'exception d'un peu d'opiat.

Ses deux fils, atteints d'une égale douleur, s'étaient retrouvés à son chevet et ne l'avaient quitté qu'une fois la vie éteinte. Mais le Roi – peut-être pour trouver un dérivatif à sa propre douleur – se lança dans cette guerre avec une sorte de soulagement.

À la Cour ce fut une explosion. Toute la jeunesse brûla du désir de se distinguer aux yeux du souverain et ceux qui n'avaient pas de commandement partaient simples volontaires. Christian partit lui aussi :

— Je veux que vous soyez fière de moi ! dit-il à Isabelle.

— Et moi je veux que vous reveniez vivant ! Prenez bien soin de vous ! recommanda-t-elle en l'embrassant.

La campagne de Flandres fut, pour le Roi, une manière de promenade triomphale et un vrai bonheur pour Condé qui retrouvait le commandement en chef avec Luxembourg, fou de joie comme second… En quelques semaines Charleroi, Tournai, Douai, Courtrai et même Lille que l'on disait inexpugnable tombaient :

la dernière après seulement vingt jours de siège. Tout était si magnifique que le Roi invita les dames à le rejoindre. Toutes… sauf la « duchesse » de La Vallière dont le pouvoir s'étiolait. À demi folle de douleur, elle se lança sur les routes avec ses équipages, rejoignit la Cour à Tournai au grand déplaisir de Sa Majesté… qui venait, tant qu'il y était, d'investir le lit de l'éblouissante marquise de Montespan. Un règne s'achevait, un autre commençait, qui allait durer longtemps… et donner le jour à plusieurs enfants.

Le retour à Paris fut glorieux. Il y eut fête dans les jardins de Versailles. Isabelle y parut seule, son époux ayant dû retourner à Ratisbonne régler un problème créé par des mécontents – il y en a toujours ! – attirés par les charmes un peu rudes des Suédois… Il est vrai que gouverner le nord de l'Allemagne depuis Paris présentait des difficultés évidentes. Peut-être allait-il falloir que le couple ducal songe à faire acte de présence un peu plus souvent et que les indigènes du pays pussent enfin constater combien leur nouvelle souveraine était charmante. Or, pour l'instant, Isabelle n'en avait pas la moindre envie. La vie à la Cour était tellement agréable !

En outre, les liens d'amitié se resserraient entre elle et Madame. Monsieur, amadoué par un lot de fourrures rares, semblait n'y plus voir d'inconvénient bien qu'il eût entrepris de mener la vie dure à sa femme.

En effet, depuis la reprise des villes du Nord, l'entente semblait moins cordiale entre la France et l'Angleterre. Celle-ci, toujours à court d'argent, paraissait écouter les sirènes hollandaises avec un certain plaisir. Mais, pour Louis XIV, la Hollande était l'ennemie dont il espérait fermement venir à bout avec le temps… Que l'Angleterre oublie ce qu'elle devait à la France au bénéfice de ces gens-là ne se pouvait supporter.

Or, dans ce jeu diplomatique, Louis XIV possédait un atout majeur parce que, lié à son frère par une profonde tendresse, celui-ci refusait de lui causer une peine même légère. C'est ainsi que le Roi reprit des relations plus étroites avec sa délicieuse belle-sœur d'autant plus facilement qu'il lui resterait toujours des réminiscences des tendres instants vécus sous les ombrages de Fontainebleau peu après le mariage avec Monsieur. Et Madame devint tout naturellement la conseillère privilégiée de Louis avec qui elle avait de longs et nombreux entretiens. Entretiens dont Monsieur son époux était naturellement exclu. Brouillon, bavard, incapable de garder une confidence, il aurait naufragé le plus solide accord.

Malheureusement, derrière Monsieur veillaient ses amis, le marquis d'Effiat, le comte de Beuvron et surtout le chevalier de Lorraine, beau comme un ange et pervers comme une légion de démons. Tant que Madame ne s'était occupée que de ses amours, de ses plaisirs et de ses toilettes, elle ne les avait pas beaucoup gênés. On luttait d'ajustements avec elle mais dès l'instant où elle devenait une tête politique et prenait le premier rang auprès du Roi, il fallait sinon l'éliminer du moins la remettre à sa place. Et l'existence de Madame dans ses palais se fit plus difficile tandis que l'on excitait la jalousie de Monsieur.

Quoi ? il y a un secret d'État et Monsieur n'en connaît rien ?… Le Roi prépare un grand projet avec Madame, et Monsieur n'y a point part ?… Sa femme jouit d'un crédit qu'on lui refuse, à lui, frère du Roi ?

Petit à petit Monsieur devint insupportable. Non seulement envers son épouse mais envers le Roi auquel il montrait de plus en plus d'insolence.

C'est ainsi qu'à un bal chez la Reine alors que Madame venait de danser avec le Roi et que tous deux se mettaient légèrement à l'écart pour continuer leur conversation, Monsieur monta sur ses ergots. Il déclara haut et fort qu'il s'ennuyait, voulait rentrer chez lui au Château Neuf et ordonna à sa femme de le suivre.

— Quelle mouche vous pique, mon frère ? gronda Louis XIV dont le sourcil venait de se froncer. Si vous êtes las, allez vous reposer !

— C'est ce que je vais faire ! Venez, Madame !

— Laissez donc Madame tranquille ! Nous avons à parler d'affaires sérieuses !

— Soit ! Alors parlons-en ! Cela m'intéresse ! fit-il en se dandinant d'un pied sur l'autre avec un sourire goguenard.

— Mon frère, vous vous oubliez !

Aussitôt Monsieur se mit à glapir :

— Je veux seulement être le maître chez moi et si cela ne convient pas à Madame je n'ai aucune raison de la garder dans ma maison et la renverrai en Angleterre !

— Quelle bonne idée ! Je songe justement à l'envoyer en Angleterre auprès du Roi Charles, qui aime infiniment sa sœur, mettre au point avec lui les bases d'un traité…

— Alors j'irai aussi !

— Non, mon frère ! Ce ne serait pas la même chose et les liens de famille s'en ressentiraient !

De toute évidence, Monsieur allait piquer une nouvelle colère quand le chevalier de Lorraine et le marquis d'Effiat s'approchèrent, saluèrent le Roi et prirent chacun un bras de Monsieur en priant aimablement Sa Majesté de ne pas permettre à Monsieur de gâcher un aussi joli bal. Le Roi accepta d'un sourire et l'on s'en tint là !

Comme Mme de La Fayette et bien d'autres, Isabelle avait observé la scène avec inquiétude. On se demanda même si Monsieur n'avait pas trop bu alors qu'il se montrait habituellement aimable, enjoué souvent, en particulier quand il inaugurait une nouvelle parure ou recevait quelque bel objet pour la décoration de son château de Saint-Cloud qui lui prenait les trois quarts de son temps. Fin de l'incident !

L'orage éclata à propos de l'évêque de Langres, Louis Barbier de La Rivière, décédé récemment et qui avait été aussi l'aumônier de Madame. Il laissait deux riches abbayes situées sur l'apanage de Monsieur et Lorraine prétendait s'en faire attribuer les importants bénéfices. Ce qui n'avait rien de choquant à l'époque mais le chevalier ne se contenta pas des bénéfices, il voulut aussi les titres et cela c'était impossible. Malheureusement, quand il voulait quelque chose, le beau Lorraine savait comment s'y prendre avec Monsieur sinon avec le Roi qui refusa net ! Monsieur piqua alors une colère contre son frère, interdit à Madame de se rendre chez Louis qui, cette fois, se fâcha : le 30 janvier 1670, il faisait arrêter le chevalier de Lorraine par le comte d'Ayen, fils du duc de Noailles et lieutenant aux gardes du corps – assisté pour plus de prudence par le comte de Lauzun.

Fureur de Monsieur qui régala son frère d'une de ces scènes dont il avait le secret et dont le Roi avait horreur, surtout en présence de Madame à qui son époux donna l'ordre de rentrer chez elle et de n'en plus sortir jusqu'à ce que Lorraine quitte la Bastille.

— Il ne va pas à la Bastille où vous passeriez votre temps sans souci du ridicule, coupa le Roi.

— Où donc alors ? Où l'envoyez-vous ?

— À la forteresse de Pierre-Encise près de Lyon…

Monsieur faillit s'étrangler :

— Si loin ? Oh, mon Dieu !

Il n'en dit pas plus, prit Madame par la main et sortit du cabinet royal en courant. Une heure après il avait quitté Saint-Germain pour Paris d'abord puis pour son château de Villers-Cotterêts où Madame n'eut droit qu'à ses serviteurs mais aucune de ses dames ou de ses gentilshommes habituels et d'où le Roi reçut un véritable ultimatum : Madame ne serait autorisée à revoir son beau-frère qu'une fois Lorraine rendu à Monsieur !

Cette situation dura un mois pendant lequel Louis laissa Monsieur mijoter son désespoir – et Madame dans une atmosphère infernale ! – avant d'envoyer au rebelle l'ordre de réintégrer Saint-Germain s'il ne voulait pas que son chevalier soit mis au secret… et au régime ! Nouvelle tempête chez Monsieur – dont Madame fit les frais bien entendu ! – mais enfin on rentra.

Ce fut pour apprendre que Charles II d'Angleterre, songeant à conclure un traité avec la France, désirait que Madame – la jeune sœur qu'il chérissait ! – vînt en discuter les termes avec lui ! Monsieur ne pouvait pas refuser : raison d'État !

— Elle peut y aller, grogna Monsieur. Et même y rester ! Souvenez-vous que je voulais la répudier, mon frère !

— Ambassadrice de France, donc sur ordre, elle échappe pour un temps à ses devoirs d'épouse !

— En ce cas, j'irai avec elle. Ou plutôt elle viendra avec moi et je serai votre ambassadeur, ce qui sera plus convenable !

— Vous n'avez rien d'un diplomate ! Vous êtes beaucoup trop brouillon et agité pour mener à bon terme un traité !

— Soit ! Je lui accorde trois jours... à condition que Lorraine quitte Pierre-Encise !

— Il n'y manquera pas.... Mais ce sera pour le château d'If !

— Cette horrible prison en pleine mer, battue par la fureur des flots ? Il en mourrait ! gémit Monsieur au bord des larmes tandis que le Roi se mettait à rire. Et vous trouvez cela drôle, mon frère ? Je ne vous savais pas cruel !

— Et moi je ne vous savais pas si ignare en géographie. Le château d'If, en face de Marseille, est sur la Méditerranée qui a plus de soleil que de tempêtes sauf peut-être en hiver. Il est vrai que certains cachots peuvent être pénibles à supporter... Surtout si la mer empêche le ravitaillement d'arriver. Et comme je m'attendais à votre réaction, sachez que votre ami est déjà en route ! Alors, si vous voulez réfléchir, hâtez-vous ! Madame doit passer la Manche dans six jours ! Et pour trois semaines !

— Et Lorraine quittera cette affreuse prison librement ?

— Vous avez ma parole !

Infiniment heureuse de revoir son frère et son pays, heureuse aussi d'échapper à l'espèce d'enfer qu'était devenue sa vie dans les châteaux de Monsieur son époux, Madame partit pour l'Angleterre où elle allait retrouver ce frère qu'elle aimait tant et nombre d'amis.

Elle emmenait une partie de sa maison mais, à son grand regret, il lui fut impossible de se faire accompagner d'Isabelle, Monsieur s'y opposa alléguant qu'une princesse étrangère n'avait rien à faire dans une ambassade française, même quand on lui eut dit que Charles appréciait particulièrement l'ex-duchesse de Châtillon. Et il n'en voulut pas démordre, mettant dans son refus un entêtement d'enfant gâté bien qu'on lui eût promis que Lorraine était sur le point de quitter le château d'If !

Ce ne fut pas sans un serrement de cœur qu'Isabelle vit partir la princesse à laquelle l'attachait à présent un lien solide. Peut-être parce que, obscurément, elle la sentait menacée. Qu'en serait-il au retour en France, même si l'ambassade récoltait un franc succès ? Le Roi, pris par de multiples tâches, réussirait-il à lui assurer la protection dont elle aurait besoin quand elle se retrouverait en face du chevalier de Lorraine auquel ses prisons conféreraient aux yeux de Monsieur l'auréole du martyre ?

Il est probable que, satisfait du traité que Madame ne manquerait pas de rapporter, son frère ne sachant rien lui refuser, le Roi l'en remercierait chaleureusement et s'en retournerait à ses amours passionnées avec la belle Montespan, sans plus se soucier du ménage Orléans…

— Vous avez tort de vous tourmenter à ce point, lui dit Mme de La Fayette à qui Isabelle confiait ses inquiétudes… Monsieur est comme un gamin à qui l'on a pris son jouet favori. Son bien-aimé chevalier retrouvé, il se désintéressera de son épouse !

— Je n'en suis pas certaine ! Le chevalier n'oubliera pas aisément ses geôles et il est loin de posséder une belle âme… Nous verrons bien quand il reviendra…

Mais il n'était pas question qu'il revienne. Tandis que Madame s'embarquait avec une partie de sa suite, le chevalier quittait, en effet, le château d'If... pour l'Italie. Il y était exilé le temps qu'il plairait au Roi...

Monsieur en hurla comme un loup malade, pria, supplia son frère de permettre qu'il revienne auprès de lui. En vain. Louis se contenta de conseiller un peu plus de modération à son cadet et, surtout, de « vivre mieux qu'il ne l'avait fait jusqu'à présent offrant à sa cour un comportement indigne d'un prince ».

Le résultat en fut qu'à son retour, véritablement triomphal car elle avait accompli pleinement la mission dont elle était chargée, Madame trouva un mari plus acariâtre que jamais, refusant même les cadeaux fastueux que Charles II lui envoyait pour le « remercier d'avoir permis à Madame de revoir son pays natal ».

Avec l'entêtement buté des faibles, il signifia à son épouse qu'elle n'avait aucun bon procédé à attendre de lui tant qu'on ne lui aurait pas rendu son Lorraine bien-aimé... Et celle-ci se retrouva seule avec de rares amis assez courageux pour braver l'humeur agressive du mari. Isabelle était de ceux-là.

Liée à Mme de Gamaches, la première femme de chambre de la princesse, elle s'efforçait, avec Mademoiselle, de lui rendre goût à une vie qu'elle semblait perdre. Dès le retour d'Angleterre, Monsieur l'avait emmenée hors de Saint-Germain pour passer quelques jours à Paris puis on alla s'installer à Saint-Cloud, affirmant ainsi une résolution d'éloigner Madame de la Cour et surtout du Roi... Il aurait volontiers chassé les dames qui venaient la visiter. Mademoiselle par exemple, ce qui était difficile, et Isabelle, mais son rang de princesse étrangère la préservait. Au moins de se voir refuser l'accès aux appartements de Madame.

Ce dimanche 29 juin Madame rejoignit Monsieur pour entendre la messe. Il faisait déjà très chaud et sachant que la princesse aurait besoin de se désaltérer dans la journée, un garçon de service vint déposer dans une armoire « fraîche » de son antichambre un plateau contenant une tasse et deux pots. L'un contenait de l'eau de chicorée et l'autre de l'eau pure au cas où le breuvage serait jugé trop amer.

Or, dans la journée, le même garçon fut surpris de voir le marquis d'Effiat près de l'armoire en train d'essuyer la tasse avec du papier.

— Monsieur, demanda-t-il, que faites-vous donc à notre armoire et à la tasse de Madame ?

— Je crève de soif, mon ami, mais je n'ai bu qu'un peu d'eau, et voyant la tasse malpropre je préfère l'essuyer...

Vers cinq heures de l'après-midi, alors qu'elle bavardait avec Mme de La Fayette et Isabelle à l'ombre d'un salon aux rideaux tirés, la princesse demanda son eau de chicorée... on la servit et, après en avoir offert à ses visiteuses qui refusèrent – Isabelle parce qu'elle détestait cette mixture –, Henriette en but une pleine tasse et presque aussitôt poussa un cri en portant les mains à son ventre avant de rouler à terre en se tordant de douleur. Comme les deux dames s'empressaient, elle balbutia :

— Du poison !... On m'a donné du poison... oh, que j'ai mal !

On l'emporta sur son lit crachant le sang tandis que faisant preuve d'un beau courage Isabelle prenait le pot d'eau suspect et allait en boire à même le goulot quand Mademoiselle l'arrêta :

— Vous n'êtes pas folle ? Vous voulez ingérer de ce breuvage dont Madame dit qu'il l'a empoisonnée ?… Regardez comme elle est !

Et pour plus de sûreté, elle fit enlever le plateau mais en donnant l'ordre de ne pas y toucher, le contenu devant être examiné par les médecins.

Isabelle aurait voulu s'asseoir au chevet de Madame, lui tenir la main, mais la chambre s'emplissait d'instant en instant comme si la Cour entière voulait s'y montrer.

Le Roi vint avec la Reine mais aussi La Vallière et Montespan et la comtesse de Soissons, si dangereuse. Monsieur aussi, évidemment, qui pensait qu'on exagérait un embarras gastrique et préconisait du lait. On ne l'avait pas attendu pour en administrer à la malheureuse, sans résultat. Tout ce monde papotant comme dans un salon, à l'exception du couple royal qui ne s'attarda pas. Très sombre, Louis avait des questions à poser, des ordres à donner, ce qui n'était guère possible au milieu de cette volière caquetante dont Isabelle tentait vainement d'obtenir un peu de silence par respect pour les souffrances de Madame… Et la chaleur était à tomber.

L'assemblée se calma d'un seul coup quand les portes s'ouvrirent devant les moires violettes de l'évêque de Condom, Mgr Bossuet, que la mourante avait fait mander pour l'assister. Elle se souvenait des paroles si belles prononcées par lui au chevet de la Reine Henriette-Marie, sa mère, et ensuite durant ses funérailles. Se sachant perdue, la jeune femme ne voulait plus s'adresser qu'à Dieu !

Cependant, au nom du Roi, M. de Brissac interrogeait les domestiques et n'eut aucun mal à trouver le valet qui avait vu le marquis d'Effiat près de l'armoire. Ce serviteur révéla ce qu'il en était, en dépit des consignes que lui avait données à ce sujet Pernon, maître d'hôtel de Monsieur.

Conduit discrètement devant le Roi, celui-ci, en échange de la promesse de ne pas être mis en cause quoi qu'il ait laissé faire, raconta alors qu'un certain Morel, envoyé depuis peu au marquis d'Effiat par le chevalier de Lorraine, était intégré dans le personnel et que peut-être…

On fit venir l'homme qui semblait mal à l'aise.

Le Roi posa alors la question qui le tourmentait :

— Vous ne serez pas inquiété mais prenez garde de dire la vérité car nous parviendrons toujours à la connaître. Monsieur a-t-il eu connaissance de cette horreur ?

— Non, Sire ! Sur le salut de mon âme ! Il est trop brouillon pour qu'on lui confie un tel secret ! lâcha-t-il spontanément.

— C'est bien. Vous pouvez aller mais sachez vous taire à présent !…

Madame mourut au bout de quelques heures, le 30 juin à trois heures du matin [1] faisant souffler sur la Cour un vent d'effroi. C'est lors des funérailles à l'abbaye royale de Saint-Denis que Bossuet prononça sa célèbre oraison funèbre.

Madame se meurt, Madame est morte…

1. En fait ce n'était pas l'eau de chicorée qui était empoisonnée mais la tasse elle-même. Effiat y aurait procédé en « essuyant » la tasse prétendument malpropre avec le papier contenant le poison.

Au retour des funérailles solennelles, Isabelle, plus bouleversée par cette fin tragique qu'elle ne l'aurait cru et mesurant l'affection qu'elle portait à la charmante princesse, se jeta dans les bras de Christian, secouée de sanglots :

— Emmenez-moi, mon ami ! Emmenez-moi chez vous, en Allemagne ! Je... je ne peux plus me supporter ici ! Je préfère vivre au milieu des Vandales que de ces gens prétendument civilisés capables de porter le poison jusqu'au trône !...

ET POURTANT,
QUELQUES ANNÉES APRÈS…

La gloire… enfin !

Que Paris était donc beau quand, sous le soleil du début de l'automne, il se laissait emporter par l'enthousiasme et la joie de fêter un triomphe. Maisons pavoisées, fenêtres fleuries, costumes d'apparat, c'était un peuple entier qui s'adonnait à la griserie que seules peuvent apporter une série de victoires retentissantes qui allaient ajouter quelques rayons à la gloire de son Roi-Soleil !

Un peu partout on chantait, on dansait dans les rues, on buvait dans les auberges qui avaient fait toilette. Paris sentait le pain chaud, le fumet des rôtisseries aux portes grandes ouvertes.

Cependant c'était vers Notre-Dame que la foule semblait se diriger et les gardes de la prévôté avaient fort à faire pour garder libres les accès à la cathédrale dont les cloches sonnaient à toute volée mettant en fuite les pigeons de l'Hôtel-Dieu. C'est qu'on allait y chanter un « Te Deum » particulièrement glorieux pour remercier Dieu et Madame Marie de la série de victoires dont ils avaient bien voulu couronner les armes du maréchal de Luxembourg, alors le plus grand soldat du royaume !

Assise auprès de sa mère dans son carrosse d'apparat qu'entouraient des gardes, Isabelle avait glissé son bras sous celui de Mme de Bouteville dont elle avait tenu à ce qu'elle soit présente en ce jour magnifique couronnant la carrière de son fils. Une sorte de revanche, durement méritée par cette femme de quatre-vingt-cinq ans frappée en plein cœur soixante-six ans plus tôt par la mort, sous l'épée du bourreau, d'un époux bien-aimé jamais remplacé, jamais oublié… Entre le parvis de Notre-Dame et la place de Grève où s'était dressé l'échafaud, il n'y avait que la largeur d'un bras de la Seine… que son regard évitait de traverser.

Aux yeux d'Isabelle, le chemin suivi par sa mère au cours de ces années était d'une droiture dont rien ne l'avait fait dévier. Une ligne aussi droite que cette femme courageuse qui, lorsque son petit François avait eu sept ans, l'avait pris par la main pour le conduire au Louvre où elle l'avait fait incliner devant Louis XIII en disant :

— Sire, voilà le dernier des Montmorency, faites-en ce que vous voulez !

Puis était partie sans se retourner. Les Condés s'étaient alors chargés de lui et de ses deux sœurs et le résultat était là : duc de Luxembourg-Piney, prince de Tingry, maréchal et pair de France, le petit François avait dépassé toutes les espérances.

Qu'en était-il d'Isabelle elle-même ?

La douleur violente mais inattendue causée par la mort de Madame – elle ne croyait pas l'aimer autant ! –, l'horreur surtout du moyen ignoble dont on s'était servi pour la tuer et assurer l'impunité aux coupables l'avaient fait fuir le plus loin possible dans l'espoir de jouer tranquillement auprès de Christian de

Mecklembourg-Schwerin son rôle d'épouse et de princesse souveraine. Un rôle qu'elle s'imaginait représentatif. Elle se voulait une sorte d'ambassadrice de l'élégance, de l'esprit, de l'art de vivre français. Son charme lui gagna bien des cœurs et le peuple accueillit chaleureusement cette grande dame pourvue d'un si joli sourire et d'un cœur si généreux.

Aimant le monde, elle en reçut beaucoup, donna des fêtes aussi bien dans les châteaux que pour le peuple, sur les places publiques où l'on se pressait ; se créa des amis mais aussi des ennemis, en particulier parmi ceux qui, profitant des nombreuses absences de leur duc, menaient le pays à leur guise. Le tout orchestré par un certain abbé de Lézignan dont elle eut quelque peine à s'accommoder, parce qu'il semait le doute et les hésitations chez un Christian qui n'avait guère de suite dans les idées et ne cessait de regretter la vie si agréable que l'on menait en France où il retournait sous les prétextes les plus variés, laissant sa duchesse se débrouiller comme elle l'entendait.

Dans les premiers temps, elle n'y vit pas d'inconvénients. Plus ami des fêtes et distractions en tout genre que des austérités du gouvernement, le cher Christian, découvrant les talents politiques de sa femme, trouva pratique – et tellement plus confortable ! – de la laisser faire face aux imbroglios du gouvernement, et retourna voir ailleurs si l'herbe était plus verte.

Or, la paix installée depuis la prise de pouvoir par Louis XIV s'effritait. La guerre de Hollande avait repris et, menacé d'une coalition des princes allemands, le Roi apprit avec stupeur que le duc de Mecklembourg, se souciant peu de son presque royaume, menait joyeuse vie à Paris et que seule Mme la duchesse régnait sur la modeste cour de Schwerin où elle s'efforçait, non seulement de faire apprécier la France, mais aussi de nouer de bonnes relations avec les princes voisins. Il s'en entretint avec ses ministres Louvois et Pomponne… qui lui déconseillèrent fortement de convoquer le duc et de lui laver la tête avant de le renvoyer faire son métier de souverain en Mecklembourg.

— Mme la duchesse a l'air de s'en tirer au mieux, dit Pomponne. Elle a appris l'allemand en un temps record (le français, langue diplomatique, était parlé pratiquement partout dans les chancelleries et les cours mais pas au niveau du peuple) et, bien qu'elle ne soit plus toute jeune, son charme reste entier et elle sait toujours s'en servir. Elle est, à mon sentiment, la meilleure ambassadrice que nous ayons là-bas ! Elle a réussi à évincer l'abbé de Lézignan.

— Pas de liaison amoureuse ?

— Pas que l'on sache, sinon par écrit, ajouta le secrétaire d'État avec un sourire. Le courrier avec Chantilly garde toute son importance !

— Je n'y vois pas d'inconvénients. Néanmoins il faut aider la duchesse ! Le marquis de Feuquières doit partir pour la Suède. Qu'il passe par Schwerin afin de lui conseiller de l'accompagner à Celle chez le duc de Brunswick-Lunebourg dont l'influence est importante parmi les princes. Il n'est pas très malin mais il a épousé une Française, Éléonore d'Olbreuse, et notre duchesse pourrait les séduire tous les deux [1] !

Ainsi fut fait. Peu avant Noël, par un froid polaire, Isabelle fit en compagnie de Feuquières une majes-

1. Voir *Le Sang des Koenigsmark*, tome 1.

tueuse entrée à Celle. Elle arriva annoncée par des trompettes et au son des tambours, en grand équipage comme il convenait à une souveraine et pendant six jours ce ne furent que fêtes et divertissements. Et le traité que souhaitait Louis XIV fut signé. Le célèbre charme avait joué une fois de plus… et Isabelle ne pouvait s'empêcher de sourire au souvenir de ce temps où, privée d'un mari qui l'insupportait de plus en plus mais qui, certainement, passerait bientôt à l'état de souvenir, elle se considérait comme abandonnée… donc malheureuse !

Elle goûta la joie orgueilleuse de gouverner, de nommer des ministres, de passer en revue des soldats gigantesques sous leurs bonnets de fourrure, de recevoir des délégations de son peuple, d'apposer le gros cachet de cire rouge sur des papiers d'État. Elle régnait ! Quoi de plus grisant ?

Malheureusement, toutes ces splendeurs finirent par aller percer les fumées de l'alcool et de la débauche où son époux s'enfonçait au fil des jours. En outre, lui au moins laissait ses sujets vivre à leur guise et, un triste matin, les grenadiers commis à la garde de ses portes croisèrent leurs armes devant la duchesse par ordre de son seigneur époux. Elle devait se considérer comme prisonnière… Il était temps pour elle d'apprendre à se considérer comme une honnête ménagère allemande et rien de plus ! Quand Monseigneur daignerait rentrer, il déciderait de son sort…

De rentrer quand ? On n'en savait rien ! L'important pour lui était qu'elle se tienne tranquille et cesse de se prendre pour ce qu'elle n'était pas… Mais Isabelle n'en avait nullement l'intention. La nuit suivante, Bastille, convenablement nanti d'or et du meilleur cheval des écuries, partait pour la France.

On attendait le duc. Ce fut une ambassade solidement armée conduite par le marquis de Feuquières qui vint solennellement prier Mme la princesse, duchesse de Mecklembourg-Schwerin, de se rendre auprès de Sa Majesté le Roi Louis XIV mais, comme il ne s'agissait pas que l'on se méprît sur cette invitation, Feuquières tout au long du chemin lui fit rendre les honneurs dus à un souverain en déplacement. Isabelle laissait d'ailleurs derrière elle le comte de Leinsberg dont elle s'était acquis le dévouement pour régler les affaires courantes car à Schwerin on attendait toujours Christian peu séduit par l'idée de revenir au milieu des tracas alors qu'il vivait si agréablement à Paris. Ce qu'il ne voulait pas c'était que sa femme règne à sa place, même si elle s'en tirait beaucoup mieux que lui…

C'est grosso modo ce que lui fit entendre Louis XIV qui la reçut en tête à tête pour la féliciter :

— On m'a dit que vous aviez entrepris de civiliser ce peuple ! Est-il vraiment aussi sauvage qu'on le prétend ?

— Plus encore, Sire, et j'en ai été la première surprise. À entendre mon époux aucun pays n'est plus évolué que l'empire allemand.

— Que n'y est-il plus souvent alors ?

— Il préfère la vie parisienne ! Et on peut le comprendre. Je fais de mon mieux pour améliorer la vie quotidienne, imitant en cela la jeune épouse morganatique du duc Ernest-Auguste de Brunswick-Lunebourg, une ravissante Poitevine, Éléonore d'Olbreuse, qui a obtenu quantité d'améliorations. Pour les repas, par exemple, il est à présent interdit au château de Celle de s'insulter à table, de se jeter du pain, des os, voire une assiette pleine à la figure en proférant des injures. Interdit aussi de s'enivrer au point que les valets doivent, le matin venu, ramener leurs maîtres chez eux dans des brouettes.

— Vous vous moquez ?

— À Dieu ne plaise, Sire, que je m'oublie de la sorte ! De même : elle améliore la cuisine franchement détestable : des choux, encore des choux, toujours des choux !... C'est assez lassant !

— Vous entretenez donc de bonnes relations avec la cour de Celle ?

— Excellentes, Sire...

— Alors il vous faudra repartir, ma chère. Vous seule êtes capable de mener à bien certaines missions délicates auprès des princes allemands... Peut-être même l'Empereur !

— Mais, Sire... Le duc Christian ne me permettra plus de sortir de Schwerin si je reviens !

— Il recevra mes ordres... à moins qu'il ne veuille renoncer à notre alliance ?

— Je crois sincèrement qu'il aimerait mieux mourir. Il ne déborde pas d'idées mais celle-là il y tient... ajouta-t-elle avec un sourire.

Se retrouvant ainsi chargée de mission – ou ambassadrice occulte ! –, Isabelle effectua plusieurs voyages, séjournant au palais de Schwerin ou de Ratisbonne quand il le fallait, se disputant avec son mari quand il leur advenait de se rencontrer jusqu'à ce qu'enfin Christian la fasse arrêter par ses gardes et mettre en prison.

Pour la première fois de sa vie, peut-être, elle se prit à désespérer. Une fois de plus Bastille s'était enfui et gagnait la France à francs étriers, mais pourrait-il arriver à temps ? En outre, elle ne voyait plus autour d'elle que les visages hostiles des geôliers, aussi en venait-elle à craindre, sinon la peine capitale, du moins d'être assassinée dans sa prison…

Toutefois Louis XIV tenait à sa duchesse et envoya à son secours une ambassade puissamment armée que commandait… Condé assisté de… François !

En se retrouvant en face des deux seuls hommes qu'elle n'eût jamais cessé d'aimer, elle dut faire appel à toute sa volonté pour ne pas se précipiter à leur cou en sanglotant de bonheur mais elle restait la souveraine de ces gens encore à demi primitifs et devait se retenir. Elle les remercia d'un sourire et d'un « je vous attendais » comme si c'eût été le geste le plus naturel, et ce fut la tête haute qu'elle rejoignit le carrosse en compagnie d'Agathe qu'on venait de lui rendre. Ensuite ce fut trompettes sonnant, canon tonnant et avec tous les honneurs dus à une souveraine qu'elle quitta le Mecklembourg pour n'y plus revenir ! Sur son visage immobile des larmes coulaient lentement mais c'étaient des larmes de joie. Tout à l'heure elle pourrait serrer dans ses bras son petit frère qu'elle croyait perdu à jamais…

Le retour en France fut quasi triomphal et Isabelle pensa vivre un rêve quand son escorte la conduisit, non à Saint-Germain comme elle s'y attendait, mais à Versailles, le fabuleux palais où le Roi et sa Cour venaient de s'installer à titre permanent. N'en ayant pas la moindre idée, Isabelle fut éblouie. De sa vie elle n'avait contemplé pareille merveille, et y être reçue avec les honneurs était enivrant… mais elle ne sentit pas l'envie d'y vivre. Il y avait trop de monde ! Et un monde qu'elle ne reconnaissait plus. Par exemple Monsieur, qu'elle détestait toujours autant, s'était remarié très vite – quatorze mois après la mort de Madame. Il avait épousé son contraire : une jeune Allemande taillée comme un grenadier, pourvue d'un appétit égal à celui du Roi. Grande buveuse de bière et montant à cheval comme un hussard, capable de suivre une chasse pendant des heures et d'aller danser ensuite. Bref, elle s'appelait Élizabeth-Charlotte de Bavière, princesse Palatine, infatigable épistolière devant l'Éternel. Au demeurant une excellente femme, une bonne mère – Monsieur n'avait pas encore compris comment il avait réussi à lui faire trois enfants ! – ayant son franc-parler, ce qui amusait beaucoup le Roi, et parfois un vocabulaire à faire rougir un corps de garde.

Côté favorites, La Vallière ayant rejoint depuis longtemps les Carmélites, l'éblouissante Montespan régnait mais commençait à décliner au profit de la gouvernante des enfants qu'elle avait donnés au Roi et cette femme avait entrepris de le ramener dans le giron de l'Église. Autour de ce noyau central tout un univers vivant l'œil fixé sur le souverain, guettant ses humeurs, ses froncements de sourcils comme la moindre de ses paroles. Un monde pour ainsi dire asservi ! Oui, c'était le mot qui convenait. Et Isabelle ne souhaitait pas s'y mêler. Elle se sentirait mieux à Paris. Mais où ?

N'en ayant plus l'usage, elle avait revendu son hôtel de la rue Saint-Honoré et ne voulait à aucun prix regagner l'hôtel de Mecklembourg où Christian vivait quand il n'était pas à Schwerin. Leur mariage était à présent purement nominal et ils se voyaient le moins possible. À l'hôtel de Condé, la nouvelle situation du maître lui interdisait d'accueillir celle qui n'avait pas cessé d'être sa maîtresse, même si les épanchements s'y raréfiaient. En effet, peu après la fuite d'Isabelle pour le Mecklembourg, un drame s'était déroulé. Lasse des éternels dédains de son époux, Claire-Clémence avait oublié ses devoirs dans les bras d'un beau valet de chambre nommé Duval, ce qui avait fort contrarié l'un des pages de la maison, le jeune Bussy[1]. Les deux garçons se battirent dans la chambre même de la princesse qui fut blessée. Arrêté, Duval fut envoyé aux galères mais n'y arriva pas. Il mourut empoisonné en chemin. Bussy fut emprisonné. Quant à la princesse, son époux la fit enfermer dans le donjon de Châteauroux où elle fut traitée et servie selon son rang mais d'où elle ne sortit que morte[2].

Qui donc offrit alors l'hospitalité à Isabelle ? Tout simplement Anne-Geneviève de Longueville, entrée moralement en religion et qui la reçut en l'embrassant :

— Vous avez beaucoup à me pardonner, ma cousine, mais j'aimerais qu'à présent vous voyiez en moi une sœur affectueuse et vous êtes ici chez vous !

— Merci, ma cousine ! Je ne saurais vous dire à quel point votre accueil me touche.

— … Mais n'oubliez pas que vous me devez quelque chose !

— Quoi donc ?

— Mais un ruban ! Princesse et duchesse souveraine, vous m'avez battue !

— Non, fit Isabelle gravement. Tournée vers Dieu vous êtes plus haute que je ne le serai jamais ! Je vous rendrai seulement votre ruban noir que j'ai soigneusement conservé…

1. Un parent de Bussy-Rabutin.

2. Vingt-quatre ans plus tard et alors que Condé était mort depuis longtemps.

Ce fut pour Isabelle une période de douceur ineffable vécue entre les Condés et sa propre famille à l'exception de François. Devenu maréchal de France, il était aux armées plus souvent que chez lui.

Il semblait en effet que l'Europe des Bourbons, des Habsbourg – de Madrid ou de Vienne ! –, des Stuarts ou des princes d'Orange devenus Hollandais fût incapable de marcher à l'unisson mais l'éclat du Roi-Soleil allait grandissant avec la splendeur de Versailles. Isabelle, encore parée d'une beauté qu'adoucissaient les mèches argentées de sa chevelure mais qui, avec le temps, devenait plus fragile – « Une rose d'automne est plus qu'une autre exquise… » –, avait tourné la page des amours fracassantes et des folies. Elle se partageait entre la Cour, celle de Chantilly dont Condé avait fait une merveille, son cher Mello où elle aimait à recevoir et le château de Valençay, chez sa sœur, où elle retrouvait ses neveux et nièces qu'elle dotait, les finances de leur père étant toujours plus ou moins malmenées par les « embellissements » d'un château par ailleurs très réussi !

Elle allait aussi chez sa mère à Précy mais jamais à Ligny ou à Piney chez François dont elle ne pouvait supporter l'épouse… ce qui était réciproque !

Quant aux relations avec son époux, elles restaient houleuses les rares fois où ils se rencontraient, Christian ayant enfin compris que ses sujets – Vandales ou autres ! – pouvaient avoir besoin de lui.

Tout allait donc pour le mieux quand se produisit l'impensable : l'abominable affaire des Poisons à laquelle avait préludé l'exécution de la marquise de Brinvilliers. Appréhendée par le lieutenant général de police, Gabriel Nicolas de La Reynie, une poignée de sorciers, devineresses, mages, prêtres dévoyés furent envoyés à la Bastille, et à Vincennes quand il n'y eut plus assez de place. Un tribunal d'exception, la Chambre Ardente, fut créé pour juger ces misérables... qui se mirent à dénoncer à tour de bras leurs « clients » ou supposés tels. Ce fut une véritable marée d'arrestations et l'une des plus retentissantes fut celle du maréchal de Luxembourg, alors capitaine de gardes du corps de Louis XIV, et en plein Versailles.

Conduit à la Bastille, François, stupéfait, apprit qu'il était accusé d'avoir « demandé au Diable la mort de sa femme, celle du maréchal de Créqui, le mariage de sa fille avec le fils de Louvois et de réaliser des prouesses à la guerre plus qu'il n'en avait fait jusque-là ».

Ces quelques mots contenaient la cause première d'une arrestation aussi spectaculaire : Louvois ! Le tout-puissant ministre haïssait Luxembourg d'autant plus qu'ils avaient été amis autrefois, à l'époque où, pour s'occuper et se distraire, François s'était mis à la recherche de la pierre philosophale et avait fréquenté un certain Lesage devenu l'une des clefs de voûte de la ténébreuse affaire. Avec Louvois les relations s'étaient détériorées quand, rentré aux armées par la petite porte après avoir fait sa soumission au côté de Condé, Louvois s'était arrogé le droit de confier à son « ami » des missions qui relevaient davantage du pillage et même du ravage que de l'occupation normale d'une région. Seulement il y avait Condé prêt à en découdre pour défendre celui qu'il considérait comme un frère ; il ne fallait pas oublier l'immense talent militaire de François ni qu'il était devenu duc de Luxembourg et pair de France. Louvois avait été contraint de rentrer ses griffes. Du moins en apparence. En réalité il avait laissé toute latitude à Lesage pour accumuler les accusations déshonorantes… et Luxembourg était resté plus d'un an à la Bastille.

Isabelle s'était battue comme une lionne pour sauver son frère. Elle avait dépensé une fortune pour réfuter les accusations de Lesage sachant bien que c'était contre le puissant ministre qu'elle luttait. Des libelles infâmes couraient alors Paris, la province… et l'armée où les soldats qui adoraient leur chef faillirent se mutiner. La plume d'Isabelle reprit une activité intense pour libérer François. L'horreur qu'elle conservait du poison depuis la mort de Madame la galvanisait. Enfin elle alla voir le Roi…

Elle l'avait trop bien servi dans les affaires d'Allemagne durant toutes ces années pour qu'il ne l'écoute pas d'une oreille bienveillante. Ce qu'elle demandait était simple d'ailleurs : que la Chambre Ardente entende son frère qui se rongeait dans sa prison tandis qu'on le couvrait de boue. Et aussi ce Lesage, ce misérable auquel M. de Louvois accordait tant de crédit ! Que les juges instruisent enfin le procès de ce Lesage, seul accusateur du maréchal et qui, de sa prison, lançait ses calomnies sans que quiconque se souciât de les vérifier. Qu'on le mette enfin en face de l'homme sur lequel il s'acharnait. En conclusion, elle n'hésitait pas à accuser Louvois.

Et elle obtint ce qu'elle voulait.

Extrait de Vincennes et conduit devant les juges, le misérable se croyant protégé sur ses arrières réitéra ses assertions que le maréchal, calme, dédaigneux et conscient de son innocence, réfuta point par point :

Attenter à la vie de sa femme ? Elle lui avait donné de beaux enfants et il n'avait jamais eu à se plaindre d'elle !

Obtenir un gouvernement ? Il avait mieux que cela et aurait peut-être envisagé la question si on ne l'avait nommé que gouverneur d'une place ou même d'une province…

Le mariage de sa fille avec le fils de Louvois ? Il était d'une maison où l'on n'achetait pas les actions par des crimes et lorsqu'une reine, mère d'un enfant mineur, avait épousé son ancêtre Mathieu de Montmorency, l'union avait été approuvée par les états généraux… Alors la fille d'un Louvois…

Avec toutes les marques du respect possible, le maréchal fut rendu à la liberté mais, en raison de ce vacarme autour de sa personne, le Roi l'exila momentanément dans son château de Piney près de Troyes. Alors, croyant l'éloignement définitif, ses créanciers – et il en comptait une foultitude ! – se manifestèrent : Isabelle et Condé payèrent jusqu'au dernier sol…

Cependant la guerre reprenait. Contre Guillaume d'Orange, stathouder de Hollande. Tandis que l'Angleterre chassait son roi catholique Jacques II… qui fut hébergé par Louis XIV au château de Saint-Germain définitivement abandonné par la Cour. Il fallait aux armées un véritable chef de guerre. Turenne était mort depuis longtemps… et Condé venait de mourir laissant une blessure au cœur d'Isabelle. Le seul capable d'assumer une telle charge, c'était le maréchal de Luxembourg. Le Roi l'appela à Versailles…

Il en ressortit chef suprême des armées du Nord et Isabelle pleura d'orgueil comme elle avait pleuré de soulagement quand elle était allée, en grand apparat, chercher François à la Bastille… Elle était sûre qu'il accomplirait des prodiges !…

Et maintenant c'était à son triomphe que sa mère et sa sœur se rendaient ! À mesure que l'on approchait de Notre-Dame, la foule se faisait plus dense, plus enthousiaste aussi sous les volées de cloches que ses tours jumelles déversaient sur Paris en attendant que le gros bourdon salue de sa voix de bronze l'arrivée du héros. Le nom des victoires qui avaient enfin renvoyé Guillaume d'Orange lécher ses plaies dans son triste château de Loo en Hollande se communiquait de bouche en bouche : Fleurus, Leure, Steinkerque, Neerwinden et c'était à qui renchérirait sur un détail né souvent d'une imagination enthousiaste mais tous savaient qu'après la cérémonie le Roi recevrait le maréchal de Luxembourg avec un faste tout particulier.

En attendant on acclamait sa mère, si imposante dans ses dentelles noires adoucies d'un seul collier de perles, et sa sœur, la « Reine » des Vandales, encore belle, malgré la soixantaine passée, dans une robe de brocart gris givré d'argent, une petite couronne de diamants retenant à son chignon un voile de mousseline bleu assorti au grand cordon qui battait sa poitrine. Un diacre les attendait pour les guider vers leurs places dans le chœur, où elles allèrent s'asseoir après s'être un instant agenouillées devant le maître-autel.

Isabelle sentit que l'émotion faisait trembler la main de sa mère sur son bras et se hâta de poser la sienne dessus pour la réconforter… Elle-même d'ailleurs avait peine à contenir ses larmes. Ce « Te Deum » que l'on chanterait lui en rappelait un autre, lointain, et qui avait marqué le début de la Fronde où, en présence du jeune Roi, Gaspard de Châtillon, alors son époux, avait représenté le prince de Condé souffrant… À celui-là non plus, le Prince n'assisterait pas. Il y aurait bientôt sept ans qu'il était retourné à Dieu après avoir humblement demandé le pardon de ses fautes. Elle l'avait pleuré comme elle n'avait encore jamais pleuré…

Mais cette douleur n'était pas de mise en ce jour consacré à la gloire de François et Isabelle regarda autour d'elle. La cathédrale était illuminée par une multitude de cierges et avait revêtu ses plus beaux atours dont les moindres n'étaient pas les centaines de drapeaux, d'étendards, d'oriflammes pris à l'ennemi qui cachaient ses voûtes sous une vague frissonnante de soies aux couleurs diverses brodées d'or ou d'argent. L'effet en était magique… Et les drapeaux, c'était François qui les avait rapportés.

Soudain le bourdon fit entendre son battement grave. C'était comme si le cœur de la cathédrale se mettait à battre à l'approche de ce petit homme un peu contrefait que ses victoires rendaient si grand ! Une immense clameur du peuple salua son arrivée et il apparut enfin au seuil du portail, accompagné de ses quatre fils et de ses principaux officiers. Il y eut un grand élan pour le toucher, barrant le passage entre lui et l'archevêque assisté de son clergé qui l'attendaient devant l'autel.

Alors un homme, le prince de Conti, jaillit les bras levés vers la voûte et sa voix tonna :

— Place, messieurs ! Place au Tapissier de Notre-Dame !

Et l'on s'écarta tandis que le cri devenait clameur et se répercutait sur la foule du parvis et par les rues et jusqu'aux remparts de la ville.

— Gloire au Tapissier de Notre-Dame !

Appuyées l'une à l'autre, Isabelle et sa mère pleuraient de bonheur…

Un an après, dans son petit appartement de Versailles où le Roi l'avait invité à fêter le nouvel an, François de Montmorency-Bouteville, duc de Luxembourg-Piney, prince de Tingry, maréchal et pair de France, était emporté par une broncho-pneumonie. Ses funérailles solennelles eurent lieu à l'église Saint-Paul-Saint-Louis, rue Saint-Antoine, mais Isabelle n'y assista pas.

À demi folle de douleur, elle avait couru, dès le dernier soupir exhalé, s'enfermer au couvent des filles du Saint-Sacrement où elle se rendait très fréquemment depuis qu'après la mort de son mari elle avait acheté l'hôtel de Gesvres, rue du Cherche-Midi, uniquement parce que son jardin communiquait avec celui des religieuses.

Chez qui quelques jours après elle tombait malade mais, au lieu d'accepter le lit et les soins que la mère supérieure lui offrait, elle regagna sa demeure en traversant le jardin, et s'en fut se coucher en toussant à s'arracher les poumons. Elle se savait atteinte du même mal que François et en était heureuse.

En rentrant elle trouva Agathe, inquiète. Son époux était souffrant à Chantilly. Elle lui sourit :

— Ne vous tourmentez pas, la rassura-t-elle. Bastille va vous emmener…

Celui-ci renâcla :

— Ne pouvez-vous la confier à quelqu'un d'autre ? Il se fait tard déjà…

— Justement. Je serais plus tranquille. Tu reviendras ensuite…

— Vous croyez ?…

— Pourquoi non ? J'en suis sûre… À demain !… Va vite !

Elle lui tendit une main fiévreuse qu'il osa effleurer de ses lèvres.

Quand il fut parti, elle se coucha, demanda une tasse de verveine puis qu'on ne la dérange plus. Elle voulait… dormir…

Mais elle savait que la mort approchait et elle voulait l'attendre seule avec le souvenir des deux hommes qu'elle eût vraiment aimés…

Elle ne se réveilla plus jamais.

C'était le 24 janvier 1695. Il neigeait…

Saint-Mandé, janvier 2013.

Table des matières

PREMIÈRE PARTIE

« CIRCÉ »

DEUXIÈME PARTIE

PRESQUE REINE !

ET POURTANT, QUELQUES ANNÉES APRÈS…

Composé par CPI Firmin-Didot

Imprimé en France par CPI
en septembre 2016
N° d'impression : 2025003

POCKET - 12, avenue d'Italie - 75627 Paris Cedex 13

Dépôt légal : avril 2014
Suite du premier tirage : septembre 2016
S24907/02